梅西的世界

亨利・詹姆斯｜著
徐立妍｜譯

目次

經典文學新譯計畫總序

聽見譯者的聲音

想像你今天走進一家書店或圖書館，來到世界文學的專櫃前面。很多作品你都聽過名字，別的書裡也許提過，也許小時候看過改編的青少年版本，也許還看過改編的電影電視版本。但不知為何就是沒有真的讀過全譯本。假設你拿起了其中的一本，但一看左右還有六、七種版本呢。那該選哪一本好呢？比較封面、印刷字體大小、推薦者、出版社的名聲、出版年代、還是譯者？

其實，其中影響最大的是譯者。你所讀的每一個中文字都是譯者決定的，每一個句子的節奏都是譯者安排的。每個句子都有不只一種譯法，是譯者決定了用哪種結構，在哪裡斷句，用哪一個詞彙，要不要用成語；也可以說決定了文學翻譯的風格。咦？你也許會問，那作者的風格呢？譯者不是應該盡可能忠實於原作的風格嗎？這就是文學翻譯有趣的地方，也是很多讀者不知道的祕密。

文學翻譯其實是一種表演。就像音樂演奏一樣：作曲家決定了音符和節奏；但聽眾聽到的是演奏家的演出。沒有演奏家會把巴哈彈得像蕭邦，但每一個巴哈的演奏家都有自己的風格，就像每一個蕭邦的演奏家也都不一樣。沒有演奏家，音樂等於不存在。沒有譯者，陌生語言的文學也等於不存在。作者決定了故事的內容，但把故事說出來的是譯者。譯者決定在哪裡連用快節奏的短句，在哪裡用悠長的句子減緩速度。哪裡用親切的口語，哪裡用咬文嚼字的正式語言。譯者的表演工具就是文字。

而且譯者是活生生的人。有自己的時空背景、觀點、好惡、語感。也就是說，兩個譯者不可能譯出一模一樣的譯文，就像每一個男高音唱出來的〈公主徹夜未眠〉都有差異。面對同樣的模特兒或靜物風景，每個畫家的畫也都不一樣。就翻譯來說，就算其中某個短句可能雷同，一整個段落也不可能每個句子都選擇一樣的形容詞、一樣的動詞、一樣的片語。五十年前的譯者，不可能和今天的譯者譯出一模一樣的段落；大陸的譯者，也不可能和台灣譯者風格雷同。

而所謂經典，就是不斷召喚新譯本的作品。村上春樹在討論翻譯時曾提出翻譯的「賞味期限」：他說翻譯作品有點像建築物，三十年屋齡的房子是該修一修了，五十年屋齡的房子也該重建了。因為語言不斷在變，時髦的語言會過時，新奇的語法會變成平常，新的語言不斷出現；所以對於重要的作品，每個時代都需要新的譯本。

但台灣歷經一段非常特別的歷史，以至於許多人對文學經典的翻譯有些誤解。很多讀者小時候看的經典文學翻譯，是不是翻譯腔很重？常有艱深而難以理解的句子？根本不知道譯者是誰？即使有名字，也不知道是男是女，年紀多大？有些作品掛了眾多名人推薦，但書封、書背、版權頁到處都找不到譯者的名字？甚至於書上有推薦者的生平簡介，卻毫無譯者簡介，彷彿誰譯的不重要，誰推薦的比較重要。為什麼會有這些怪象？

這是因為從戰後至今，台灣的文學翻譯市場始終非常依賴大陸譯本，依賴情形可能遠超過大多數人的想像。台灣在戰前半世紀是日本殖民地，普遍接受日本教育，官方語言是日文；漢人移民以閩粵原籍為主，日常語言是台語和客語，影響現代中文甚鉅的五四運動發生在日治時期，台灣並沒有親歷五四運動，中文私塾教的還是文言文。也就是說，戰後大陸接收台灣時，台灣人民在語言上面臨極大的困難。中華民國國語根據的是北方官話，對台灣居民來說已經是全新的語言了；五四運動後提倡我手寫我口，不會說就不會寫，因此台灣人的白話文也寫不好。至於翻譯，民初還有文言白話之爭，一九三〇年代以後白話文翻譯已成主流，對於國語還講不好，白話文還寫不好的台灣人來說，要立刻用白話文翻譯實在不太容易。因此除了少數隨政府遷台的譯者之外，依賴大陸譯本是順理成章的事情，如果不是受到政治因素干擾，本來也沒有太大問題。我們也沒聽說過美國讀者會拒絕英國譯者的作品。

問題出在戒嚴法。一九四五到一九四九年間，已有好幾家上海出版社來台開設分店，把大陸譯本帶進台灣。但一九四九年開始戒嚴，明文規定「共匪及已附匪作家著作及翻譯一律查禁」，由於隨政府遷台的譯者人數不多，絕大部分的譯者遂皆在查禁之列。這些查禁若嚴格執行，台灣就會陷於無書可出的窘境，因此從一九五〇年代開始，一些出版社開始隱匿譯者姓名出版。啟明書局每一本譯作皆署名「啟明編譯所」翻譯，新興書局則會取一些「卓儒」、「顧隱」等假譯者名，大概是取「著名學者」和「因故隱之」之意。一九五九年內政部放寬規定，將查禁辦法改為「附匪及陷匪份子三十七年以前出版之作品與翻譯，經過審查內容無問題且有參考價值者可將作者姓名略去或重行改裝出版」，等於承認上述手段合法，因此後來各家出版社紛紛跟進，「林維堂」、「胡鳴天」、「紀德鈞」等假譯者皆有甚多「譯作」，最多產的譯者則要算「鍾斯」和「鍾文」了，可以從希臘荷馬史詩、阿拉伯文的天方夜譚，中古的神曲，翻到法文的大小仲馬、英文的簡愛，甚至連海明威和勞倫斯都可以翻譯，真是無所不能。書目中登記在「鍾斯」名下的經典文學超過二十部，相當驚人，而且這兩個名字還可以互換，有些版本是「鍾斯」的，再版時卻改署「鍾文」，更添混亂。

因此，在「本地翻譯人才不足」及「戒嚴」這兩大因素之下，台灣的經典文學翻譯簡直成了一筆糊塗帳。解嚴前的英美十九世紀前小說，大概有三分之二是大陸譯本，法文、俄文的比例可能更高。而且因為這個不能說的祕密，譯者完全被消音了。最具譯者個人色彩的譯者序跋常常會留下破綻，例如一九六九年出版的《西線無戰事》，譯者序居然出現「譯者做這篇序的時候，華北正在被人侵略」字樣，匪夷所思（其實這篇譯序是錢公俠一九三六年在上海寫的，一點也不奇怪）；或是書名明明是《金銀島》，序卻寫「這本《寶島》……」（因為抄的是顧鈞正的《寶島》，編輯忘了改序）。因此後來比較聰明的出版社多半拿掉原譯序，以免露出破綻；有些還會用介紹作者作品的文字作為「代譯序」，或放些作者照片，希望讀者完全忘記譯者的存在。在這種做法之下，譯者不但名字遭到竄改，連個人翻譯的心聲看法也一併被消音了。

戒嚴期間依賴大陸譯本的情形，還不限於一九四九年以前的舊譯。事實上，一九五〇年代的大陸譯本仍源源不絕地繼續流入台灣市場（可能是透過香港），當然也是易名出版。到一九五八年以後，因為大陸動亂，譯本來源中斷了二十年，下一波引進的大陸譯本是文革後作品，一九八〇年代的「遠景」、「志文」都有不少文革後新譯本，但彼時台灣仍在戒嚴期間，所以也還是以假名出版。一九八七年解嚴之後，才逐漸有出版社引進有署名的大陸新譯本。這個時期雖然有些版權頁會註明譯者是誰，但出版社似乎仍不希望讀者知道這是對岸作品，也不強調譯者，多半請本地學者及作家寫導讀和推薦文章，譯者的聲音還是極其微弱；甚至有些譯作，列了一大堆推薦序，就是不知道譯者是誰。加上原來的假譯本也沒有立即消失，仍繼續印行十餘年，今天還可以買到，更別說各圖書館書目及藏書也都沒有更正，研究者仍繼續引用錯誤的資料，譯者的聲音仍然沒有被聽見。

因此，今天這套書的意義，不只是「又一批經典新譯」而已。我們還希望讀者可以聽見譯者的聲音。每一個譯者都會以表演者的身分，寫下譯序。他們也是讀者，有自己的閱讀經驗，有自己的偏好；他們知道自己的翻譯不是第一個，可能也不會是最後一個，但他們的譯作是在今天的台灣出現的，有今日台灣的語言特色，不同於其他時候和別的地點。過去匿名發行舊譯的年代，不少譯作是一九四〇年代的作品，除了有語言過時的問題之外，翻譯策略偏向直譯，也是一大問題。比較起來，一九二〇年代的作品雖然較早，其實比較易讀。以前課本收錄的幾篇翻譯作品，如胡適譯的《最後一課》和夏丏尊譯的《愛的教育》，就都是一九二〇年代作品。但由於戒嚴期間盲目改名出書的結果，台灣經典翻譯以一九四〇年代的直譯為最多，造成文學作品就是翻譯腔很重、很難讀的普遍印象。我們希望透過這一批的新譯，一方面是讓譯者發聲，有清楚的「生產履歷」，讓讀者意識到你所讀的是譯者和作者合作的成果；一方面也希望除去「文學作品都很難讀」的印象，讓讀者可以體會閱讀經典的樂趣。

閱讀世界經典文學是人文素養的一部分，但一種外語能力好到可以讀原文的文學名作談何容易，遑論三、四種以上的外語。英國的企鵝文庫、日本的岩波文庫、新潮文庫等皆透過譯本，為其國人引進豐富的世界文學資產。英美作家常引用各國文學作品；村上春樹、大江健三郎這些著名作家，也常常在散文中提起世界文學的日譯本。但台灣的文學翻譯有種種不利因素，首先是前述的譯本過時、譯者消音現象；再來是英文獨大，很多人看不起中文譯本，覺得要讀就讀原文（即使是英文譯本也強過中文譯本）；再來就是升學考試壓力，讓最該讀世界文學的學生往往就錯過了美好的文學作品，未來也未必有機會再讀，極為可惜。我們希望藉著這套譯本，為翻譯發聲，讓大家理直氣壯地讀中文譯本；也讓台灣的學生及各年齡層的讀者，有機會以符合我們時代需求的中文，好好閱讀世界文學的全譯本，種下美好的種子。

賴慈芸
國立台灣師範大學翻譯學研究所所長

推薦序

家庭是一個情緒團

家庭是一個情緒團，我們在其中泅泳，註定要沾染上化不開的情緒。

如果將家庭作為情緒單位來思考，那麼在心理層面上，家庭的構成可以跳脫血緣關係。以梅西的家庭成員來說，基本上有原生父母，然後是繼父母，最後是她的家教老師——劇終是以嚴父慈母綜合體的形象，帶著梅西走出混亂。廣義來說，可再包含照顧她的保姆與女僕。

情緒的本質，難以用理性界定。所以作者透過誇張小說情節搭建的舞台—原生父母離婚搶奪，原本分屬不同家庭的繼父母偷情，梅西對繼父移情式地愛戀——恰恰讓情緒演出驚濤駭浪的轉折，讓亂竄的情緒，敲響每個人心中的共鳴。

序幕拉開，呈現在我們面前的，是梅西原生父母之間的憤恨。讓我們幾乎遺忘，那憤恨得先要有層層堆疊的愛意，才能有從高處落下的強烈衝擊。原生父母間的愛，必然以某種幽微的方式影響了梅西，讓梅西身處的兒童世界裡，經常重複出現以成人男女情愛為主體的情感糾結。

失衡的雙方，要維持系統的穩定，就必須拉入第三人。尤其梅西世界裡的家庭系統，邊界模糊脆弱，任由大人膨脹著自我的情緒，造成系統間任意結盟與分化，最終沒有人在這場戰役中能稱得上是贏家。作為最弱勢的兒童，被迫成了多方拉扯的中心點，家庭傷人，形成梅西的處處創傷。

「是我把你們兜在一起的！」

這句話，讓梅西莫名地承受了遠遠超出她理解範圍的愛與苦痛。所以梅西學到了裝聾作啞，在情緒上截斷，來明哲保身，換取空間，想讓自己成為觀眾，而非演員。然而，梅西滿載的情緒，最後還是讓她粉墨登場，扮演早熟的女主角，跟繼父間形成了非常複雜獨特的關係，也展開了戀父情結下的競爭腳本。她試圖藉由關係，卸下與釐清，那些不該是她這個年紀處理，也處理不來的千絲萬縷。

大人世界的虛偽、不堪，讓孩童的天真成為渴望。梅西的天真，成了大人躲避的純淨天堂，大家都想爭取她的愛與認可，即便討厭梅西的大人也一樣。作為孩童，父母就是她的仰望，不論原生父母如何傷害她，她依然抱著存在於天性裡的愛與在意，投向難以回應的遠方。

不過，天真的香氣，輕描淡寫地逐漸消散，讓故事像悲劇多過喜劇。

隨著梅西長大，她的台詞難度，慢慢跟普通的大人沒兩樣。只是，我們都忽略了，孩子善於模仿，也許表象形式有模有樣，卻不見得有等量的人生經驗為內涵支撐。於是，大人們漸把梅西當成同伴一般高度來互動，讓梅西的不足與勉強，得要用許多眼淚來彌補。

在梅西世界中出現的男性，大致是多情、懦弱、易恐懼的形象。對照女性，則有歇斯底里、強勢，但勇敢的特質。孩子常複製著大人的行為模式，我們可以推測，梅西循著這些女性特質，幫自己選擇了較為明朗的未來，跟家教老師成長出的堅毅慈愛形象靠攏。

雖然梅西做出了選擇，但戲劇仍未落幕，持續在我們每個人的心底演出。我們不見得為人父母，但我們都曾經是小孩。兒童期的創傷，像是父母離婚前的惡言相向，所產生的模糊傷口，未經辨識與療癒，那麼代代相傳可期。

於是這篇簡短的導讀，可能兼具了理性的爬梳，以及感性的投射對象。讓梅西的世界，化約之後重建，變成了屬於我們每個人的內心世界。

洪仲清
臨床心理師

譯序

梅西知道什麼？

翻譯最困難的是揣摩作者寫作時的心思安排，無論是場景的描述、人物之間的關係，以及角色的對話，要將這些轉換成中文的時候，不免都要多考慮一點，自己的理解正確嗎？這樣的用字遣詞是否適當？尤其遇上心思細膩的亨利・詹姆斯，常常遇到難以理解的段落，總得多方尋求解答，希望譯成清楚的中文，但同時又不能抹煞了詹姆斯刻意為之的隱晦。

詹姆斯在寫作筆記中提到，《梅西的世界》故事靈感來自於他在某場宴會聽到的八卦傳聞，他以這件真實世界中發生的離婚官司發想，從小女孩梅西的角度出發，在幾近失能的家庭中，她一方面渴望父母的關愛，一方面卻也知道父母並不愛她，像此類的矛盾心情在書中有許多著墨，也影響了梅西的成長過程。

或許是因為詹姆斯著作甚豐，其他代表作品都有許多中文譯本，但《梅西的世界》卻從未見過中文版問世，實在非常可惜。詹姆斯刻劃女性角色的敘事功力是他最偉大的文學成就，但這本書的主角只是一個六歲的小女孩，他竟也能完美詮釋六歲孩童的認知心理，實屬不易。這本書的原文書名為What Maisie Knew，書中也確實不斷強調梅西知道了許多事情，但在不同的成長階段，梅西對於要如何解釋自己知道的一切，而知道了之後又該如何反應，這些思考過程都讓人像是親眼目睹這位小女孩的成長。

從最一開始，梅西對於父母離婚這件事還有些懵懵懂懂，父母對彼此的謾罵聽在她耳裡，她也不會分辨好壞，於是父母叫她說什麼，她就說什麼，這時候的梅西其實「什麼也不知道」；但是她慢慢發現父母是如何利用她的無知，內心的怨懟和無奈只能化作無聲的抗議，於是她「知道了，但是不說出來」，甚至表現出愚笨的樣子，認為這樣父母就再也不能利用她，只是如此一來，梅西對父母而言也就失去了價值；最後，梅西知道得愈來愈多了，她還知道了繼父、繼母之間的不正常關係，但是因為她的原生家庭本來就不正常，所以她一時也不認為這麼做有什麼不對，只知道繼父愛她、繼母也愛她，這樣不就足夠了嗎？幸好梅西身邊還有一個道德感強烈的威克斯太太，雖然這位老師不知道該如何解釋，但梅西在她的引導之下，終於能夠「依據自己所知道的來做出決定」，到故事結尾，就連她的繼父都忍不住讚嘆：「她做了唯一正確的決定。」

這一連串的心理變化，譯者需要拿捏的是翻譯和詮釋之間的界線，尤其書中大部分都是梅西內心的想法，無論是她不想說明白，或是她根本不知道該如何解釋，但譯者卻不得不幫忙說清楚。

Little by little, however, she understood more, for it befell that she was enlightened by Lisette's questions, which reproduced the effect of her own upon those for whom she sat in the very darkness of Lisette.

但是她也漸漸愈懂愈多了，她有好多問題想問，卻總是被蒙在暗不見天日的鼓裡，所以她讓莉賽特取代自己的角色，讓莉賽特反問她，就這樣她才豁然開朗了不少。

這裡的原文只說了Lisette's questions，若是一時沒讀懂，還以為詹姆斯又寫起了驚悚小說，娃娃竟會自己開口問問題了。但從下文可以推斷，其實梅西應該是一人分飾兩角，就像扮家家酒那樣，只是譯者多加了一句「讓莉賽特取代自己的角色」，讓整段文意更通暢易懂。

另外，故事中的角色雖然不多，但詹姆斯經常直接使用代名詞指稱某一人，若是男性的he倒還好辨，畢竟男性角色只有畢爾及克勞德爵士，很容易從上下文判斷；但若是女性的she，可就經常讓我傷透腦筋，總是為了推敲文意，反覆設想角色，最後才能確定此處的代名詞所指何人，而譯文中也會說明主詞，不讓讀者面對和譯者相同的困擾。

翻譯過程中，我曾經幾度苦惱，但能夠翻譯亨利・詹姆斯的作品絕對是相當難得的經驗，有時候遍查資料之後發現自己原本的理解就是正確解答，對於能夠推測出作者的心思，也感到雀躍不已，這樣的樂趣或許是一般讀者無法經常體會的。

梅西的世界

這場訴訟看似沒完沒了，不過確實也非常複雜；而對於上訴的結果，這場離婚官司中有關孩子監護權的判決已經確定了。孩子的父親雖然從頭到腳被貶得一文不值，但還是提出有力的辯護，希望能贏得這場官司，請法官將孩子判給他；反觀孩子的母親，看不出來她聽到這樣的辯詞，是否受到嚴重的打擊，反而是展現出優雅的淑女風範（在法庭上，大家都見識到了這位女士的姿態），或許也是示弱的表現。然而，法官的第二條判決宣告卻有一項附加條件，沖淡了畢爾・法蘭芝勝利的喜悅，條件是他必須歸還前妻支付的兩千六百英鎊，三年前她拿出這筆錢，是為了孩子能得到良好的照顧，同時也明確要求畢爾同意不會採取任何法律行動，證據確鑿，這筆錢由他監管，但他現在一毛都吐不出來。對愛達來說，這項附加條件加諸在她敵手身上的沉重義務，算是大大撫慰了她對前夫的怨恨，即使輸了官司，感覺也沒那麼刺痛，而且畢爾的氣焰還被逼得消退不少。他沒辦法拿出這筆錢，也籌不到這麼多錢。於是，經過一場很難比這次更加公開的爭吵，大概也不比這場官司之戰一開始的衝擊來得好看，畢爾要解決眼前的困境，唯一的方法就是聽從法律顧問的折衷建議，最後愛達的顧問也接受了。

根據這樣的安排，他的債務可免，而小女孩的安置方式也可比擬所羅門王的公平分配①，分成兩半，平均分配給爭吵不休的雙方，他們要輪流照顧她，一次六個月，所以女孩要分別跟父母親生活半年。這判決可真是奇怪了，大家的眼睛都還在適應這次開庭時，雙方交手強烈的刀光劍影，卻得到這個結果：大家都看得很清楚，這對父母對年少無邪的孩子來說，一點也不像幸福的典範，可想而知，法官也是這麼認為，證據就是，他提出要有一位合適的第三者來擔任家長的角色，這個人的名聲要好，至少也得是個上得了檯面的朋友。但是，顯然法蘭芝夫婦的交友圈裡遍尋不著這樣的人才，所以能夠解決所有難題的唯一方法，除了將梅西送到孤兒院之外，就是如前述那樣平均劃分監護權。梅西的父母巴不得能同意這項判決，兩人從來沒有對一件事情像這樣意見一致過，他們已經準備好，有了女兒做見證人，就能證實對方是如何詆毀自己，屆時情況就能大大改觀。眾人皆知，這對夫妻早已貌合神離，不過對比兩人在一起的時候，爭執吵鬧之低調，想必分開之後，一定都會火力全開。難道這對父母的形象還不夠清楚嗎？人們當然會想在報紙刊載的判決書上尋找，是否有解救那個小女孩的方法；喧嚷的群眾之中形成了一股輿論，認為總該採取什麼行動，或者有哪個好心人應該站出來才對。確實，有位好心的女士向前走了一、兩步，她和法蘭芝太太算是遠房親戚，她對法蘭芝太太提議說，她自己也有小孩，家裡還有現成的幼兒房可用，所以應該讓她把官司中爭論的核心，也就是梅西，帶回家好好照顧，這樣一來，至少這對父母中有一人可以輕鬆一點。對梅西來說，反正她一定得跟著畢爾六個月，另外六個月能夠換個環境也不錯。

①舊約聖經中記載所羅門王的一個故事。兩位母親同時誕下孩子，但其中一個不幸夭折，結果兩人都聲稱自己是存活嬰孩的母親，後來鬧到了所羅門王面前，求他主持公道。所羅門王想了想便說：「既然兩位都認為是自己的孩子，那就將這孩子剖成兩半，一人一半就公平了。」說完便差人拿刀子來，真正的母親不捨孩子受苦，便喊著說她不要了、她不要了，所羅門王便知道這名婦人才是真正的母親。

「換個環境？」愛達大叫著，「讓她離開那個下流胚子，然後到世界上最討厭那個男人的我身邊來，這樣還不算換個環境嗎？」

「不算，因為妳這麼討厭那個男人，所以一定會在女兒面前談起他，妳這樣一直罵他，不就會讓女兒一直想著他嗎？」

愛達瞪大眼睛：「拜託，那妳說，難道他說那些惡毒的話罵我，我卻一點反擊也不能做嗎？」

好心的太太沉默了好一會兒，她的無言正是她對法蘭芝太太這種想法最嚴厲的批判，最後她只說：「可憐的孩子！」這幾個字正好作為埋葬梅西童年的墓誌銘，從此她只能任命運擺佈。不管是誰都很清楚一個悲哀的事實：這個孩子和她父母之間唯一的聯繫，就是她是一個現成的垃圾桶，像是一個小小深口瓷杯，杯裡盛裝著父母雙方刺人的尖酸。他們想要爭取孩子，並不是因為希望自己能好好照顧她，而是希望在她無意的幫助之下，能夠如何傷害對方。她能排解他們的怨氣，滿足他們復仇的慾望，因為司法的嚴厲判決讓這對夫妻同樣都有所失去，尤其是最後的那項決議，雙方即使如何振臂疾呼，就像他們所說的，法官還是不讓兩人得到一切。如果判決是兩人各得一半，似乎代表著這兩人不像另一方那般沒良心，或者應該換個說法，表示兩人都一樣差勁，因為他們也比對方好不到哪裡去。孩子的母親希望能保護孩子不受父親打擾，她說：「就連看一眼都不行！」而父親則向法官懇求，說這母親就算只是輕輕碰一下孩子，「都是污染了孩子」。梅西必須要在這樣互相矛盾的環境下學習成長，必須盡力適應，而她一開始還完全沒有察覺，眼前等著她小小純潔靈魂的是多麼嚴峻的考驗，這一幕真是讓人動容。有幾個人想到掌控這個靈魂的人會怎麼樣合力利用她，就不禁感到驚恐，畢竟沒有人能夠預設他們會做出何等糟糕的事。

這個社會，大部分的人都忙著道長論短，這對怨偶終於能夠大展身手，他們整裝待發，感覺這場吵鬧才正要開始。婚姻對他們來說就是一段爭吵不休的關係，如今他們一定覺得兩人的關係更像婚姻了。旁觀者本來就會選邊站，現在更是涇渭分明，因為對這些人來說，這簡直就像得到了說閒話的許可，可以肆無忌憚開懷大談一堆沒營養的八卦。法蘭芝夫婦的眾多朋友，聚在一起議論紛紛，喝茶、抽雪茄的時候，這些針鋒相對的言論又再度熱絡起來，每個人都跟大家說自己知道某件非常誇張的事情，要是講得不夠天花亂墜，這次的聚會氣氛就歡樂不起來。顯然這對夫妻很受社會大眾歡迎，但遇到彼此就完全失靈，所以能說些這兩人如何仇視對方，總是新鮮的話題，談起愛達，就要說畢爾是如何渴望讓她濺血；而談起畢爾，如果哪天他的眼珠子讓人挖了出來，那一定是他前妻下的手。

其實在普通情況下，大家的焦點都在這兩人亮眼無比的外貌上，可以說眾人已經把他們的長相分析到不能再詳細了。例如，他們的身高加起來大約有十二呎三吋②，更讓人津津樂道的則是這個數字

②十二呎三吋換算成公制單位約三七三．三八公分，即使除以二也是相當驚人的數字。本書的故事背景為一八九〇年代，根據二〇一三年英國牛津大學經濟系教授提姆．海頓（Tim Hatton）的研究報告，當時英國男性的平均身高將近一七〇公分，顯見畢爾．法蘭芝身材高人一等，但作者又特別強調這個身高的分配比例，相當耐人尋味，再加上後面陳述愛達的手長很長，依照生理學判斷，愛達的身材一定也是非常高挑，甚至有可能比自己的丈夫還高。

的分配比例。愛達的美貌有個唯一的缺陷，就是她的手臂伸展開來很長，不過或許這就是為什麼她能在臺球桌上經常打敗她的前夫，愛達也因此總是一副趾高氣昂的樣子，難怪畢爾看了總是憤恨不已，甚至氣到拳打腳踢。臺球是她非凡的成就，厲害到大家只要一提起臺球就會想到她。儘管她的身材線條修長，她的許多外貌特徵都是大，然而對其他女人來說，這些外貌特徵若生得嬌小可愛，才能讓她們享盡特權；不過只有一個例外，那就是愛達的雙眼，或許也只是正常大小，但卻超出了自然常態；反觀她的雙唇就小到幾乎讓人看不出來，至於她量腰圍的時候，大家也只能亂猜一通。她出門的時候（她也老是往外跑），所到之處都給人一種無所不在的感覺，這種強烈的存在感讓人想不看見她也難。在一般情況下，要是有人一直盯著她看，反而顯得有點無禮，大概只有陌生人才會這樣；不過對愛達的熟人來說，看到陌生人這樣常常盯著她瞧，總是覺得很有趣，畢竟他們不常這麼做，也難怪會像在看熱鬧一樣。

愛達和她丈夫都很會在服裝上下功夫，就像火車載運乘客一樣，身上的衣服總是一件接一件套上；眾人會比較兩人的品味，會為了他們如何搭配而爭論高低，不過整體說來，眾人還是比較欣賞愛達，認為她的衣著搭配不會太過火，特別是在珠寶和鮮花的搭配上。畢爾的外表有天然的配件，豐厚漂亮的落腮鬍就像是特別裝扮上去的，像塊黃金胸甲一樣保養得發亮，加上一口永遠潔白光亮的牙齒，嘴上的長鬍鬚不但不會遮掩貝齒，甚至還讓他不管在什麼場合，看起來都像在享受人生樂趣。他從年少時就注定要走上外交一途，也曾經擔任過無給薪的派遣公使，讓他能常常拿來說嘴：「以前我在東方的時候啊……」但是眼下的歷史發展顯然沒能讓他派上用場，時機稍縱即逝，讓他永遠只能待在皮卡迪利街上做點小生意。人人都知道他口袋裡的斤兩：只有兩千五百英鎊。可憐的愛達，花光了所有積蓄，現在除了她的馬車和一個癱瘓的叔叔，其他一無所有，這個老渾蛋（大家都這麼叫他）應該欠了一屁股債。而梅西呢，多虧了她一個狡猾的教母，被過繼給了畢爾一個死去的姑媽，這個姑媽留了一些東西給梅西，讓這對父母可以挪用當成自己的收入。

1

現在孩子是有人照顧了，但這個新安排對年幼聰敏的梅西來說，想必是非常困惑，她強烈感覺到發生了一件絕對非常重要的事情，所以焦慮地等著看，這麼嚴重的事情會帶來什麼影響。這個有耐心的小姑娘註定得面對許多狀況，比她一開始所能了解的事情還要多更多；不過即使是她一開始就了解的事情，也比其他小女孩懂的還要多，其他小女孩就算再有耐心，或許從來也不會了解這麼多，只有民謠或故事裡在戰爭中擊鼓的小男孩①，才會和梅西一樣整個人身陷戰區。大人的世界交付給她太多強烈的情感，每一幕她都只能匆匆看上一眼，就像盯著魔術燈具打在牆上的幻燈秀。她的小小世界就是一場幻影魔術秀：在布幕上舞動的奇怪光影，整場秀彷彿只為她一人上演，而她這個半驚半恐的小孩就像隻小小蟲，坐在極其昏暗的劇場裡。總而言之，她從此走進一段為人慷慨的生活，讓其他人的自私能夠找到依靠，而她卻不知道拿什麼來犧牲奉獻，只好賠上年輕歲月中的謙遜。

首先她要和父親一起生活半年。父親對她唯一的善意，就是讓她不必讀到她母親寫給她的那些胡言亂語，他強忍著自己的情緒，齜牙咧嘴地拿著信件對著梅西揮舞，然後把信件一抛，咻地就扔進房間另一頭的壁爐裡，這樣的舉止讓梅西覺得很有趣。不過即使是在這個時候，她也偷偷期望著自己會大鬧一場，她為自己沒有起身奮戰而感到內疚，抓狂大鬧的行動彷彿有種魔力在召喚著她：那一疊未開封的沉重信件，她很想看看裡面的花押字，媽媽最喜歡用花押字了，現在就像危險的導彈一樣颼颼地飛掠她頭頂。離婚這件大事對梅西最大的影響就是她對她的父母更重要了，她發現他們對待自己的方式更恣意而為，一下把她拉來這裡，一下又拉去那裡，親吻更是少不了，讓她不得不也同樣表現得更乖巧。她的存在似乎變得很顯眼，那些來找她父親的紳士總喜歡捏捏她的臉，把香菸吹到她臉上，有些人會叫她幫忙劃火柴點菸；還有些人會把她抱到腿上，然後劇烈搖晃，捏捏她的小腿肚，惹得她放聲尖叫，罵他們以為自己是牙籤在戳人嗎，那些人一聽她尖叫反而樂了。

「牙籤」這個詞一直在梅西腦海裡縈繞，這次也是因為她有一樣的感覺，感覺自己似乎有哪裡不好，不符合大眾的喜好。她知道那是什麼，她天生就多長了一點肉，保姆瑪朵還幫她起了一個難聽的小名，吃晚餐時常常都會聽到這個讓她難過的名字，就是那個她不喜歡的動物關節。有一次，她終於能夠抛開這個念頭，瑪朵帶她到肯辛頓花園去玩，那時候她誰也不想見，只有瑪朵。瑪朵總是會坐在長凳上等著梅西回來，盯著她，不讓她跑太遠；瑪朵也只希望梅西別跑太遠，而梅西很輕易就達成她的願望。那一整天梅西都玩得很開心，只是偶爾她也會想起，不知道自己往後的日子會變得如何，很害怕萬一待會兒她跑回去時，瑪朵沒有坐在長凳上該怎麼辦？雖然她們也不是第一次來花園玩，但這裡也和從前不同了。梅西總是忍不住想看看其他小孩子的雙腳，然後問她的保姆：「他們的腳是不是像牙籤？」瑪朵說話老實得不得了，她總是回答：「喔，親愛的，沒有人的腳跟妳的一樣細啦！」這句話好像別有深意，於是瑪朵又說：「妳會覺得有壓力，就是這麼回事。以後還會更糟呢，懂嗎？」

所以，打從一開始，梅西不僅是感到壓力，也知道自己感覺有壓力，一部分的原因是她父親對她說，他也覺得有壓力，還當著梅西的面交代瑪朵，讓保姆一定要讓梅西打從心底知道這一點。梅西從六歲開始就很清楚，這一切的變化都是因為她，一切的安排都是要讓她父親能更全心全意對待她。梅西得時時牢記著瑪朵對她說的，她父親對她有多麼多麼好。「妳爸爸希望妳永遠不要忘記，懂嗎，他的日子真的很不好過。」有時候梅西會覺得瑪朵臉上的皮膚好像繃得很緊，幾乎到了會痛的地步，而瑪朵一有機會就經常對梅西說這句話，但是這種時候，梅西卻沒有感覺到瑪朵臉上有什麼異樣。梅西心裡思索著，難道這句話不會讓瑪朵的臉比平常更痛？不過一直要到後來，她才有辦法將她父親日子難過的樣子，以及特別是瑪朵談起這件事的樣子聯想在一起，推敲出這兩件事背後的意義。

①西方一直到十九世紀，在戰爭時都會招募年輕男孩加入，擔任擊鼓手，鼓聲能傳遞戰情及命令，這些小男孩在戰後多會成為英雄人物。後來戰場上採用號角取代鼓聲信號，軍隊才停止招募男孩。

等到她腦筋清楚了一點，就像那些愛取笑她小腿肚的紳士說的一樣，她腦海中片段的影像和聲音都能找到意義；在過去，這些影像和聲音就像是存放在一個年幼懵懂的幽暗處、鎖在昏暗的櫥櫃裡、或是高高在上的抽屜裡，就像那些她這個年紀的小朋友還不能夠玩的遊戲。同時，梅西最大的壓力就是要面對父親如何數落母親，還要表現出正確的態度，那些話都不怎麼好聽，瑪朵通常一看到這個場景就會趕快把梅西帶走，就像梅西拿到了什麼很複雜的玩具或太困難的書，還是趕快收進櫥櫃裡比較好。如果真的有這樣一個櫥櫃，梅西後來就會發現這裡頭收藏的東西還真奇妙，層層疊疊堆得高高的，裡頭還包含了母親數落父親的話，都收在同一個地方了。

日子一天一天過去了，梅西知道有一天母親就會到門口來把她帶走。梅西本來很害怕這天的到來，但是聰明的瑪朵在紙上寫了簡單好懂的大字，告訴她在另外那個家會有多好玩、多好玩，才讓梅西稍稍安心。這張紙上寫了許多承諾，像是「母親全心全意的愛」，還有「午茶時間可以吃美味的水煮蛋」等等，再加上梅西也期盼晚上可以不用睡覺，只要看著媽媽穿上絲質和天鵝絨的衣服、戴上鑽石和珍珠，精心打扮準備出門。這些對梅西來說是很大的激勵，尤其到了非常時刻，瑪朵把這張紙塞進梅西口袋，然後梅西就緊緊把紙抓在手裡。在這個非常時刻，必須讓梅西環抱著生動的想望才能保護她自己。

那次在起居室裡，畢爾又說了些什麼，結果瑪朵突然大發脾氣，對著他咆哮：「老爺！您應該感到非常非常慚愧，說這種話怎麼也不臉紅呢？」這時，梅西的母親正坐在馬車裡等在門外，起居室裡還有位一天到晚來訪的先生，笑得非常大聲。梅西的父親抱著梅西，對瑪朵說：「妳這個女人是怎麼回事?看我怎麼處置妳!」然後他抱著梅西,笑容咧得比平時更開,又把那些瑪朵聽不下去的話說了一次。梅西當時還不太理解這些話,也不太清楚為什麼瑪朵突然這麼沒大沒小,臉還漲得這麼紅,但是過了五分鐘之後,她坐進母親的馬車,母親對她又親又抱,從她頭上的緞帶、眼睛,一直親到手臂,發出奇怪的聲響,留下甜甜的味道,她母親說:「好了,我的寶貝天使,妳那討厭的爸爸有什麼話要對妳可愛的媽媽說嗎?」此時,她聽見媽媽這樣問,就記起了討厭的爸爸說了那些話,聽進她困惑的耳朵裡,現在透過她清楚而高亢的聲音,從她天真無邪的小嘴中說出來:「他要我告訴妳,他說,」她誠實以報,「妳是一頭噁心下流的豬!」

2

對一個小孩的心智來說,當下發生的事情是最活靈活現的,隨著每一次事件發生,過往的事就變得和未來一樣模糊,梅西屈服於現實,是因為她抱持著堅定的信念,這對她的父母來說應該要覺得感動才是。這兩人隨意撥撥算盤,一開始對這個安排還能覺得服氣:就把梅西當個小羽毛球,兩人惡狠狠地你殺一球、我殺一球。這兩人都很有詆毀對方的天份,或者他們會裝作不經意想起對方的缺點,然後一股腦兒灌輸給這個認真凝視著他們的小女孩,把她當成容量無限的器皿,而這兩人當然還是世界上最有良心的父母，有責任要教導女兒認識最不可動搖的真相：自己會保護她，不受另一方戕害。這個年紀的孩子，聽到了什麼故事都當成是真的，聽到了什麼想法也覺得是故事。現實是絕對的，而只有當下才是有溫度的。

例如在馬車裡，她母親聽到梅西照著父親的要求，一字不漏說出那句話，氣得破口大罵，這段斥責就像一封丟進郵筒的書信一般，嗖地一聲掉進梅西的記憶裡；這封信被裝進一個塞滿的郵袋，按照既定的路線，送到正確的地址。這樣的日子過了幾年，這些信件總是滿溢出來，這對父母各自的友人有時候也覺得應該插手，管管他們對這個孩子所謂的「我是真的為她好，你們懂不懂」。但是總地來說，這些朋友唯一為她做到的事也只有一件，那就是嘆口氣說：「唉，幸好，這孩子也不是一年到頭都得待在這裡。」而說這句話的人是誰的朋友，就看梅西在這個尷尬的時候正好在哪邊的家裡。更讓人慶幸的是，這對父母一個是極度狡猾、一個是極度愚昧，但梅西顯然都沒學起來。

不過到了後來，這對父母卻覺得梅西或許是滿笨的，也慢慢接受了女兒愚笨的事實。其實這是因為稍早，在梅西微小而平靜的生活中迎來了一個重要的時刻：這是完全的洞見，雖然只有她自己知道，但時候終於到了，她發現自己背負著一項奇怪的工作，可以說是在她的本性深處掀起了一場道德革命，最後革命成功了。

彷彿塵封在架子上的僵硬娃娃開始挪動自己的手腳；那些過往聽見的話語對梅西開始有了意義，而且讓她害怕。她心裡升起一股新的感覺，是感到危險，而隨之也想到了一個新的補救方法，她要保有內在的自我，或者說就是隱藏自己。雖然跡象並不明顯，但梅西憑著一股高昂的志氣，還是推論出了自己已經變成父母互相憎恨的核心、傳遞辱罵的信使，一切都糟糕透了，因為他們故意就是要讓她做這些事。從現在起，她要忘掉一切，什麼話都不再覆誦，等到別人開始說她是個小白痴，就好像在稱讚她這套新規則運作得有多成功，她也嘗到一股新鮮而強烈的喜悅。於是，隨著她年齡漸長，她的父母一個一個在她面前說，她怎麼愈長大就愈笨得讓人吃驚，不過在梅西渺小而尚短的生命中，這些話也不是什麼重大的打擊。她只是壞了父母的興致，但自己確實是增加了不少樂趣。她看到愈來愈多事情，可以說是看得太多了。

她的第一位家教老師是歐佛莫小姐，某次發生了一個重要事件，在梅西心裡種下了保密的種子，並不是歐佛莫小姐對梅西說了什麼，歐佛莫小姐只是轉了轉她那對漂亮的眼睛，而梅西一直都很喜歡她的眼睛。到了這個階段，瑪朵對梅西來說已經是個模糊的記憶，只是還保留在腦海裡沒有完全忘記的形象，唯一還能記得的就是瑪朵肚子一餓就會溜出幼兒房，練習字母也東漏一個西缺一個，更讓梅西感到傷心的難堪處，就是瑪朵還會要她認出所謂很重要的字母「黑取」①；反觀歐佛莫小姐，不管她肚子有多餓，也絕對不會突然消失，大概就是這點讓梅西對她的評價比較高，而且梅西眼中的歐佛莫

①這是瑪朵對H這個字母的發音，一般認定的標準發音不會發出h這個子音。從英國維多利亞時代晚期的文學中，可以發現這種發音特質通常表示說話者來自社會低階，教育程度也不高。

小姐簡直美若天仙，更讓這小女孩信任老師的人格。愛達曾經說歐佛莫小姐簡直漂亮過頭了，有人問她：「這有什麼關係嗎？反正畢爾都離開了。」梅西聽見她媽媽回答：「不管畢爾在不在，我之所以雇用她是因為她教養良好，但卻窮到不行。她們一家都是好人啦，可是還有另外七個女兒，還能怎麼辦呢？」

梅西不知道還能怎麼辦，倒是很快就知道另外那七姐妹的名字，可以一字不漏地唸出來，背得比乘法表還熟。而且她也偷偷想過老師家究竟有多窮，但是從來沒問，而老師也從來不說。至於到了用餐時間，食物似乎是依循著神祕的法則就這樣出現了，歐佛莫小姐也不像瑪朵那樣會穿上圍裙，用餐的時候，她拿著叉子時總是翹起小指，無論什麼時候都看著老師的梅西，在這個時候更是仔細盯著她看。「我覺得妳好漂亮。」梅西總是這麼說，雖然媽媽也很漂亮，但是媽媽拿叉子的方式就沒有這麼好看。梅西認為這樣的故作姿態是因為她現在年紀比較「大」了，所以她當然知道，如果家教老師在幼兒房裡上課，表示她的學生雖然還是小女孩，但其實已經不「小」了；她也隱約知道，自己的未來大概還是得受人擺佈，其中一個原因就是她還會有許多其他家教老師，她們潛伏在茫茫的未來，隨時準備好衝進她的生活裡。那些在她還很小的時候發生過的一切，都已經不再擾動梅西的心，現在的她只剩下已在記憶深處的瑪朵曾教給她的，讓梅西深信不疑，認為一個孩子跟父母相處的自然方式就是得分開，而且要輪流來，就像她得先吃完羊肉才吃布丁，洗了澡才能睡覺一樣。

「他知道他在說謊嗎？」有一次梅西突然興致勃勃地問歐佛莫小姐，結果這一問，改變了梅西的人生。

「誰知道什麼？」歐佛莫小姐盯著梅西。她把一只長襪套在手上，拿著一根針在上頭戳來扎去，聽到梅西的話，她的手就停在半空。雖然是這麼一件看似家常的工作，但歐佛莫小姐做起來依然優雅，就像她做什麼事情都是這樣。

「就是爸爸啊。」

「他知道自己在說謊嗎？」

「媽媽叫我要這樣告訴他，說他是個騙子，而且也知道他在說謊。」歐佛莫小姐的臉漲得很紅，但她用笑來掩飾，仰頭大笑，然後她繼續戳刺手上的襪子，梅西看她這麼用力，想著她怎麼能忍得住痛呢？「我應該要跟他說嗎？」梅西又問。就在這個時候，歐佛莫小姐那雙深灰色的眼睛轉了轉，其中透露出的語言再清楚不過。

「我不能說不行，」但她的眼睛卻完全不是這麼說的，「我不能告訴妳不行，是因為我很怕妳媽媽，妳看不出來嗎？可是我也不能跟妳說可以，畢竟妳爸爸對我這麼好，那天還跟我談了這麼久，我們在公園遇到他的時候，他對我微笑，亮出那口漂亮的牙齒，他看到我們的時候是那麼高興，還丟下原本跟他一起的那位先生，轉過來跟我們一起散步，陪了我們半個小時。」看著歐佛莫小姐那雙漂亮眼睛裡的光芒，梅西好像也想起那天的事，原本並不覺得特別有趣，現在也變得好玩。只是那天之後，歐佛莫小姐幾乎絕口不提這件事，只有一次似乎暗示性地說起而已。那天爸爸跟她們分開之後，歐佛莫小姐帶著梅西回家的路上，告訴梅西說希望她不要跟媽媽提起這件事，因為梅西實在很喜歡歐佛莫小姐，自然也希望歐佛莫小姐喜歡她，所以非常聽話。這件事就這麼決定了，雖然梅西心裡有點不解，但還是乖乖遵守約定。現在那種不解的感覺又回來了，梅西還想起爸爸對歐佛莫小姐說：「我只要看著妳，就知道妳是我可以信任的人，只有妳可以幫我解救我女兒。」梅西雖然不知道為什麼自己需要歐佛莫小姐的解救，但想到歐佛莫小姐會救她，還是讓她雀躍不已，就好像她和歐佛莫小姐兩人手拉手繞圈圈唱歌玩遊戲，就算玩得再瘋，兩人的手都會緊緊握在一起。

3

梅西的母親告訴她，接下來在她去她父親那邊之前，有些事情要先處理好，然後愛達說：「妳應該知道她不會跟妳一起去吧？」可想而知梅西會有多驚訝。

梅西變得有點虛弱：「喔，我還以為她會跟我去。」

「拜託，妳以為怎麼樣，一點都不重要。」愛達大聲回答，「小姐，妳以後最好也記住了，學著把腦袋裡的想法留在腦袋裡就好。」這正是梅西早就學會的東西，而她的學習成就正是她母親這麼易怒的原因，愛達懷疑，梅西的沉默是因為變成了一個討人厭的小小批判家，很容易就會帶著評斷的眼光看待長輩，她私心還是希望梅西能夠當一個單純又能信任的乖小孩，更希望能夠聽到自己對畢爾的那些嚴厲批評，是如何傷害他的人格，如何撕裂他那張假裝愛好和平的臉：但是如果收不到任何回應，那麼罵人的滿足感就減少了不少。隨著日子一天一天過去，愛達這才明白，能夠把梅西丟給畢爾，而不是得從他手中把女兒搶過來，她反而還比較開心，甚至開心到有點良心不安，尤其聽到一個為人正直的朋友說出犀利的評論，認為等到這對父母都努力想把這個小女孩變成另一方的負擔，那麼這場搶人大戰就真的結束了，但是一個慈愛的媽媽一定不會想要贏得這種戰爭。

如果不能表現出好勝，這就太不像愛達了，因為她從來沒有輸過，但是這卻讓她興起了惡意捉弄的念頭，而只有少數幾個人才會吃她的虧。她決定不管怎麼樣，一定要整到畢爾，她重新思考了一下，研究要如何惹惱畢爾，她絕對不能讓步；而怎麼樣才能讓畢爾覺得困擾呢？當然就是不能讓這位好心善良的老師跟去，特別是明眼人都看得出來，梅西是這麼喜歡她。愛達對老師說，畢爾住的那個地方，好人家的姑娘絕對不會願意踏進去。歐佛莫小姐對梅西解釋說，自己也很希望可以陪她去她父親家，但是這個請求馬上就被愛達駁回了，「她說如果我敢去幫他工作，那我就再也別想在這個家出現了，所以我答應她，不會盤算著要跟妳一起去。如果我在這裡耐心等著妳回來，那我們一定還可以再相聚的。」

耐心等待，最重要的是，還得等到她回到媽媽家，對梅西來說感覺是好久以後的事，這讓她想起大人對她說的所有一切，從第一句到最後一句都是，他們都說只要她乖就可以達成心願，但是她都已經這麼乖了，卻仍然什麼都得不到。「那在爸爸家的時候，誰來照顧我呢？」

「心肝寶貝，只有老天才知道了！」歐佛莫小姐溫柔抱著她說。

絕對不會有人懷疑，漂亮的歐佛莫小姐對梅西的愛，有什麼證據可證明呢？梅西到她父親家還不到一個禮拜，雖然兩人分開時是那麼痛苦，而愛達又下了禁令，歐佛莫小姐當然還有顧忌，再加上她也答應愛達了，可是她仍然出現在畢爾家，這不就說明了一切嗎？那時候，梅西在父親家裡已經安頓好了，有個算鐘點費的保姆照顧，是個深色皮膚、身材矮小的胖女人，有個外國人的名字，手指髒髒的，總是戴著一頂軟呢帽，一開始就讓人懷疑她在虛應故事，應該待不久，這個懷疑很快就得到證實。除了她的外表之外，這個保姆還會問她的學生一些跟學習無關的問題，其中有兩、三個問題傳到了畢爾・法蘭芝耳裡，就連他也覺得這些問題實在太低俗了。所以，這個奇怪的保姆就如同幻影一般，很快就消失了，取而代之的是歐佛莫小姐帶來的光明，她為了梅西鼓起所有勇氣前來，把所有經過都坦白告訴梅西，她真的再也忍不住了。

她違背了對愛達的承諾，掙扎了三天之後，終於直接去找梅西的父親，告訴他一個簡單的事實：她愛他的女兒，所以無法就這樣放棄，她願意為梅西做任何犧牲。於是，她就這樣留了下來，她的勇氣得到了獎賞；為了這件事，歐佛莫小姐需要多大的勇氣，而這股勇氣也影響了梅西。歐佛莫小姐說的話，有些在梅西心中烙下了特別的印記，例如她的這番告白，等到梅西年紀更大一些，就能更了解，一位年輕姑娘得拿出多麼「不要命的勇氣」，才能做到歐佛莫小姐做的事情。

「幸好妳爸爸很欣賞我這麼做，他簡直欣賞極了！」歐佛莫小姐說了這麼一句，還特別用力強調「欣賞極了」這幾個字。梅西自己當然也是非常感動，歐佛莫小姐經歷的一切讓她成了殉教的烈士，特別是愛達捎來那封可怕的信，她媽媽完全氣炸了，以歐佛莫小姐的話來說，就是往她身上丟了一大堆羞辱的話，而且梅西和歐佛莫小姐再也別想一起出現在愛達家裡了，在在都證明了愛達的怒火有多旺盛。

不過，梅西總歸是得回到媽媽家的，只是這次對這個孩子來說，到媽媽家去似乎不再是不得不的選擇，而為了讓梅西安心，歐佛莫小姐也沒必要再瞞著她，便一五一十據實以告：她也許有可能再也不用回去媽媽家了。歐佛莫小姐私心這麼相信，同時她也告訴梅西，如果法蘭芝先生的女兒能表現出真的比較喜歡父親的樣子，那麼「輿論」就會支持梅西留在父親身邊。可憐的梅西，雖然不太清楚背後的動機，但是她願意乖乖聽話，直到那天到來；她第一次對一個人懷著這麼熾熱的感情，那個人就是她的家教老師。不過沒有人告訴她，而她自己也不能，至少她是沒有告訴自己，其實她喜歡歐佛莫小姐比喜歡爸爸還多；但是即使懷著罪惡感，梅西還是能夠安慰自己，因為她可以說爸爸也很喜歡歐佛莫小姐，就跟她喜歡老師一樣多，爸爸還特地這樣告訴梅西，不過梅西自己看也能看得出來。

4

梅西一直懷抱著信念，但是日子一天天過去，她終究得面對自己的命運。那一天，母親就在馬車旁等著，現在梅西只有在這個時候才會坐上這輛馬車。事到如今，歐佛莫小姐是不可能跟著她回去了，大家都心知肚明，歐佛莫小姐和愛達的那場爭執實在太激烈了。梅西一開始就感覺到了，母親把她帶走的時候，沒有擁抱，也沒有大聲咆哮，只有令人不寒而慄的沉默；即使梅西問起了前幾年的情形，這樣不愉快的問題也沒能讓氣氛熱絡一些，而沉默的本質總是嚴峻的，如此可怕的氣氛在梅西抵達母親家門口時達到最高點，有位年長的婦人正站在門口等著她。「威克斯太太，把她帶進去。」愛達不耐煩地對那位婦人說，還推了梅西一把，梅西想母親這麼做，是希望威克斯太太看到自己有精神的樣子。威克斯太太拉起梅西的手，而梅西到了隔天才發覺，威克斯太太是不會放開她的。

跟歐佛莫小姐比起來，一開始梅西覺得威克斯太太很可怕，但是和她聊了一個鐘頭之後，她的聲音似乎有某種力量，碰觸到這個小女孩內心一個從來沒有人碰觸到的地方。梅西後來知道這是怎麼回事，只是她當然不能拿出來說嘴，和威克斯太太相處幾天之後，她就很清楚新老師的規矩。第一條就是威克斯太太經常提起的事情，她自己曾經有過一個小女兒，但是卻發生了意外，當場死亡，在這個世界上，她完全一無所有了，痛苦的折磨讓她心碎不已。梅西和威克斯太太兩人都很清楚，威克斯太太的心已經碎了；而梅西對威克斯太太的感覺帶著傾慕和苦惱，因為梅西將她視為母親的形象，這是歐佛莫小姐做不到的，而奇怪又讓她困惑的是，她自己的媽媽又更不像了。

於是，在極短的時間內，梅西已經將威克斯太太死去的女兒記在心裡，小克萊拉・瑪蒂達的身影深深印在她的腦海裡，她知道克萊拉是在穿越哈洛路的時候，遭到一輛世界上最殘忍的雙座馬車撞倒後輾斃，就像她曾經也深深受歐佛莫小姐一家八姐妹的生動故事吸引。「妳就把她當作自己過世的小妹妹。」威克斯太太講述完這段經歷之後說，而梅西整個人因為好奇及同情而激動不已，從那一刻起就全然虔誠接受這個微妙的想法。雖然克萊拉不是真正存在的妹妹，但這只是讓這個形象更加浪漫，威克斯太太還交代梅西絕對不能跟別人提起克萊拉，讓梅西更是著迷。不過她們倒是一點也不擔心愛達會不會知道，反正愛達也不在乎，更不會發現這層關係，這只是梅西和威克斯太太之間不能說的小祕密，兩人樂此不疲。梅西知道所有一切關於克萊拉可以讓人知道的事情，知道在她短暫而被迫中止的生命中，所說過或做過的一切大小事：克萊拉究竟有多可愛、她的頭髮是如何鬈曲，以及連衣裙的裙襬是什麼樣子；她的頭髮長到過腰，是世界上最漂亮的亮金色，威克斯太太很久以前也是這樣的髮色，現在的髮色也可以說是非常惹眼，梅西一開始看到時，感覺自己永遠也不會習慣這個顏色。

威克斯太太的外表帶著哀傷和怪異感，髮色占了很大因素，看起來像是油膩的灰白色，梅西初次看到的就是這個顏色。原本應該是金黃的頭髮，隨著時間流逝，將優雅化為灰燼，變成混濁的灰黃，還帶著不潔的灰白。頭髮戴了實在非常無謂的裝飾，而這位可憐的太太顯然還不知道這麼做簡直徒勞無功，在頭頂上戴著一條有光澤的髮帶，就像一頂大冠冕；而挽在脖子頸背的頭髮上，則插著一朵髒兮兮的玫瑰花形裝飾，就像顆大鈕扣一樣。她戴著一副眼鏡，不好意思地說自己的眼睛有分岔、斜視的問題，所以戴著矯正鏡片。她身上穿著簡樸的洋裝，顏色就像燭花那樣難看，衣邊還綴著摺成扇貝形的緞帶，閃耀著老古董的光澤。她對梅西說，自己戴著矯正鏡片是為了別人著想，她相信這樣別人就會知道她眼睛的毛病，而不會懷疑她怎麼一直盯著人瞧，不過其他那些可悲的打扮就只能說是她自己的問題了。梅西看著威克斯太太咕嚕咕嚕轉的眼珠子，在在都讓她聯想到擦得發亮的貝殼，或是討厭的甲蟲身上的甲冑。一開始，威克斯太太看起來脾氣暴躁，甚至可以說是殘酷，但是梅西慢慢了解到，她的老師其實在世人眼中就像個笑話，這些不好的印象就消退了。別人談起威克斯太太，就像猜字謎遊戲裡會蹦出的那些滑稽答案，或是在「自然歷史」裡某種原始的動物；為了活絡聊天的氣氛，人們會向朋友形容威克斯太太這個人，還會模仿她的樣子。結果大家都知道她戴著矯正鏡片；大家都知道她頭上的大冠冕和鈕扣，知道扇貝形的緞帶；大家甚至知道克萊拉‧瑪蒂達的事，雖然梅西從來沒跟別人談起，大家還是都知道了。

正是因為這些緣故，愛達才能用這麼低的價錢請到這位家教，可以說一毛錢也沒多花，價錢低廉到甚至成為別人的話柄。有一天威克斯太太帶著梅西到客廳去，然後把梅西留下就離開了，客廳裡還坐著幾位女士，梅西聽到其中一位開口說話。這位女士畫著挑高的眉毛，彎曲得就像跳繩一樣，戴著漂亮的白手套，手套上又粗又黑的縫線，就像畫得筆直的五線譜一樣。她對其他女士說，她知道女家教都很窮，歐佛莫小姐自然是不用說了，而威克斯太太更是眾人皆知的窮光蛋。但是這樣的言論，或是老舊的棕色連衣裙、冠冕、鈕扣，都動搖不了梅西對威克斯太太的感情，這份孺慕之情凌駕於一切之上。威克斯太太散發著一股魅力，儘管她長相醜陋又身無分文，但卻讓人有一種奇異而安心的安全感，她比這世界上任何一個人都可靠，比爸爸可靠、比媽媽可靠、比那個挑高眉毛的女士可靠，甚至於，即使她遠遠不比歐佛莫小姐美麗，但還是比較可靠。梅西想起歐佛莫小姐的可人之處，她想自己也隱約感覺到了，讓這麼漂亮的老師哄自己睡覺、親吻道晚安，誰能睡得安穩呢？威克斯太太就和克萊拉‧瑪蒂達一樣可靠，克萊拉已經上天堂了，不過尷尬的是，她也安眠於肯索綠地墓園，梅西曾經和威克斯太太兩人一起去看她那座蝸居一角的小墳墓。

威克斯太太說話的語調讓梅西感覺很奇妙，雖然還是帶著一種無法形容、模仿的諷刺感，不過梅西決定在這次離開媽媽家之前，她都要站在威克斯太太這邊，就像一根與胸同高的欄杆，讓威克斯太太受到打擊、感到消沉時能有所支撐，而她絕對不會動搖。梅西知道自己的老師又窮又怪，她也知道其實這個老師不太「及格」，學識比不上歐佛莫小姐，歐佛莫小姐可以直接背出許多歷史事件的年份時間（讓妳自己拿著書翻查）、明確指出印度馬拉巴的地理位置、不看譜就彈出六首曲子，而且畫素描的時候會加上許多美麗的樹木、房屋，還有很難畫的細節。梅西會彈的曲子比威克斯太太還多，而且威克斯太太看到自己畫出來的房屋和樹木，還會表現出明顯的羞愧，看來她對藝術也不是很在行，只好用食指沾點黑墨，畫出房屋煙囪冒出的黑煙。

這位老師和她的學生會討論課程，但其中有許多科目，老師總是延後了一週又一週，結果這些科目根本都沒學到，她只會說：「我們要按照適當的順序來上這門課。」這個順序就像是畫了一個大圓，圈住了一大片她未曾踏足過的遼闊土地，而她絲毫不具冒險精神；梅西看得一清二楚，知道老師害怕多少科目。威克斯太太尋求庇護的避風港就是小說這塊踏實之地，而確實有一條藍色的真實之河蜿蜒其中。她知道一大堆故事，大部分都是她讀過的小說，她能夠憑著記憶，一字不差地敘述出來，加上許多豐富的細節，讓梅西聽得津津有味。這些故事說的都是愛情和美女、伯爵夫人與邪惡壞事。和威克斯太太交談，基本上就是聽她滔滔不絕說個沒完，彷彿進入一座羅曼史交織而成的大花園，有時會突然瞥見一角屬於她的人生故事，從中冒出了樸實的湧泉。這對師生最常駐足留連在這些地方，老師帶領她的學生，一步步走過她人生旅途上曲折的長路，讓學生去思考這些比魔法或怪物更重要的事情。梅西認識了許多生動的人物，用威克斯太太的話來說，這些人都是曾在路上撞倒她的人，有些人撞她的力道之大啊！梅西幾乎所有的人都認識了，但獨獨少了她的丈夫威克斯先生，除了知道他已經去世多年，梅西對他幾乎一無所知。顯然他在他妻子的授課課程中完全缺席了，梅西也從來沒有去看過他的墳墓。

5

第二次和歐佛莫小姐分開時已經夠糟的了，但是梅西第一次離開威克斯太太，這次更是痛苦。梅西才剛去看過牙醫，所以就把那次痛得死去活來的經驗拿來跟這次離別比較。兩人分開時都異常沉默，就像她去拔牙時也是一樣，那時威克斯太太抓著梅西的手，兩人緊緊依附著彼此，快要被不尖叫出聲的決定逼瘋了。梅西在牙醫診所裡表現出如英雄般的鎮定，但就在她感到一陣極端的痛楚時，也同時聽見陪同前去的威克斯太太發出一聲痛喊，因為她對梅西的經歷感同身受，再也壓抑不住了。一個月之後，這聲痛喊再次重現，打斷了兩人緊緊相擁的時刻，這次，梅西定期得離開生活環境的安排，就成了牙醫手中可怕的鉗子，而梅西已經深植在威克斯太太的心裡，就像牙齒密密嵌合在牙齦裡一樣，如果要把梅西帶走，可能得用氯仿麻醉威克斯太太才行。幸好兩人只要緊緊擁抱，不必再多說什麼，因為這個可憐的女人此時此刻完全找不到話可說，就如同她想要的一切，最後都石沉大海。

梅西的另外一位家長就站在門廳最外頭，畢爾就喜歡這樣侵門踏戶，盡可能惹前妻不高興，他拿著錶蓋打開的錶站在那裡，咧著嘴笑得更開了。梅西依偎在威克斯太太懷裡，雖然只剩一隻眼睛沒被遮住，眼角餘光還是能看到外頭的篷蓋馬車裡，歐佛莫小姐也在那裡等著她，這位老師比威克斯太太更為活潑有趣，但她想起六個月前自己被迫離開這個老師的情形，和這次又不一樣了。那時候的歐佛莫小姐也像這樣站在門口，但當然是另一個家的門口，從頭到尾跟梅西滔滔不絕說了好多話，聲若洪鐘，她勇敢地抗議把梅西送走的安排，還說某個東西——梅西不知道究竟是什麼——是眾人皆知的黑心肝，應該感到羞恥，那時候梅西隱約想起很久以前，瑪朵也曾經脾氣大爆發，不管她要換到哪個地方生活，好像總是跟「羞恥」脫不了關係。現在，威克斯太太攬著梅西的手臂更用力了一些，她頭髮的味道也更濃了，梅西又想起之前爸爸為了安慰歐佛莫小姐，稱呼她是「親愛的好姑娘」，因為這個稱謂很奇怪，所以小小年紀的梅西記得特別清楚，更是在心中為歐佛莫小姐留了一塊位置，專門存放她所知道有關這位老師的一切，現在她在心裡都叫歐佛莫小姐是漂亮的那個老師。她不知道自己現在會不會像從前那樣熱愛歐佛莫小姐，無論如何，至少她對歐佛莫小姐的美貌大概不會像過去那樣嚮往了，梅西可以看到那張漂亮臉蛋從馬車窗戶裡探出來，對她燦笑著。

這輛馬車象徵了爸爸求和，代表這次他會改善梅西的生活條件；過去他通常都是搭著雙座馬車而來，後面跟著一輛四輪馬車來載行李。爸爸是真的準備了一輛四輪馬車來裝載行李，但媽媽是唯一一個會搭著四輪馬車出門的人，梅西也只有和媽媽一起坐過，瑪朵總是說那是媽媽的私人座駕。而現在爸爸也有了馬車，等到梅西終於爬上馬車坐定之後，看到裡頭同乘的人，她感覺這輛馬車比媽媽的更私密。馬車趾高氣昂地起動了，梅西和歐佛莫小姐緊緊相擁，老師又是滔滔不絕說個不停，這時梅西開口問了，因為她想知道發生了什麼事，想延續心裡某種傷感的情緒：「我不在的時候，爸爸還是一樣喜歡妳嗎？」她會這樣問，是因為她很清楚自己在爸爸家的時候，爸爸對老師的喜歡有多明顯，她兀自想著，這樣的喜歡或許和自己的存在一樣只是暫時的，過了時令就結束了，好像爸爸的喜歡就取決於她在不在似的。

梅西這時就坐在爸爸大腿上，爸爸聽到他這樣說，馬上傾身放聲大笑，感覺就好像在玩驚嚇遊戲的什麼把戲，不管梅西做好多萬全的心理準備，總還是會嚇得跳起來。歐佛莫小姐還沒回答，爸爸就說：「怎麼啦？妳這小呆驢，妳不在的時候，我除了愛護她還能做什麼呢？」這時候歐佛莫小姐趕緊把梅西抱過來，結果兩人把梅西抱來抱去，搶得不亦樂乎，梅西不經意看見旁邊經過一輛雙座四輪馬車，馬車上的老太太瞪他們一眼。然後美麗的歐佛莫小姐鄭重告訴梅西：「我一定要讓他知道，如果他又對妳說這些討厭的話，我就要直接把妳帶走，我們一起去住在別的地方，兩個好姑娘平靜生活。」梅西不太了解她爸爸的話是哪裡討厭了，他不過就是表達了自己對歐佛莫小姐的愛，她之前不也說這份感情很了不起嗎？為了更了解事情的真相，梅西乾脆直接問爸爸，過去這幾個月，歐佛莫小姐是不是像之前那樣沒有住在他家裡，而是現在才跟著一起回去？「小姑娘，她當然一直都住在我家啊，不然這可憐的小姐還能去哪裡呢？」畢爾聽了直呼，這讓父女倆的同伴更加感到羞愧，於是出聲抗議，除非他馬上「收回」這些討厭又惡意的胡說八道，不然這一次她不只要離開他，還會離開他的孩子、離開他家，離開所有一切擾人的煩惱，他怎麼可以讓她承受這一切不堪？畢爾聽到她的嬌嗔威脅，什麼話也沒收回，看起來甚至還想要多說一些放肆的話；不過歐佛莫小姐已經告誡梅西，要她別聽他那些難笑的笑話，還要她知道，一個淑女若非有十分正當的理由，是不會跟這樣的男士同住的。

梅西看著兩位和她同車的同伴，一下看她，一下又看他；梅西從來沒有在換地方住的時候，有這麼新鮮有趣的開始，但她有一個不好意思說出口的恐懼，恐怕自己不是完全相信他們的話：「那什麼理由才正當呢？」她深思熟慮之後才開口問。

「喔，那個淑女最好是個像男孩子的長腿瘦竹竿，沒有比這樣更好的了。」她父親很喜歡父女倆同樣古怪滑稽的言行，又想伸手來抱梅西，可是歐佛莫小姐還是阻止了他，結果兩人又開始公然打鬧。歐佛莫小姐宣稱自己這段時間，一直都是和好朋友在一起，然後畢爾・法蘭芝接著說：「她是說我的好朋友啦，懂吧？我的超級好朋友，他們一聊起來可真是沒完沒了，我可以幫她掛保證！」梅西有些搞糊塗了，過了一會兒才感覺到這話中含糊不清的指涉，也有一點尷尬，因為這個話題實在太有趣了，她也想知道究竟老師是待在哪裡。她一點也不覺得，大人告訴她這些事情的時候是認真的，後來發生的一切更是讓她感覺不到誠意。

她的尷尬其來有自，因為早熟的個性讓她直覺知道，這件事又是屬於那些，就像她母親常說的，她不能問的事情。所以接下來待在父親家的這段時間，她表現乖巧，家裡女傭都疼愛她，但她並不打算從她們口中探問消息，來釐清自己的疑惑；奇怪的是，這樣的疑惑也未能減損她與歐佛莫小姐重逢時，那股豐沛的愉悅，這位年輕的老師希望學生能夠相信她，但是不管怎麼解釋，梅西對她的信任已經不能再多了，而且無論如何，歐佛莫小姐本身的存在就足以消弭一切疑惑。對梅西來說，再多的隱匿也不一定就會被視為欺騙，她自小長大的環境中充滿了隱匿，而她最多只能知道的就是她不能問起這些事；大人習慣用小問題來轉移話題，不讓她追問更重要的資訊，這也不是一天、兩天的事了；除了她的娃娃莉賽特，梅西在媽媽家的時候，幾乎沒有人會用認真的神情向她解釋任何事；對她來說，只有一件事情是容易的，那就是惹那些來串門子的女士尖聲大叫，如果她能再多一點心機算計，或許就會拿她們來練習怎麼套話。

每件事情都有不為人知的一面，人生就像一條很長、很長的走道，兩旁都是關上的門，梅西已經學會，最好放聰明一點，別去敲這些門，似乎是因為知道，徒然敲門只會招來嘲弄。但是她也漸漸愈懂愈多，她有好多問題想問，但卻總是被蒙在暗不見天日的鼓裡，所以她讓莉賽特取代自己的角色，讓莉賽特反問她，就這樣她才豁然開朗了不少。她自己聽到這些問題的時候，不也是會讓這樣的無知嚇得手足無措嗎？在莉賽特面前，梅西經常模仿那些驚聲尖叫的女士，不過即使如此，還是有些事情她實在說不出口，就算對方是個法國娃娃也不行；她只能把自己學到的經驗和教訓傳授給莉賽特，讓這個娃娃知道自己的生命中有許多謎團，同時也懷疑自己是否具備像母親的能力，能夠成功製造出「很多事情妳不能知道」的陰影。在接受過威克斯太太的教導之後，再換上歐佛莫小姐，梅西馬上就知道自己要有所應對，努力趕上老師的課程進度，而老師希望學生信任自己，這樣簡單的期望，梅西也要彌補兩人認知的差異。沒錯，有些事情老師不能跟學生「深入討論」。例如有好幾次，梅西離開房間離開得太久，回房時莉賽特看著她放下手邊的東西，努力想問出她去了哪裡。好吧，莉賽特問出了一點端倪，但卻沒問到全部。有一次，莉賽特問話的口氣實在太過無禮，梅西就回了一句，尤其是有關於她為何要離開：「不會自己想啊！」愛達也曾經這麼回答過梅西的問話，所以梅西學起了母親的尖銳語氣，但是後來又覺得很羞愧，只是她不知道是因為尖銳的語氣，還是因為她學了母親說話。

6

梅西很快就發現這次待在爸爸家，上課不會是最有趣的時間，因為歐佛莫小姐身上多了好多工作，而關心梅西的教育只是其中一件小事。因為職務變動，梅西經常會聽見一旁的歐佛莫小姐和父親之間的談話，許多內容都很重要，而雙方有時意見不合，甚至談得不甚愉快。梅西從這些談話中慢慢聽出一些蹊蹺，她爸爸總是說：「這樣的情況如果換作是愛達，她一定會大肆批評。」但是歐佛莫小姐聽了之後，反應卻是和愛達完全相反。這樣的情景最後的高潮通常是歐佛莫小姐的要求，她這時候的態度比她談起其他任何事情都要不客氣，而在這個世界上，如果是像愛達這樣的人，得在大發脾氣之後，才會有這個權力做出這樣的要求。

幾個月過去了，梅西對這種狀況的解讀愈來愈複雜，尤其這次待在父親家的時間又更久了，她記憶中好像這次是最久的，更堅定了自己對目前情況的揣測，她漸漸了解到，她母親為了某種緣故，似乎不急著把她帶回去：每次她父親和歐佛莫小姐意見不和的時候，他就會把這點拿出來當做強力的藉口，而兩人爭執的癥結在於，畢爾老是想著得趕快把梅西送進學校，歐佛莫小姐則不同意，而且態度堅決。對一個老師來說，歐佛莫小姐居然能有反對雇主的勇氣，實在令人訝異；如果是威克斯太太，一定只會低著頭謙卑接受。歐佛莫小姐經常對梅西說，她覺得很內疚，因為自己無法讓梅西得到應有的待遇，而且法蘭芝先生經過仔細的考量，也同樣很後悔當初的決定造成的缺失；她之所以無法好好照顧梅西，因為她還有不知道是什麼的責任，歐佛莫小姐暗示說，她對法蘭芝先生有責任，對這個友善的小家庭有責任，還有那些經常來往的朋友。法蘭芝先生想要彌補一切不便，方法就是把梅西送進學校，大家都知道布萊頓還有其他地方，到處都有很多很棒的學校。但是梅西也知道，這樣一來她的母親一定會很不高興：如果她父親打算把她交給其他外人照顧，他在法官面前是完全站不住腳的；畢爾之所以不希望讓梅西接近她母親，不就是因為愛達也算是個外人嗎？

當然還有個辦法，就是再請一位老師，找個年輕人白天時過來，好好替梅西上課，但是歐佛莫小姐完全不想聽到這樣的建議，她不但強烈反彈，還逢人就問別人的意見，只要有人上門拜訪就詢問他們是怎麼想的，如果發現他們似乎不了解把梅西送走是多可怕的事，她還會乾脆直接問梅西本人的想法。「你難道不懂嗎？如果我在這裡的工作不是照顧她，那我還能做什麼？」她不應該處在這個位置，還放肆地大聲嚷嚷，吸引別人的注意，好像這件事還讓她感覺挺光榮的。當然，要擺脫這個困境的方法就是讓她做好自己的工作，但無奈畢爾對她的要求實在太多又太高，其實大家似乎也都能了解，畢爾根本是為了自己的私心而不讓她好好工作。

對歐佛莫小姐來說，她現在稱呼畢爾・法蘭芝都只稱做「他」，而這間屋子裡就如同往常一般，神采飛揚的紳士來來去去，所以梅西聽見歐佛莫小姐叫「他」，也有可能是指別人，於是歐佛莫小姐談起「他」來就更是肆無忌憚。至於梅西呢，大家談到她，總還是談論著該拿她怎麼辦這類老調子，所以她大部分時間都是自己一個人，可以單獨沉思上好幾個鐘頭，懷念著威克斯太太寬鬆的管教；不過她還是覺得待在父親家比較好，因為這裡的訪客都不是淑女貴婦。這給她一種奇怪的安全感，尤其有一次她聽見某位紳士跟爸爸談話，那態度彷彿自己說了一個天大的笑話一樣，而且顯然是在說歐佛莫小姐：「她要是肯讓別的女人接近你，那才奇怪呢！絕對不可能的啦！她還寧願讓人往她身上丟棍子，就像趕野貓一樣。」梅西絕對比較喜歡家裡的訪客是紳士，雖然他們也有取笑她的方式，比母親家那些女士更大聲，但很快就結束。他們會拉著她、捏捏她、開她玩笑，還會搔她癢，有些甚至還會朝她扔東西，但他們稱之為拋接，而且他們所有人都喜歡幫她取外號，還都是些跟她扯不上關係的外號。要是換成那些女士，她們會叫梅西是「可憐的小東西」，很少碰她，更不用說親她，但梅西最害怕的還是這些女士。

梅西現在年紀也夠大了，知道自己這次待在父親家的時間根本就超出比例，也能夠稍微深入思考，究竟該如何解釋這次過長的居住期，尤其每次跟她的老師聊天時，如果一談到這個問題，她就會感到心情低落。「喔，妳不用擔心，她根本不在乎！」歐佛莫小姐都會這樣說，來安撫梅西內心的恐懼，害怕她母親會因為她這次停留太久而大發雷霆。「她還得煩惱別人的事，所以根本不會想到妳，她還跟別人出國了呢。妳一點也不用怕，她不會拘泥這多一點時間，覺得自己的權利受損了。」

梅西知道愛達已經出國了，因為她好幾個禮拜以前就收到愛達的信，信中一開始寫著「我的小親親」，接下來就說她要離開一陣子，不知道什麼時候才會回來，不過梅西在信中沒有看到愛達已經不再怨恨畢爾的跡象，也沒看到愛達一貫堅決主張自己對梅西的所有權，因為讓梅西最為印象鮮明的，就是她母親除了折磨畢爾・法蘭芝以外，其他的事一概不放在心上。然而，梅西的心裡終究是生了懷疑，對於父母這樣的關係感到困惑又有點害怕，除了讓畢爾能夠從短暫的負擔中解脫之外，她母親會不會是找到了更能折磨父親的方法呢？這個年輕小女孩最擔心的問題就是這個，而歐佛莫小姐自信滿滿的樣子，還經常說些自己對雇主的想法，只是讓這個謎團愈來愈大。假如愛達現在放棄了監護權，那她之前跟前夫這樣爭得面紅耳赤，說什麼他不該自己獨占這個孩子，而畢爾也是那樣極力爭取，這一切豈不是顯得很矛盾？心智比實際年齡還要早熟的梅西，為了測試自己的新理論而不斷試探，而最主要的成果就是聽見她的母親遭到更多嚴厲的謾罵。到目前為止，歐佛莫小姐的立場一直都還是很正派保守，但是有一天她卻侃侃說出自己對愛達的看法，而言詞之尖銳並不亞於畢爾，她批評愛達居然就這樣逃到歐陸去，想要藉此擺脫身為母親的職責。梅西自己的結論是，就算把愛達身為母親的工作合約，也就是這個不斷長大，長到衣服都快穿不下的女兒，直接裝上船送去給她，放在她腳邊，讓她女兒親眼看看母親所作所為是多麼驚世駭俗，這樣子對待愛達也只是剛好而已。

每次梅西怯生生地問歐佛莫小姐，想確定畢爾會不會覺得，自己已經受不了再和女兒同住下去，老師就會用這種追著愛達要她負責的畫面搪塞學生。歐佛莫小姐避重就輕，只是踢一踢愛達的無情和愚蠢，揚起沙塵來遮蓋問題的核心，而看起來最能證明愛達對女兒已無心的，就是她這趟旅程還有一位男士作陪，而更令人難堪的事實是，這位男士還是愛達，嗯，「勾搭上的」。歐佛莫小姐用這個說法來形容，如果紳士淑女還沒結婚就結伴同遊，難免落人口實，就像她和法蘭芝先生也是一樣，都有可能招來誤解。梅西也注意到，歐佛莫小姐先前就經常向她解釋：「親愛的，我真不知道要是妳父親和我少了妳，到底該怎麼辦才好，只要有了妳一切就都不一樣，我也告訴過妳了，妳讓我們兩人的行為完全合情合理。」歐佛莫小姐用這麼親切可人的口氣交給梅西這份責任，她當然接下了，好讓老師放心，這也讓她產生一股安全感，即使知道母親已經不要她了也不要緊。在梅西的成長過程中，她早就熟知所謂「合情合理」背後其實有更重要的因素，所以她知道老師和父親之所以不急著讓她離開，一定有很有力的原因。不過同時她也想起，自己不知道從哪裡聽說過有些小女孩，是上流階級的女孩，真的，替她們上課的老師是異性，而且她也知道如果她去布萊頓的學校上課，那她或許能拜在大師門下，這對她未嘗不是件好事。於是她仔細思考了一下這些事情，然後對歐佛莫小姐說，如果她去找她母親，或許那位男士可以當她的老師。

「那位先生嗎？」這個假設背後的涵義實在很複雜，歐佛莫小姐只能瞪大眼睛。

「就是跟媽媽一起的先生啊，這樣不就沒問題了嗎？就像妳是我的老師，所以妳就可以跟爸爸住在一起啊。」

歐佛莫小姐想了想，臉微微紅了，然後伸手擁抱這位聰明伶俐的好朋友：「妳人真是太好了！但是我真的是老師喔。」

「那他就不能是真的老師嗎？」

「當然不是，他這人既無知又糟糕。」

「糟糕？」梅西用疑惑的語氣重複這個詞。

老師聽見梅西的語氣，尷尬地輕笑一聲：「拜託，他年紀還那麼輕……」但卻沒往下說了。

「比妳年輕嗎？」

歐佛莫小姐又笑了，這是梅西第一次聽到她發出的笑聲這麼接近咯咯笑。

「不管是比誰年輕，我對這個人一點也不了解，我也不想了解。」又畫蛇添足加了一句：「他不是我喜歡的類型，而且呢，我的小寶貝，我相信妳也不會喜歡他。」然後又是一陣熱情的擁抱安撫，她和梅西的談話最後幾乎都會演變成如此，讓這個孩子至少感覺到她對自己的熱愛，加深孩子的安全感。父母的影響力似乎已經慢慢減弱，但顯然老師還是值得信任的，就像梅西對威克斯太太，雖然目前和威克斯太太所有的聯絡管道都暫告中斷，但她依然相信老師。在兩人分開的頭幾個禮拜，克莱拉・瑪蒂達的媽媽經常寫信給梅西，信中充滿憂鬱，而梅西也熱切地回信，要不是她還得注意自己的拼字正不正確，情感恐怕難以收拾。但是威克斯太太的回信卻好巧不巧送到了歐佛莫小姐手上，結果歐佛莫小姐一點也不喜歡這些信。她認為法蘭芝先生並不在乎威克斯太太怎麼了，而禁不起梅西一再追問，歐佛莫小姐最後承認她自己也不關心另外那個女老師。她說她嫉妒得快要發狂了，她不應該這樣想，但這只是更加證明了自己對梅西的愛是多麼無私。她還更進一步指出威克斯太太信中諸多文法錯誤，對梅西一點幫助也沒有，她理直氣壯地說，一個理智清楚的女人，絕對不會把自己的女兒交給這麼荒謬古怪的人手上，這麼做簡直像個怪物。

梅西自己也很清楚，穿著老舊棕色連身裙、戴著奇怪舊髮飾的老師，這個外型在歐佛莫小姐眼中一定是比較低劣的，但是讓梅西真正心痛的是，她發現威克斯太太原來根本沒有教學能力，歐佛莫小姐的評論讓梅西一時反應不過來，尤其又聽到她下了一句結論：「她真的比笑話還誇張！」這位迷人的老師這麼說，手上拿著威克斯太太寫給梅西的最後一封信，歐佛莫小姐明令禁止梅西繼續和威克斯太太來往，要斷了這段奇怪的關係，更讓梅西不知所措，她困惑地問：「那我要寫信告訴她嗎？」梅西一想到她可能得在信裡寫些什麼糟糕的話，忍不住臉色發白。「親愛的，不用管這件事，我來寫，妳可以相信我！」歐佛莫小姐說，然後她就真的安靜地寫起信來，感覺都能聽見一根針砸到可憐的威克斯太太身上的聲音。然後過了一週又一週，威克斯太太毫無音訊，歐佛莫小姐的信似乎成功把她趕走了，就像她的小女兒一樣，遭到哈洛路上那輛殘忍的雙座馬車從這世上趕走。但是後來正是因為她的沉默，反而成為梅西覺醒最重要的因素：這種沉默代表了一股溫暖而適合居住的氛圍，梅西深深沉浸其中，可是她卻從來不敢跟身邊的人提起；而在這片氛圍深處，梅西頭上戴著那條無光澤的髮帶；梅西彷彿陷入一波起伏不定的惡水，而在惡水之外，威克斯太太正熱切地等著她。

7

或許就是因為這份熱切，有一天，梅西和家裡的女傭從外頭散完步回家，居然發現威克斯太太坐在玄關裡，那裡有張小凳子，通常是給那些送電報的小男孩坐的。他們經常出入畢爾・法蘭芝的家門，送電報來之後，就坐在凳子上踢著腳等待，聽著他在房裡咬著菸斗，咆哮著回覆這些電報。梅西原本以為，在她們分開的時候，威克斯太太的擁抱已經不可能再更緊了，但是現在她在威克斯太太懷裡感受到的力量又更強了，而且這個擁抱持續了好久，正好回應了歐佛莫小姐對兩人關係的反對。

梅西馬上就知道威克斯太太怎麼有辦法來看她，威克斯太太一直在等待機會，法蘭芝先生因為老是和歐佛莫小姐起爭執，討論是不是該送梅西去上學，後來便決定要到布萊頓待上三天，並且堅持要歐佛莫小姐一起去，威克斯太太抓準時機就溜進來了。雖然梅西在解釋為什麼父親和老師都不在時，威克斯太太臉上出現那種特別的表情，說明了她一定是感到很驚訝，但梅西內心的疑惑也是稍縱即逝。威克斯太太此刻的情緒實在太激動，她又再一次抱住了這個小朋友；就在此時，一輛雙座馬車載著簡單的行李停在門外，歐佛莫小姐下了馬車。她看到威克斯太太的時候，並不如梅西想像中的那麼驚訝，而且絲毫不受影響，她在另外一位老師面前，用親切可人的語調向她的學生解釋，因為特別的原因，所以她比預定的計畫提早一天回來，而法蘭芝先生還留在布萊頓，住在舒適的房子裡，明天就會回到他溫暖甜蜜的家。至於威克斯太太，梅西從後來與歐佛莫小姐的對話中，終於知道該如何解釋威克斯太太這個人的態度：威克斯太太畢恭畢敬地面對歐佛莫小姐站著，就連梅西當時也覺得訝異。

尤其在後來，歐佛莫小姐還進一步要求威克斯太太不得進入飯廳，而且也沒有開口請她坐下，於是可憐的威克斯太太只得繼續站著。梅西馬上就問了，這次他們去布萊頓是不是想幫她物色學校？而讓她驚訝的是，原本一直極力反對的歐佛莫小姐，這次卻立刻就回答了，而且彷彿威克斯太太不在場一樣：「也許吧，親愛的，一定有機會的。我必須告訴妳，反對的聲音已經差不多解決了。」

聽到這裡，又發生讓梅西更驚訝的事情，威克斯太太開口了，語氣無比堅定：「請容我說句話，我想不可能有什麼辦法能『解決』反對的聲音。我今天之所以來這裡，是因為親愛的法蘭芝太太託我帶句話給梅西。」

孩子的心興奮得狠狠跳動著，「喔，媽媽回來了嗎？」

「還沒，親愛的，但就快了。」威克斯太太說，「而她，妳也知道她想得最周到了，她要我來幫妳準備一下。」

「幫她準備什麼？」歐佛莫小姐問，她聽到這個消息，一開始那種可人的態度就動搖了。

威克斯太太面對漲紅著臉卻依然漂亮的歐佛莫小姐，默默調整一下她的髮帶，「這個，小姐，是為了一場重要的談話。」

「難道親愛的法蘭芝太太，妳這麼稱呼她實在很奇怪，不能親自來說嗎？難道她就不能紆尊降貴，自己寫信給她唯一的女兒嗎？」年輕的老師質問著，「梅西她自己會告訴妳，她的母親已經有幾個月又幾個月，連一個字都沒捎來了。」

「可是我有寫給媽媽喔！」梅西叫著，以為這樣會讓氣氛變得好一點。

「所以她這樣對妳才更不應該。」梅西現任的家教馬上回答。

「那是因為法蘭芝太太也很清楚，」威克斯太太態度依然堅定，「她的信送到這個家裡會有什麼結果。」

梅西這時候覺得應該為來訪的老師說句話：「歐佛莫小姐，妳也知道，爸爸不喜歡任何跟媽媽有關的東西。」

「親愛的，沒有人會喜歡自己被妳母親在信裡用那種言語批評。單純的小孩子不適合讀那種信。」歐佛莫小姐故意說給威克斯太太聽。

「那我就不知道妳有什麼好抱怨，反正她讀不到信最好。總之法蘭芝太太信任我，這就足夠。」歐佛莫小姐發出一聲鄙棄的笑聲，「那麼妳一定也參與了她那些不尋常的行為吧！」

「不算不尋常，」威克斯太太喊著，臉色變得蒼白，「比起在無助的女兒面前說她母親的壞話，這怎麼能叫不尋常！」

「我想那些話再壞也比不上妳要說的糟糕！」歐佛莫小姐回嘴，「太太，妳來這裡就是要說她父親的壞話吧？」

有那麼一會兒，威克斯太太神色嚴肅看著梅西，然後轉過身來看著另一位在場的人，用顫抖的聲音說：「我來這不是要說法蘭芝先生什麼，法蘭芝先生出門旅行帶著同伴，這還不夠惹人閒話的嗎？如果妳也這樣認為，那麼就不應該責怪法蘭芝太太和我。」

她指的顯然是歐佛莫小姐，此時這位年輕的小姐聽到這話中的指涉，只能盯著威克斯太太看，因為她需要一點時間聽清楚話中的意思。不過梅西卻是靜靜看著兩個爭執中的人，一下看她，一下又看她，而梅西也注意到，歐佛莫小姐回答的時候，嘴角卻扯出一抹微笑：「當然啦，看看法蘭芝太太旅行的時候帶上了什麼樣的人，那就沒什麼好奇怪的了。」

威克斯太太發出詭異的笑聲，聽在梅西耳裡似乎是她想模仿馬的嘶叫聲，但不太成功，「這正是我來這裡的目的，可憐的小姐居然自己提起這件事，真是太巧了。」她面對孩子抬頭挺胸站好，「梅西，妳一定要聽聽妳媽媽要說的話，聽完妳一定會覺得，她希望讓我先來告訴妳，其實就證明了她有多關心妳、多愛妳。她託我告訴妳，她是多麼愛妳，還有，她決定要和克勞德爵士結婚了。」

「克勞德爵士？」梅西帶著疑惑重複這個名字。而威克斯太太接著解釋，這位男士是法蘭芝太太很親近的朋友，她今年冬天到佛羅倫斯去的時候，這位男士幫了她大忙，讓她過著舒適的生活；這個時候，梅西的這位老朋友看著歐佛莫小姐聽到這消息是如何震驚，感覺十分開心，而梅西當然注意到了，對威克斯太太的感受也不是非常驚訝。年輕的老師眼睛睜得又圓又大，她馬上反擊，說如果法蘭芝太太再婚了，當然就喪失了對女兒的一切權利，包括帶她回去。威克斯太太訝異地問，這怎麼會造成這樣的結果呢？歐佛莫小姐馬上給了個原因，但顯然她只是隨便搪塞一下，想瞞混過去，她不想再爭論下去了，她還能再說什麼呢？除了梅西已經在她父親家多待了好幾個星期，但一開始她還把這點拿來攻擊愛達呢。威克斯太太繼續代表法蘭芝太太的立場說話，即使冠冕堂皇，但其實不太必要了，她說等法蘭芝太太回來，就會補上這段時間。謝天謝地，歐佛莫小姐完全不認識給愛達撐腰的這個人，但是她很肯定，這個人可以和在佛羅倫斯旅行的夫人發展出那種關係，一定不會輕易答應讓梅西住進他家，因為梅西是愛達前一段婚姻的產物，有損他的顏面。這只是又一場爭奪遊戲，而威克斯太太的造訪顯然是第一著棋。梅西在這針鋒相對的場面中，發覺這似乎又更堅定了她腦中那個未定的宿命論，她總是把自己的人生道路歸咎於這個論點，而她開始有了更深一層的預見，雖然她有聰明的歐佛莫小姐及熱忱的威克斯太太照顧，但在她有生之年，這場爭執的本質一定會有所改變，她似乎就是為此而生在這個世上的，基本上這還是一場爭執，但是現在的目標已經變成「不要」得到她。

威克斯太太聽完歐佛莫小姐的辯言之後，乾脆只跟小女孩說話，她從自己灰撲撲的舊外套口袋裡拿出一個扁平的小包裹，打開信封袋拿出裡頭的東西，要梅西說說「這個人」看起來，是不是會對每個人都很好？更別說是個乖巧的小孩。原來，有了新戀情的愛達相當坦然，她寄了一張克勞德爵士的「私房」照片來，而梅西一看到照片就迷上了他，看著他漂亮光滑的臉蛋、好看的五官、仁慈的雙眼，散發出友善的氣息，她這位未來繼父的一切可都是閃閃發亮、優雅高尚，只是她現在有點疑惑，因為她就要有兩個爸爸了，她到目前為止所學到的一切都告訴她，如果出現了第二個同性的家長，通常都是因為失去了第一個。

「他的臉是不是很善良？」威克斯太太問，看起來她已經完全臣服於這張迷人的肖像照，甚至還一心認定了克勞德爵士會讓她未來一片光明。「希望妳也看出來了，他真是位完美的紳士！」梅西從來沒有聽過有人用「善良」來形容一個人的臉，她聽到的時候感覺很棒，從此也樂得保持這個印象。

而她看到照片中那雙漂亮的眼睛，似乎是想認識她、直接和她說話，更是讓她不由得發出一聲微小而輕柔的感嘆：「他真的很好看！」她對威克斯太太說，手上還拿著那張照片，然後她感覺克勞德爵士一直在向她示好，於是她忍不住熱切地脫口而出：「喔，這張照片可以給我嗎？」

她一說完就抬頭看著歐佛莫小姐，當時她只是下意識想尋求權威者的同意，因為她從小就一直聽大人的教導，絕對不可以開口要東西。想不到歐佛莫小姐看起來似乎心不在焉，表情還挺奇怪的，遲疑著不說話，於是梅西又轉身看著威克斯太太，然後她看見老女士的臉拉得更長了，就好像受了什麼打擊，幾乎是害怕著，好像這個孩子所要求的東西已經超出她所能給的。這張照片是她必須緊緊抓住的資產，現在卻讓人直接拿走了，她內心掙扎了一會兒，猶豫著自己究竟有多喜愛這張照片，而她又願意為她的寶貝學生犧牲多少。不過梅西現在已經是個直覺敏銳的孩子，她看得出來自己的願望將會達成，然後她拿著照片伸出手給歐佛莫小姐看，就像是在炫耀自己母親的成就：「他真的很好看，對不對？」而可憐的威克斯太太對這張照片的渴望依然搖擺不定，她的髮帶隨著她的動作劇烈擺動著，她緊張地抓緊外套，上頭老舊的縫線都糾結在一起了。

「親愛的，那是寄給我的，」來訪的老師說，「妳媽媽很好心，特地寄來給我，不過如果妳真的這麼喜歡的話，那當然……」她終於還是退讓了，喘著氣，甘願讓給小女孩。

歐佛莫小姐還是一副完全事不關己的樣子，她說：「親愛的，如果這張照片是屬於妳的，我也樂意答應讓妳之後有空的時候，偶爾拿出來看一看，但是妳得讓我保留一點，我並不想碰任何屬於威克斯太太的東西。」

這時候，威克斯太太的臉已經紅得不得了，她反唇相譏：「小姐，不如妳就這樣看看他吧，我相信妳以後也絕對不會看到他了，怎樣都看不到！小寶貝，妳就儘管收著這張漂亮的照片吧，」她繼續說，「我敢說克勞德爵士一定很樂意再給我一張，上頭還會寫些好話。」這句大話說得勇氣十足，聽起來卻有些可悲的顫抖，但梅西都聽進去了，她感激得投入威克斯太太的懷抱，攬著她的頸子，等到兩人分開的時候，威克斯太太感到如此完全的溫柔，也就彌補了她必須做出的犧牲。

同時，在一旁看著的歐佛莫小姐抓到機會，很快拿起克勞德爵士的照片，也不知道有沒有看他一眼，就把照片迅速塞到沒人看見的地方。威克斯太太將梅西從懷中抱開的時候，四處張望想找照片，然後她嚴厲地直盯著歐佛莫小姐，最後眼神才終於回到小女孩身上，扯出一個最嚴肅的微笑。「好吧，梅西，一切都不要緊了，因為妳媽媽還寫了另一件事，她一定要我告訴妳。」雖然梅西才剛剛以擁抱證明自己對威克斯太太的忠誠，不過此時仍然偷偷看了歐佛莫小姐一眼，希望她能准許自己聽接下來的消息。但威克斯太太接下來說的話，再清楚也不過了：「她已經確定等到她和妳一回家，我就會回去工作，到時候妳就等著看我們的日子會多有趣。」梅西聽到的當下也很相信自己應該會知道，但是歐佛莫小姐突然說了一些奇怪的話，又讓她陷入困惑。

年輕的老師說：「威克斯太太不知道有什麼不為人知的因素，才會認為妳母親即將結婚這件事，對得到妳的監護權更有利；既然如此，不知道她對於妳父親的要怎麼說？」

雖然歐佛莫小姐這番話是對著梅西說的，但她的臉此時閃耀著諷刺的光芒，比以往還要更美麗，面對著威克斯太太，這位衣著破舊的太太動作僵硬地正準備離開。大人對梅西的教導一直都很讓她困惑，這些規則總是說沒一個準，有時候他們教她，如果有人問她話就要回答，但有時候她照做了，卻又會受到嚴厲懲罰；這一次，她覺得自己應該鼓起勇氣冒個險，尤其她覺得自己好像突然搞懂了事情之間的關聯，這種感覺實在太神奇了。她看著歐佛莫小姐，就好像她會這樣看著那些說「大人的」笑話給她聽的人，「妳是說爸爸對我的監護權，那麼爸爸要結婚了嗎？」

「爸爸不是要結婚，親愛的，妳爸爸已經結婚了。他前天在布萊頓結婚了。」歐佛莫小姐更是閃耀著愉悅的光彩，同時梅西也了解，這感覺有如天旋地轉，原來她這位「聰明」的老師就是新娘。

「如果妳想知道多一點，他是我的丈夫，而我就是他的小妻子。現在，看看誰才是妳親愛的媽媽！」她把她的學生摟進懷裡，但那種感覺比不上方才威克斯太太的擁抱。過了一會兒，一切逐漸歸於平靜，而那位可憐的太太聽到歐佛莫小姐最後一番話的時候，整個人像隻戰敗的公雞，默默逃走了。

8

威克斯太太離開後，歐佛莫小姐似乎發現自己其實不應該拒絕愛達・法蘭芝，不讓她把女兒帶回去。儘管如此，她從茶桌抽屜裡拿出克勞德爵士的照片，站在梅西面前，稍微把照片拿開仔細看了一看。

「他長得很帥對不對？」小女孩天真地問。

歐佛莫小姐遲疑了一下，「才沒有，他好醜。」她尖銳的回答讓梅西感到驚訝，但是她又掙扎了一會兒才把照片還給梅西。這張照片對梅西來說，產生了一股全新的吸引力，而同時又有點困惑，因為她從來沒有和這位漂亮的好朋友意見相左過，既然如此，她也只能問老師自己應該拿這張照片怎麼辦？她應該要把照片收得遠遠的，這樣老師就眼不見心不煩了？歐佛莫小姐又想了想，結果卻說：

「把照片放在教室的壁爐台上吧。」

梅西有點害怕：「可是讓爸爸看到的話，他會很不高興吧？」

「一定非常不高興，可是現在都沒關係啦。」歐佛莫小姐說話時好像刻意想強調什麼，讓她的學生陷入五里霧。

「是因為結婚了嗎？」梅西冒險一問。

歐佛莫小姐笑開了，梅西看得出來，雖然威克斯太太來訪讓她有些惱怒，但她的心情依然高昂，

「妳是說哪樁婚事呢？」

老師突然這麼問，小女孩這才驚覺自己也不知道，她覺得自己看起來一定很蠢，於是她轉移話題，問說：「妳會變得不一樣嗎？」這句話也充分暗示了克勞德爵士的新娘是否會有所改變。

「我和妳爸爸結婚之後嗎？當然。」歐佛莫小姐回答。而改變的第一步自然就是她的稱謂，從那天開始，她特別要求，就連梅西都要稱呼她「畢爾太太」。其實所謂改變，大概也就僅只如此，除了小女孩知道，現在她總共有兩對父母了；而過了三個月，梅西靠著樓梯欄杆傾聽樓下的聲音，底下的生活進展變得更多采多姿了，總是傳來忙碌煩擾的聲音，此外一切都和過去一樣。畢爾太太的服裝十分漂亮，但以前歐佛莫小姐的也不差，如果說爸爸喜歡他的第二任妻子勝過第一任，梅西其實也早就看出來了，畢竟她一直都在一旁看著這段關係的發展，就和最直接相關的人一樣密切。確實，以梅西早熟的心智，看著這對夫妻的交流，幾乎沒有無法解釋的情形，雖然他們兩人現在應該算是蜜月期，而梅西似乎沒有感受到太多新婚夫婦的氣息，至少和她經常聽說的情況不一樣（例如威克斯太太就跟

她說過很多細節），不過看到爸爸這麼一心一意爭取婚姻關係中的權力，梅西自然知道如何判斷眼前的情況。

爸爸從布萊頓回來之後，兩人並不是在威克斯太太來訪隔天就出發去度蜜月，而是奇怪地在幾天之後才進行，或許這趟蜜月會讓人有種奇怪的感覺，好像一段婚姻已經走到了後半，而還要繼續走下去。梅西知道爸爸有些不喜歡的東西，但對畢爾太太來說都沒關係了，而且他不喜歡的事情愈來愈多，看到克勞德爵士的照片會產生敵意，這樣的小事其實他根本看不上眼。結果這樣讓人心情愉快的東西就擺在了教室裡最顯眼的地方，老實說，法蘭芝先生也很少進來這裡，而在這段時間裡，畢爾太太的學生在教室裡幾乎就只做一件事，就是默默養成對克勞德爵士的愛慕。

不久，梅西就知道歐佛莫小姐的新身分會帶來什麼不同。既然她已經成為梅西父親的妻子，那就不是專屬於梅西的老師；她之前能夠正大光明待在這個家裡，是因為還有教師這份微薄的工作，而她如今的位置，讓她不再需要留下來的藉口，做起事來也不再綁手綁腳。所以她才會對梅西說，反對讓她去上學的聲音已經差不多解決了；而她在這個家裡的職責已經不再是——畢爾太太用了一個有趣的稱呼——一個小奶媽。但是究竟要不要找人來接替歐佛莫小姐的工作，這個問題依舊存在：事實擺在眼前，畢爾太太已經完全否決，並斥之荒唐，因為她實在太喜愛自己的繼女，所以無法將孩子交給其他只是受雇而來的普通人。梅西聽到畢爾太太擔心找新的家教老師可能會有危險，於是大膽提議，為威克斯太太美言幾句，還稍微提到了威克斯太太從一開始就是如何喜愛她，但是畢爾太太馬上斷然拒絕，因為她認為威克斯太太是愛達的人，可能會從中用些可怕的手段幫助愛達，再說，她覺得威克斯太太這個人不但討厭，還無知得像條魚。

同時，畢爾太太也不再保守祕密，就直接說出尷尬的事實，其實好學校的學費高到嚇死人，而且入學之後還有其他費用，只要提到這點，就算法蘭芝先生之前是如何大力堅持，似乎也決定不再進行這件事，畢竟他真的很討厭把錢掏出口袋。「妳相信嗎？」畢爾太太偷偷問她的小學生，「他說我是最花錢的東西，一個女兒和一個妻子加在一起，真的已經超出他的能力！」不用說，布萊頓的貴族學校就這樣消失在討論中，雖然他們還是害怕愛達隨時會出現，打算彌補她這段時間的缺席，她已經拖得太久，可以說是賴皮了。於是梅西和畢爾太太便只能枯坐在教室裡，任憑梅西的教育出現那一大片無助的空白。

這片空白實在太大，讓這孩子的每一天都出現一種中斷的感覺，就連莉賽特娃娃的法國口音都漸漸消失了；課堂上，遊戲已經結束，問題得不到解答，只剩下討厭的考試。最重要的是，還讓她養成了一個習慣，為了注意生活上的改變，只要門鈴一響，她就會趴在樓梯欄杆上偷聽。這是她在失去耐心時最能安撫自己的方法，但她在這些時候偷聽到的都是樓下的談笑風生，從她還很小的時候就有這樣的印象，所以她相信大人交際時都是真的很愉快，而且感情都是很密切的。

她覺得就算是和莉賽特、和威克斯太太在一起，雖然她們互相擁抱，為彼此流淚，卻從來都沒有感到這樣的親密，可以和現在的畢爾太太，或是過去的法蘭芝太太所感受到的友情相比，歡樂的音符比起憂鬱的曲調總是更能凝聚眾人的情感，而可憐的威克斯太太總是只能發出後者。儘管如此，這些日子以來，梅西還是希望，只要在遠遠的地方聽著家中某處隱約飄來的歡笑就好，因為她在客廳裡面對那些大人的問題，總是很傷心，覺得都沒有人來救她。

於是在這種情況下，她更應該好好利用家中的打雜女傭蘇珊·艾許，雖然只是個女傭，但行為舉止卻很不一樣，不過梅西還是只有在出門時才比較需要蘇珊的陪伴。蘇珊帶她出門的時候，和過去瑪朵帶她的經驗大不相同，瑪朵總是有非常嚴格的規定，在梅西的腦海裡留下鮮明的記憶，記得瑪朵是個多麼中規中矩的人，在她的陪伴下到牛津街散步，絕不會在商店櫥窗前留連徘徊，也絕不會一直用手肘推著梅西說：「我叫妳看那邊！」瑪朵帶著她的時候，過馬路總是依循著一樣的規矩，也不會像蘇珊總是疑神疑鬼，尤其是走到轉角處，蘇珊老是神經兮兮說害怕「有人來跟她說話」，但梅西倒是有點喜歡這些轉角。而在城裡散步會遇到什麼樣的危險，可以做些什麼轉移自己的注意力，都只是讓梅西更覺得自己什麼都沒學到，也沒人關心。

這樣的情況卻突然出現大變化。某一天梅西和蘇珊出門散步回來，因為一路上總是走了又停、走了又停，讓她累壞了，但是這一天卻讓她感受到另一種新鮮的情感。她一進門就有人告訴她，要她馬上到客廳去見一個人，她走過門廊，整個人籠罩在尷尬的氣氛中，讓她一時看不清楚，坐在客廳裡的除了畢爾太太，還有一位男士。一見到這位男士，眼下困境所帶來的痛苦立刻消失了，因為站在她眼前的正是從照片中走出來的克勞德爵士本人。

她第一眼看到他，就覺得他是目前為止讓她目瞪口呆的事物中，最閃閃發亮的存在，而見到他的喜悅，加上知道他抱著她、親吻她，很快就讓她的心悸動不已，為他感到一種奇怪又羞怯的驕傲，因為她知道克勞德爵士是想彌補她低落的情緒，安撫蘇珊在街上推她時留下的瘀青，還要彌補她坐在死寂教室裡的孤獨，因為什麼課也沒上而無聊發慌，有時她幾乎不敢自己待在教室裡。彷彿他當下就向她告白，表明自己是屬於她的，所以她儘可以帶著他去炫耀，看看他出現時製造的效果。不，她從來未曾擁有如此美麗的東西，也無法帶來這股特殊的愉悅感，現在的畢爾太太不能、開心時的爸爸不能、盛裝打扮的媽媽不能，即使是她剛得到莉賽特時也不能。

克勞德爵士伸手摸摸她，將她拉到身邊，此時的梅西感覺那股愉悅就要化作淚水滿溢，他揚起一抹微笑安定她的心神，燦爛得有如聖誕樹燈光，他說自己從她母親那邊聽說了很多有關她的事，現在之所以來看她，是想親自好好認識她。梅西聽得出來，他說這樣的話是希望她能跟他走，更可以說他就是為此而來，他已經待了好一陣子，顯然是在和畢爾太太商量。從他和這位太太談話的樣子看來，雖然畢爾太太一開始看到他的照片時觀感不佳，但顯然並未影響兩人的交流。兩人在討論的過程中已經變得相當親密，或者可以說是有那種感覺，而且梅西也看得出來，畢爾太太說話毫不保留，完全坦白直說要她放棄梅西得付出多大代價。「妳看起來怎麼這麼想離開的樣子？」她對梅西說，「我希望妳至少要清楚妳和克勞德爵士的關係，他好像壓根沒想到得向妳說明白才行。」

梅西有點昏頭了，馬上轉身向她的新朋友說：「怎麼？當然是因為你娶了媽媽，對吧？」

她焦急的強調語氣讓兩個大人又開始討論，因為她已經知道再婚是怎麼回事，所以在此時便準確提出這個資訊，看來已經很能接受這件事了。尤其克勞德爵士的笑聲，更是讓人無法忽視他為這屋裡帶來的甜美氣息，「親愛的孩子，我們已經結婚三個月了，因為我非常喜歡妳的母親，所以我才會想認識妳，這樣還不懂嗎？我會來這裡，當然也是為了妳母親。」

「喔，我懂啊。」梅西坦率表示自己其實很清楚，「因為她不能來，就算來了也只能待在門口。」然後她又靈光乍現，「所以她現在連待在門口也不行了嗎？」

「聽到了吧！」畢爾太太對克勞德爵士說，口氣似乎說明了他的為難有多可笑。

他善良的神色有點遲疑，好像也了解了畢爾太太的意思，但他還是露出坦率的笑容對小女孩說：「是啊，不太方便。」

「因為她跟你結婚了嗎？」

他立刻就接受這個解釋：「嗯，跟這個絕對很有關係。」

跟他說話真是太愉快了，所以梅西又繼續說：「可是爸爸他……他也跟歐佛莫小姐結婚了呀。」

「那妳也應該知道，他以後就不會去妳母親家接妳了。」畢爾太太插嘴回答。

「知道，可是我不會待很久。」梅西趕緊回應。

「現在先別談這個，妳還要跟我們住好幾個月呢。」克勞德爵士又把梅西拉近了一些。

「喔，就是因為這樣，所以才更難放她走啊！」畢爾太太伸出雙手呼喚她的繼女，藉此強調語氣，梅西便離開克勞德爵士的懷抱，走進那雙手圈出的空間，投以更溫柔的擁抱，感覺整個人都籠罩在這股幸福的氛圍中。「我會親自去接妳的，」繼母說，「以免克勞德爵士把妳留得太久，我們一定要讓他知道這麼做的後果！別跟我說夫人會怎麼想！」她對眼前的訪客說話的態度親近，好像他們以前一定見過一樣，「我知道夫人是什麼樣的人，一副我逼她得跟我做朋友的樣子。這對父母可真是了不起！」畢爾太太叫著。

原本梅西還不知道「夫人」這個全新的名詞是說誰，但畢爾太太又加了那句評論，因為經常聽到別人這樣說自己的父母，所以梅西很快就聯想到，「夫人」就是自己的母親。而了解之後，也讓梅西開始胡亂遐想，總覺得眼前這兩人好像有些讓人開心的可能性，是和她自己有關，而畢爾太太與克勞德爵士之間的關係，應該會比爸爸媽媽之間的關係快樂許多。接下來，因為她對這樣的關係饒富興趣，所以讓她忍不住開口又問了：「你見過爸爸了嗎？」

這句話暗示兩個大人還得繼續解釋，因為大家都把這小女孩的堅強性格看得太理所當然。儘管如此，畢爾太太還是只能淡淡說句：「妳爸爸啊！」話中諷刺意味明顯。

「有人很肯定跟我說他不在家。」克勞德爵士回答，「但如果他在，我當然很高興見他一面。」

「他不會介意你來嗎？」梅西問得好像她一定要知道似的。

「喔，妳這壞丫頭！」畢爾太太覺得又好氣又好笑。

梅西看得出來，雖然克勞德爵士聽了她的話也感到好笑，但仍然稍稍臉紅了，不過他還是相當溫柔地對她說：「所以我才更要來看看，妳知道吧，看妳父親會不會介意。不過畢爾太太看起來是相當堅持他不會介意。」

畢爾太太隨即向梅西解釋自己的看法，「親愛的，妳也知道，我倒是很想看看現在妳父親究竟還會介意什麼事，我很肯定自己是不知道的！」雖然她看起來已經很接受法蘭芝先生這樣的個性，但還是忍不住感嘆，好像在重複剛剛的訴苦：「親愛的，妳父親真的是個很奇怪的人。」說完她轉身對克勞德爵士微笑著說：「不過，如果他不會反對你來家中作客，那我這樣說他或許不太公道。你真該見見幾個來家裡的客人！」

梅西每個客人都見過，確實沒有一個比得上克勞德爵士。他也笑著回應畢爾太太，這個時候的他看起來就像是威克斯太太曾經說過的，那些長篇故事裡命運乖舛的美女總會遇到這樣的愛人：「完美的紳士，驚人地俊美」。他站起身來好像準備要走了，打斷了梅西的幻想，讓她覺得有點可惜。「我想我們一定會相處愉快的！」

畢爾太太再一次將她的小學生抱在懷裡，抱得緊緊的，若有所思的視線掠過梅西頭頂，看著訪客：「你真是好人，像你這樣的男人，居然會這麼想照顧她！」

「妳又知道我是什麼樣的男人呢？」克勞德爵士笑著說，「不管是什麼，我都敢說妳被騙了。事實很簡單，只是一直都沒有人把我看作……你們都是怎麼稱呼那種人呢？『居家男人』，沒錯，我是居家的男人，我以自己的名譽發誓我真的是！」

「那到底為什麼，」畢爾太太大聲說，「你不娶一個居家女人呢？」

克勞德爵士認真看著她：「我想，妳知道一個人為什麼要結婚，再說，世界上根本沒有居家女人，有的話也死光了！而且她們也不想要小孩子，想要的都死光了！」

他說起這件事情的樣子實在太有趣了，聽在梅西耳裡反而像是不祥的預感，於是她有些情緒低落地看著眼前的狀況。同時，她待在畢爾太太環繞著她的臂彎裡，也感到這位保護者有些遲疑。「你的腦筋還算清楚嘛！不過，你是說夫人她不想要……真的嗎？」

「連聽都不想聽……真的。但是她可躲不掉她已經擁有的這一個。」這時候，克勞德爵士的眼睛落在小女孩身上，似乎是想用自己的良心掩蓋她母親的態度。「她必須盡自己所能好好對待她，難道不對嗎？就算做做表面功夫也好，不是嗎？一個人只希望自己的妻子能好好照顧孩子。」

「喔，我很了解這個人想要什麼！」畢爾太太高聲回應，顯然打動了她的訪客。

「好吧，如果妳都能讓『他』盡力，我敢說妳一定很費心，那我何不想辦法勸勸愛達呢？料理母鵝能用的醬汁，用在公鵝上也行①，或者反過來說也對，妳知道吧？我決定要處理這件事。」

畢爾太太眼睛仍然看著靠在壁爐台的克勞德爵士，看起來似乎在仔細思考他話中的意思，想了好一會兒才終於開口：「你的心地這麼善良，真是太了不起了，你真的是！若是淑女就應該有如此細膩的心思，但你可是個男人啊！小寶貝，作為男性是不是很糟糕呢？」她把臉頰貼著梅西的臉頰問她。

「喔，我最喜歡紳士了。」梅西清楚表態。

這話讓人聽了很是開心，「說的真好！」克勞德爵士對畢爾太太說。

「不，」畢爾太太說，「我只是想著她在她母親家會遇到的那些貴婦。」

「啊，她們現在很不錯了。」克勞德爵士回覆。

「你說『不錯』是什麼意思？」

「嗯，她們收斂多了。」

「你沒回答我的問題。」畢爾太太說，「不過我想你一定把她們的問題處理好了，而這樣你都還願意接下這份責任，真是天使下凡了。」說完她調皮地輕輕拍了梅西一下。

「我不是天使，只是個老媽子。」克勞德爵士坦言，「我喜歡小孩，一直都是。如果有天我們破產了，我應該會去找份工作，當個盡責的保姆。」

梅西的心已經完全被迷住了，聽到大人談論和她年紀相關的話題，若是換了其他時候，她可能還會覺得難過。此時畢爾太太感性地說了一句，讓梅西暫時拋開幻想，她把梅西轉向面對自己，溫柔地看著她的眼睛：「妳這小淘氣，很想離開我是嗎？」

小女孩深思了一會兒，即使兩人的關係是如此神聖，已經成為兩人之間的羈絆，但她還是必須了斷，只是力道相當輕柔：「不是該輪到媽媽了嗎？」

「妳真是個糟糕的小做作鬼！我想，現在還是少談到『輪流』這件事吧。」畢爾太太回答，「我知道該輪到誰了，妳什麼時候開始這麼喜歡妳媽媽了？」

「我說啊，注意言詞啊！」克勞德爵士即使出聲抗議也依然和善。

「她沒有什麼沒聽過的。不過沒關係，她可沒因為這樣就學壞了。要是妳能體會離開妳，我有多傷心就好了！」她繼續對梅西說。

克勞德爵士看著畢爾太太是如此心繫著這個孩子，很是可愛，「我很高興妳是真的關心她，是真

①英文俗諺What's sauce for the goose is sauce for the gander.意思就如字面所說，能用在某人身上的方法，用在另一個人身上應該也能通。原意已經清楚易懂，所以譯者在此選擇直譯。

心對她好。」

畢爾太太緩緩站起身，雙手依然抓著梅西，但卻輕輕嘆了口氣：「是啊，如果你高興那就好辦多了，我向你保證，我絕對不會放棄任何我對她的權利，我想以我所做的犧牲，總應該有些權利的。我的立場無比堅定，一定會為她著想。看起來，她把你和我兜在一起了。」

「她讓妳和我兜在一起了。」克勞德爵士說。

他開心的回應延續了這件事實所帶來愉悅的氣氛，梅西幾乎是滿腔熱血地脫口說出：「我讓你和她兜在一起了！」

當然他們聽到這話又笑了。畢爾太太親暱地搖晃著她，「妳這小怪物，小心自己的影響力！不過她真的有這個辦法，」她繼續對克勞德爵士說，「她讓我和畢爾在一起。」

「這樣的話，」克勞德爵士對梅西說，「妳到了我們家一定要試試這魔法。」他又對梅西伸出手，「妳現在願意跟我走了嗎？」

「現在？就這樣去嗎？」她轉身熱切地尋求繼母的同意，希望可以跳過那一大堆得準備的行李，想到那些要整理的東西詭異地逼近她，張開血盆大口。「喔，可以嗎？」

畢爾太太對克勞德爵士表示同意，「當然好，怎麼樣都行。我明天會把她的東西送過去。」然後她拉拉小女孩的外套，楚楚可憐地把小女孩從頭到腳看個仔細。

「這個樣子不是我喜歡的，她母親會幫她好好打點的。不過能怎麼辦呢？她也沒什麼好衣服能穿了。而且她已經比她剛來的時候好了，你可以這樣告訴她母親。我也很不想對你說，真抱歉，但這可憐的孩子剛來的時候真是悽慘。」

「喔，我自己會幫她好好打點的。」這位訪客很友善地說。

「那我可真想看看！」畢爾太太看起來很是高興，「你一定要帶她來見我，我們可以安排一下。再見，小麻煩！」而她最後對克勞德爵士說，她會讓「他」好好盡力的。

9

梅西還沒回到母親家之前，就知道自己的課程進度落後了很多，而且要補課的內容非常驚人，這些事情馬上就成了威克斯太太的工作職責。梅西抵達後一天，威克斯太太也到了，雖然她必須從後門進屋，但卻是滿盈著歡喜的淚水。而補課需要連續好幾個階段，因為這位好老師有太多太多話想說，多到讓這段時間至少得像梅西先前在父親家待的時間一樣長。但是這段時間可比之前有趣、充實多了，期間總是能聽見威克斯太太的聲音，不斷堅持，要她們兩人都得拿出精神來上課，梅西也很欣賞這樣的堅持，因為她在畢爾太太及蘇珊•艾許的照顧下，其實什麼也沒學到，而因為威克斯太太這樣努力，拯救了像她這樣遭到遺棄的小孩，自然成功贏得小孩的歡心。於是，這一年將梅西塑造成了一個存放無關緊要知識的容器，滿溢到邊緣，但至少讓梅西覺得自己有在學東西。威克斯太太營造出這樣的氣氛，她對梅西有好多好多話想說，總是不停提醒梅西，時光荏苒不等人，她們還有好多好多事物要學，而這些課題都得趕著學習，結果有些像囫圇吞棗，但卻帶著成功的喜悅。當然，她們沒有時間閒晃，小孩每天上床睡覺時，都像玩了一整天那樣疲憊，從她們第一天重逢就是如此；而在第一堂課，威克斯太太就必須告訴學生，為什麼夫人會做出避不見面這麼奇怪的事。

整整三天，夫人都不願意來見她的女兒，只有克勞德爵士會興匆匆跑進教室來，想些說詞來圓一圓眼下奇怪的狀況：「她很快就會來了，懂吧？我保證，她會來的。」甚至還有些感到抱歉，因為是他害梅西嘗到這種受辱的感覺，這孩子從來沒有接受過如此讓人開心的道歉，任何方式都沒有。

克勞德爵士相當友善地坦承，夫人並不知道自己曾造訪她前夫的住處，而且為了帶回她的女兒，還和住在那房子裡可怕的女人建立起友情。天知道夫人有多麼想帶回自己的孩子，也擬了諸多計劃好帶梅西離開，但是至少就目前來說，她無法原諒所有相關的人，氣克勞德爵士如此多管閒事，這樣偷偷把梅西帶回來。而這樣的憤恨，受害最深的還是梅西，即使威克斯太太已經巧妙地粉飾太平，仍然無法讓梅西的心情愉快，尤其克勞德爵士說起這件事也不是特別高明，儘管如此，他倒是並未因此感覺挫敗。他很喜歡梅西，時不時就來看她，有時候還會覺得非常驚奇；而對他的小小同伴來說，克勞德爵士的坦誠讓她相當讚賞，似乎比他自己想像的還要多。他託付給她一件重要的事，希望梅西在她母親面前，如果她母親終於願意見她的話，不要提起一切畢爾太太曾經對他說過的事。克勞德爵士經常來教室探望，開玩笑地說這是為了要做好萬全的預防措施，表現得一副喜歡胡鬧的樣子；他會逗逗威克斯太太，直到她高興得漲紅了臉，甚至發紫，還不忘提醒梅西，要她記得保持緘默，於是梅西便抿緊嘴唇，像被印地安人抓走的俘虜一樣。

梅西剛回來的這幾天，確實感覺已經過了好久，課程內容似乎都繞著克勞德爵士打轉，但是她從來沒有真的向威克斯太太提起，克勞德爵士已經對她明說暗示，所以她也已經做好心理準備，面對母親的態度，她還承受得起這種無謂的折磨。但是，威克斯太太也已經敏銳地察覺到目前的情況是怎麼回事，顯然她也不太需要別人特別交代。只要遇到不甚愉快的事，老師的解釋都是「因為夫人完全沉浸在愛河裡」，還有在老師的地位岌岌可危的時候，也有必要拿出這個藉口。梅西完全接受了這個暗示，帶著無限讚嘆，並且深信不疑。終於有一天，她的母親決定和她見面。

梅西進到母親的臥房，那股陌生感幾乎讓她害怕起來，但她又看到不少東西，似乎能夠幫助她想起些什麼，一點一滴都散發出愛達過去那種好鬥的性格，以及示威似地取回原本屬於她的東西。這對母女已經同在一個屋簷下有一段時間了，而這樣的示威來得有點晚。即使在她腦中已經植入了對克勞德爵士的感情，再加上威克斯太太告訴她的祕聞故事，梅西也很清楚這樣的情感通常會造成什麼破壞，但她仍然驚嘆著夫人亮麗的外表、刺眼的光彩、鮮豔的唇色，甚至是她凌厲的眼神，就像故事書裡那些美麗人物的眼神，直直投入梅西的眼睛，都是因為兩人周圍已經凝重的氣氛似乎更加凝重的緣故。夫人的表白與解釋還混合了一些其他元素，像是急切的訊問、驟下的結論，梅西還在其中發現了關聯著過去的記憶，例如夫人擺弄著她手邊的小玩意兒、偶爾說說她對女兒的愛意、她衣服上的味道，還有突然轉換話題，這都是她從以前就最拿手的把戲，威克斯太太說這就叫「貴族氣派」，有時候話題一換，態度斷然得就像當著人的面把門關上一樣。最不一樣的就是她頭髮的顏色，從原本的金色換成紅銅色，她女兒感覺那一頭濃密的頭髮似乎梳得更高聳。美麗的母親看起來確實更高挑，整個人也更有貴族架勢，有些人看到了或許會覺得驚訝，不過這都可以巧妙解釋成浪漫愛情的功勞。梅西輕易就看得出來，正是愛達的這段感情讓她不斷追問，究竟在另外那個家裡，那個可怕的女人和克勞德爵士之間發生了什麼事；不過也正在此時，梅西想起了在過去那段日子裡，自己靠著裝瘋賣傻度過了好一段太平生活，這門技術現在又派上用場，在母親盤問她的過程中，她成功讓雙眼顯得空洞無神，她母親只能讓她離開，臨走之際還不忘讓她知道，原來她一點也沒有長進，還是一樣無趣。

她可以忍受，她什麼都可以忍受，只要讓她覺得自己為克勞德爵士做了一點事。就連威克斯太太，梅西也沒告訴她畢爾太太好像喜歡克勞德爵士，既然如此，那麼她更加不會告訴夫人。過去的情景彷彿在眼前重現，卻讓梅西感到有些困惑。因為媽媽討厭爸爸，所以她總是想知道有關他的壞事；但是現在媽媽想知道有關克勞德爵士的壞事，卻是出自於相反的感情。梅西感到無比震撼，一個女人能受到威克斯太太口中那種激情多大的影響，她屏住呼吸，感覺眼前的生活是一團凌亂，而她得在其中小心行走，別踩到任何東西。但是，她和母親見過面之後，倒是向威克斯太太說了一件事，也就是夫人告訴梅西的最後一句話：雖然她這個母親對梅西有好的影響（她自己這麼說的），就夫人看來，一段無關緊要的缺席並無大礙，而她已經盡了自己對女兒應盡的義務。梅西說完，和老師彼此對看，意義深長地不發一語。

不過，幾個禮拜過去了，這段話顯然並未造成什麼後果，也沒有嚴重妨礙到這對師生愉快地追趕課程進度。偶爾，夫人會盡她的義務，也就是接連好幾天不見她女兒，而梅西就和威克斯太太及善良的克勞德爵士，一起度過豐富的生活。威克斯太太穿上了新衣裳，待遇也比以前更好了，她是第一個這麼說的人。對梅西來說，這段時光過得熱鬧又趣味橫生，於是畢爾太太和蘇珊・艾許就暫時被梅西拋在腦後了，她們就像是未受邀來參加聖誕派對的小孩一樣。不過威克斯太太卻一直有個隱憂，於是她拿出來和她的小學生商討，因為她也會和學生分享許多祕密心情，她的態度相當嚴肅，時不時就提起這件事：夫人現在突然就成了上流貴族，可能會拆散她們倆，想把梅西送進學校。但是她也有辦法安撫兩人的恐懼，因為她相信克勞德爵士一定有能力掌控大局，他不是也經常這麼說嗎？愛達為女兒的犧牲奉獻讓這對夫妻周遭許多人士都深感折服，而克勞德爵士因此高興滿意得不得了，所以他經常進到教室來告訴這對師生，他覺得一切都進行得非常美妙，一切都會繼續這樣進行下去。

有時候他會好幾天不見人影，不過他的兩位朋友都很有耐心，知道夫人當然會希望丈夫多注意自己一點；但是每次他回到教室，總會告訴她們自己去了哪裡，說些荒誕好笑的故事，塑造出多采多姿的世界，甚至還會帶給她們漂亮的禮物，讓她們知道自己不在的時候有多想家。克勞德爵士不但跟她們說了好多外面的事，讓她們感覺就像自己「出過門」一樣，他給了威克斯太太一張五英鎊鈔票、跟她說法國歷史的故事，還送她一把孔雀石手把的雨傘；然後他送梅西巧克力奶油糖和好多故事書，特別帶她一個人出門去買了一件可愛的大衣，另外還有許多盒遊戲組，附上整齊印刷的遊戲指示，最後是一個亮紅色的畫框，好保護他那張出了名的肖像照。克勞德爵士說，那些遊戲組是要讓她們打發晚間時光的，確實，晚上總能看到威克斯太太努力想讀懂說明書上寫的是什麼意思；每次他問起兩人，她們喜不喜歡那些遊戲？她們總是回答：「喔，太喜歡了！」不過兩人也認真討論過，是不是應該坦白一點，請他幫忙解讀說明比較好？這對師生一遇到這些說明書就一點辦法也沒有；她們也不知道為什麼，就是不希望他知道兩人遇到麻煩了，大概也是她們對他的體貼吧。

最讓人感到驚羨不已的是他對威克斯太太的溫柔友善，不只是那張五英鎊紙鈔、不只是嘴上說著「不會忘了她」，而是他無微不至的照顧，威克斯太太說起這件事的時候，周圍的氣氛都變得莊嚴神聖起來，這種感覺梅西在後來也只再見識過一次，那個時候，這位可憐的女士比在場所有人加起來都還要高尚，這件事稍後再提。威克斯太太說，克勞德爵士會與她握手致意，認得她這個人，最重要的是，他不只一次帶著她和自己的繼女去欣賞默劇，散場時他們走入人群，他會大方地讓她挽著自己的手。她們出門到陽光普照的皮卡迪利大道和他見面，他總是逗她們開心，不停轉身和她們交談，陪著她們散步，他很清楚自己的陪伴讓這對師生更亮眼，也樂意不斷讓旁人注意到這點，完全就是這對師生的英雄，而若換作是夫人，即使她和梅西有血緣關係，也不會表現出這樣的英雄風範，梅西自己相當清楚，不必威克斯太太明說也心知肚明。雖說小孩子應該還感覺不出什麼，但克勞德爵士這樣的興致高昂，看在梅西眼裡卻為他感到一絲悲傷，因為她知道這位謙遜的同伴在人生路上，是如何側身、掩護著自己行走；不過毫無疑問的是，克勞德爵士確實是位紳士，他比這個世界上任何一個人都還要彬彬有禮。威克斯太太總是不斷說：「我可不管妳以後長大出了社會會見到什麼樣的人，就算是妳未來訂親的對象也一樣，都比不上他。」雖然梅西有些疑問，但從未問出口，於是威克斯太太也就不必面對尷尬的問題，不必告訴她克勞德爵士是不是比她爸爸更像紳士。這也不是因為梅西找不到機會發問，而是這對師生談起任何問題總是繞著克勞德爵士打轉，沒有哪個課題她們不會深究，就連歷史事件的日期或助動詞用法，這些只要翻翻書頁就能找到答案的問題，也有可能扯到他。冬天的晚上，她們拿出數字牌和假硬幣①學習，一起讀內容驚奇的小冊子，都只是為了能夠聚在爐火邊，談論有關他的事情。真要說起來的話，在那段時間，這些富有教育意義的談話，就是這個小女孩學習的主要內容了。

同時也必須承認，他帶領兩人遠離了原本的生活，或許是有些太遠了，對梅西身邊單純的老師來說，她守舊的道德觀念及積塵已久的禮節規矩，過去從來不會允許這樣的事發生。有時候會聽見威克斯太太嘆著氣對梅西表明，自己是如何克服了良心不安的感覺，試問，對一個經歷如此特異的年輕人來說（確實如此），還能怎麼樣要求她呢？「反正妳又不是不懂，妳不是該知道的都知道了嗎，對不對，親愛的？」還有，「我再怎麼樣也不可能把妳教得更糟了，對吧，小寶貝？」這位好心的女士就是這樣為自己找藉口，而她的學生也很喜歡老師這樣像是閒話家常的一派輕鬆。

確實，學生已經知道的這些，她習以為常，不會特別拿出來說嘴，但是這些「知識」卻相當有用，甚至超越了所有課本裡的知識，能夠輔助她的所有學習。如果這孩子已經不能再更糟了，其實這

① 數字牌和假硬幣是蒙特梭利教學法中常用的教學道具，準備十張紙牌，上面分別寫上數字一至十，然後準備數量相等的假硬幣，在數字一的紙牌下放一枚硬幣；數字二的紙牌下放兩枚硬幣，依此類推。藉這個道具讓孩子認識數字及數數的概念。

樣也好，甚至梅西都希望自己是糟糕的，對這對師生來說，這是堅固有力的支撐，能夠安撫她們眼下的危機：那就是媽媽懷著恐懼的嫉妒心，這是媽媽付出熾熱感情之後的另一面，這對感情深厚的師生在教室不用多久就知道要如何應付了，因為她們必須面對夫人這種不快，嫁給像克勞德爵士這樣迷人的紳士，其他女士自然也會受他吸引，做妻子的怎麼不煎熬呢？這些女士總是忍不住愛上克勞德爵士，夫人當然會怒火中燒。有一天發生了一件意外，她們聽見某扇門砰然關上的撞擊聲，又或者是哪個受驚的女傭落荒而逃，特別生動地展現出夫人的不悅。梅西將這一切看在眼裡，深思了好一會兒，突然對她的同伴說：「親愛的老師，妳也愛上他了嗎？」即使是如此深奧的問題，聽者還是能夠一笑置之的，想不到威克斯太太聽到梅西堅毅果決的口氣，就像是步槍被擊發了，不假思索地脫口說：「我全心全意地愛他，如果妳要問的話，我從來沒有愛得這麼深過。」

雖然聽到如此大膽的發言，卻也不能阻擋梅西對繼父的愛。幾天之後，因為克勞德爵士已經好幾天沒來看她們兩個，女老師便把問題丟回給學生：「那麼換我問妳了，小姐，妳愛上他了嗎？」梅西聽得出來威克斯太太的語氣有點遲疑，但是顯然是抱著開玩笑的心情。「是啊，不然呢？」孩子回答了，帶著點驚訝，彷彿自己不久前就已經承認了。聽到回答後，老師輕嘆口氣，看來非常滿意這個答案，其實這個答案或許已經表達出很大程度的撫慰，表示一切事情都照著該有的軌道運行。

但是她們很確定夫人不是在生她們的氣，但是過了六個月，意想不到的情況還是發生了，克勞德爵士開始會連著好幾天都不來看她們，不過她們也很清楚，夫人並未禁止他來教室。他「消失」了，愛達也「消失」了，有時候兩人會一起消失，或是分別消失；有些時候，整座屋子裡就剩下這對師生，就連僕人似乎也都「消失」了，只能到儲藏室和餐具櫃裡找食物，兩人草草餵食自己。在這種情況下，威克斯太太就會叮囑她的學生，因為經常都是餓著肚子，所以特別需要這些叮囑帶來的力量支撐下去：她們的同伴是有「真實生活」的，他們免不了會進入光鮮亮麗的社會，在其中享受複雜難解的歡愉，若是他們的心智不想追求這些，那真可說是逾越了該有的本分，那個花花世界一定是讓他們看見了很多，若沒親眼見過就無法想像的東西。

某一次，梅西發現威克斯太太透露出，雖然有重重阻礙，但畢爾太太現在成了母親最頭痛的人物。不知怎地，這孩子發現了事情的全部真相，原來她的繼母一直想方設法來見她，繼父又支持繼母的做法，而且繼母還一副儼然代表了梅西父親的樣子，讓她母親深惡痛絕，簡單地說，她母親把整件事情看得相當嚴重，威克斯太太稱這個情況絕對是混亂到失去常理了。她這句評論讓梅西想起克勞德爵士和畢爾太太，兩人認識彼此、談笑的樣子是多麼快樂，雖然她沒跟威克斯太太說什麼，但是她到母親家的頭幾個禮拜，她發現自己不止一次回想起這件和繼父有關的事情。至於那天克勞德爵士到父親家來找她的事，她知道母親本來也想讓威克斯太太去帶梅西回來，但梅西暗自慶幸威克斯太太沒有聽話。克勞德爵士跟梅西提起這件事的時候，都稱之為「過程」，後來有一次他又跟她說起那次過程，他稱讚梅西是個非常乖的「鬼靈精」，她讓那次過程更有趣。然後梅西也知道了，她很清楚畢爾太太並沒有完全放棄她，她問繼父是不是還有和繼母聯絡，那個時候，她和繼母之間的一切是不是一定要結束？這次的對話其實是發生在某天，他突然探頭進教室，發現只有梅西一個人。

10

克勞德爵士站在壁爐前面抽著菸，看著教室裡寥寥無幾的教學物品，那個樣子讓梅西感覺有些困窘。然後在他讓梅西「拉走」他（所以話題才會談到畢爾太太）之前——梅西是從克勞德爵士身上學到「拉走」這個詞的，想不到她居然這樣也學了不少詞彙——他評論說，講到這裡的裝飾，她媽媽還真是滿低調的。威克斯太太在教室裡放了一把日本紙扇，還貼了兩篇滿可怕的聖經經文，她本來希望能貼上比較歡樂的經文，但她好像只能找到這兩篇。不過還好有克勞德爵士的照片，否則這個地方就會像他說的，無聊得像是一頓冷掉的晚餐，還說她們應該在這間教室裡放很多東西，但是必須承認，這對師生也拿不定主意，一直討論哪樣東西放在哪裡會最好看、應不應該在教室裡放某樣東西，又想到這孩子的未來會有多少變動，當然也就不太希望堆積太多東西。梅西留在這個家裡的時間久到只能讓她錯過許多，但又沒有久到讓她能擁有許多。克勞德爵士環顧教室裡的樣子，讓她感覺很羞愧，她曾經去看過蘇珊・艾許睡覺的破舊閣樓，那裡也是如此簡陋。然後他突然提起畢爾太太：「妳覺得她是真心關心妳嗎？」

「當然超關心的！」梅西回答。

「但，我是說，她是真心愛妳這個人，他們都是這麼說的，妳懂嗎？她喜歡妳，就像威克斯太太喜歡妳一樣嗎？」

孩子反覆思量了一番，「喔，可是畢爾太太不是只剩下我一個人。」

克勞德爵士聽了似乎覺得很開心，「沒錯，她不是只有妳一個人。」

他的笑聲持續了好一陣子，但是這對梅西已經不是什麼新鮮事了，所以她臉不紅氣不喘：「但是她絕對不會放棄我的。」

「喔？我也不會的，小朋友，就是這樣才不好玩了，而且不是只有她不想放棄妳。但是，如果她這麼喜歡妳，為什麼都沒有寫信給妳呢？」

「喔，因為媽媽啊。」原因實在太簡單了，梅西甚至有點驚訝，他怎麼會問這麼簡單的問題？

「原來如此，說的很對。」他回答，「她也許想跟妳聯絡，方法有很多種，不過當然啦，還有威克斯太太。」

「還有威克斯太太，」梅西清楚表達出贊同，「威克斯太太受不了她。」

克勞德爵士似乎覺得很有趣，「是嗎？她受不了她？她是怎麼說她的？」

「什麼也沒說，因為她知道我不會喜歡聽。她人是不是很好？」孩子問。

「當然，好多了。畢爾太太可不會為了這種事情忍著不出聲，對嗎？」

梅西還記得畢爾太太鮮少忍著不出聲，但她也想保護畢爾太太，可是她唯一能想到的保護方式就是抗議說：「喔，你也知道，在爸爸家他們都不在意這些。」

聽到這句話，克勞德爵士只是微笑：「沒錯，我敢說他們都不在意。可是在這裡，我們就很在意，對吧？我們會注意自己說了什麼話，雖然我想我不應該在這件事情上讓妳產生偏見，」他繼續說，「但是我認為整體來說，我們家一定比妳父親家好多了。不過我也不會堅持，拿這種問題來問妳的看法實在太詭異了。不管怎麼樣，不用擔心，我向妳保證，我一定會支持妳的。」然後過了一下子，他又抽起菸來，他把話題轉回畢爾太太，以及梅西問他的第一個問題：是否還有和畢爾太太聯絡。「恐怕目前我們什麼也不能為她做，我從那天起就沒見過她了，我發誓，真的沒見過她。」接著下一秒，他發出一聲聽起來毫不愚蠢的笑，年輕男人的臉上微微泛紅，一定是感覺到自己這樣對梅西表明清白，實在毫無必要，但是，他還是免不了對她說這樣的話，畢竟她的母親非常討厭另一個家的那個女人，沒有他妻子的同意，他絕對不能再去拜訪，而且他也不是那種人。

他急切地希望梅西相信他，明知可笑，卻還是忍不住落入良心不安的煎熬，急著向這孩子證明自己並未出軌。他和她談話的口氣很可靠，讓她知道自己是個頂天立地的男子漢，他曾經到畢爾太太家把梅西帶走，但現在情況完全不一樣了。現在她已經在她母親家，他又要跟她母親說什麼藉口才能去拜訪她父親的妻子呢？當然，畢爾太太也不可能到愛達家來，愛達會把她五馬分屍的。

說到了藉口，梅西回想起畢爾太太經常說她是個好藉口，而一個藉口的功能使然，她的命運要不就是備受依賴，要不就是備受冷落。此外，克勞德爵士這時候還認清了一件事，或許稍後情勢的風向就會改變，最後他說：「我知道她一定是真心關心妳，但是我們一定得抬頭挺胸做事，妳知道的，只要妳幫我，我也會幫妳。」他最後的語氣很輕快，像在稱兄道弟，和梅西公平交易一樣，絲毫沒有恫嚇之意，讓這孩子已經準備好為他承受任何事，同時她也模糊感覺到這項約定的美妙之處，他並非刻意裝出與她年紀差不多的層次來欺騙她，而是對他們兩人來說，年紀真的無關緊要。

梅西偷偷沉迷了好一會兒，她相信自己或許真的能幫他，唯一讓她感到疑惑不解的，就是這些比她年長的人，提起年輕歲月這段印象鮮明的時光，那種樣子令她難忘。對克勞德爵士來說，畢爾太太還年輕；就像對威克斯太太來說，克勞德爵士也是，威克斯太太經常讚許他的許多優點，其中就包括了年輕。那麼梅西她自己是如何呢？而就年輕這點的另一面來說，媽媽又是如何呢？她費了點時間想解開這個謎題，還嘗試了一、兩個實驗想幫助解答，但是對於媽媽青春與否的問題都無濟於事。

有一天，她甚至還越了線，她看著夫人臉上濃豔的顏色和仔細描繪的線條，心裡想著除了媽媽以外，還有誰會把臉塗成這樣？但如果她不年輕了，那麼她就是老人，而她的丈夫又是和自己不同世代的人，看起來真的有些奇怪。法蘭芝先生的年紀又更大，梅西非常清楚這點，所以免不了就讓她想到，既然畢爾太太比克勞德爵士還年輕，那麼爸爸的年紀比畢爾太太一定又大得多了。發現了這點，讓梅西覺得很窘，甚至有點疑惑：看起來，這些人的所作所為都不是自己年紀該做的事，而好像又以媽媽的例子最誇張，這讓梅西想到就覺得慶幸，還好她和威克斯太太沒有深究，克勞德爵士與妻子之間的關係好不好，她非常清楚，自己和老師之所以克制著，沒有把注意力放在夫人感情關係的狀況上，是因為她們能體諒她，甚至是為她感到尷尬，或許威克斯太太尤是如此。最後，梅西和繼父這場在教室中的對話結束於她的一句話：「如果我們都不能去找畢爾太太，這好像跟你去接我的時候，她以為的狀況不一樣。」

他看起來一臉茫然：「她好像以為怎麼樣？」

「就是我讓你們兩人兜在一起啦。」

「她這麼以為嗎？」克勞德爵士問。

梅西很驚訝他居然忘了，「就像我把她和爸爸兜在一起啊，你不記得她說過了嗎？」

克勞德爵士終於想起來了，他大笑出聲：「對，沒錯，她是說過！」

「你也說過。」梅西繼續回想細節。

他想起了整個情況，情緒愈來愈高昂，「妳也說過！」他回嘴，好像兩人在玩什麼遊戲。

「那是我們都錯了嗎？」

他沉思了一會兒，「不是，整體來說不是。我敢說，妳已經成功了，我們是在一起沒錯，真的是太奇怪了。雖然我們沒有見面，但她會時時想起我們，想起妳和我。我相信等到妳回到她身邊，一定會發現一切都沒事了。」

「我要回到她身邊嗎？」梅西說話時小小倒抽一口氣，好像這個快樂的當下突然被抓走了。

這句話也讓克勞德爵士的臉色一時間明顯黯淡不少，或許感覺到他的行為讓這份友情變得多麼沉重，「喔，我想某天總會回去吧！不過我們還有很多時間。」

「我還有好多好多時間得補上。」梅西知道自己這麼說非常勇敢。

「沒錯，妳一定要補滿每個小時。喔，我得盯著妳照做才行！」

這話像在鼓勵她繼續說，於是為了表現出她已經毫無疑慮，她開心回答：「威克斯太太也會盯著我。」

「沒錯，」克勞德爵士說，「威克斯太太和我會並肩作戰。」

梅西想像著這個強烈的畫面，稍稍思量之後說：「那麼，我也影響你和她了，我把你們兜在一起了！」

「可不是嗎！」克勞德爵士笑了，「而且我告訴妳，還比我和其他人更緊密呢！喔，妳真是幫了我們大忙了！好了，希望妳也能……知道吧？我那天說的，可以幫幫我和妳媽媽就太好了！」

孩子想了想，「把你和她兜在一起？」

「是這樣，我們兩人並沒有在一起，完全沒有。但是我不應該跟妳說這些，更何況妳其實也幫不上忙，不是妳。不是，好朋友。」年輕人又繼續說，「讓妳來，妳會受不了的。不過沒關係，我們還過得去。最棒的就是妳和我很好。」

「我們很好！」梅西真心重複著這句話。但是接下來，想到他剛剛說的話，梅西問：「我怎麼離得開你呢？」彷彿她得照顧他一樣。

他的微笑平撫了她的焦慮，「這個啊，妳不必離開我，不會發生的。」

「你是說，等我要離開的時候，你會跟我走嗎？」

克勞德爵士想了想，「或許不是真的『跟妳走』，但我絕對不會離妳太遠的。」

「可是你怎麼知道媽媽要帶你去哪裡呢？」

他又笑了，「老實說我還真不知道！」然後他突然有了個想法，雖然聽起來實在太像玩笑話，「等著看吧，為了妳，她不會把我帶到太遠的地方。」

「我哪有什麼辦法？」梅西驚訝地問，「媽媽又不會管我。」她說得輕描淡寫，「不是真的想管我。」雖然她還只是個孩子，但寥寥數語便道盡她短暫人生中的漫長歲月，而旁人又不可能反駁她的話，畢竟她確實並非父母眼中的珍寶。

克勞德爵士的沉默可作為佐證，而他現在回應的語氣更是證明了一切，「不過她也阻止不了，總有一天，我會和妳在一起的。」

「那我們會住在一起囉？」她著急地問。

「恐怕，」克勞德爵士微笑著說，「那是畢爾太太才能擁有的機會。」

她一聽到這句話，那股渴切就稍稍降溫了，她記得威克斯太太曾經說過，這一切都是一團特別混亂的混亂，「所以你會再來接我？那，你不能去那裡看我嗎？」

「喔，我當然會！」

雖然梅西已經失去了一部份的童年，但是她仍然保有孩子的童真，而孩子就是喜歡明確的保證。「那你會來吧，你會常常來，對不對？」她追問著。但就在她說話的時候，門打開了，原來是威克斯太太回來了，看到她，克勞德爵士並未回答梅西的問題，而是看了她一眼，那眼神讓梅西尷尬不語。

不過後來他又有機會和梅西私下相處，那已經是很久以後的事了，他還是繼續兩人未完的談話，大概就是從被打斷的地方開始。「親愛的，妳知道嗎，雖然我或許可以去妳父親家找妳，但是那跟畢爾太太來這裡找妳很不一樣。」梅西聽到他這麼說，思考了一下也表示了解，只是認真說來，她自己也很難解釋到底是哪裡不一樣，她看見繼父說話時還是那樣一貫地有趣，感覺他讓自己省掉解釋的麻煩，真是幫了她大忙。「或許我可以偷偷去畢爾太太家，不用讓妳媽媽知道。」梅西詫異地盯著他看，因為這樣的情節實在太像演戲了，「那她也可以偷偷來這裡，不用讓媽媽……」她沒辦法說出接下來媽媽會怎麼樣。

「親愛的孩子，威克斯太太會去通報的。」

「可是我以為，」梅西抗議說，「威克斯太太和你……」

「以為我們是同甘共苦的同袍嗎？」克勞德爵士幫她接下去，「沒錯，我們做每一件事都是如此，但畢爾太太的事除外。如果妳覺得，」他繼續說，「我們或許能想到什麼辦法，把她藏起來，不會讓威克斯太太發現……」

「喔，我覺得這樣不好。」梅西馬上就打斷他的話。

克勞德爵士看起來確實也很了解原因所在，「不好，所以真的是不太可能。」他看了梅西一眼，她感覺克勞德爵士身上好像藏了些什麼祕密，而她是第一次稍微看到了一點點，她從來沒想過會看到這種東西。有時候為了給人留下好印象，梅西自己也會裝模作樣一下，但是她隱藏起來的東西，也只不過就是個想法。當然，她現在就藏了一個想法：看到他也有所隱瞞，這感覺真是太奇怪了。就在她腦子裡咕嚕咕嚕轉個不停的時候，他繼續說：「而且，妳也知道，我不怕妳爸爸。」

「可是你怕我媽媽？」

「怕多了，好朋友！」克勞德爵士回答。

11

夫人偶爾也是會到女兒的教室來探望的，不要以為她的探望比不上克勞德爵士，只是她有一套截然不同的排場：如凱旋歸來一般的進場，巡視著教室內所有東西，看到什麼都會停下驚呼一陣，幾乎喘不過氣來，從天花板的樣子到女兒靴子的鞋面都是，總是饒富興味地檢視一切。有時候她會坐下來，有時候則是教室裡滿場跑，但無論是哪種情形，她的態度倒是一貫秉持著實事求是的高調。她看到很多事情都不甚滿意，所以也提出很多希望改進的地方，不停盤算著解決之道，所以聽起來就像她不斷抛出補救方法及保證。夫人的來訪就好像人總是要穿上衣裝，而威克斯太太曾這樣說，夫人的行事作為就像一對窗簾布，不過她這個人老喜歡走極端：有時候幾乎不跟女兒說一句話；有時候卻又把這根小幼苗緊緊貼在胸口衣襟，威克斯太太也發現夫人的衣領愈開愈低了。夫人總是匆匆忙忙，不知道在怕什麼，如果她的衣領胸口開得愈低，就可以合理推測她一定是要去參加某個聚會。她通常都是一個人進來，有時候也和克勞德爵士一同來訪。

梅西剛回到媽媽家的那段時間，夫人來看她的時候雖然像是在忍耐著什麼，但仍然開心雀躍，就像威克斯太太說的，夫人是被灌了迷湯了。「不過她可是樂意得很！」梅西總是會發出若有所思但又讓人感到熟悉的驚呼，因為克勞德爵士把夫人逗樂了，自然而然就發出宏亮的笑聲。即使在過去，那些貴婦就算笑得花枝亂顫，她也沒聽過媽媽像在這種時候笑得無拘無束，拜倒在另一半的魅力之下，就連一個小女孩也看得出來，夫人終於能夠享受婚姻生活的樂趣，所以這個小女孩的思緒如今都是愉悅而自私的想像，期待著這是好預兆，能讓她的未來更有趣。

可是接下來的日子裡，夫人總是一個人來，說是為了迎接改變而得改變些什麼。愛達的口氣聽上去總是讓人不知如何是好，又是如此武斷，她說她把一切都交給克勞德爵士發落，也不管代價會有多嚴重，希望其他人要明白，如果什麼事情沒辦好，一定是因為克勞德爵士辦事總是糊塗得可怕。

「他一開始就把妳的事說得好像有多了不起，」有一次夫人對梅西說，「然後我就告訴他，叫他自己處理妳的事，看他受不受得了，懂了嗎？妳的事我都不插手了，我把妳全權交給他，如果妳有什麼不滿，就去怪他。拜託，反正妳總會下樓的，何必要我大費周章上樓來看妳呢？我發誓，我要煩惱的事情已經夠多了。」她的煩惱顯然也包括了那碗迷湯，以前在教室火爐上還燒得興高采烈的，現在卻快翻倒了；另一個煩惱就是她終於得面對現實，承認她的丈夫完全無法擔負真正的責任，這一天，她的帳房從她口中聽見這句話，嚇得差點喘不過氣來，原來克勞德爵士的苦惱，其實是，唉，他根本就不想認真工作。

梅西聽到人家批評克勞德爵士像隻花蝴蝶，難過得趴在威克斯太太胸前啜泣，尤其想到老師接下來幾天總是想亡羊補牢，她一有機會就告訴梅西她的看法，她認為以克勞德爵士的身分地位，這樣無拘無束、自由自在的生活並無不妥。梅西所見過的每一個人，以他們的身分地位都可以過著這樣的生活，只有可憐的威克斯太太除外，而克勞德爵士最特別的優點，似乎正是他應該和其他人都不一樣。

不過日子一天天過去了，梅西可以隨心所欲和克勞德爵士談論她的母親，像這樣和他在一起，梅西完全不用擔心自己必須像在父親面前那樣保持沉默，害怕自己又要成為可怕故事的傳聲筒，讓糟糕的事情更糟糕。克勞德爵士似乎很能接受愛達的說詞，現在他全權負責照顧梅西，而以他的話來說，把她養成了自己的小雲雀；他也相當同意別人對他的評價，說他是個可惡的騙子、閒閒無事的痞子，還是個讓人失望的傻瓜。而他從來沒有對梅西說一句她母親的壞話，他只會在愛達一副盛氣凌人的時候，依然一臉遲鈍、消沉，有時候他說起話來，就像做錯事的孩子，因為他把這個小姑娘從她母親手中搶過來，絲毫沒有顧慮到當初愛達是如何費盡心思爭取梅西。

於是，某天發生了一件事，正好生動呈現出這個家裡每個人之間的關係。那天這四個人碰巧在客廳裡遇見了，身旁都沒有別人，梅西發現媽媽將她緊緊擁在懷裡，激動抽泣、尖聲嚎叫，顯然是因為剛剛發生了什麼激烈的爭吵，梅西還搞不清楚發生了什麼事，愛達幾乎是把梅西整個人像嬰兒一樣摟在懷裡，說她這個可怕的孩子，怎麼和自己的母親陌生得如此要命，然後痛罵克勞德爵士，說就是因為他這麼無情，才會讓她忍不住情緒爆發。

「他把妳從我身邊搶走了，」她哭喊著，「他害妳討厭我，妳的心都向著他了，妳這顆恐怖的小腦袋瓜裡都被下了毒！妳已經投入他的懷抱了，加入他的陣營跟我對抗，怨恨著我。妳什麼話都不對我說，妳自己知道，可是和他卻像喜鵲那樣吱吱喳喳聊天，別說謊，我全都聽見了。妳和他在一起，看起來一點也不正常，他想對妳怎麼樣都可以。好吧，隨他去吧，他愛怎麼做就怎麼做，他那麼急著想照顧妳，那就走著瞧，看他喜不喜歡留著妳。我心碎也沒關係了，反正妳對我也沒感情，我對妳來說，還比不上一條冷冰冰的臭魚！」她突然把女兒推開，因為承認失敗對她來說實在太難堪了，所以她推人的力道很大，把梅西推到客廳的另一頭，威克斯太太張手接住了她，即使梅西被推了這一把，整個人暈頭轉向，她還是看見威克斯太太漲紅著臉，和克勞德爵士很快交換了一個奇怪的眼神。

那個眼神讓梅西留下深刻的印象，看見母親這樣的爆發，小小的梅西卻能以批判的眼光視之，雖然母親這樣斥責她，還把她推開，但她因此而產生的羞愧感已經稍稍減輕了。她父親曾經稱她是一個沒良心的小畜生，而現在，雖然也可以說她真的受了不小的驚嚇，但她如此僵硬而冷漠，倒是滿符合這樣的描述。她甚至還沒被嚇哭呢，不然她母親這樣大鬧一場也總算有了代價；她只是很好奇，完全沒有其他情緒，好奇其他兩位同伴這樣無聲表達出的意見。她一抓到機會就馬上跟威克斯太太問起這件事，誘使老師說出驚人的回答：「這個嘛，親愛的，這是夫人的場子，所以就算再怕，我們也只能死命抓緊。」梅西在閒暇之餘還能把這句帶著不祥意味的話拿出來反覆思量。

當然，這個時候梅西回想起來，印象很快就模糊了，但其中有一件事讓她確定，她的老師和遭責的繼父已經談過好幾次了，他們總是私下談，說出心裡話，而且為數不少。後來這樣的爆發又有了第二回合，讓梅西終於明白家裡出事了。

這件事超出她所能理解，老實說她不能理解的事情太多了，她相信，到目前為止，這件事和她還扯不上關係。在過去，她甚至還抱持著一點小小的自信，讓她得意不已，她覺得在這個家的一團混亂之中，自己總是能抓著線索。這一次也一樣終於讓她發現了端倪，不過必須承認，威克斯太太不露痕跡幫了點忙。克勞德爵士突然不再出現在梅西身邊協助她，他對夫人作風的評論只是一個開端，他算是孤身一人，自己前往巴黎，顯然是因為他聽見夫人指控他行為不正，所以要有所反駁。梅西覺得，或許他是真的很喜歡這個繼女，但是卻也不希望這個女兒突然就這樣塞給他，要他負責照顧，看來這次出走，分明就是要抗議把女兒硬塞給他。克勞德爵士離開的時間愈拖愈長，梅西這才發現，家裡出的事就是她的母親不再是戀愛中的女人了。

她想，母親對克勞德爵士的愛戀肯定是到了極限了。過了一段時間，某天夫人突然闖進教室，就站在門口向梅西介紹佩瑞恩先生，因為這位先生聽到夫人說自己有個超級搗蛋鬼女兒，簡直不敢相信自己的耳朵，所以夫人便帶他來見識見識。佩瑞恩先生身材矮小壯碩，威克斯太太稍後評論了一番，說他「這麼胖，還能走這麼快」，很難形容他的外表，不知道該說是他的頭頂太禿了，還是他那嘴黑鬍子太茂密了。他好像連眼睛上頭也長了鬍子，但是不管怎麼樣，還是阻止不了那對光亮的小眼珠子，在教室裡咕溜咕溜打量，就好像臺球桌上的臺球，讓愛達那一記有名的擊球給打開了。佩瑞恩先生伸手拉拉鬍子，讓人看到他手上戴著一顆耀眼奪目的鑽石，這樣的打扮再加上他的體重和神祕感，他離開後，讓梅西不禁聯想著，他只差一頂纏頭巾，看起來完全就像梅西想像中的異教土耳其人了。

「我倒是覺得，」威克斯太太回說，「他像是我想像中的異教猶太人。」

「對啊，我就是說，」梅西說，「像是從東方來的人。」

「他一定是從那裡來的，」老師發表高見，「他從倫敦市來的。」過了一會兒，她又說了一句，一副她跟他很熟的樣子，「最近有些人突然發了財，他也是，他一定會有錢得不得了。」

「是他爸爸死了嗎？」小孩子很有興趣。

「天哪，不是，不是遺產。我是說他賺了很多錢。」

「妳覺得有多少？」梅西繼續問。

威克斯太太想了想，說了個大概：「喔，幾百萬吧。」

「一百百萬嗎？」

威克斯太太也不知道確切的數字，不過這樣的討論，也能稍稍溫暖當時空虛無聊的教室，就讓這股氣氛持續一陣子吧，當作佩瑞恩先生有意留下的熱情強光仍散發餘溫。當然，對佩瑞恩先生來說，他則是讓梅西嘗到人生的樂趣，梅西從小就從身邊的大人學到這些，這象徵了快樂的成熟大人，那股滿溢的歡樂彈奏出熟悉的老樂曲。

「太太，妳好嗎？小小姐，妳好嗎？」他一邊笑，一邊對盯著他瞧的師生點頭致意，「她帶我上來看一看，是真的，我不相信妳是真的。她老是在談妳的事情，但她怎麼可能生下妳呢？所以我今天就當場質疑她。好啦，親愛的，妳可不是編些神話故事，我認輸了。」訪客又繼續對梅西說，「妳也不是神話人物，小姐，不過妳有可能是喔，當然啦！」

「親愛的，我老是說妳的事，把他給無聊死了，每個人都覺得無聊。」愛達說，「為了證明妳是個可愛的小東西，而且年紀還挺大了，我就告訴他不妨自己來看。所以，現在他看到了，妳是個可怕、活跳跳的大孩子了，妳可憐的老母親至少都六十歲了！」她隨後對著佩瑞恩先生微笑，笑中的魅力讓她女兒想起在父親家，聽到來訪的紳士談笑風生說，這股魅力就是愛達的罪過，她們都希望能聽聽父親親自說一說，這股魅力如何挑起男人的興趣。愛達這時候的樣子，讓梅西瞥見了更加生動的演出，讓她知道這股吸引力是怎麼回事，而爸爸總是義正詞嚴否認，說愛達根本拿不出這種魅力。

不過，佩瑞恩先生顯然很了解愛達話中的幽默，「我可從來沒說過妳不好，我有說過嗎，有嗎？」然後他志得意滿，想從教室中尋找點什麼，讓他表現一下，他一看到這教室，就很清楚自己似乎該做些什麼。「這就是她們的小天地，是嗎？可愛，可愛，真可愛！」他一邊說，一邊隨意看著四周。突然看見外人闖入，這對師生抱在一起，好像別人把她們給看透了一樣；不過愛達高高的肩膀一聳，讓這對師生感覺不那麼尷尬了，愛達又對著佩瑞恩先生一笑，這次美麗的笑容中突然帶著點悲傷，「一個可憐的女人家，到底還能怎麼辦呢？」

訪客繼續打量著教室，臉上的表情愈來愈奇怪，小小教室裡的人感覺這地方更像是動物園裡的獸籠。「可愛，可愛，真可愛！」佩瑞恩先生還是這樣說，但旁人突然發出咂舌聲，「看夠了吧！」夫人說，「再見！」她馬上補了一句。下一秒，兩人就走在樓梯上了，威克斯太太和她的學生無言看著打開的門，沉默對看，此時兩人聽見樓下傳來嘈雜的交際應酬聲，將兩人又拉回現實。

或許值得提起的一點是，在這之後，梅西從來沒有問起佩瑞恩先生的事，更奇怪的是，過了一個禮拜之後，她沒問出口的問題都已經得到解答。尤其她知道了一件特別的事，雖然她沒問，但威克斯太太卻直接告訴她了：克勞德爵士一點也不在意有位百萬富翁來訪，還在樓上進進出出的。究竟他有多不在意呢？威克斯太太在發現克勞德爵士的心意之後，整個人固有的謹慎自持都完全瓦解了；她可以變換效忠的對象，站在正當性的聖壇上，她可以絕望地犧牲對夫人的忠心。面對畢爾太太的時候，她不只一次暗示自己願意為了夫人盡最大的心力；但要是面對克勞德爵士，她可以棄夫人於不顧。等到克勞德爵士從巴黎回來，這時的梅西雖然什麼也沒問，卻已經知道了許多事情，多到讓人吃驚。

克勞德爵士從巴黎幫梅西買了一套精美的水彩畫具，而因為他的記憶力太差，他又買了一把雨傘給威克斯太太，但這把更為高雅，或許是因為他有些匆匆忙忙，才會出這種錯，不然就好笑了。他完全忘記自己買過第一把傘，而那把傘就像法老王的木乃伊一樣，仍然包裹在層層包裝紙下，威克斯太太說什麼也不會拿出來使用，那樣就太褻瀆了這份禮物。

最重要的是，梅西知道，雖然威克斯太太現在已經站在克勞德爵士那邊了，老師說這是非正式的認知，不過她尚未跟克勞德爵士透露有關佩瑞恩先生的隻字片語。於是，這位先生就成了一個廣泛流傳、公開的祕密，但這對師生並不知情，兩人只是感到不安，彼此對看，從她們的朋友回來之後就一直如此。他回來之後更是經常和這對師生相處，看起來很不尋常，雖然他似乎覺得自己有必要表明立場，抗議別人這樣魯莽將自己的孩子硬塞給他，但是這時候的他，卻讓自己更加符合別人對他的看法，認為他讓孩子有所期待。

如果現在，就那件事來說，已經到了要選邊站的問題，至少還有一定數量的證據可供檢視，能夠知道誰是站在誰那邊的。梅西，以她微妙的位置而言，當然是不選邊站的；但是克勞德爵士感覺上似乎完全是站在她那一邊的。所以，如果威克斯太太是站在克勞德爵士那邊，夫人是站在佩瑞恩先生那邊，而佩瑞恩先生想必是站在夫人那邊的，那麼就只剩下畢爾太太和法蘭芝先生的問題了。

顯然，畢爾太太也和克勞德爵士一樣，是站在梅西這邊的，而法蘭芝先生應該可以認為他是站在畢爾太太那邊的。當然這裡有一點小小的不確定，因為梅西的爸爸雖然是站在畢爾太太那邊，不過似乎也不能說他就是梅西那邊的。梅西不斷想了又想，這一切聽起來實在很像是一場貓咪搶位置遊戲①，她只能猜想，不知道這樣分邊的結果會不會讓他們跑來跑去、換位置？她覺得自己處在一股持續不斷的變化中，可不是嗎？她母親和繼父都已經站在不同邊了，這是在這個家裡發生過最好的事了。

另外，威克斯太太也完全換了張臉：她本來就不是一個笑意盈盈的人，而如今她的嚴肅態度就像是貼在公告欄那樣眾人皆知，彷彿她穿著一套新衣裳坐在那裡，擔憂著自己失去的優雅，如今幾乎已然成了一段悲傷的記憶，就像可憐的克萊拉・瑪蒂達。「對他來說，真的很難。」她總是這樣對學生說；而這時的梅西也能夠意識到自己其實同意她的說法，這真是讓人吃驚。雖然很難，但是克勞德爵士散發出的騎士風範、慷慨大方而擅於交際的個性，對他的助益再也沒有比這個時候更多的了，這也讓威克斯太太忍不住說出一百種慶幸的話語，幸好他沒有受苦，但這些話只是讓克勞德爵士更難受。

最後，他愈來愈常跑到教室去，單純只是因為他發現，如果別人都要指控他染指了這個天真無邪的孩子，那麼至少他也該和她玩得開心一點。他每次到教室來，都會告訴這對師生，說她們是這間房子裡最棒的人，這句話總是讓師生對彼此說：「佩瑞恩先生！」兩人閉緊嘴唇，睜大眼睛，只用足夠發聲的音量說話。梅西想起他曾經對畢爾太太說過的話，他說自己的本性就是個好保姆，雖然梅西不是故意要在威克斯太太面前說，但她還是想提起這整件事，於是有一次她對他說，她從來沒遇過哪個好保姆會在幼兒房裡抽這麼多菸的。不過這句話的影響力還不足以讓他放棄香菸：他抽菸抽個不停，但又老是說，如果不能擁有家庭生活，還不如判他死刑算了。

至少，他在教室裡還有家庭生活，而梅西上床睡覺以後，晚上他還會待在那裡好幾個小時，梅西知道他會坐在那裡和威克斯太太談話，聊聊該如何解決他的困境。他對這位不幸的女人所展現出的體貼，即使身陷困境，也一直都表現出他是如何完美的紳士，讓他的風度禮節進一步提升，營造出無比幸福的氛圍，讓威克斯太太的自尊心焦躁地無聲吶喊：「他依賴著我，他依賴著我！」她偶爾才跟梅西說這些事，後來她發現她讓自己學生誤以為，她所給予克勞德爵士的支持是整個人實質上的扶持，這讓她感到吃驚，一點也不開心。因為發現這樣的誤解，所以威克斯太太必須在梅西面前把話說清楚，說話的口氣確實帶著點哀悼的氣氛，這樣的失誤也算常見。

她告訴梅西，她和克勞德爵士在閒暇時所談論的事情，以他們的說法，是要如何讓他的生活走上常軌，而她希望克勞德爵士所擁有的常軌生活就是走向大眾。這裡必須補充說明一點，她在這樣的關係裡扮演的並非他的命運女神，而單純只是威克斯太太。她說了好些有關他的事情，用詞都非常容易理解，不過也都謹守著道德規範。「他的本性非常好，但他不能像百合花那樣活著②。妳也知道他的

①貓咪搶位置遊戲（puss-in-the-corner）是一種五個人一起玩的遊戲，找一塊有四個角落或者四根柱子的地方，在五人中指定一人當貓咪（puss），其他四人分別站在四個角落，然後同一時間互換位置，貓咪要在這個時候搶到其中一個角落，而最後沒搶到位置的人就輪到他當貓咪。

②意指他必須有一份正當工作。這個典故出自馬太福音第六章第二十八節：「何必為衣裳憂慮呢？你想野地裡的百合花怎麼長起來，它也不勞苦，也不紡線。」

日子還過得去，但他一定還有更崇高的使命。」她不只一次指出，可惜的是，他還得顧慮到自己的感情生活，但是她們——當然就是她和梅西兩人了——必須幫他在國會裡謀職。梅西受到威克斯太太影響，也感覺到這個使命的重要性而激動起來，認為國會就是他天性的歸屬，不過對於他的感情生活會造成阻礙，梅西倒是覺得沒什麼大不了，因為她從來沒聽過有什麼會牽扯進某人的感情韻事。

過去，畢爾太太曾經對她說過自己的感情糾葛，但是因為她還是第一次聽到畢爾太太真的有感情韻事，所以其中的糾葛完全影響不了她，在這之前，她從來沒有聽過這種事情，千真萬確，或許還讓人有一點擔心。不過不管怎麼樣，若是有一天真能讓克勞德爵士進國會，這個願景真是太迷人了；尤其是對威克斯太太來說，她又和克勞德爵士在深夜時分聊上許多次，結果有一次兩人談得太過深入，讓他發覺她是真的相信她一心一意想用這個方法拯救他。這個念頭和這些話聽在她學生耳裡，好像是突然從不知道什麼地方蹦出來的，就像媽媽說話時候的樣子。小女孩盯著老師看，就像看到袋鼠跳高一樣驚訝。「為什麼要拯救他？」

威克斯太太沉思一會兒，說出意味更加深遠的回答：「因為要拯救他脫離討厭的苦惱啊。」

12

威克斯太太那時候還沒有解釋那番可怕的話是什麼意思，但是很快就發生了幾件不得了的事，讓梅西能夠解讀其中的意義。或許的確可以這麼說，這些日子以來，梅西直接就能理解的事物愈來愈多，速度也愈來愈快，她能夠自由運用五感能力自己解釋眼前發生的一切，而這是因為她懷著一股情緒，這股情緒的本質一點也不美好，而是愈來愈緊繃的危機感，一直縈繞在她的思緒中。其實不用人告訴她，梅西自己也知道了，威克斯太太告訴她克勞德爵士身處在什麼樣的危險中，隔天她就明白，她母親愈來愈想知道，她父親到底該死的為什麼還不來接她？她一直都在等母親問這個問題，等得實在太久了，而到了此時母親才激烈爆發出來。梅西感受到這股壓力，但她能夠面對，她可以直接回答母親的問題，要把她再推回去和爸爸生活，她爸爸還寧願去上吊。於是，她發現自己曾經預見的那個時刻終於到了，雖然在過去她還看不太清楚，當時畢爾太太說的話又浮現在她腦海，梅西知道自己有了兩個父親、兩個母親，以及兩個家的時候，她總共有六層保護，但她卻不知道應該要去「哪個地方」。她對這個真相的體悟只有愈來愈深刻，威克斯太太則是猛然嚇得臉色發白，這讓梅西更加了解到，這位女士比她自己的學生還要害怕。一個只剩下一件連身裙的女老師，不太可能有兩個父親或是兩個母親，所以，如果擁有這一切資源的梅西都得流落街頭，那麼可憐的威克斯太太到底會淪落到多麼悲慘的境界？

看起來，老師已經和愛達有過一次激烈的爭執，夫人一開始就要求她，時候一到，希望她會願意馬上離開，爭執結束前，夫人又說了一次；這消息來得突然，但又是如此堅決，揭示的未來讓威克斯太太帶著恐懼離去。這對師生向彼此坦承心中所懼時，都隱匿了最糟糕的部分，但是威克斯太太比梅西好過一點，因為她已經想到了反擊計畫，不過在計畫尚未成熟之前，她還不想討論；同時，她也馬上宣告，她的雙腳會牢牢釘在教室裡，除非外力使然，否則那兩根釘子不會鬆開，如果愛達報警，她或許會離開，但是她不會只因為有人欺壓她就走，夫人想玩遊戲，她就奉陪，但是夫人得想辦法再上緊螺絲，才能讓她拋下親愛的學生離開。夫人的反應則是大發雷霆，這表示她眼下的處境十分緊繃，才會讓她顯現出這樣的症狀。「他們所有人之間的關係，」威克斯太太說，「特別是那兩個人的。」話中的玄機恐怕只有上天才知道。

她對這場危機的描述讓小女孩腦中一片空白，「哪兩個人？爸爸和媽媽嗎？」

「親愛的，不是，我是說妳母親和『他』。」

梅西聽到之後，感覺此刻有機會真正深入討論，「他？佩瑞恩先生嗎？」

這句話立刻讓老師害怕的臉龐染上一抹紅暈，「喔，親愛的，我得告訴妳，妳不知道的事情就表示那些根本不值一提，不過既然我一定要和妳在一起，妳應該也要知道，佩瑞恩先生的事情不會長久下去的，是吧？我指的是親愛的克勞德爵士。」

梅西坦然接受糾正，而不感到窘迫，「原來如此，但他是因為佩瑞恩先生才生氣嗎？」

威克斯太太遲疑了一下，「他說他沒有。」

「不生氣嗎？他這樣告訴妳嗎？」

威克斯太太嚴肅看著她，「不是生他的氣！」

「那是生別人的氣嗎？」

威克斯太太的眼神更嚴肅了，「是生別人的氣。」

「艾瑞克閣下嗎？」小女孩馬上提起另一個名字。

聽到這裡，老師突然變得更激動了，「喔，天啊，不幸的小東西，我們一定要討論這些討厭的名字嗎？」然後她再一次摟著梅西的頸子，兩人第一百萬次相擁，她的學生只消一刻就感覺到老師因不安全感而顫抖著，再加上她的恐懼感推波助瀾，這對師生下一秒就在彼此懷中啜泣起來。就這樣，兩人的情緒完全平復之後，威克斯太太從來沒有感到如此喪氣過，她感覺身上的傷口正滴著血，滿腔忿恨就要宣洩而出，最讓她感到委屈的就是愛達說她不忠心，指責她虛偽又口是心非，罵她四處打聽消息之後拿來嚼舌根，怪她對克勞德爵士說謊，心都向著他，「我，說我！」可憐的女人哀嚎著，「我為她做的有人看到嗎？我看到了那些醜事，還這麼努力只是為了替她掩飾，讓她好過一點，安撫她的心情！如果我這樣算虛偽，那也是為了完全不同的原因：為了先生、為了夫人、為了我自己、為了妳，為了所有人，我都假裝沒看見！是我活該，我不該看到那麼可怕的事情還隻字不提！」

究竟是什麼可怕的事情？但梅西努力克制著自己，不敢問出口，甚至還表現出一副想當然爾的樣子，很少有人能做到這一點。這讓這對師生更加相依為命，在這片惡水洶湧的大海上，同乘一葉扁舟，而梅西知道與她同船的威克斯太太已經有了想法，於是能夠緊挨她身邊坐著等待。翌日，克勞德爵士到教室來和她們共進下午茶，這些想法就被提了出來。真是妙哉，只要這孩子和他們在一起，兩個大人總能拿出自己全副心力。第一個原則說出來讓人聽了就心驚膽跳，但梅西相當佩服她的老師說出這件事的態度，這個原則的內容只是一個提議：無論何時何地，她們想尋求庇護的時候，克勞德爵士要答應和她們一起去避難。他回答的語氣仍然充滿了他溫暖善良的本性，但是他拒絕和她們一同離開，這時候威克斯太太問他，假如夫人不再援助她們的生活，那她們在這個世界上還剩下什麼呢？

「說什麼援助啊，親愛的太太！」她們的訪客一派輕鬆，「就交給我吧，我會照顧妳們的。」

威克斯太太聽了就順勢說：「沒錯，正是因為我知道您會很樂意幫忙，所以我才問您這個問題，有一個方法能夠好好照顧我們，比其他人的照顧都要更好，那就是跟我們一起走。」

這個願景就像一幅閃閃發光的圖畫，懸在梅西和威克斯太太眼前的道路上，梅西開心得拍起手來：「一起走，一起走，一起走！」

克勞德爵士看著他的繼女，然後又看看她的老師，「妳們是說要我離開這間房子，另外找居所與妳們同住嗎？」

「如果您的感覺真的如您所告訴我的一樣，那這麼做才是對的。」威克斯太太有了梅西的支持與鼓勵，現在她的聲音有如鐘聲般清楚嘹喨。

克勞德爵士看起來似乎在努力回想自己跟她說些什麼，然後突然靈光一閃，每次他想起什麼，那個表情總是讓他的臉更加迷人，「就是妳那個逗人開心的想法，認為我應該幫妳找個房子，是嗎？」

「是幫這個無家可歸的可憐孩子，只要能有片屋頂遮著我們的頭頂，對我們來說就足夠了；不過，當然對您來說，一定得找間真正舒適的好房子。」

克勞德爵士的眼神又回到梅西身上，梅西覺得他看起來比較嚴肅了，而在她看來，他的微笑似乎也蒙上一層陰影，只是她覺得威克斯太太沒注意到，顯然剛剛提到的住處一事一定對他造成頗大的壓力，朝著他步步逼近。但是過了一會兒，他卻開懷大笑起來：「親愛的女士，妳太誇大其詞了，我那卑微的小小需求讓妳說得好嚴重啊。」威克斯太太曾經向她的小學生說過，只要克勞德爵士稱她為親愛的女士，他要她做什麼她都願意，梅西感到一股特殊的焦急感，想看看他現在想做什麼。結果，他只是回應了她一句，而這句話的份量之重，就連小女孩自己也感受到了：「妳的計畫，我非常有興趣參與，但是當然的，難道妳不知道嗎？我也應該仔細考慮，萬一我離開了我的妻子，那我的處境又該如何呢？」

「您也得記著，」威克斯太太回答，「如果您不小心一點，您的妻子就不會給你仔細考慮的時間，夫人會離開您的。」

「啊，我的好朋友，我當然很小心！」年輕的紳士回答，這時候梅西則是幫自己又拿了一份麵包配奶油，「當然如果發生了這樣的事情，我的心意大概總會有所改變的，但是我真心希望這件事不要發生。對不起，」他接著對他的繼女說，「我不應該在妳這靈敏的小東西面前討論這種事情的可能性，但老實說，我很多時候都快忘記了，愛達是妳聖潔的母親。」

「我也是！」梅西回答，嘴裡還塞滿了麵包和奶油，讓他整個人更是大樂。

這時候，負責保護梅西的老師又談起了她，「這孤苦無依又惹人疼愛的小東西！」接下來的談話中，梅西都待在威克斯太太的懷抱裡，兩人坐在那裡和克勞德爵士交談，他拿著茶杯坐在兩人面前，一邊低頭看著她們，一邊陷入沉思。梅西感覺到，雖然她們兩人縮著身子靠在一起，但總免不了還是聚成一個非常巨大的笨重形象，而威克斯太太卻希望他這樣一個苗條優雅的人，想辦法安置她們，尤其她又說了一句話，梅西更知道這句話一點幫助也沒有：「當然我們也不奢望能有一間完全屬於我們的房子，只要是一間小屋子，不管多簡陋，對我們來說都算幸運了。」

「但是這房子一定要能夠容納我們三人。」克勞德爵士說。

「喔，沒錯。」威克斯太太也同意，「這整件事的目的就是我們要在一起。在您行動之前，如果您還等著夫人採取什麼行動，我們在這裡的處境就會十分艱難。您不知道，我昨天和夫人是怎麼談的，都是為了您，也為了可憐的小寶貝，但我不能保證自己有辦法常常面對那種場面。她把我趕走的時候，說了很難聽的話，甚至還吩咐傭人不要服侍我了。」

「喔，但這些可憐的傭人都是好人啊。」克勞德爵士急著為他們說話。

「他們當然是比女主人好多了。克勞德爵士，我真是太糟糕，居然坐在這裡說您夫人的壞話、說梅西母親的不是，說她比傭人還不如，但是她那樣說我，讓我感覺遭受背叛，這只是更堅定我們必須離開的理由。我會繼續留下來的，除非有人架著我把我拖走，但那隨時都有可能發生，還有一件也是非常有可能發生的事，您一定要聽我再說一次，夫人會不顧一切把我們轟出去。」

「喔，如果她真的這麼做就太好了！」克勞德爵士笑著說，「那我們可就成功了！」

「不要說這種話，不要說！」威克斯太太懇求，「不要說這麼不吉利的話，您知道我的意思。我們一定要盡好自己的本分，您不可以使壞。」

克勞德爵士放下茶杯，臉色變得凝重，憂鬱伸手擦擦他的鬍鬚，「如果我先離開了這個家，我是說在她離開之前，世人不就會認為我很糟糕嗎？他們會說都是因為我這麼做，她才會離開的。」

梅西了解這個理由相當有力，但說服不了威克斯太太。「如果您的動機是如此高尚，又何必在乎這些呢？想想這件事有多美好啊。」好心的太太持續勸他。

「跟妳們離開的美好？」克勞德爵士突然說了。

她揚起淡淡的微笑，甚至還淡淡臉紅了，「這不但不會對您造成傷害，反而對您有無上的好處。克勞德爵士，如果您願意聽我的，這件事會拯救您的。」

「拯救我？」

梅西聽到這個問題，感覺教室裡又沉默了下來，她等著答案，希望這個答案能夠讓整件事往更好的方向發展，不要像威克斯太太剛剛的發言那樣。但是事實卻正好相反，威克斯太太的回答只是讓這件事更添神祕，「啊，您知道的！」

「妳是說拯救我脫離另一個女人！」

「沒錯，那個真的很壞的女人。」

小女孩看得出來，至少克勞德爵士不覺得這回答很神祕，甚至眼裡還笑出一彎理解的笑容，不過他感到有些窘迫，看著梅西，梅西也回應著他的眼神，也許讓他感受到了什麼，於是他頑皮地拍拍梅西的下巴，然後他才和善看著威克斯太太：「妳把我想得比我的本性還壞。」

「如果真是如此，」她回話，「那我就不會拜託您了。我是真心的，克勞德爵士，以您心中所有的良善為名，我是絕對誠摯拜託您。我們可以幫助彼此，您該如何幫助我們這位小朋友，自然就不必我說了，我現在甚至不想提這個。我想說的是您會得到什麼，您看不出來嗎？這是您掌握局面的好機會啊。您可以得到我們，得到她，讓她成為您的責任，讓她成為您生活的一部分，她會以千倍報答這份恩情的！」

威克斯太太說出這樣的請託時，這位老師也注意到梅西內心的思緒正不斷流轉，一部分是因為，雖然梅西的心臟已經因為不安而跳到喉頭了，但她的體諒之心卻克制著自己，不要繼續追問下去；另外也是因為，她從來沒看過威克斯太太像現在這樣努力，這樣的震撼讓她壓抑著自己，即使是那天威克斯太太去拜訪畢爾太太，告知媽媽再婚的消息，也沒有現在咄咄逼人。那天，畢爾太太的威儀勝過了她，但現在卻沒有人能壓過她的鋒頭。其實在這個時候，她的學生反而有些被她迷住了，她的態度似乎是在暗示，自己往後還會帶來更多像這樣的驚喜。所以小女孩對老師主要的支持，就是磨亮了身為旁觀者的敏銳度，打從一開始她就已經養成這個長久的習慣，看著自己成為討論的話題、成為他人發怒的原因，感覺就像一場足球比賽，因為自己得表現出某種程度的順從，所以總要彌補其中的傷害。這個習慣讓梅西經常帶著一種奇異的氣息，她竟是以如此疏離的態度參與著自己的人生，就好像她只能把鼻子貼在玻璃上盯著窗外，體驗外頭屬於自己的生活。她等待著威克斯太太的說服功力發揮影響，免不了又得這樣把鼻子貼扁了。

不過，克勞德爵士並沒有讓她一直保持這個難看的姿勢：他坐下來對她張開雙臂，就像他那天到她父親家去接她時也是一樣的動作，而他把梅西抱在懷裡，慈祥看著她，不過顯然兩人的同伴那一席話讓他熱血沸騰，血都衝到他臉上來了，他說：「親愛的威克斯太太真是太了不起了，不過她實在言過其實了，我是說，情況畢竟還不到絕望的地步，也不是那麼簡單就能解決，但是我在她面前向妳保證，我也在妳面前向她保證，我絕對、絕對不會拋棄妳。妳聽清楚了嗎？好朋友，妳有聽進去嗎？我會陪著妳渡過一切難關。」

梅西確實聽進去了，她小小的身軀因激動而顫抖不已，久久無法停止，然後彷彿是要強調自己的保證，他把她抱得更緊，梅西將頭靠在他肩上，無聲無痛流著淚。而她情緒激動的當下，她也發現克勞德爵士的胸膛劇烈起伏，這才突然驚覺他的眼淚也默默奔流著。此時，她聽見威克斯太太發出一聲好大的啜泣聲，教室裡只有她的聲音。

在這之後，有好一陣子，威克斯太太沒有再提起這件事。過了幾天，她跟學生聊天的時候，談起自己和愛達的來往，她說情況已經比上次的嚴重打擊好了一點，況且夫人也沒有硬要把她轟出去的打算；她發現克勞德爵士現在的立場比以前都還要堅定，他也積極干預她和夫人之間的事，成效頗佳。梅西記得他曾經說過自己很怕夫人，但梅西一點也沒有輕蔑他的意思，小女孩認為克勞德爵士這種有決心的作為就是最好的證明，這是他們三人之間以淚水作緘的約定，而他真正準備好付諸實行。

威克斯太太告訴梅西，她用金錢上的損失為自己換得了一點小小的保障，雖然這可以讓她免受暴行逼退的威脅，但還是讓她必須面對無比的難堪，梅西不是也看見了嗎？夫人每日每刻都會想到一些狡詐的方法，來羞辱她、踐踏她的尊嚴。但是，夫人欠了她四分之一的薪水沒給，威克斯太太說得很嚴重的樣子，但即使是梅西也能猜想得到，其實這件事情還算輕微；在她有生之年是拿不到這筆錢了，不過威克斯太太卻沒有說什麼，感謝老天，這就讓夫人落了個小把柄到她手裡了。而現在克勞德爵士又幫忙做了這麼多事，她也絕對不能向克勞德爵士討這筆錢，這樣就太惹人厭了。他買了東西回家，供她們在教室裡享用，那是一個巨大的奶油蛋糕，還有一座用果醬層層堆疊的山峰，漂亮又美味，這樣一來，如果夫人的援助斷了，這對師生關在教室裡還能靠這些食物撐許多天；但是無論如何，威克斯太太很清楚，他所做的事情跟他們的約定愈來愈相關，而她的學生看著他所做的一切，細細回想，想著他答應兩人的提議，認為自己應該另覓住所的時候，他臉上的表情。梅西覺得，就算她和老師生活所需的援助都懸於一線，她們一定還是要表現出最得體的一面。克勞德爵士的所作所為，其實只是受到威克斯太太啟發，而立即行動，只要他覺得這些事不算有失體統，他都願意做。這個季節是美好的五月天，微風輕柔吹拂，迎面襲來讓人精神一振，克勞德爵士的心情愉快輕鬆，於是帶著繼女出門，兩人在這座偌大的城市裡遨遊探索，威克斯太太說，兩人的旅行既有趣，也有學習意義。

父女倆坐在巴士上層漫遊，探訪偏遠的公園、去看板球比賽（結果梅西睡著了）、到一百個地方喝茶，只為了選出哪裡是最棒的。這是他應對威克斯太太偉大教訓最直接的方法，把這小女孩視為自己的責任、自己的生活。如果兩人感覺到突如其來的衝動，就隨意走進他們認為太大的店家逛逛，看看他們認為太小的東西，而在此時，威克斯太太一個人在家，只是成為他們聊天時的話題，他們脫下手套準備用點心時，總會語帶遺憾談起她，不過威克斯太太之後總會說，至少自己已經學會抵擋夫人的脾氣，她現在可厲害了。威克斯太太總是一再強調，說她一點也不介意自己的「成就」被夫人拿出來嘲笑，說她哪個科目的知識都不夠水準，反正她的人格和格調都已經被說得那麼「低俗」了。

到了這個時候，大家也都不再虛意否認，認為幸好夫人每週六都會離開倫敦，而且也習慣地愈來愈晚回家。而夫人幾乎已經成為公開的笑柄，她自己也認為這是直接侮辱了她本人，因為她的丈夫總是選擇留在家裡照顧一個小孩，要照顧這孩子還有最複雜的規定。克勞德爵士對梅西說，如果有哪種男人是愛達鄙視的，那就是星期天還在城鎮上閒晃的那種人，他也說了，夫人經常告訴他，如果他還有一點男子氣概，就應該為自己像奴僕一樣服侍法蘭芝先生的女兒而感到羞愧。夫人認為，他就像個膽小鬼一樣畏懼她的前夫，要不然以一個丈夫的基本義務，他就應該保護好自己的妻子，不讓那個傢伙的狂妄行為得逞，妄想厚顏無恥欺騙她，也就是說法蘭芝先生打算讓她背上她最無法忍受的負擔。克勞德爵士對這位年輕的朋友說：「即使妳的生活費都是由我負擔，她還是罵我，說我這麼容易就屈服順從。」他們倆都知道，威克斯太太根據不同的理由相信，愛達每個禮拜的短期旅行其實是在試探，想知道她最長可以離開多久，如果她每個禮拜都愈來愈晚回來，那麼遲早有一天，她會就此一去不回。而要做出這樣的結論，當然也和威克斯太太本人的勇氣有很大關係，如果他們能夠撐得久一點，或許這對師生和克勞德爵士那個舒適溫馨的小家庭，可以就這樣偷偷建立起來。

13

這樣的情況似乎愈來愈有譜了，尤其是梅西的繼父又說了那句話。那天下著雨，走在街道上濺起道道水花，出現兩把高低不一的雨傘，傘下的人在街道上隨意亂晃，最後走進國家美術館①躲雨。梅西坐在克勞德爵士身邊，有些無神盯著滿室的畫作，而他的評論更讓梅西有如墮入五里霧，他很無趣地嘆了口氣說：「愚蠢的迷信。」

大塊拼上的金色和如瀑布奔流的紫色，畫出了肢體僵硬的聖人及有稜有角的天使，描繪醜陋的聖母和更醜的聖子，口中唸著奇怪的禱文，看來意志消沉；所以一開始，她還以為他的話是要抗議崇拜奉獻的盲目信仰，尤其是因為最近他經常跟著梅西和威克斯太太，一大早到教堂去，這個地方是威克斯太太自己選的信仰所在，那裡和一般的教堂不太一樣，沒有頭頂上的光環，而只有在牧師冗長的講道中，看見前方的女人戴著帽子沉醉點頭，而梅西的老師後來也總會發現，在那個教堂中，克勞德爵士會非常專心誠懇聽道。但是，現在看起來，他那句評論只是在說崇拜這些荒謬的畫作有多麼矯揉造作，梅西將這句告誡謹記在心，就如同她對他說的每一句話都是如此。在這裡，他們倆的對話是如何轉了個話題的，那就不必多提了，兩人現在談起了淡而無味的教室以及孤單的威克斯太太，想必是因為他們對眼前的畫作不甚有興趣欣賞的緣故。梅西用自己的話說出了事實，她說自己現在回到家中，總是會做好心理準備，擔心自己學習的殿堂已然清空，而可憐的老師也遭到驅逐。這讓克勞德爵士明白梅西有多了解威克斯太太面臨的威脅，而他的回答中暗示自己也很清楚威脅的來源，並向梅西保證他完全理解：「別害怕，親愛的，我已經拉攏『她』了。」克勞德爵士看到梅西臉上一時還是空白一片，就知道這句話確實得再說得清楚一點，「我是說，只要我讓妳母親做她想做的事，她就會讓我做我想做的事。」

「所以你在做你想做的事嗎？」梅西問。

「當然，法蘭芝小姐。」

法蘭芝小姐想了想，「那她也一樣嗎？」

「想做的都做了！」

她又沉思了一會兒，「那麼請告訴我，她想做什麼呢？」

「我絕對不會告訴妳的。」

梅西盯著枯瘦的聖母像，然後慢慢揚起微笑，「好吧，我也不在乎，反正是你讓她做的。」

「喔，妳這小鬼靈精！」克勞德爵士開心地佯裝憤怒，然後站起身來。

隔了幾天在另一個地方，兩人走在貝克街上，因為肚子餓便找了個地方坐下喝茶吃點心，克勞德爵士問了她一個跟先前沒有關係的問題。「我說啊，妳知道，妳覺得妳父親會怎麼做？」

梅西看著他愉悅的眼神，並沒有遲疑著想找出這背後的深意或是質疑其中的玄機，「如果你真的要跟我們一起走的話嗎？他一定會大大抱怨一番的。」

他聽到梅西用的詞彙，似乎覺得很有趣，「喔，我應該不會在乎『抱怨』的。」

---

①以這個故事描述的年代來推斷，當時的倫敦國家美術館館長是查爾斯．伊斯萊克爵士（Sir Charles Eastlake），他掌管美術館時，收藏了一些早期義大利「自然派」以及文藝復興時期的藝術作品，對當時的大眾來說是比較前衛的藝術，從後段克勞德爵士的評論也能窺知一二，不過這些作品到了現代可都是傑作珍品。

「他會到處跟人說。」梅西說。

「嗯，我也不在乎那個。」

「當然不會，」小女孩馬上回答，「你跟我說過了，你不怕他。」

「問題是，妳呢？」

梅西毫無心機地想了想，然後她斷然說：「不會，我不怕爸爸。」

「但是會怕其他人嗎？」

「當然，怕很多人。」

「當然，第一名最怕的就是妳媽媽。」

「天啊，沒錯，我很怕媽媽，比……比……」

「比什麼？」克勞德爵士問，而梅西還在努力想比出個高低。

她考慮了所有她害怕的東西，「比抓狂的大象還怕！」最後她說，「而且你也是。」她在他大笑的時候提醒了他。

「沒錯，我也是。」

然後她又陷入沉思，「這樣的話，為什麼你要跟她結婚呢？」

「正是因為我害怕啊。」

「即使她愛你，也怕嗎？」

「那只是讓她更加令人擔憂。」

梅西的同伴覺得這個話題很無聊，但她覺得很值得深入探討：「比她現在還要令人擔憂嗎？」

「嗯，不一樣的擔憂。很不幸，恐懼是非常龐大的東西，還有很多不同的種類。」

她聽了這句話，表現出完全的理解，「那我想，我什麼種類的都有吧。」

「妳？」她的朋友喊著，「胡說！妳渾身上下都是『膽』呢。」

「可是我怕死了畢爾太太。」梅西反對地說。

他揚起平順的眉毛，「那個迷人的女人？」

「嗯，」她回答，「你不懂的，因為你的處境跟我不同。」

她還準備繼續說下去，才剛說了「但是」，坐在對面的同伴就伸出手來搭著她的手臂，「我懂，」他坦白說，「因為我也是一樣的處境。」

「喔，可是她這麼喜歡你！」梅西馬上又反駁。

克萊德爵士真的臉紅了，「那也有點關係。」

梅西又迷惘起來了，「她喜歡你，可是你還是怕？」

「對，尤其喜歡昇華成了愛慕。」

「那你為什麼不怕我？」

「因為和妳在一起，喜歡就成了愛慕！」他的手一直搭在她手臂上，「嗯，至於我不怕妳的原因很簡單，因為妳是這個世界上最溫柔的孩子，而且……」他想繼續說，但是卻停了下來。

「而且……？」

「如果妳年紀再大一點，我應該就會害怕了。好了！妳看，妳已經讓我胡言亂語了。」克勞德爵士說，「問題是妳的父親，他也會害怕畢爾太太嗎？」

「我想不會，但是他愛她。」梅西若有所思說。

「喔，不，他不愛她了，一點也不！」說完之後，梅西只是盯著他看，克勞德爵士感覺自己必須解釋一下這個奇怪的情況，才能跟梅西記憶中的情況兜起來，「現在已經沒有那種感覺了。」

但梅西只是一直盯著他看，「他們變了嗎？」

「就像妳母親和我。」

她想著，不知道他怎麼知道的？「那麼，你又跟畢爾太太見面了嗎？」

他猶豫了一下，「喔，沒有，她寫信給我。」他又補充說，「她也不怕妳父親，其實她誰也不怕，真的。」然後他繼續說下去，這時梅西的腦子裡正兀自運轉著，她一直渴望著父母的權威，那股痛苦的想望，讓身為子女的力量源頭過於鬆弛，讓她已經失去了期待，此時她想著畢爾太太的勇氣和那個問題，以及威克斯太太想帶著自己和她們的朋友，一起住在舒適的小屋，這兩件事之間似乎有點關係。「就算法蘭芝先生會對她破口大罵，她一點也不會在乎。」

「你是說我和你和威克斯太太的事嗎？為什麼她會在乎？這件事不會傷害到她呀。」

克勞德爵士站了起來，把手伸進長褲口袋，仰頭一陣大笑，同時嘆了一聲，聽得出來笑聲讓感嘆聲壓低了不少，梅西正這麼想的時候就聽到他說：「親愛的孩子，妳真是有趣！好了，我們得結帳了，妳吃了五塊小圓麵包嗎？」

「你怎麼這樣?」梅西叫著。一個年輕女人走到他們坐的位置,臉頰緋紅,「我才吃三塊。」

在這之後不久,威克斯太太看起來臉色相當糟糕,梅西很擔心是不是夫人又跟她說了什麼她沒聽過的辱罵,梅西問她,是不是發生了什麼比平常更糟的事?這個可憐的女人開口時帶著無限沮喪:「他一直都有和畢爾太太見面。」

「克勞德爵士嗎?」小女孩想起了他說過的話,「喔,不是的,他沒有見她。」

「妳說什麼?我知道得很清楚。」威克斯太太有多沮喪,語氣就有多肯定。

但是梅西還是大膽反駁她的說法,「那請妳告訴我,妳怎麼知道的呢?」她畏縮了一下才說:「聽她自己說的,我去見過她了。」然後她看到梅西顯然是一臉驚訝,「妳昨天和他出去的時候,我去見她了。他一直都有和她見面。」

梅西還不是很清楚,為什麼威克斯太太知道這件事情會這麼沮喪,不過她對事情的一般認知就是,一個人可以願意做一件事但同時又討厭這件事,這讓她遇到什麼特別無法搞清楚的事情時,總是能感覺比較好過,「也許是出了什麼錯,他說他沒有啊。」

威克斯太太的臉色更蒼白了,就好像這件事比她想像得還更值得擔憂,「他這樣說嗎?他說他沒有見她?」

「他三天前這樣跟我說的,也許是畢爾太太弄錯了。」梅西猜想著。

「妳是說或許她說謊了嗎?如果對她有好處,她當然會說謊,我很肯定這點,但是如果一個人說謊,我一定看得出來;而那就是我愛妳的原因,妳從來不說謊。不過無論如何,畢爾太太昨天沒有說謊，他見過她了。」

梅西沉默了一會兒，「他說他沒有。也許……也許……」然後她又停住不說了。

「妳是說也許他說謊了嗎？」

「老天啊，不是！」梅西大叫著。

但是威克斯太太的悲苦又再次流洩出來，「他有，他有，」她叫喊著，「而就是因為這樣才是最糟糕的！他們會帶妳走，他們會帶妳走，到時候我又會怎麼樣呢？」然後她再一次抱住了她的學生，在她身上哭泣，所以無可避免，讓孩子的眼淚也掉個不停。但是梅西自己也不知道，她哭泣的原因是想到她們分開的景象，或是因為克勞德爵士沒說真話。基於對他的尊重，兩人都同意，她們不應該當面質問他為什麼有這種偏差的行為，威克斯太太非常害怕，她說她怕自己會害他變得「更糟糕」，而梅西也非常清楚現在的狀況，於是她回答威克斯太太，告訴她克勞德爵士這麼做，只是為了畢爾太太著想。會有這樣的結論，當然是因為她實在太喜歡克勞德爵士，所以認為他的本性溫柔善良，也就克制著自己不要告訴他，那兩位女士背叛了他，而她自己絕對不會這麼做。

這個祕密她隱瞞不了太久，因為隔天她和他出門的時候，他突然提起自己剛剛說要先去辦點事：「不了，我們還是別去了，我們去做點別的。」說完，他跨出門口幾步，攔下一輛雙座小馬車，先幫她坐了進去，然後跟著她進去的時候，抬頭向車頂的車伕說了一個地址，梅西沒聽清楚。他在她身邊坐好之後，梅西問他要去哪裡，他回答：「親愛的孩子，妳待會兒就知道。」於是她看著窗外，心想著他們為什麼會往攝政公園的方向前進，不過她也不知道他為什麼要神祕兮兮的，然後馬車經過了一座漂亮的拱門，接近一間白色房子，房子前面還有個露臺，她想從這裡看出去的景色一定很漂亮，但她還是糊塗了，於是抓著克勞德爵士劈頭就問：「我要來見爸爸嗎？」

他低頭看著她，漾著慈祥的微笑：「不，可能不會。我帶妳來不是為了這件事。」

「那這是誰的房子？」

「是妳父親的，他們搬來這裡了。」

她看了看四周，她知道法蘭芝先生換過四、五間房子，這也沒什麼好驚訝的，但目前為止，這間房子是最好的。「那我會看到畢爾太太嗎？」

「我就是帶妳來見她的。」

她臉色發白一直盯著前方，手仍然搭著他的手臂，所以雖然馬車已經停了，但他還是坐在車裡。

「你是說要把我留在這裡嗎？」

他幾乎開不了口，「妳要不要留下來，不是我能決定的，我們得好好商量一下。」

「但要是我留下來，就會見到爸爸嗎？」

「喔，總是會有機會的，一定的。」克勞德爵士接著說，「妳是不是真的這麼害怕？」

梅西從馬車的門簾看向外面，盯著攝政公園寬闊的草坪盯了一會兒，這時候她的臉都已經紅到髮根了，感覺到一股情緒在她體內洶湧翻騰著，她沒有感受過如此成熟的情緒，其中包含著一種奇怪的羞愧，她沒想到自己會有這種感覺，因為自己這樣安排兩位男士的地位，把克勞德爵士這樣一位如此完美又迷人的紳士放在上，而法蘭芝先生跟自己是這麼親近的血緣，卻把他放在次要的位置。但是她又想起身邊這位朋友說過的話，說沒有人是真的害怕她父親，於是她輕輕甩著頭轉身面對他：「喔，我敢說我可以應付他。」

克勞德爵士微笑著，但是她感覺到剛剛那股讓自己紅了臉的衝動，現在轉移到了他的臉上，讓他泛著一股懊悔而尷尬的紅暈，就好像他突然看見梅西第一次展現出責任感。兩人都沒有作勢要走出馬車，過了一會兒，他對她說：「聽著，只要妳開口，我們就可以不用進去。」

「啊，可是我想見畢爾太太！」小女孩輕輕哀鳴著。

「但是萬一她決定要留下妳呢？那，妳知道，妳就得留下了。」

梅西想了想，「就這樣留下，然後離開你嗎？」

「嗯，我不太確定是不是會離開我。」

「我是說，就像我之前到媽媽家的時候，必須離開畢爾太太一樣。我在這裡不能沒有你，不能像那次得忍耐這麼久的時間。」她感覺自己已經一百年沒見到畢爾太太了，而她就在這扇門的另一邊，兩人是如此靠近，她卻還沒有跳起來投奔到她懷裡。

「喔，我敢說妳還是可以常常見到我，比妳見到畢爾太太的次數還多。謹慎的美德可不是我的本性。」克勞德爵士說，「但還是老話一句，」他繼續說，「既然我們已經在這裡，我把決定權交在妳手上，讓妳作主，除非妳說要，我們才進去；如果妳不說，那我們就直接掉頭，坐著馬車離開。」

「那這樣的話，畢爾太太就不會留下我囉？」

「嗯，除非我們想留下才行。」

「那我可以繼續跟媽媽住嗎？」梅西問。

「喔，我可沒這麼說！」

梅西深思了一下，「但我以為你說你已經拉攏她了？」

他拿起枴杖戳了戳馬車的擋泥板，「親愛的孩子，她現在想做的，已經不是我能給的了。」

「那如果她不要我了，而我又不來這裡的話……？」

克勞德爵士馬上明白她在說什麼，「妳是想問我可以給妳什麼嗎？可憐的孩子，那正是我想問自己的，坦白說，我覺得事情沒有像威克斯太太想的那樣簡單。」

小女孩想像一下威克斯太太想像的畫面，「你是說，我們不能組成小家庭嗎？」

「我這麼做很卑鄙，沒錯，但是我不能就這樣丟下妳的母親。」

梅西聽到這裡，低聲嘆了一口長長的氣，雖然她百般不願，但還是要接受，旁人若是聽到了這個細微的聲音，一定會相當佩服這小女孩。「所以沒有別的選擇了？」

「我發誓，我沒想清楚還有什麼其他的。」

梅西等了一下，她的沉默似乎表示她也沒有其他選項可以提出了，但她又說了其他的要求：「如果我來這裡，你會來看我嗎？」

「我絕對不會忘記妳。」

「但你多久會來一次？」在他遲疑的時候，梅西又繼續問，「經常、經常嗎？」

他仍然有些猶豫，「親愛的小女孩，」他才剛開口卻又停住了，然後下一秒開口的時候就換了個語調，「妳真是太逗了！那好吧，」他說，「經常、經常。」

「好！」梅西跳出馬車。畢爾太太在家，但是不在客廳裡，管家去請她過來的時候，小女孩突然問了：「可是如果我待在這裡，威克斯太太怎麼辦？」

「啊，妳應該早點想到嘛！」她同伴的語氣中帶著一點點惱怒，她第一次聽到他這樣說話。

14

畢爾太太幾乎是整個人撲上了梅西，這個動作在接下來整整一個小時中，讓這孩子感覺到自己無論如何，確實還有人這樣深深愛著她；尤其梅西發現她的繼母改變了好多，打扮和她的母親愈來愈像，看起來真的好像一個新認識的人，但是不知道為什麼，梅西在繼母身上還是感覺到更為熟悉的氣息；簡單說就是一股濃郁、強烈而豐富的情感，一把就攫住了梅西，那股情感氤氳而成一個更漂亮、更有內涵、更成熟的畢爾太太。這感覺就像是交了一個很好的朋友，而兩人之前都還沒一起渡過一分一秒，然後梅西才為這個新朋友感到興奮不已，很慶幸自己在馬車上必須做出這樣的決定。畢爾太太的美麗和擁抱，交織出一幅完整的未來，在梅西眼裡看來，她漂亮迷人，似乎讓人很難聯想到過去那個修補著內衣、在幼兒房裡用餐的女老師。小女孩知道自己的父親有一個追求時髦的太太，但她總會稍微區分一下，如果要這樣形容其中一個太太，那麼對另一個的描述就會保留一些；但是自從她們上次分別以來，畢爾太太的改變顯然讓她也夠資格配上這樣的形容了，梅西一看到她的樣子，馬上就脫口說了許多話，表達自己現在有多麼開心，加上許多甜言蜜語，讓此刻的雀躍心情更添色彩。原本她在攝政公園的時候，還告訴克勞德爵士自己害怕這位女士，但現在她有自信能夠克服恐懼，說出最直率的讚美：「天啊，妳真的好美麗！她是不是很漂亮，克勞德爵士，對不對？」

「當然，全倫敦最漂亮的女人。」克勞德爵士的回答相當有騎士風範，「就像妳，妳也是最棒的小姑娘！」

現在，全倫敦最漂亮的女人完全卸下心防，臉上閃耀著溫柔的光芒，舉手投足都表現出鍾愛的喜悅，欣喜自己終於又將幸福抓在懷裡。她成熟的美麗就彷彿一朵鮮花盛開，就像媽媽一樣，只消一會兒就讓她年幼的朋友感到一股正面力量，那種感覺就有如一整天漫長而明亮的日子即將開始。對梅西來說，無論是媽媽、克勞德爵士，或是威克斯太太都從來沒有讓她感受到這股力量，即使他們的吸引力也是如此強烈而各有特色，卻都無法像這樣點燃她心中的愛慕，這也讓接下來的對話有了不同的意義，因為他們馬上就談起了她的父親。沒錯，法蘭芝先生是個棘手人物，但對他的女兒來說可不是；對畢爾太太來說，他當然是個大麻煩，她馬上就這樣表明，但是這時候的畢爾太太，在梅西面前表現出來的樣子，就像是一個得到一份絕佳禮物的人，而這份禮物正好可以用來處理複雜的狀況。不過梅西卻覺得自己還是懵懵懂懂，她問了克勞德爵士一個問題，提起兩人先前的談話，問他為什麼要對威克斯太太否認，說他從來接梅西的那天之後，就沒有再見過畢爾太太？克勞德爵士的回答中帶著驚愕，但又有些安心的意味。

畢爾太太只能表現出淡淡的同情說：「你為什麼要做這麼愚蠢的事？」

「要維護妳的名聲啊。」

「梅西的想法嗎？」這番話讓畢爾太太覺得非常有趣，「我在梅西心中的名聲好得很，不會有所損傷的。」

「但是妳相信我的話吧，小惡魔，對不對？」克勞德爵士問小女孩。

她看著他，然後微笑著說：「她的名聲確實有傷害，我發現你有來過這裡。」

他也沒有太懊惱，還是笑了：「親愛的，妳說起這種事來，怎麼是這種口氣啊！」

「那她該怎麼說話呢？」畢爾太太很想知道，「她都跟著她母親渡過這麼一段糟糕的日子。」

「不是媽媽告訴我的，」梅西解釋說，「只有威克斯太太。」她有些遲疑，不知道要不要在克勞德爵士面前提起，威克斯太太就是她的消息來源，但畢爾太太接著對他說的話，讓梅西知道自己的顧慮是多麼無益。

「你知道這個可笑的女人前兩天還來找我嗎？所以我才告訴她，我和你一直都有見面。」

克勞德爵士終於顯得有些手足無措，「這鬼鬼祟祟的老貓！她都沒告訴我。所以妳以為我說謊了嗎？」他問梅西。

梅西聽到他這樣評論自己好心的朋友，一時慌了手腳，但是她知道在眼下這種狀況，自己必須盡力表現最好的一面：「喔，我不介意！但是威克斯太太覺得不好。」她補充這句話的目的是想幫她的老師留點面子。

不過畢爾太太顯然沒理解她的目的，「威克斯太太真是太無知了！」

「可是最要緊的是，對妳，」克勞德爵士問，「她有什麼話要說？」

「還能說什麼，就像麥考伯太太①呀，我想她一定覺得自己跟這個人物很像，她說她絕對、絕對、絕對不會拋下法蘭芝小姐不管。」

「喔，我想也是！」克勞德爵士開心回應。

「親愛的先生，我也很希望只是如此。」畢爾太太說，而梅西想著不知道克勞德爵士接下來要說什麼，她還沒來得及問，畢爾太太就接著說：「這還不是她來這裡唯一的目的，如果你想知道的話，但你絕對猜不到的。」

「那應該讓我來猜嗎？」梅西顫抖著聲音問。

這句話又逗樂了畢爾太太，「哎呀，讓妳來猜就對了！這種話妳一定曾經在妳那個糟糕的母親家裡聽過，妳有沒有看過有女人上門對她哭哭啼啼的，拜託她『放過』她們心愛的男人？」

---

①麥考伯太太（Mrs. Micawber）是英國作家查爾斯・狄更斯（Charles Dickens）作品《塊肉餘生錄》（David Copperfield）中的角色，書中的麥考伯先生因為工作失意，讓家中經濟陷入困境，但他的妻子仍然不離不棄，最有名的就是她掛在嘴邊的這句話：「我絕對不會拋下麥考伯先生不管。」

梅西一邊想著這話中的意思，一邊努力回想，但克勞德爵士這下也覺得有趣了，「喔，她們才不會來煩愛達呢！威克斯太太對妳哭訴，求妳放過我嗎？」

「她一直向我下跪懇求呢。」

「這親愛的老朋友真可愛！」年輕的男人讚嘆著。

梅西聽到這話覺得很開心，這足以彌補他稍早對威克斯太太的形容了，「那妳會放過他嗎？」她問畢爾太太。

她的繼母又抓著她親吻，似乎是被她問話的語調迷住了，「一吋也不放過，我會把他拆到只剩骨頭的！」

「妳是說他真的會常常來嗎？」梅西追問著。

畢爾太太漂亮的雙眼移向克勞德爵士：「這不是我說了就算的，要看他。」

不過他並沒有馬上接話，他的雙手插在口袋裡，輕輕哼著曲調，就連梅西也看得出來他有些緊張，他只是走到窗戶邊，看著外頭的攝政公園。「他是已經答應啦，」梅西說，「可是爸爸會喜歡這樣嗎？」

「讓他這樣來來去去嗎？啊，親愛的，坦白說，這個問題一點也不要緊。不過我老實告訴妳吧，畢爾其實非常高興，因為他知道克勞德爵士，這可憐的男人，也給逼得要和妳母親爭吵了。」

克勞德爵士轉過身來，認真而仁慈地對梅西說：「別怕，梅西，妳不會看不到我的。」

「太謝謝你了！」梅西整個人都亮了起來，「可是我的意思是……你不懂嗎？不知道爸爸會對我說什麼呢？」

「喔，我都已經跟他說好了，」畢爾太太說，「他會盡量好好表現的。妳知道最大的障礙是什麼嗎？雖然他對這世界上每件事情的態度總是三天一變，但只有對妳的母親是永遠不變，我們得注意他討厭她到什麼程度。」

克勞德爵士笑了一聲：「肯定是比不上愛達還是那麼討厭他的程度。」

「好吧，」畢爾太太繼續親切說，「他們對彼此的感覺是任何事物也無法取代的，而他們能想到最佳的表現方法，就是把妳留在對方的身邊，愈久愈好；妳自己也已經體會到了，沒有哪件事比這個更讓他們生氣的了。不是說照顧妳得花很多錢或是很麻煩，因為妳要求的實在也不多，只是妳會讓他們彼此清楚感受到，對方想使出多下流的手段。所以說，只要畢爾繼續這麼討厭妳的母親，他就沒什麼力氣再去討厭別人了。另外，妳也知道，我已經拉攏他了。」

「喔，天哪！」克勞德爵士笑得更大聲了，又再度轉身面對窗外。

「我知道！」梅西馬上回答，「就是讓他做他想做的事，條件是他要讓妳做妳想做的事。」

「妳真是太可愛了，我的小寶貝！」畢爾太太再度抱緊她，「和妳分開這麼久，我到底是怎麼活過來的啊？親愛的，我一點也不快樂。」畢爾太太將臉頰緊緊貼著梅西的。

「現在快樂了吧！」梅西害羞地展現溫柔，心裡微微悸動著。

「我想我會的，妳會拯救我的。」

「就像我救了克勞德爵士嗎？」小女孩急切地問。

畢爾太太有些糊塗了，轉向她的訪客詢問：「真的嗎？」

他對梅西的問題表達出高度興趣，「那是親愛的威克斯太太說的，或許還真有點道理。」

「他讓我變成他的責任，變成他的生活。」梅西向她的繼母說明。

「哎呀，那正是我想做的！」畢爾太太忍不住搶先回話，驚訝的心情讓她臉紅了。

「好啊，你們可以一起做，這樣他就一定要來了！」

這時候，畢爾太太已經讓她的年幼朋友端坐在她大腿上，她抬頭對克勞德爵士微笑：「我們應該一起做嗎？」

他收起笑聲，那張英俊而嚴肅的臉不是面向這家的女主人，而是盯著他的繼女好一會兒：「嗯，這比某些事情聽起來要像樣多了。我以我的生命發誓，我覺得這些事情的進行，似乎是依照著唯一合宜的方法。」他好像還想繼續對梅西解釋，出於良知，有一股衝動想讓她明白這其中的關聯，讓她能夠正大光明參與；雖然他僅僅希望這麼做能夠合乎情理，而梅西看待任何事情都染著美麗的玫瑰色，但似乎還是達不到她所謂合宜的標準。「如果我們對妳來說還不夠好，」他揚聲說，「那我真的到死也不知道，我們對誰才算好了！」

畢爾太太又更進一步讓梅西知道狀況：「我知道妳一定會拯救我們的，不管是面對什麼困難。」

「喔，我知道她會救我脫離什麼困難！」克勞德爵士雀躍地插話，「當然是爭吵囉。」他說。

畢爾太太馬上接著他的話：「沒錯，不過那些算什麼，至少對你來說，那些爭吵都是你的妻子造成的。我可以忍受自己遭遇的困難，我不能忍受的是妳得經歷的那些。」

「我們為妳做了好多好多，妳知道嗎，小姑娘？」克勞德爵士繼續用認真的態度對梅西說。

梅西的臉紅了，因為她感受到那種義務責任感，以及自己渴望的熱切，她只是表現出臉紅，也算是厲害了，「喔，我知道！」

「那妳一定要留住我們，一定！」這一次他笑了。

「你怎麼跟她說這種話！」畢爾太太說。

「不比妳說的糟！」他興高采烈地回答。

「漂亮的人只會做漂亮的事！」她也回以同樣的口氣，「把東西放下吧。」她放開梅西說。

小女孩站定之後，情緒洶湧，「那我就要留下來了，這樣就好嗎？」

「怎麼樣都可以，明天克勞德爵士會把妳的東西帶過來。」

「我會親自拿過來，我發誓會親自監督打包。」克勞德爵士保證，「等拿過來才打開。」

他示意這位年幼的朋友到他坐著的地方來，然後他幫她把裹在身上的毯子解開，距離幾步之遙的畢爾太太微笑看著他的手法，「這位繼父對妳可真好！妳知道，我一定要說，有了他，妳就不再需要別人了。」

「有了他就不需要保姆了！」克勞德爵士笑著說，「妳不記得我第一次來的時候告訴妳的話了嗎？」

「記得？就是那句話讓我對你刮目相看！」

「至於我嘛，」年輕人對梅西說，「不管怎麼引誘我，我都不會說，是什麼讓我對她刮目相看。」幫梅西脫掉毯子之後，他溫柔地親吻梅西，輕輕拍了她一下，讓她立正站好。輕拍的同時，他淡淡嘆了口氣，稍早的那股嚴肅感又回來了，「無論如何，如果妳不是天生就有那麼致命的美麗……」

「怎麼了呢？」梅西問著，不知道為什麼他不說下去，這是她第一次聽到人說她美麗。

「哎呀，我們不應該都這樣互相褒來褒去的！」

「他不是在說外表的美麗，親愛的，妳的美一點也不普通，」畢爾太太解釋說，「他只是在說妳的性格，有一種單純直接的吸引力。」

「她的性格是全世界最非凡特別的。」克勞德爵士對畢爾太太說。

「喔，我知道那些事，全部都知道！」畢爾太太優雅地克制，不要炫耀自己的知識。

這讓梅西突然有種莫名的責任感，她想藉此掩飾自己的無知，「嗯，你們也有啊，『那些事』，有那種要命的天份，你們兩個真的都有！」這些話就這樣脫口而出。

「性格的美嗎？親愛的孩子，我們一點也沒有！」克勞德爵士反駁。

「先生，這只是你自己的想法！」梅西輕輕從畢爾太太身邊跳開，「我很乖，而且很聰明，你還要什麼證據？對你，我就不說那些會讓你臉紅的話，也不稱讚你了，只要說你的樣子已經是最漂亮的了。」梅西覺得自己有必要強調這個論點，「你們兩人都很可愛，不要否認這點！看到你們肩並肩站在一起，真的很好看。」

克勞德爵士已經拿起了自己的帽子和枴杖，他站在原地看了梅西一會兒，「妳這安慰人的小東西這下麻煩了！不過我得回家幫妳打包東西。」

「那你什麼時候回來？明天，明天嗎？」

「妳看到我們給自己找了什麼麻煩嗎？」他對畢爾太太說。

「嗯，如果你受得了，那我也可以。」

梅西看看他，又看看她，想著雖然自己和克勞德爵士及威克斯太太在一起的時候很開心，不過若是和克勞德爵士及畢爾太太在一起，一定會更開心。只是這感覺就像坐在奔躍的馬兒背上，於是她做了個動作要穩住自己的身體。「那，你知道的，我是不是應該跟威克斯太太道別呢？」

「喔，我會向她說的。」克勞德爵士說。

梅西想了一下，「還有媽媽呢？」

「啊，妳媽媽呀！」他悲哀地笑了笑。

即使對這個孩子來說，這句話其實一點也不難懂，但畢爾太太還是努力想解釋清楚：「妳媽媽會歡呼不已的，她會歡呼著……」

「就像早起的鳥兒一樣。」克勞德爵士替她找到了合適的比喻。

「她不需要人安慰的，」畢爾太太繼續說，「因為她會逼得妳爸爸對上天破口大罵。」

梅西盯著她看，「他會對上天破口大罵嗎？」這可真是讓人難忘，或許還是從聖經裡學來的，而她的問題讓畢爾太太對她又是一陣溫柔愛撫，克勞德爵士也加入了。同時梅西也想著，如果威克斯太太不在了，誰要在她的生活中教她地理知識，說那些奇聞軼事給她聽呢？如今，她覺得自己問出這個問題，應該不算唐突：「這裡會有人幫我上課嗎？」

畢爾太太早已準備好了答案，讓梅西覺得她實在太棒了，「妳會學到妳過去的人生中從來沒有學過的東西。妳要接受學院課程。」

「學院？」梅西從來沒聽過這種東西。

「到學校去，學不一樣的課程。」

梅西只是一直盯著她看，「課程？」

畢爾太太真的很厲害，「所有最重要的課程，法國文學，還有宗教歷史，妳在這些課堂上會和非常聰明的孩子一起上課。」

「我會好好看著妳的，妳知道吧。」克勞德爵士說話帶著他獨特的仁慈，對著她點了點頭，讓她安心，還附加一個友善的眨眼。

但畢爾太太說得更深入了，「親愛的孩子，妳要去聽課。」

眼前的地平線突然廣闊了好多，梅西覺得自己變得好渺小，「一個人嗎？」

「喔，不，我會和妳一起去。」克勞德爵士說，「他們也會教我很多我不知道的事情。」

「我也一樣。」畢爾太太嚴肅地點點頭，「我們會跟她一起去，一定會很有趣。已經好久了，」她對梅西坦白說，「我已經好久沒有時間學習了，這又是妳給我們的另一個好處，妳就是我們的動機。喔，她為我們做的一切是不是太好了呢？」她忍不住對克勞德爵士呼喊著。

他思考了一下，然後回答：「正是我們想的。」

對於這個想法，梅西當然是沒有什麼決定權，但是也讓她心中燃起幾乎是同樣的熱忱，如果是這樣一片光明的未來，那麼她也沒什麼好奢求的了，也就是說，她不會奢望著和威克斯太太在一起；但是她的良心告訴她，如果她默許了那位溫柔的老師缺席，那串經常在她耳裡響起的話語一定又會嗡嗡作響，那串話的意思，簡單來說是她父親一直稱她母親是個「偷偷摸摸的下流胚子」，而她母親也同樣這樣稱呼她父親，所以梅西想著，如果她自己學著沒有威克斯太太陪伴依然開心的話，是不是也成了偷偷摸摸的下流胚子呢？威克斯太太會怎麼做？她又會去哪裡呢？梅西還在思考的時候，克勞德爵士已經走到門邊準備離開了，這些焦慮湧到梅西嘴邊，終於還是說出口來，她的繼父停下腳步，好好回答了她的問題：「喔，我會拉攏她的！」他大叫著，說完就走了。

梅西轉身和畢爾太太面對面，放心嘆了口氣，看看四周，覺得自己似乎邁入了更高階的人生，「這樣的話，大家都被拉攏了！」她表示和平地說，說完她的繼母又蹲下熱切抱著她。

15

那天，蘇珊・艾許來通報消息：「小姐，他在樓下，他真的好帥喔。」

梅西在父親家的教室裡，教室的窗簾是漂亮的藍色，她正坐在鋼琴前彈奏一小段可愛的樂曲，畢爾太太說這首曲子叫做〈月光搖籃曲〉，琴譜是克勞德爵士郵寄給她的，因為他覺得梅西的音樂教育一直都沒有好好進行，真是太可憐了，而在梅西母親家的最後一個月，他一直想要替她安排固定的鋼琴課。他經常告訴梅西，正規的鋼琴課昂貴到令人咋舌，但若不是正規教育，那其他課程也都只是浪費錢，於是這番話讓梅西更是雀躍不已，因為她知道這代表克勞德爵士為了這份琴譜花了多少錢，琴譜封面上寫著價錢是五先令，顯然這是正規教育的價錢。她聽到蘇珊的話就站了起來：「畢爾太太叫妳來的嗎？」

「喔，不是，」蘇珊・艾許說，「畢爾太太這時候早就出門了。」

「那就是爸爸！」

「親愛的，不是，不是爸爸。小姐，您得整理一下那頭亂七八糟的頭髮。」蘇珊繼續說，「老爺根本都不回家的。」她補充說。

「去了哪裡不回家？」梅西有點漫不經心，整個人非常興奮，她的手隨意爬梳了一下她的鬈髮。

「喔，那個啊，小姐，我要是告訴您可一定會後悔的！那本白白的東西最好收起來，雖然我也知道，要是我寫得出那種東西就發了。」

「那就請妳幫我收一下。我知道爸爸去了哪裡。」梅西有點不耐煩地繼續說。

「喔，如果我是您，我就不會說。」

「他去俱樂部了，菊花。好了！」

「一整晚嗎？真奇了，晚上又不開花的，對吧！」蘇珊・艾許說。

「喔，我不在乎。」小女孩已經走到了門口，「克勞德爵士只說要見我嗎？」

「沒錯，就像您是公爵夫人那樣慎重呢。」

梅西下樓梯時也發現，自己確實就像公爵夫人那樣快樂，而過了一會兒，梅西撲進克勞德爵士懷裡，摟著他的脖子，她想就連公爵夫人也很難說自己會有比現在更快樂的時候。而她覺得自己要更有公爵夫人的架勢，於是她宣告：「這就是你說的會常常來嗎？」

克勞德爵士見到她也很快樂，心情和她一樣高昂，「我親愛的老朋友，別害我出糗，我向妳保證，我見到的每個女人都這樣。我們出去玩吧，今天天氣真好，快去穿件漂亮衣服，跟我一起出門，然後我們再靜靜聊一聊。」

五分鐘後，他們已經出發前往海德公園，即使是兩人在她母親家時度過的美好時光，那些曾經聊過的話題，都不如現在他急忙向她解釋，更能給她一種安定的甜美。以他的職責來說，他已經做到最好了，除了威克斯太太以外，那些出現在她生命中的人，只有威克斯太太和他會向她解釋。不過，克勞德爵士解釋起來更有一種說服力，超越了女人的智慧。現在梅西都想起來了：總是失敗的計畫、不斷在事前就先付出的獎賞和賄賂，最後也總會失去……一切的一切，都讓梅西必須面對巨大的壓力，每一次都讓她再度感受到金錢是個大問題。就連梅西自己也可以猜到，克勞德爵士要如何表達自己財力的程度是個問題，才能夠讓梅西擺脫遭受欺騙的感覺，讓他漂亮鬍鬚底下呼出的不是污穢的罪名。不知道為什麼，這些計畫的本質就是非常昂貴，而既然昂貴，就變得不可能實行。

眾人之事的本質就是要「涉入其中」，而且每過一刻，涉入程度就要更深，在這一刻，克勞德爵士的事就是如此，爸爸的、媽媽的、畢爾太太的，連梅西自己的也是，而在這一刻之前，這位年輕的小淑女重新回到父親家裡已經過了幾個禮拜。世界上沒有人可以用兩先令兩便士，這麼一點點錢就解決所有事，這也就是為什麼，那件和所有聰明小女孩一起上法國文學課的事沒了下文。難道她沒看出來嗎？就算沒有方才提到的資金限制，就這樣讓她和一群陌生孩子混在一起實在非常尷尬，那些孩子和梅西的距離太遙遠，穿著閃亮亮的衣服在她面前站成一列，都是有錢人的孩子。這樣一來，梅西會覺得自己又只能把鼻子貼在厚厚的玻璃上，看著玻璃內那間由知識組成的甜點店。不過，如果克勞德爵士選擇的課程，也就是那些貴到不像話的課程，至少在某些學院的講課是直接針對那些聰明的窮人家孩子，所以要如何解釋為什麼梅西都沒去上課，要馬上給個理由想必會更容易。克勞德爵士說，理由就是，梅西現在的樣子正好就是他們想要的，只是他們現在不必再討論這件事了。

兩人現在往海德公園裡的九曲湖走。梅西常去的攝政公園在北邊，距離還更近，不過兩人搭上了雙座馬車往西走，因為甜美的六月即將結束，在這樣的日子裡，雙眼所及的人們總喜歡往這裡走。他們散步了一個小時，和那些打扮入時的人們一起走在這條路上，兩人看著身邊的人發出讚嘆，而其中一個人說的話確實讓另一個人感到疑惑，一點也不有趣。在這一個小時結束之前，梅西為了因應眼前最尖銳的挑戰，又更進一步追問她朋友為什麼離開了這麼久。

「我怎麼會做出違背對妳的誓言這麼糟糕的事，那麼鄭重起誓，結果卻一直沒來？嗯，親愛的，一天天過去了，而妳一直沒看到我，想必妳一定經常拿這個問題去煩畢爾太太吧？」

「喔，對啊，」小女孩回答，「一直問、一直問。」

「那她怎麼跟妳說的？」

「說你長得有多好看，就有多壞。」

「她這樣說嗎？」

「一字不差。」

「啊，親愛的老朋友！」克勞德爵士的心情好轉很多，而他的解釋就只有清楚開朗的大笑聲。梅西上次也聽過他用這幾個字形容威克斯太太。她握住他的手，他手上戴著珍珠灰的手套，襯著粗黑線條裝飾，這讓梅西經常聯想到以前常到母親家作客的女士，她們的拳頭上也戴著這樣的巧繡，露出手肘，把雨傘倒著放。只要感受到他也握緊了她的手，這種滿足感就足以蓋過失落感，他的存在就好像有人把什麼東西拿近她的臉，近到她看不清這東西的側面。不過克勞德爵士還是一副在別人的放大鏡底下表演著一樣，即使他們現在已經穿過了公園，受到這個地方和季節的吸引，兩人開始在肯辛頓花園裡漫步。他說，他們拋在身後的不過是一群表演不怎麼樣的馬戲團，然後兩人穿過裝飾討喜的拱門，走過一道橋，他同時也說，他們花了四分之一個小時，就已經離倫敦市區一百哩遠了。兩人眼前是一片寬闊的綠色林地，周圍環繞著高大的老樹，在林蔭底下有一塊新割的草皮，還有一道蜿蜒的鄉村小路。

「這裡就像是阿爾丁森林，」克勞德爵士輕快地說，「我是遭到放逐的公爵，而妳……年輕女孩都叫什麼啊？……是天真單純的小鎮姑娘。那裡，」他繼續說，「是另一個女孩子，叫什麼好呢，羅莎琳？還有，妳不認識嗎？那個男人正在追求她，向她示好呢。聽我的準沒錯，他就是在追求她！」

這番幻想的對象是一對男女，肩並肩走在林地的另一端，和他們往同一個方向移動，遠遠看著這一對，他們的腳步緩慢（這讓他們兩人靠得非常近，所以低垂向前的頭幾乎是靠在一起），女士的背影看起來相當高，顯然是位高雅的女人，而那位紳士的左手看起來是緊緊摟著女人的手臂，而右手拿著拐杖，在他身後一上一下的。梅西的想像力馬上就回應了他朋友所營造出的田園詩歌場景，然後她突然停下腳步，腦袋都清醒了，她說：「怎麼會，天啊，那不是媽媽嗎？」

克勞德爵士也停下來盯著看：「媽媽？可是她在布魯塞爾啊。」

梅西的眼睛還看著那位女士，狐疑著：「布魯塞爾？」

「她去比賽了。」

「臺球嗎？你怎麼沒告訴我？」

「我當然沒說！」克勞德爵士突然說，「我還有很多事沒告訴妳呢，她是星期三出門的。」

那對男女離他們更遠了，但是梅西的眼睛還是一直緊跟著他們，「那她已經回來了。」

克勞德爵士看著那個女人：「更有可能的是她根本沒去！」

「是媽媽！」小女孩斷然說。

兩人停下腳步，但克勞德爵士還是抓緊機會瞧個仔細，就在這個時候，看著遠方的那幅場景，那對男女也停下來了，仍然背對著他們，好像是停下來說話。「小可愛，妳說的沒錯！」他終於認出來了，「那確實是我親愛的妻子！」

他說話時還帶著笑，可是臉色已經變了，梅西的視線馬上離開他，「跟她在一起的是誰啊？」

「我知道才奇怪呢！」克勞德爵士說。

「是佩瑞恩先生嗎？」

「喔，親愛的，不是，佩瑞恩已經出局了。」

「出局？」

「他一個人留在倫敦市裡。不過還有很多其他人！」克勞德爵士微笑著。

梅西好像開始數數了，她研究著那位紳士的背影，「那是艾瑞克閣下嗎？」

她的同伴有好一會兒沒有回答，然後她的雙眼又落到他身上時，他也看著她，她感覺這眼神有點奇怪，「妳怎麼知道艾瑞克閣下？」

她不帶心眼想讓自己的回答一樣奇怪：「喔，我知道的比你想得更多！是艾瑞克閣下嗎？」。

「可能吧，我在乎才有鬼！」

那對男女稍稍分開，而就在克勞德爵士說話的當下，突然轉身來面對他們，果然正是渾身散發魅力的夫人，而她身邊的同伴仍是一個謎。梅西屏住呼吸，「他們要過來了！」

「讓他們來吧。」克勞德爵士拿出香菸，準備點燃火柴。

「我們會跟他們碰到面的！」

「不，他們要來見我們。」

梅西站得直挺挺的，「他們看到我們了，你看啊。」

克勞德爵士把火柴丟了，「儘管來吧。」而另一邊的兩人顯然是嚇到了，又稍稍停下腳步，分得開開的，「她驚訝得不得了，想開溜了。」他繼續說，「可是太晚了。」

他身邊的梅西往前走，即使在這樣的距離，她也知道夫人忐忑不安，「那她會怎麼做？」

克勞德爵士抽了口菸，「她的腦子正飛快轉著呢。」他顯然覺得很有趣。

不過愛達只是動搖了一會兒，他的同伴一定是讓她感到道德上的支持。不曉得為什麼，梅西覺得他看起來很勇敢，一直等到他們走近一點之後，梅西才發現他的鬍鬚相當稀少，她已經看到他的眼珠是非常淡的藍色。他比佩瑞恩先生好看太多了。媽媽在遠處的時候看起來很糟糕，不過即使她現在正快步接近，梅西的好奇心還是突然乍現，於是她又問克勞德爵士：「是嗎？是艾瑞克閣下嗎？」

克勞德爵士仍然相當鎮靜地抽著菸，「我想是伯爵吧。」

這個答案很完美，她對伯爵的印象就是如此，可是現在媽媽已經近在眼前，梅西對媽媽的印象又該是如何呢？大概就像個女演員，在某些極端的情形下，會突然逼近舞台的腳燈，一副要跳過去的樣子。梅西感到真的很害怕，馬上就把手伸進克勞德爵士的臂彎，然後才發現自己的反應如此強烈。從她手上傳來的壓力，讓克勞德爵士停止抽菸，而看到這幅景象，另外那對男女也停下腳步，在這段已經縮小的距離之外，兩人又停下來說話，但這也只是一下下而已，顯然伯爵多花了點心力才了解過來，如果梅西知道的話，就應該先有所動作，不過現在是夫人拿到了先攻的機會。「她現在會怎麼做？」她女兒問。

克勞德爵士現在可以說：「想假裝都是我。」

「你？」

「就是我有什麼企圖啊。」

下一秒，可憐的愛達就證實了這項預測，昂立在兩人面前，就像穿戴完整的正義女神。梅西看著她的時候，感覺她有部分的臉變白了，而其他部分則因為這個改變，看起來讓其他顏色更搶眼，「你帶著我女兒想做什麼？」她問她的丈夫。雖然她的語氣是憤怒的，梅西卻有一種比以往都更強烈的感覺，那就是母親並沒有注意到她這個人。在梅西眼中看來，克勞德爵士似乎也因為這大聲的輕蔑，臉色刷白，因為愛達又問了一次。

他並沒有回答，反而問了她一個問題：「妳現在牽著的是哪個傢伙的手？」

聽到這裡，夫人一個大轉身就改面對著女兒，看似在控訴女兒也是這齣陰謀的策劃者。梅西茫然盯著母親濃妝豔抹的大眼睛，接收那股強烈的眼神，看起來就像日本燈籠懸在洋溢節慶氣氛的拱門底下，搖來搖去；但是夫人突然回過神來，語調猛然一變，溫柔得很詭異：「親愛的，去那位紳士身邊，我請他照顧妳幾分鐘，他人很好的，去吧。我有話要跟這傢伙說。」

梅西感覺克勞德爵士馬上抓住她，「不，不用了，謝謝。這樣不行，她是我的。」

「你的？」梅西覺得很困惑，媽媽說話的口氣怎麼一副以前沒聽過克勞德爵士的樣子？

「我的。妳放棄她了，妳對她已經沒什麼好說的，我從她父親那邊帶走她的。」克勞德爵士說，這句話讓他身邊的梅西很驚訝，同時她想看看這句話對她母親的影響有多大。

不過，顯然這句話還是起了效果，讓愛達陷入沉思；她看著她晾在一旁的紳士，他已經把雙手插進口袋，踱著步走到一段距離之外，站在那裡，聽不清楚這兩人的談話，也就不會尷尬。她看著那位紳士，整個人就像一座夜光花園，十字轉門什麼的一應俱全，這男人還買了季票可以經常造訪這座花園；然後她又看著克勞德爵士，「我放棄了她，是要她父親照顧她，而不是把她丟到外頭在城裡亂逛，身邊有你或是其他人都一樣。如果她心裡沒有我，叫『他』自己來告訴我，我絕對不會接受讓另一個人通知我。我喜歡你這樣假裝，打著『為她好』的名義招搖撞騙，可是你根本站不住腳。我知道你在玩什麼把戲，我現在也有話要對你說。」

克勞德爵士捏捏小女孩的手臂，「法蘭芝小姐，我不是告訴過妳，她會這樣說了嗎？」

「你一定很害怕、很害怕聽到我要說的話，」愛達繼續說，「如果你以為她能當你的擋箭牌，那你可就大錯特錯了。」她讓他有點時間思考一下，「只要她一看著你，我就要讓她嘗嘗甜頭，你想要讓她知道嗎，親愛的？」梅西感覺夫人這個問題發揮了作用，但是這個小女孩也意識到自己的心意，希望克勞德爵士會明白說出自己的想法。梅西已經開始喜歡這種想法，知道人們喜歡讓她「知道」一些什麼。但是在克勞德爵士回答之前，她的母親已經非常優雅地張開雙臂，然後梅西感覺克勞德爵士的手鬆開了，「我的孩子。」愛達低聲說著，那個聲音突然變得溫柔，讓梅西覺得很疑惑，她好像是第一次聽到這種聲音。梅西還在猶豫著，但下一秒她的胸口就充滿了母親第一次直接呼喚的悸動，和過去只是出於母性的吸引不同，即使是在過去紛紛擾擾的日子裡，她也沒有聽過母親這樣直接呼喊著她。接著她就已經倒在母親的胸口了，臉旁是一大堆無謂的小首飾，她覺得自己好像是突然被用力推了一下，撞破了珠寶店門口的玻璃，可是猛然又是一個推擠，她被推出了母親的懷抱，還聽到斷然的命令：「好了，去上尉那邊！」

梅西聽話地看著那位紳士，可是希望能更認識他一點：「上尉？」

克勞德爵士爆出一陣笑聲：「我告訴她是伯爵。」

愛達盯著她看，接著她站起身來，姿態偉然，就像一尊巨像，「你這個人真的很討厭。」她叫著，「走啊！」她又對女兒說。

梅西開始動作，往後退了幾步，看著克勞德爵士，「只要一下子。」她雖然感到疑惑，但還是對他示意，只是他實在太生氣了，根本沒注意到她；不是對梅西生氣，而是對自己的妻子。梅西轉身離開的時候，聽到他的怒氣爆發：「妳這該死的老……」她聽不太清楚完整的話，不過已經夠了，她聽得太多了。她要逃離現場，這個語調的轉變如此驚人，她寧願逃到一個陌生人身邊。

16

梅西一見到上尉淡藍色的眼睛，就感到一股強烈的驚異感，她發現上尉見到自己臉上的恐懼，竟表現出焦慮，這讓梅西突然心情放鬆下來。「他到底做了什麼？」他的問題完全是針對克勞德爵士。

「他叫她是該死的老畜生。」她忍不住告訴他。

上尉認為夫人的身分如此崇高，聽到這句話就瞠目結舌，當然，就和其他人一樣，他也感到相當震撼；但是他馬上就整理好心情，回應她這句難聽的話：「該死的老畜生……說妳母親嗎？」

梅西已經意識到她的第二次動作：「我想她是打算惹他生氣。」

上尉的驚慌失措已經平息了不少，「生氣？她嗎？可是她就像天使那樣溫柔啊！」

就在這個時候，他說了這句話，那副神情馬上贏得了梅西的心；他的臉是如此明亮而慈祥，藍色的眼睛折射出一種奇異的優雅光輝，至少對他來說，她的母親就是如此高雅之人。她長久以來觀察他人的基礎，讓她抬頭望著他時就能知道他是什麼樣的人：他是一名坦白直率、思想單純的軍人，非常嚴肅（梅西又回頭加上這點），但還不到可怕的地步。無論如何，他說的這句話對梅西來說相當新鮮，過了一會兒，她說：「你非常喜歡她嗎？」

他低頭對她微笑，有點遲疑，但表情愈來愈愉悅：「讓我告訴妳，妳母親是什麼樣的人吧。」

他伸出軍人大大的手，梅西馬上就握住了，然後兩人一起轉身走到一旁樹下擺放的椅子邊。「她叫我來找你。」兩人一邊走，梅西一邊解釋著。現在兩人坐在一張椅子上靠得很近，眼前的風景極美，可以透過樹林看到湖面波光粼粼，耳邊可以聽見鳥兒鳴唱、船槳拍擊水面的聲音，還有孩童嬉戲的笑聲。上尉放下軍人身段，坐得斜斜的好靠近梅西一點，看起來也比較和藹可親。梅西把手靠在椅子扶手上時，他也把手靠在扶手上，這也是為了強調他想說的話，她聽了對她有好處。他已經告訴她，她母親在如此意外的情況下看見她，身邊還跟著一個……嗯……不見得是個好人，那時候她母親馬上要求上尉先接手照顧她，自己則去應付她口中真正的罪犯。那個時候，上尉給梅西的感覺是他想和她一起做什麼都可以；十分鐘以前，她從來沒見過他，可是現在她卻可以和他同坐，碰觸著他，而且接受他的碰觸，折服於他說的話，覺得一位紳士的身形削瘦、膚色棕褐也不錯，那種棕褐膚色還帶著一點深度，讓他稻草色的鬍鬚看起來幾乎像是白色，而他的雙眼就像是兩朵淡色的小花。

最不尋常的就是，梅西在那個當下似乎不太在意母親要如何應付克勞德爵士。上尉和他一點也不像，這就是奇怪的地方，媽媽這位朋友的外貌是如何賞心悅目呢？他的長相就好像是五官拼湊起來的時候出了錯，唯一能說的好聽話就是這張臉滿好笑的。更奇怪的一點是，最後這位小女孩又把他分了類，她對自己說，世界上有這麼多的人，他卻最能讓她想起威克斯太太，而且這層關聯還莫名愈來愈強烈。他雖然沒戴著髮帶或是冠冕，或者至少在威克斯太太戴著鈕扣的地方，他也沒有鈕扣；他的膚色有太陽曬過的痕跡，聲音低沉，身上有雪茄的味道，但是卻很神奇地和梅西那位老家教這麼像，還多過於他像梅西年輕的繼父。他要對梅西說的好話就是，她那位可憐的母親——難道她不知道嗎？——是他一生中交往過最好的朋友，然後他又加了一句：「她跟我說了好多關於妳的事，認識妳，我真是太開心了。」

梅西心想，自己從來沒有像這樣被當作一位年輕淑女般對話，就連很久以前的那一天，她發現克勞德爵士和畢爾太太在一起時，他也沒有這樣對她說話。她感覺自己就像去參加舞會，身邊圍繞著讓人心情愉快的同伴，在一支又一支舞蹈中間，那些人就是這樣跟年輕淑女說話的。她努力要想出什麼事情可以和這件事一樣讓她高興，可是這樣的嘗試只是讓她更激動不已，所以她只能說：「你知道嗎，一開始我還以為你是艾瑞克閣下。」

上尉看起來一臉茫然：「艾瑞克閣下？」

「然後克勞德爵士又以為你是伯爵。」

他大笑出聲：「怎麼會，他才五呎高，整個人紅通通像隻龍蝦。」梅西也笑了，姿態維持著一定的優雅，她想舞會上的年輕淑女一定也是這樣，這時候，她應該順著自己的心意，提出不失禮節的問題，繼續追問下去。但她還來不及說話，她的同伴先問話了：「到底艾瑞克閣下是誰啊？」

「你不知道他嗎？」她想年輕淑女說這句話的時候，應該帶點輕微的驚訝。

「妳說的是一個胖子，嘴巴老是張開開的嗎？」梅西得承認說，其實她和艾瑞克閣下幾乎沒見過面，所以她只能說他是媽媽的朋友，但是上尉突然靈光一閃，馬上回答，好像他知道這個男人：「妳說的那個男人的弟弟，是不是那匹賽馬長刺歌雀的主人？」然後他的語氣十分和善，馬上駁斥了梅西的說法，「不，不會的，妳媽媽根本不認識他。」

「可是是威克斯太太說的。」小女孩冒險堅持說。

「威克斯太太？」

「我以前的家教老師。」

這好像又讓上尉燃起興趣了，「妳的這位家教老師，她搞錯了吧。那傢伙是個糟糕的畜生，妳媽媽根本看也不看他。」

他的肯定就如同他的友善一樣可靠，但是他說完之後沉默了好一會兒，梅西雖然疑惑，但還是很機靈，她知道這是一個機會，能夠彌補剛才自己假裝知道太多事情，於是自己甘願承受羞恥，讓上尉能糾正她更多事情：「那她不認識伯爵嗎？」

「喔，我敢說是這樣沒錯。但他也是個渾蛋。」說完他突然換了個表情，原本他的手已經離開梅西的背，現在又放回來了，梅西甚至覺得他稍稍臉紅了，「我真的好想好想跟妳說話，妳絕對不能相信那些傷害妳母親的話。」

「喔，我保證我沒有！」小女孩叫著，自己也臉紅了，眼裡突然充滿對這種想法的反對之意。

上尉低著頭，為了表示善意而把她的手舉到唇邊，這個舉動讓梅西後悔自己沒戴上好一點的手套。「如果妳知道她有多喜歡妳，當然就不會相信。」

「她喜歡我？」梅西喘著氣說。

「喜歡得不得了。但是她認為妳不喜歡她。妳一定要喜歡她，她有太多要忍受的不愉快。」

「對，我知道！」她很慶幸自己從來沒有否認這點。

「當然我沒有權利這樣提起她，除非我是什麼特別的朋友，」上尉繼續說，「但她實在是個了不起的女人，卻從來沒有得到應有的正義。」

「沒有嗎？」他的同伴聽到這些話，感到一股全新的悸動。

「或許我不應該告訴妳，可是她該受的苦難都經歷過了。」

「可以，你可以告訴我！」梅西馬上宣告。

上尉顯得很高興，「嗯，妳絕對不可以說出去，只有妳才能知道，懂嗎？」

梅西表現出認真的樣子微笑著，她只想聽他說什麼，「這是你和我之間的祕密！喔，我知道很多事情，都沒有說出去！」

「好，那就把這件事和其他事一起放在心裡。我向妳保證，她度過了一段地獄般的日子，別管其他人說什麼相反的話。她是我這一生中見過最聰明的女人，實在太迷人了。」梅西已經受到他說話的語氣感動了，現在她靠在椅背上，感覺心裡有什麼東西正竄動著，「她十分風趣，做什麼事情都很擅長，我從來沒見過這樣的人。她的意志力可比過五十個男人，我可清楚了，我保證是真的。她膽量過人，就算去獵老虎也難不倒她，天啊，我願意娶她為妻！而且她心胸十分開闊又大方，妳不知道嗎？有些女人就是偷偷摸摸的下流胚子，但是她會為她喜歡的人承受一切。」說完，他似乎是想觀察一下自己這番褒賞對他的同伴發揮了什麼效用，然後他輕輕嘆了口氣，感嘆自己說出來的話能表達的意思這麼少，但這幾乎也表示了一場全新的挑戰，於是他說出結論：「聽好了，她是真心的！」

梅西實在不太想說出相反的話，她發現自己即使因歡欣而啜泣著，但這番回覆的強度還是很難表達，也比不上上尉那番愛慕的本質。這席話可以說是堵住了梅西的嘴，因為她感覺眼前這個人談起她的母親，是她從來沒有聽過其他人這樣說的。她靜靜坐著，這股感覺洗刷過她的全身，畢竟這股愛慕、這股敬仰實在是很新鮮的話語，和她過去聽到的完全不同，不管是在什麼場合，這席話一點也不像是那些從她父親、畢爾太太、克勞德爵士，或甚至是威克斯太太嘴裡說出來的。顯然梅西現在才發現，若是說到夫人，這是她第一次聽到真正對夫人釋出善意的好話，所以她聽在耳裡，就感到一種奇怪的、深層的、同情的情緒滿溢出來，她這才了解，基本上就她目前所知，除了上尉之外，沒有人喜歡她的母親。而相較之下，威克斯太太原本對克勞德爵士那番情感告白，現在聽起來就像是小孩玩遊戲時嘴裡唸的無意義的童謠；而現在只在不遠處的那對丈夫和妻子，面對面，彼此充滿憎恨，彷彿還能聽見他咒罵她的難聽話。

話說回來，上尉又是如何稱呼她的呢？梅西想再聽一次，淚水盈滿她的眼眶，滾落臉頰，聚在臉頰底下有如火燒，因為她突然認知到自己也是，五分鐘前，她還等著那位生氣勃勃的高挑女性對她口出惡言，所以一時夫人也成了梅西單純懼怕的對象。這個時候她也不管自己平常很害怕表現出孩童最惹人討厭的一面，現在她那張淚濕而扭曲的臉完全呈現在她同伴眼前，雖然沒有哭出聲音，但依然醜陋。她直接面對他哭著，覺得很痛苦，她從來沒有像現在這樣對著某個人哭泣，「喔，你愛她嗎？」她說話的時候大大吸了口氣，是因為她努力要壓住哭泣的噪音。

她看見上尉要回答她的問題，但他的面貌卻是奇怪地模糊一片，不用說，又是因為眼睛上那層厚重的水霧遮蔽了視線。他結結巴巴說不清楚，但是聲音裡又迴盪著一種非常奇怪的堅持，「我當然是非常喜歡她，我喜歡她勝過其他所有我見過的女人，我一點也不介意這樣告訴妳，」他繼續說，「如果我會介意的話，那我一定會覺得自己是頭大野獸。」然後為了顯示自己的立場是如何鮮明，他又讓梅西感動到發抖了，那種和善的語氣，甚至連克勞德爵士都無法超越，就像上尉第一次表白時也讓梅西顫抖。他喊著她的名字，然後她的名字就達成了一切目的：「親愛的梅西，妳的母親是天使啊！」

這劑安慰劑幾乎讓人不敢相信，完全安撫了她對危險和痛苦的印象。她往後靠在椅背上，雙手遮著臉龐，「喔，媽媽，媽媽，媽媽！」她啜泣著。她感覺得到身邊的上尉，似乎是愈來愈友善，完全不覺得尷尬；但是過了一會兒，她的視線清明了一點，他已經站起來到她面前了，臉漲得很紅，緊張地看看自己四周，拿著拐杖敲擊自己的腳，「上尉先生，說你愛她，說吧，說啊！」她懇求著。

上尉先生藍色的眼睛認真盯著她：「我當然愛她，可惡，妳知道的！」

她聽到這句話就跳了起來，不知如何掏出了口袋裡的手帕，「那我也是，真的，真的，真的！」她熱切發誓。

「那妳會回到她身邊嗎？」

梅西盯著他看，原本手帕已經到眼睛旁，輕擦著眼淚，此時她停了下來，「她不會要我的。」

「她當然會，她想要妳。」

「回到家裡，和克勞德爵士一起嗎？」

他又遲疑了一下，「不，不是和他一起，是去另一個地方。」

兩人站著互看彼此，這股張力對上尉和小女孩來說並不尋常，「她不會讓我去其他地方。」

「會的，只要我問她！」

梅西還是很緊張，「你會在那裡嗎？」

上尉整個人也是和她一樣，「喔，會啊，總有一天吧。」

「那你說的不是現在囉？」

他嘴角很快上揚起來，「妳現在就會來嗎？和我們一起度過一個小時？」

梅西考慮了一下，「就算是現在，她也不會要我。」她看得出來，上尉有他的想法，但是她說話的口氣讓上尉很佩服，這讓她有些失望。

不過過了一下子，他又說：「如果我問她，她會願意的。我現在就去問她。」

梅西仔細思考這句話，望向遠方，看著她母親和繼父停駐的地方。一開始，在樹林間還看不到什麼人，但是下一秒她就大聲宣告著：「結束了，他過來了！」

上尉看著夫人的丈夫走過來，他鎮靜地邁著輕鬆的步伐，走過草坪，上尉併攏手指，對梅西做了一個小手勢，在空中輕揮，「我不想避開他。」

「可是你不可以見他。」梅西說。

「喔，他自己也不是很急！」克勞德爵士停下腳步，又點了一根菸。

梅西不太清楚他這種感覺是不是得體，但是她感覺上尉似乎只是隨意回話，「喔，他不在乎的！」她回答。

「不在乎什麼？」

「不在乎你是誰，他跟我說的。你去問媽媽吧。」她又提醒他。

「問妳可不可以跟我們來嗎？很好，妳真的希望我不要等他？」

「拜託不要。」但是克勞德爵士根本還沒走近，上尉的左手拉起梅西的右手，他很熟練友善地晃了一下，「可是你先告訴我，」梅西繼續說，「你會跟媽媽一起住嗎？」

上尉聽到她嚴肅的發言，發出一陣古早人才會用的歡笑聲，「總有一天吧。」

她想了想，完全沒有被他的笑聲影響，「那克勞德爵士會去哪裡？」

「他當然會離開她。」

「他真的打算這麼做嗎？」

「妳有很多機會可以問他。」

梅西堅決搖搖頭，「他不會的，不會先走。」

她說的「先走」讓上尉又大笑出聲，「喔，他當然會想些讓人難堪的手段！不過我已經跟妳說得太多了。」

「嗯，你知道的，我不會說出去。」梅西說。

「不會，只有妳才能知道。再見。」

「再見。」梅西拉住他的手，讓她還能多說一句：「我也喜歡你。」然後是最重要的問題：「你真的愛她嗎？」

「親愛的孩子……！」上尉想找些話來說。

「那就不要只有一下下。」

「一下下？」

「跟其他人一樣。」

「其他人？」他還是站在原地盯著她。

她把手收回來，「要一直愛她！」然後她蹦蹦跳跳跑去找克勞德爵士。

她離開的時候，聽見上尉大聲回答，顯然是非常高興：「喔，我絕對會的！」

她回到克勞德爵士身邊的時候，注意到遠方的母親慢慢離開了，然後她再看看上尉，看見他揮著拐杖往同一個方向離開。

她從來沒有見過克勞德爵士像剛剛一樣的表情，雖然紅著臉，卻沒有興奮的感覺，比較像是感受到一股無法拋棄的厭惡感，馬上就因此感到十分噁心、痛苦。顯然他和她母親的對話耗費了他不少氣力，小女孩又感受到過去那種恐懼感，讓她想起以前父母想藉著她滋養兩人對鬥爭的愛好，想起那種違背道德的不適。但是，眼下她最大的恐懼是她的朋友會發現自己剛剛哭過。然後她發現他正看著她，她這時候才明白，他甚至不希望有人看著他自己，想到這裡，她馬上移開自己的視線，這時他突然開口了：「好了，那傢伙到底是誰啊？」

她覺得自己必須謹慎發言：「喔，我沒問耶！」聽起來，她的意思好像是要他應該自己去問；不過她只能固執面對這種聽起來不太順耳的話會有多難堪，以前她就曾經面對過這些，她的父親聽到她什麼都不知道，說她是頭骯髒的小笨驢；而她的母親因為她不老實回答，把她趕出房間。

「那你們這段時間都在做什麼？」

「我不知道！」她這個方法的本質就是要裝笨到底。

「那頭畜生什麼也沒說嗎？」兩人已經走到湖邊，腳步非常快。

「嗯，說得不多。」

「他沒提起妳母親嗎？」

「有啊，一點點。」

「那請妳告訴我，他是怎麼說的？」梅西沒有說話，所以他只好繼續問：「我說，妳知道吧，妳有沒有聽到我說什麼？」

聽到這裡她說：「嗯，真抱歉，我沒有很專心聽他說什麼。」

克勞德爵士菸抽得很兇，沒有馬上回答，但是最後他向梅西宣布：「這樣的話，親愛的，在這種情況下，妳就是最完美的笨蛋！」他真的很生氣，或者是她惹他生氣的，兩人在花園裡剩下的時間，他沒有再說一句話；同時，梅西也很巧妙地忍耐自己想安撫他的衝動，這樣只會製造更多問題。走到花園門口，他招了一輛四輪馬車，依然保持沉默，也沒有對上她的眼睛，就把她抱上車，只說了一句：「給車伕的。」然後拋了半克朗在座椅上。即使他從外面把車門關上，告訴車伕要去哪裡，他也沒有面對她，向她道別。這種事情從來沒有發生在兩人身上，但這件事也不會減低她對他的愛意，所以她不但是忍下來了，馬車把她載走的時候，她還覺得很高興。她又想起了成功的甜美，好久以前，她從父親家回到母親家時，走上樓梯也遇見這樣的危機，她母親問了一個尖銳的問題，梅西的回答卻是顯得蠢鈍無知，最後母親幾乎是把她一路罵下了樓梯。

17

如果梅西有自己的原因考量，可以忍受克勞德爵士對她的不滿，那麼她年幼的忍耐力可能就要面對嚴厲的考驗。日子一天天過去了，克勞德爵士沒有再來敲她父親家的門，而這些日子或許就要這樣虛擲下去，幸好還有一件值得注意的事發生了，讓這段時間有了不同的樣貌。

畢爾太太的態度有了明顯的轉變，不知道為什麼，這樣的改變讓克勞德爵士即使是不在場，卻仍然存在於這個家裡。這樣的改變基本上是開始於那天梅西獨自乘著馬車回家，那個時候，畢爾太太已經回家了，而她比克勞德爵士更有辦法，能讓小女孩說出她和上尉那段不尋常的對話；她不斷和小女孩談起這段對話，到了隔天，小女孩十分確定，畢爾太太已經完全掌握那天在同一時間，夫人和克勞德爵士之間發生了什麼事。這才是讓她出現這種感覺的真正原因，雖然克勞德爵士不再造訪這個家，但是她的繼母卻沒有完全表現出失去他的樣子，一定是有什麼不能說的祕密；這也讓小女孩和畢爾太太之間發生過幾次少有的對話，談話總是突然就爆發成愉快的淚水，而哭泣的人並不是梅西。畢爾太太自己也說了，她並不是愛哭的人，就梅西的記憶所及，從她還是地位低下的家教老師時，那是兩人關係的開始，她都沒有哭過。但是她現在卻滿懷熱忱哭泣著，大聲宣告說這樣對她有好處，對她的繼女說些不得了的話；對梅西來說，這樣的狀況對她也有好處，她可以把所有防患於未然的機智巧妙都暫收一旁，現在再加上這一條。

梅西覺得，即使她告訴畢爾太太那些她沒有告訴克勞德爵士的話，這樣並不算是不聰明，畢竟她感覺到最緊張的是克勞德爵士和他妻子之間的關係，而不幸的是，畢爾太太並不是他的妻子。肯辛頓花園那件事情之後的三天，他捎了一封訊息給他的繼女，信中坦白一切而且溫柔無比，於是畢爾太太全盤托出，態度既像是懇求，又像是反抗：「很好，沒錯，管它的呢……我確實和他見面了！」

但是這兩人是如何見面的？什麼時候？又在哪裡？這就是梅西不能知道的事了，而且還有一件事也不能問，畢爾太太現在可以說是完全獨立自主的人了，而她會和梅西共享這份開闊而無用的空虛，這時候克勞德爵士的存在感就會出現，甚至大到會投映在畢爾太太殷殷企盼的眼睛裡，就像在一個寬闊的昏暗房間裡，只設了單一一面大窗戶。就她父親的想法而言，他並不會來打擾這樣的課堂時光；而這兩人彼此心知肚明，她們心裡都在想著那個不在場的人，也都在想著對方的想法，所以不管兩人談什麼或做什麼，總是意有所指提起他。畢爾太太必須坦承說出痛苦的事實，即使如今看似絕望，但她依然盼望著，只是在攝政公園的這個家裡，克勞德爵士真的不可能隨意進出，她們最後不是得面對現實了嗎？醜惡而明顯的事實就擺在眼前，到底誰也沒有被拉攏了。

好吧，如果沒有人被拉攏，那是因為每個人都很討厭，還會有誰呢？當然是畢爾和愛達，他們的權力之大，可以這樣折磨一個小女孩，畢爾太太真不知道該用什麼故事篇章或詩歌片段來形容。所以畢爾太太說了，為了讓生活繼續下去，她必須另做打算，而梅西對這個計畫的了解，僅止於知道這個計畫的存在，然後便帶著渴望，不知道內容會是什麼。不管如何，梅西懷疑這個計畫有某個部分，就是讓畢爾太太突然變得情緒化又充滿自信的原因，不過這也讓小女孩忍不住幻想，即使看到畢爾太太淚眼汪汪的樣子也嚇阻不了她，她想如果可以為自己做打算，不知道會有多快樂。

看起來，畢爾太太的計畫進行得相當規律、頻繁，每過一、兩天，她就會幫梅西帶封訊息來，而且也幫她傳達回信；可以想見的是，他為畢爾太太築了一幅願景，她是這麼說的，而他為她所做的一切讓她崩潰痛哭，這幅願景呈現的方式，不僅讓梅西感到愈來愈多歡樂，而且讓她看見畢爾太太更多實際的美德，說是美德似乎也不算太過份。畢爾太太自己先說明了一切：他讓她整個人提升了好多，讓她恢復到過去的自己，她還用了一些可愛又刺耳的話來形容他：他是她好心的仙子、她隱藏的春天，最重要的，他就是她「更高一層」的良心。特別在她流下驚人的淚水之後還說了：他這個親愛的男人，讓她覺得自己是個更好的人。所以梅西發現自己就某個方面來說，並不喜歡這樣，還會覺得有些驚訝，就像生了病一樣，但她也很開心知道自己生病時，同時也知道如何醫治。

現在的她發現自己會假設，雖然她會感到嫉妒，但還是希望畢爾太太出門的時候，克勞德爵士就會以某種方式得到滿足。現在這件事發生的頻率甚至比先前還要高，高到梅西都會覺得她的繼母也太濫用缺席的權利了，只是一來，說到缺席的習慣，她父親仍然技高一籌；他現任的太太就經常這樣說他，而在過去，他的前任太太站在法庭之上，主要也是以這點控訴他，說他很少回家，甚至連睡覺也不回來；二來，過去畢爾太太也曾經目睹這個情形，她心裡有種美好的情感，希望能夠彌補一切。雖然畢爾太太出門的意圖相當光明美好，但還是有一道陰影存在，梅西這樣對自己說，她就算問問題也得不到答案。事物的本質就是不關小孩子的事，即使小孩子一開始都被哄騙到產生恐懼，也許她只是知道得太多了。

於是，在梅西的經驗裡，事物總會忠於自己的本質，所以她問什麼問題幾乎都是不得宜的，但是另一方面，她也很快就學著了解，到頭來，有時候只要有耐心保持沉默一下子，或是表現出有智慧的樣子，就能得到獎賞，可以稍稍一窺讓她開心的知識。過去好幾年來，在畢爾・法蘭芝的家中，「他」這個字指的一定都是一家之主，提到的時候幾乎帶點兇狠；但這一切都改變了，這段時間裡，空氣中充滿了克勞德爵士的好，所以她們幾乎不用全名來稱呼他。「他讓我整個人都散發光彩，真的，我最寶貴的人。」畢爾太太會這樣對她的同伴說，或者她會說起另外那個家裡的狀況，已經進展到讓人難以相信的地步，甚至，聽起來可怕至極，因為他已經十二天沒看到她了。

在畢爾・法蘭芝的家裡提到「她」，指的當然沒有別人，只有愛達，不過現在又有了不一樣的意義，這個「她」指的愛達帶著更讓人緊張的意味。驚人的是，畢爾太太現在的處境，讓她愈來愈嚴厲責備愛達的糟糕行為，這些所作所為顯然有多可恨，但幸好，很少是和她的丈夫有關。這些消息讓這兩個朋友突然發現了一件事實，確實，對畢爾太太來說並沒有太大影響，不過梅西倒是說了自己的想法，她這樣說也解除不了她目前對愛達的同情，畢竟這個同情咒語怎麼能不根深蒂固呢？克勞德爵士對兩人的影響雖然是從很遠的地方發揮作用，至少是真的決定了讓他的繼女重新開始學習。畢爾太太又再次計畫起梅西的課程，梅西似乎能看見計畫實現的樣子，因為這些課程對那位不在場的人，是更重要的事，這樣才能讓她開心。

以上還只是第一個原因，還有第二個原因，讓小女孩滿懷希望地意識到，她對自己形容這是一個新的階段，這也讓她完全感受到一股全新的熱忱，畢爾太太總是一再顯露出來，讓梅西感受到比以前更快樂的生活，她知道自己至少對兩個人來說是非常珍貴的。不過恐怕現在的梅西已經不太記得第三個人了，她暫時忘記了威克斯太太，這件意外只能說是因為她的心情激動到不太自然所導致。畢竟，感受著畢爾太太對她的愛，知道這個家的狀況穩定也讓她心安，她只要跟著畢爾太太快樂「讀書」，讀著克勞德爵士指定的文章，還有他提供的豐富作品，梅西哪還有心思想別的呢？他列了一長串非常棒的清單，「大部分都是論文，妳知道嗎？」畢爾太太說。「論文」這個詞聽在梅西耳裡，感覺非常嚴肅，但後來她發現論文的界定其實很模糊，甚至有些無趣，論文似乎就沒那麼困難了。總而言之，某一週有人送來了至少九大冊的書，從畢爾太太的反應看來，她和克勞德爵士那些祕密的來往中，兩人不只是討論、評斷梅西的學習，這些會面的目的更是要報告進度和尋求建議。

簡單說來，畢爾太太經常說，她都是為了梅西的教育才會關上家裡的大門，拒絕那些經常聚集在此、為數眾多的紳士，尤其她的丈夫可以說是不管她了，此時若接待他們反而顯得非常不得體。梅西一直以來都很清楚，一個女人應該如何培養自己的品性，就如同畢爾太太所說，要讓自己受歡迎又能受大眾檢視，所以她非常佩服自己的繼母能夠如此恪守自己的良心準則。可以說，似乎只要是異性，她就不會隨意在家接待；小女孩又冒險詢問，自己之前待在這裡的時候，也看過一位又一位淑女到訪，主人總是殷勤接待，她們又到哪裡去了？畢爾太太趕緊回答她，後來發現她們一個一個畢竟並非善類，實在糟糕，如果她真的想知道多一點，應該去問她的父親。

不過梅西在當下接受到一項命令，讓她的好奇心更是雀躍不已，因為她到學院去聽講的夢想終於要成真了，這都多虧了克勞德爵士現在有了不受限的力量，知道還有什麼是可以做的。這項作為代表了某個意義，如果帶著渴切的心情去探究一件事的可能性，即使只花一點點錢，或許只比搭地鐵的錢多一點，也可以做成不得了的大事。

在城裡的某個地方有一所很棒的學校，但梅西並不太知道，而在這樣的精神驅動下，這所學校變成一個讓人興奮的場所，從地鐵站穿過葛老爾街①就能走到學校（這個發音讓畢爾太太曾經取笑過梅西），一路上可以說到處點綴著知識。

梅西想像自己一路走一路採摘，不過一旦進入到了大大的灰色房間，點綴得就更加豐富，房間裡湧出知識之泉，泉水發出的聲音很高，一開始梅西還以為老師在生氣，而教室座位上一排排面無表情的臉，就像預備接水的空水瓶。「我們最好要學些好東西，這裡好可怕。」畢爾太太馬上就這樣說，這句話顯現出無比的決心，讓這樣的場合能夠像這對師生一起度過的許多事件一樣，那麼和諧美好。

梅西從來沒有待在這樣的團體裡，也當然沒有過如此地位崇高的感覺，更加沒有像現在這樣充滿熱切的期待，就像在有些時候，畢爾太太會上氣不接下氣跑回家，大聲對著樓上喊叫，問問她們兩人是不是還有時間去聽一堂課？而她的繼女則是一大早就準備好了，幾乎是跳過樓梯扶手來回應她，然後兩人就會一起衝出門，出發去尋求知識；而她們也常常這樣衝回家，讓畢爾太太去辦其他事情。簡而言之，她們開始這樣速去速回的生活之後，可以說她們沒有過這樣忙亂的日子，只有威克斯太太曾經短暫幫梅西匆匆忙忙上了一些課，拼命替她灌輸知識，好像要用這種方法妝點梅西，好「彌補」她先前在父親家失去的教育。

這幾個禮拜感覺還是太短暫，不過這些日子充滿了一種新的情感，一部分確實是來自於一種可能性，透過葛老爾街上長長的望遠鏡②，或是在學院的石柱之間，梅西覺得這些石柱讓學院看起來特別氣派，總有一天她們會發現克勞德爵士的蹤影。畢爾太太被梅西給逼急了，終於鬆口說：「會的，會的，總有一天！」口氣有一點不耐煩。當然，他是不是會加入她們的學習並不是很重要，而是要讓小女孩確認他當初表明這個意願時的想法；而這個答案更加深了小女孩心中的猜想，自從花園那件事之後，可能是發生了什麼事情會摧毀一切，也有可能是某件他希望發生的事情沒有發生。畢爾太太只願意透露一點點，告訴她其實沒有誰被拉攏了，而梅西無論如何都希望某個人可以被拉攏。

但是，雖然梅西看過了進入這個知識殿堂的每一條路，她還是看不到克勞德爵士，而顯然她把克勞德爵士可愛的身影當作了學習的動機和報酬。就像這座學院要有石柱來支撐，或者畢爾太太會說這是支撐柱，上課的題目太過深奧、講課太過冗長、同學太過醜陋的時候，她們兩人就會覺得，躲在背後的保護者一定會非常滿意她們的表現。

突然有一天，似乎有機會一探背後的究竟，畢爾太太對她的同伴說：「我們今晚要到伯爵宮③的某某地方。」梅西知道她們是要去那個地區剛開幕的展覽④，這項宣告就散發出全然的光輝，那裡集

---

①英國的第一條地鐵線是大都會線（Metropolitan Line），從派汀頓行駛到法瑞敦，從一八六三年開始營運。如果梅西和畢爾太太搭上這條線，就在優士頓廣場站下車，沿著高爾街（Gower Street，梅西不太會發這個音，所以誤說為葛老爾街）走到倫敦學院大學（University College）上課。

②梅西將這條街誤稱為葛老爾街（Glower Street），glower這個字的意思是怒視、盯著看，作者利用這個諧音玩文字遊戲，形容梅西在街上東張西望，想找出克勞德爵士的樣子。

③伯爵宮（Earl's Court）是隸屬於內倫敦的肯辛頓切爾西皇家自治市（Royal Borough of Kensington and Chelsea）其中一個行政區。

④伯爵宮展覽（Earl's Court Exhibition）是永久性的展演中心，於一八八七年開幕，此後舉辦過無數次展覽及表演，是相當受到歡迎的娛樂場所，一九一四年時因大戰而關閉。後來於一九三六年，在原址又蓋了現在的展覽中心。

結了非比尋常的異國物品，建造了巨大的花園，裝設了燈光、有樂團表演、大象、雲霄飛車，還有表演節目，更別說那裡聚集了人山人海，她們或許會在其中見到認識的人。梅西躍身飛撲到畢爾太太懷裡，摟著她的脖子說出克勞德爵士的名字，而畢爾太太也直言，沒錯，他或許有機會和她們見面。當然，他現在的處境很困難，也不知道什麼時候會發生什麼事，但他還是希望有機會脫身，還提醒畢爾太太：「偷偷帶她過去，我會想辦法出現。」顯然這麼多禮拜看不到這孩子，讓他更渴望見她一面，甚至可以說他這份想望的渴切就和梅西的一樣強烈。不過這也夠奇怪的了，讓梅西忍不住納悶，她就是不明白，如果他們都有相同的心思，理論上，她都回到畢爾太太身邊了，應該可以大團圓成快樂的三人組，為什麼事實卻是分隔兩地呢？而畢爾太太的回答又只能讓梅西想得更多，她說他們之所以必須承受這樣的失望，是因為他心裡有了某個想法。

「什麼想法？」

「喔，天曉得！」她的語氣有點不高興，「他小心得不得了。」

「小心？」這話還真模糊。

「就是他做的事啊，妳不知道嗎？」畢爾太太說得有些拙劣，「喔，是我們要做的事。」

梅西還是很疑惑，「妳和我嗎？」

「是我和他，傻瓜！」畢爾太太叫著，這次是真的咯咯笑起來了。

「可是妳不會傷害他，妳不會。」梅西又生出更多疑惑，希望這樣強調可以暗喻自己的父母又不失禮。

「我們當然不會，小天使，這就是我的本意！」畢爾太太歡欣地回答，「他說不希望妳搞混。」

「跟什麼搞混？」

「我就是想知道這個，跟什麼搞混呢？妳還能被搞混到哪裡去？」畢爾太太沒問完問題就停下來了，然後她馬上換了個方式結束話題，「只能說，這是他喜歡的方式。」

雖然這句話表現出順服，但這句話的語調聽得出她心裡已結了疲憊的果實，讓她暫時拋開這個話題，完全表達出這樣喜歡的方式並非畢爾太太希望的，而小女孩因為就要和這個人見到面了，心裡隱約理解了一點那些沒說出口的、沒人知道的真相。她本來以為繼父繼母之間的關係是不知怎地還藕斷絲連，而這是第一次她真的想清楚，除了她自己以外，這兩人是沒有關係的。對他們彼此來說，這段關係只是偶然促成的，而梅西也因此發現，這就是讓克勞德爵士遠離她的原因。難道他不是擔心她會倒向畢爾太太那邊嗎？知道他有這樣的顧慮，讓梅西更喜歡他了，也讓她突然有了個想法，只要讓他知道自己不會有倒戈的危險，那一切就簡單多了。她不是從三歲起就一直看著這種事情發生，一直這樣生活著嗎？這種境況經常在法蘭芝家裡被拿出來討論，總是能聽見那個詞，而她五歲的時候就會含糊說出來，贏得眾人的掌聲。總之，她知道人是會倒戈的，就像她也知道一個人會被丟出來的髮梳砸中，或者被獨自留在黑暗中，而這些苦難她都很熟悉，但是對於影響倒戈的意願並不太顯著。於是她若有所思地說：「嗯，只要妳不在乎，妳真的不在乎，對吧？」

畢爾太太突然感到驚奇，想了想：「讓妳搞混嗎？完全不會。那是什麼意思？」

「不管是什麼意思，我一點也不在乎。所以，如果妳不在乎，我就不在乎。」梅西下了結論，

「如果我今天晚上看到他，是不是最好告訴他我們不在乎，然後問他到底為什麼在乎？」

18

但是，這個孩子注定不會在「某個地方」和克勞德爵士共度歡樂時光，她們的命運反而在這裡轉了非常不同的方向。一開始，畢爾太太開心鼓勵著梅西實行剛剛的計畫，但是後來到了展覽會場，她又覺得這樣不妥，說她想了想，一個這麼纖細敏感的男人，要是聽了這種故意起鬨的話，通常會讓他的心情更不好，如果克勞德爵士的心情又「更不好」了，那事情就難辦了。梅西也是這樣認為，她在花園和群眾之間，看著眼前令她目眩神迷的燈光，上上下下找尋他的身影，但一無所獲。兩人玩得非常開心，沒花什麼錢，只是留戀地四處閒晃。她們在家已經吃了一頓淡而無味的簡單晚餐，梅西稱之為果醬晚餐，法蘭芝先生出國尋樂的時候，她們得節儉度日。法蘭芝先生現在都在國外追求自己的理想，就他女兒的印象所及，她從他妻子的口中得知，他三天前就在考斯搭著朋友的遊艇出海了。

這個地方到處都是表演節目，但畢爾太太只能告訴小女孩這些節目有多麼引人入勝、迷人的名字，這些節目每一場要花六便士，畢爾太太第一眼見到這些表演就已經非常喜歡，雖然她沒有那麼多六便士可花，但還是不甘不願拿出銅板，就像沒有預習功課的壞孩子說出的答案。梅西經過那些巨幅畫報的時候，刻意放慢腳步，牽著畢爾太太的手也故意靠近她的口袋，希望能聽到先令銅板敲擊的聲音，但結果往往只是讓她愈來愈渴望克勞德爵士出現：如果他終於能現身的話，就會馬上掏出錢來。兩人在一場想看的節目前停下腳步，節目叫作「森林之花」，是一群淺棕色女人演出的大型表演，她們全身膚色都是棕色，藉此表現出熱帶叢林中的繁茂風情。到了這裡，梅西傷心地說，她相信克勞德爵士不會來了，畢爾太太聽了，雖然也是一臉失望的樣子，還是提醒她，他並沒有保證一定會來。聽完這話，小女孩只能盯著花朵看，花朵已經是一片模糊，看起來更加華麗，但似乎也讓人疑惑；更讓人疑惑的事發生了，這時候梅西似乎看到一位紳士，身邊還有一位女士，從富麗堂皇的包廂裡走出來。那位女士的膚色也是棕色，深到一開始梅西還以為她也是表演的花朵，但過了幾秒鐘之後，這幾秒的時間也讓她絕望地放棄找尋克勞德爵士，她聽到身後的畢爾太太說話，她發出一聲尖銳的輕聲喊叫，聲音中帶著不解和痛苦：「怎麼會有這麼可怕的事，畢爾！」

他並沒有在一大群漫遊者中發現她們，已經轉往另一個方向走去，似乎是棕色女士建議的。不過她離開的路線很好認，因為她頭上和肩膀上都戴著高高聳立的猩紅色羽毛，梅西馬上就急著想知道這個羽毛的主人是誰：「她是誰？她是誰？」

但是畢爾太太只是看著他們的背影，看了好一會兒，「騙子，這個騙子！」

梅西想了一下，「因為他不在……別人以為他在的地方嗎？」一個月前在肯辛頓花園，她的母親也是一樣的狀況。「也許他已經回來了。」

「他根本沒去，這條臭狗！」

克勞德爵士也說她母親做了同樣的事情，梅西只能隱約感覺到，如果是個更成熟的人就會說這叫歷史重演，「她是誰？」

畢爾太太站在原地，好像因為失去了一個機會而悵然，「要是他有看見我就好了！」她咬著牙說出，「我從來沒見過這一個，不過他一定是從星期二就和她一起了。」

梅西聽進去了，「她好像黑人喔。」她接著報告。

「那些女人總是長得很討厭。」畢爾太太說。

這句評論讓小女孩又回答了：「喔，可是他的妻子們除外！」她抗議似地宣布。若是在其他時候，這句話可能會讓她的朋友火氣「消降」，但現在的畢爾太太已經全身緊繃，她的火氣實在是太「高漲」了，「妳這輩子有看過像那樣的羽毛嗎？」梅西還繼續說著。

遠方的羽毛裝飾好像停了下來，雖然中間隔了這麼多人群，但她們兩人仍然盯著羽毛看。「喔，她們都是這樣打扮的，低俗中的低俗！」

「他們回來了，他們會看到我們！」下一秒梅西就大叫著，而她的同伴回答，這正是她想要的，小女孩回答：「他們來了，他們來了！」那對男女渾然不知自己受到這麼強烈的注意，打算改變方向，馬上就沿著來路回頭，讓自己更加暴露在另一對的評判眼光之下。而因為他們還沒注意到她們，讓畢爾太太認出另外那個女人，她低聲說話讓梅西聽見。

「一定是卡敦太太！」

梅西認真看著卡敦太太，嘴唇甚至喃喃吐出這個名字。接下來發生的一切簡直快到無法想像，這一分鐘內的鬥爭比過往所有都還要激烈，至少是以這麼短的時間內來說，就在梅西身邊展開。對方驚嚇得說不出話來，不然旁人就會注意到了，但那股驚嚇十分劇烈，梅西後來才能理清思緒，覺得接下來發生的一切都是自動就位，最讓人吃驚的是這一段過程中沒有人發出任何聲音，只有沉默，一切快到她來不及理解，詭異到她來不及害怕，然後她就發現自己已經跟父親站在展覽會場的門口。

父親把她塞進一輛雙座馬車，接著自己也坐進去，兩人共乘的時候，梅西才能慢慢想起剛剛發生了什麼事。他在花園裡和她們面對面，一時之間可以感覺到他努力抑制住這股震撼，卡敦太太認出她們，黑色的眼眸看了她們一眼，紅色羽毛一甩就飛也似地消失了。還有那麼一會兒，梅西想起克勞德爵士，或許他也驚訝地站在原地，只是她父親沒有看見，或許他正要上前和她們相見的時候，就收到這個警告訊號而退縮了。一切都說得通了，加上她聽到畢爾太太和她父親說的話，只是不管這段對話是大聲或小聲，現在她都想不起來了，大概是說什麼他這次又帶了個新的，他聽到這句話咆哮了什麼她聽不清楚，不過倒是讓小女孩回想起她小時候，也聽過類似的語調和內容，某人對著某人咒罵，說某人是「另一個」。「喔，我還是跟著原來那個！」畢爾太太那時候宣告的聲音頗大聲的，即使馬車已經駛走，那個音調仍然迴盪在空中。

梅西現在的同伴自從把她塞上車後就一句話也沒說，只對著坐在雙座馬車車頂的車伕說了一串她不認得的地址。梅西事後才把這些事情組織起來，她推論著自己在這個時候應該要問他問題，只是這個時候他突然伸手攬住了她，抱著她靠近自己，這個動作讓梅西陷入沉默，她也說不上來自己是被他迷住了還是被嚇到，他從來沒有在她面前表現出如此激動的樣子。她發現他的全身在顫抖，顫抖到說不出話來，這個樣子讓她不知為何就害怕起來，她馬上就感覺到這股情緒，跟著他一起陷入令人畏懼的沉默。這樣的壓力在某個程度上展現出他的占有，在他消失在梅西生命裡這麼長一段時間，才讓梅西感受到了，在先前那段空白時間裡，梅西什麼也感受不到。馬車一直往前、一直往前，他把梅西抱得緊緊的，她直直盯著前方，屏住呼吸，看著馬車穿越一條又一條黑暗的街道，她突然有種奇異的感知，這一切代表著，或許爸爸不是像她所以為的那樣被屏除在一切之外，

她只花了一下子就接受了這個新蹦出來的想法，感受著他現在的擁抱，表示他心裡下的某個決定更堅決了，還帶著不知道哪裡來的自信。她不知道父親到底做過什麼，或者他現在在做什麼，她只是覺得相當佩服，又有些驕傲，心裡傳來陣陣顫動，知道他下定決心要做點什麼，而她馬上就成為計畫的一部分。現在也是計畫中的一部份，馬車停在一間房子前面，看起來不大，但是新漆好的白色前廊在街燈照耀下，梅西能看見上頭整潔清爽的花盆。小女孩經歷過上千個故事，都是威克斯太太和她自己編出來的，更不用說法國姑娘身上發生過最浪漫的故事，但是她從來沒有經歷過這樣的故事。他幫她走下馬車之後，馬車就離開了，這個時候她聽到他馬上拿出鑰匙開門，發出清脆的聲響，門一開，一千零一夜的故事就在她身邊展開。

從這一刻起，每樣事物都是如此奇妙，特別是在「芝麻開門」的那一瞬間，馬車一離開，似乎就裂開了一片空白，讓她把繼父、繼母拋在腦後。這片空白是真的活靈活現，爸爸很快碰了牆上一個小小的銅鈕，一整片幾乎讓人眼睛睜不開的強烈白光就應聲而現，那盞電燈就裝在一道鋪了地毯的短樓梯上，她覺得這是她一生中見過最美的東西。接下來她注意到的是一位女士的客廳，喔，這是女士家

的客廳沒錯，她一下子就認出來了，不是一位男士的，也不是像爸爸這樣的人，甚至也不是克勞德爵士的，這裡的東西比媽媽家的漂亮多了，就像她也必須承認，媽媽家的客廳比畢爾太太家的漂亮。在這間小小明亮的房間裡，裝飾了好多窗簾和靠枕、好多畫像和鏡子、好多低垂的棕櫚樹站在織錦鍍金的角落、好多扭曲變形的小桌子上堆了好多小銀盒，還有許多小小橢圓形的迷你雕像掛在天鵝絨簾幕上，數量多到連畢爾太太和夫人的加起來，若是她們聯手是很不自然，但即使如此也是她們做夢都贏不了的數量。小女孩這時才注意到，突然預感到自己的同情心發揮作用，感覺好像有什麼貶抑了那兩個時髦女人的品味；更奇怪的是，她的父親在這個時候看起來居然還占了優勢，處在這樣炫目迷人的場景中相當怡然自得，讓人聯想不到他先前有沒有待過比這裡低下的環境。梅西和他在這裡待了二十分鐘，他還是沒有解釋什麼，雖然沒有人馬上端出小圓麵包和薑汁啤酒這種昂貴的點心，但還是讓她突然覺得危險解除了。

「她很有錢嗎？」一開始，她覺得爸爸好像很尷尬，害羞得一副他發現自己和另一個年輕女孩在一起，而兩人之間沒什麼共通點；這一點讓她很是感動，所以特意問了這個問題，讓他放鬆一點。

畢爾・法蘭芝站著對這個年輕女孩微笑，背對著漂亮精緻的壁爐，身上穿著輕盈的大衣，這是在倫敦能穿的最輕盈的大衣了，大衣敞開著，那一嘴保養得宜、茂盛的鬍子垂蓋下來，讓人看不到他的上衣領口有多高。最讓梅西高興的是，她覺得爸爸很英俊，雖然媽媽也是非常漂亮的美女，但爸爸身邊的女伴也不遑多讓，他還特地配合她穿上紅色的晚裝，這個女人或許沒有那麼好鬥、那麼糟糕。

「女伯爵嗎？為什麼問我這個？」

梅西的眼睛瞪得更大了，「她是女伯爵嗎？」

他似乎把她的驚訝視為一種恭維，「沒錯，親愛的，但這不是英國的頭銜。」

她並未因此失禮，「那是法國的嗎？」

「不，也不是法國的，是美國的①。」

她能接受這個說法，「啊，那她當然一定很有錢了。」她想著這個國家再加上這個頭銜，「我從來沒看過這麼好看的東西。」

「妳見到她了嗎？」畢爾問。

「在展覽嗎？」梅西微笑著，「她走得太快了。」

她的父親笑了，「她確實溜得很快！」她本來很怕他會提到畢爾太太和克勞德爵士，但是他不提，一樣讓她覺得不自在。接著，他只是試探性說：「她很怕低俗的演出。」

這件事她就不用再追問下去了，但她還是可以問些無關緊要的事，「你想她會去哪裡呢？」

「喔，我本來以為她搭上了馬車，這時候應該早就到家了。不過她總會出現的。」

「我真的很希望她會。」她說話帶著渴切，因為身邊這一切美麗的事物，讓她很想見見女伯爵本人是否會讓這裡更增色幾分。「我們來的時候很快。」她加了一句。

她父親又大聲笑了，「沒錯，親愛的，我把妳帶出來的！」他等了一會兒又繼續說，「我希望她能見見妳。」

梅西聽到這裡，很開心今天晚上要出門的時候，畢爾太太仔細注意過她的打扮，甚至還親自「整理」她那頂舊帽子。同時她父親繼續說：「妳會很喜歡她的。」
「喔，我一定會！」接下來，不知道是因為說得太多，或是突然發現自己不可能再多說了，她感到一陣尷尬，就想找些偏離主題的話來擋一下：「我還以為她是卡敦太太呢。」
畢爾不但沒有不高興，反而覺得很有趣，「妳是說我妻子這樣以為吧？親愛的孩子，我妻子傻得要命！」他談起自己的太太有種很奇怪的氣氛，好像他說的是某個她幾乎不認識的人，所以本來想藉此掩蓋良心不安，結果卻讓話題變得不太愉快。另外一方面，過了一會兒，畢爾大概也覺得這樣說不太好，「我的意思是，認真說起來，她也不是什麼都知道。」他停了一下，看著女兒入迷的雙眼，試探性走了一、兩步，讓她更接近某張桌子上漂亮的東西，「她還以為自己擁有什麼好東西呢，妳瞧瞧！」他這算是在譏笑畢爾太太的妄想了。
梅西覺得自己必須承認這確實才叫好東西，她錯過的一切表演節目，看到女伯爵家中的奢華物品就足以彌補了。「對，」她深思著，「她是這麼想的。」
畢爾的回答中又帶著點無聊的感覺，表示他不在乎她是怎麼想的。不過和他女兒在一起的感覺愈

①美國並沒有貴族頭銜，這個女伯爵或許來自西印度或南美，又或者她是歐洲貴族的遺孀，也有可能她是自己冠上這個稱號，作者並未明說。

來愈甜蜜，她和他在一起這麼久，而他居然可以不搞砸。當然，和她在一起的這整整一個小時，接下來有好幾天、好幾個禮拜，這段回憶一定會在他心中閃閃發亮、扎根長存。到最後，梅西讓這段時光有了一百種不一樣的意義，在那個時候看來完全都是如奇蹟般的歡樂。這兩人那時候只知道，畢爾整個人還是非常興奮，但又不希望表現出來，而他成功掩飾得恰到好處，足以讓她認為他是個好人。

過了一會兒，他在房間裡走來走去，拿東西給她看，說話的樣子就像個有品味的人，告訴她某個迷你雕像是以哪個有名的法國女人為本，她也都記下來了，而就好像他發現她正以渴望的眼神看著某個小東西，或是什麼垂吊的飾物，他告訴梅西，等到女伯爵回來，他絕對相信她會送梅西什麼有趣的東西。他發現一個粉紅色的錦盒，蓋子上嵌著一面鏡子，他拿起錦盒很快做了一個滑稽的炫耀動作，讓梅西可以享用裡頭排了六排的巧克力糖，這點就打敗了克勞德爵士，因為他買的巧克力糖都不會超過四排。「這些我可以隨意取用，」畢爾說，「因為我不怕告訴妳，這正是我送她的。」女伯爵顯然很喜歡這份禮物，裡頭的排列空了好多，一時也數不清楚究竟被吃掉了多少。

即使是他們一起等待的這段時間，梅西還是感覺到了，因為兩人分別了這麼久才會讓她有這種感覺，對他來說，她已經長大了，自從上次他注意到她之後，至少她的年紀長了幾歲、身高也高了幾吋，幾乎要當做個小大人對待了。沒錯，就是因為這樣才讓她覺得奇怪，因為他表現出來的溫柔幾乎有點愚蠢。兩人一度坐在某棵棕櫚樹下的黃絲沙發上，他把梅西抱著坐在自己膝蓋上，摸摸她的頭髮，嬉鬧般把她抱起來，秀出閃亮的尖牙嚇唬她，說些無意義的、不知何謂的、虛幻的親暱話：「可愛的小姑娘，親愛的小女兒。」他精心保養的鬍子上還灑了香水，那個味道竄進梅西的鼻子裡。她後來才發現，自己一定是非常為他感到難過，甚至可以默默理解他的難處，沒辦法對她清楚解釋任何事，因為不知道她的情緒會有多激動、會做何反應，所以他只能這麼做，來彌補自己的失職。淚水再度盈滿她的眼眶，就像那天在公園，上尉對她說她的母親是多好的人，那一席話如此「精采」；而現在不也是一樣精采嗎？她父親更是直接對她好，她從來沒有和他單獨一起度過這麼快樂的時光，她什麼都可以不管了，只要知道他是爸爸，他是多麼好的爸爸，這樣還不夠嗎？終於，她感覺到爸爸開始坐立難安，她知道他一定有什麼目的，只是不知道該如何開口，但即使如此，也不會破壞現在父親在她心中的形象。

兩人此時恢復了友好的關係，懷著這種新鮮感，她很樂意接受他的提議，甚至配合他一起假裝，假裝兩人維持這樣的關係其實很輕鬆、很優雅。她從他身上感覺到了什麼，似乎是請求她幫他一起假裝，讓她很感動，假裝他很了解她的生活和她的教育，知道她是怎麼維持生計的，知道女兒對自己的看法，假裝他問了這些問不出口的問題，而且語氣相當自然，就像在家裡一樣輕鬆。只要他給她一個提示，她就會歡欣鼓舞配合演出。她等待著，這時候從他的大牙之間擠出一聲嘆氣，梅西不知道這表示他什麼都不懂，然而，雖然他完全不知道該如何開口，他似乎還是從她雙眼中友善的光輝得知，她已經準備好做任何事。他掙扎著，不知道自己的雙手到底可以抓住什麼東西。

19

畢爾點了一根菸，開始當著梅西的面抽起菸來，彷彿在他點燃火柴的同時，也引燃了某種奇怪而笨拙的擾動，那些過去的表白、醜聞、責任都隨之起舞，隱隱約約感覺到他在梅西心中的份量，而如果一切情況可以……完全不同（可惡！），她或許還能給他什麼。但是，她可以給他什麼呢？他眨著眼睛，似乎想從煙霧中看出點端倪，其實他可以從她身上得到什麼，她都願意給。梅西現在所希望的就是給予，馬上在這裡就能給點什麼。她心裡想起的那些舊日回憶，其中也包括了她要維持和平氣氛的微弱直覺，這也讓她更敏銳思考著，有哪些特別的事她可以做、不可以做；哪些特別的話她可以說、不可以說；哪些特別的規定她可以遵守、不可以遵守，這樣一來對每個人，甚至對女伯爵來說，眼前的危機就會有更好的轉機。

為了這樣的利益，她已經準備好完全交出自己了，她可以交出一切，除了克勞德爵士以外；交出一切，除了畢爾太太以外，這樣的完全臣服並不包括他們。如果畢爾的潛意識裡有什麼想法，那麼她也有一個，在一樣深的地方蟄伏著。有那麼一會兒，他們坐在一起的時候，兩人之間有一段非常奇異的無聲交流：她知道他有這個想法，他也知道她有這個想法，而她還知道他知道自己有這個想法。不過確實是沒有有力的紀錄可以讓人明白，是什麼微妙而奇怪的因素，讓一個這樣單純的小女孩，明明知道這麼多事情，又懂得事情運作的手腕，卻仍心生同情呢？尤其，還讓畢爾終於抓住了這一點，此時他又把自己優雅的身形，隱藏在壁爐邊上半片荷葉裝飾後頭，說：「親愛的，妳知道我很快就要去美國了嗎？」這句話讓他的女兒嚇了一跳，一來是他突然提起這件事，二來是他居然沒有先告訴自己的妻子，不過梅西回答的時候，根據自己聰明的推估，還是把他的妻子納入這件事。

「你是說要跟畢爾太太一起去嗎？」

她的父親認真看著她：「別耍小聰明！」

她沉默了一下，顯然這表示她很認真努力不要耍小聰明：「那是和女伯爵去囉？」

「親愛的，是和她一起，或者不和她一起，這就是妳可憐的爸爸苦惱的地方。她在那裡投資了很多東西，想讓我去看一看。」

梅西認真想了想，「要花很久時間嗎？」

「對，那些東西簡直是筆糊塗帳，或許要花好幾個月。我現在想知道，妳願不願意一起來？」

梅西原本走到房間中央的腳步停了下來，再度呆立在他面前，她感覺自己臉色發白：「我？」她喘著氣說，但是馬上就感覺到自己的口氣這樣慌張，似乎怎麼聽都不太對，尤其這個時候看到她父親的反應，他抖了抖腿，彈一彈香菸灰，整個人從頭到腳都表現得十分不安，他總是這樣心神不寧的樣子，她感覺自己沒必要那麼討厭這項提議。過了幾秒，她才表現出比較符合他會希望看到的樣子，扳回一城，在女伯爵家中炫麗奪目的漂亮燈光之下，不管自己是什麼樣子，她知道自己應該說出什麼答案才是正確解答：「親愛的爸爸，我願意跟你去任何地方。」

他轉過身背對她，鼻子正對著壁爐台上的鏡子，揮手撥掉鬍子上的菸灰，然後突然說：「妳知道妳那個渾帳母親怎麼了嗎？」

正多虧了她那個渾帳母親，父親問這個問題的樣子給了梅西很強烈的提示：她可以大肆利用愛達的事情，好好填補上這段空白。想到了這裡，同時也讓梅西燃起一個想法：「知道，我什麼都知道！」然後她變得神采奕奕，她父親從鏡子裡看到她的樣子，轉過身來坐到沙發上，又抱著她，讓她坐在自己膝蓋上，又表現出一副特別有感情的樣子。梅西讓這股靈感引導著自己，急切地想說些什麼，她知道如果她可以多說一點媽媽的事，那她就少一點機會被問到繼父、繼母的事。

她一直希望女伯爵可以在她保護他們的氣力用盡之前出現，這個時候，她要和她的同伴近距離交手，原本蟄伏在腦中的想法便溜到了嘴邊。她告訴他，自己在公園遇到了母親，身邊還有一位紳士，而在克勞德爵士和夫人散步到別處的時候，那位好心的紳士就和她坐下聊天；梅西在敘述這個場景的時候，看見畢爾認真聽著，沒有打斷她好咒罵一番，感到非常高興，完全忘記自己對上尉發過誓要守密。畢爾的反應幾乎是奇蹟了，但確實讓人雀躍不已，可以合理猜測，爸爸終於不想再發脾氣了，不管是什麼，他都不想再生媽媽的氣了，他現在只是懶得理她。不過這樣一來，就更加不能讓他已經耗盡的不悅感又重新爆發出來。小女孩看到他對自己說的話很有興趣，感覺也很神奇，這股魔力甚至還一直延續下去，畢爾問了她幾個問題，就若有所思地做了結論，也有些讓人摸不清：「沒錯，要是她不肯就太該死了！」因為這件事也牽涉到別離，梅西聰明設想，父親聽了或許會感到厭倦，這讓她有了安全感。雖然她必須提到克勞德爵士，但她盡量能不說到他就不說，畢爾看起來也不是很關心他的事。梅西自己把這些線索拼湊起來，認為父親對這些一概不關心讓他看起來慈眉善目，這對她自己有很大的好處，而如果這是女伯爵的功勞，她完全準備好要給女伯爵一個大大的擁抱。梅西忍不住問了一個有關女伯爵的問題，洩漏了自己的渴切，她父親回答：「喔，她腦子還算清楚啦，我相信她什麼問題都會解決！」他看著梅西，似乎可以理解她這個問題和她急著表達感激之間的關聯，「妳是想說，妳真的願意跟我走嗎？」

她覺得他現在真的是非常嚴肅看著她，好像她已經長得太成熟了，「爸爸，在這個世界上，你叫我做什麼我都願意。」

他又笑了一聲，張開雙腿讓梅西離開自己的膝蓋，梅西看著他身上的背心和長褲，「親愛的，那句話的意思是：『不用了，謝謝！』妳知道自己一點也不想去，妳騙不了我的！」畢爾•法蘭芝把話說得更清楚了，「我不想逼妳，我這一輩子從來沒逼過妳，但我給妳一個提議，妳可以接受或者拒絕。妳母親對妳已經沒什麼好打算的了，妳就像她廚房裡的女傭，結果證明她找錯人了。所以理所當然，我自然就成了妳的保護者，妳有權利向我要求妳可以要求的一切。現在就是妳的機會，妳知道吧，如果妳不接受就太蠢了。別說我沒給妳機會，別說我對妳不好，也別說我不公平，記住，千萬別這麼說，妳知道，不然我會對妳非常失望的。我知道怎麼做才最好。我會再繼續照顧妳，就像我已經一次又一次接妳來家裡。非常謝謝妳用這樣的表情面對我。」

梅西也很清楚，如果自己的表情顯露出任何徵兆，讓他知道自己已經敏銳察覺到他真正想做的事情，他絕對不會高興，幸好她的臉正如自己所希望的沒有表現出來。他現在不正是想改變局面，讓情況轉而對自己有利嗎？故意讓她感到困窘，想辦法讓她在這麼努力保持好禮貌之後，承認自己真正想要的是讓她有完全的自由，可以為自己安排。

她又開始緊張了，她把這件事想了又想，這次他們父女要分開了，而且是永遠分開，他把她帶來這裡，對她又親又抱，表達這麼多愛意，只是因為這一次對他很重要，他必須比過往的表現都好。對梅西來說，如果挑起爭端而毀了這一晚，一定會讓他有藉口抱怨自己的女兒。小女孩一時間不知道該如何是好，她可以同意他說的話，自己是想離開他；但也可以假裝要跟他在一起，惹他不高興。於是，這時候的她找不到解決的方法，只能非常無助地喃喃說著：「喔爸爸……喔爸爸！」

「我知道妳想怎麼樣，別告訴我！」說完之後他直接走向她，然後做出世界上最矛盾的舉動，他一把將梅西擁在懷裡，用鬍子摩蹭著她的臉頰。然後她了解了，就好像他自己說出他想要的，可惡，她就應該讓他盡享榮耀地放手：讓他看起來十足是美德和犧牲奉獻的化身。就好像他對她坦白說了：「我說啊，妳這個小傻瓜，幫幫我，讓別人沒辦法說我的不是，讓我變成高貴的人，可是又不必忍受那些討厭的無趣之事。不合宜的行為只要一個人做就夠了，所以妳一定要自己扛下來。拒絕妳親愛的老爸爸，提醒妳，妳可是當面拒絕喔，拒絕他溫柔的懇求。他又不能兇妳，這不是他的本性，這樣妳就可以成功甩掉他了，因為他實在是個大好人，不忍心苛責妳，可憐的人啊，畢竟妳是他的責任哪。」這一串話，他是透過不斷拍打梅西的背告訴她的，除了以前瑪朵在她噎住的時候會這樣拍她，沒有人會拍她這麼多下。過了一下子，他給她的這種印象又更深了，他已經很肯定她的心意，於是非常高尚地說：「妳知道妳母親很討厭妳，就是討厭。我也一直在想妳那位可貴的男人，就是妳告訴我的那個傢伙。」

「嗯，」梅西很肯定地回答，「我很確定他是。」

她父親一時意會不過來，「妳是說確定他是喜歡妳嗎？」

「喔，不是，是說他喜歡媽媽！」

畢爾樂得回答：「人的品味真的很難說吧！大家都是這樣說的，妳知道吧。」

「我不在乎，我很確定他！」梅西又說了一次。

「當然，妳是說她會丟下那個家嗎？」

梅西很清楚丟下是怎麼回事，不過她也已經長大了，某個部分的她聽到她父親這樣說出這個醜陋的詞（最多也只能說醜陋了），會忍不住瑟縮，那個詞聽起來既平淡又低俗。她馬上想改正他的妄想，於是說：「我不知道她會怎麼做，但她會很快樂。」

「希望如此吧。」畢爾說，幾乎就像是想引導梅西的想法，「無論如何，她愈快樂，就愈不想要妳在身邊。所以我才要拜託妳，」他追問的語氣很討喜，「考慮一下這個漂亮的提議，我是說認真考慮，妳知道，我是妳在世上唯一的親人了。」聽到這裡，兩人又看著彼此，這樣非比尋常的眼神交流，持續了很長一段時間，然後因為他突然發言而打斷：「啊，妳這個小壞蛋！」她聽進去了，那個樣子似乎正是他最希望看到的，感覺自己的成功之後，鼓勵著他繼續說下去：「妳真是個心機重的小惡魔！」她的沉默有如手錶秒針滴答行走般擾人，即使如此還是讓他發覺了什麼，甚至還肯定了他的想法，然後他終於說出口了：「妳已經和另外那兩人說好了！」

「嗯，我們說好了又如何？」她覺得自己聽起來好大膽。

她的父親好像又變得像從前一樣，他大吼著說：「如何？妳不知道他們有多壞嗎？」

她更大膽了，「我不在乎，一點也不在乎！」

「但他們可能是世界上最壞的人，還是最厲害的罪犯，」畢爾好聲好氣地勸她，「親愛的，我可不是那種不想讓妳知道真相的人。」

「就算這樣，這也阻止不了他們愛我。他們非常愛我。」梅西聽到自己的話，臉都紅到耳根了。她的同伴顫抖著，幾乎誰都看得出來，他有多努力想讓自己看起來愈誠懇愈好，更別說是他的女兒，「我想也是，但妳知道為什麼嗎？」梅西勇敢看著他的雙眼，「妳是個絕佳好藉口。」

「為了什麼？」梅西問。

「什麼？他們的遊戲啊，不必我告訴妳是什麼吧？」

小女孩想了想，「很好，那他們就更應該了。」

「應該怎麼樣，請說？」

「應該對我好。」

「讓妳應該和他們在一起嗎？」畢爾又大吼著，就好像他的怒氣不斷攀升、再攀升，「請問妳到底知不知道，那樣說會讓妳變成禽獸？」

她仔細思考這句話，「禽獸？」

「是他們害妳變成這樣的，我以我的名譽發誓，這真是糟透了，完全說明了他們是哪種人。妳還不懂嗎？」畢爾繼續勸說著，「等到他們盡全力把妳變壞，和他們自己一樣壞，他們就會拋棄妳。」

她聽到這裡，突然爆發了，「他們才不會拋棄我！」

「很抱歉，」她的父親維持著禮貌，但繼續堅持，「我的責任就是要讓妳看清楚，如果我不跟妳講明白，我就不會原諒我自己，他們總有一天會不需要妳的。」他說這話，似乎是希望她運用自己的智慧想一想，然後她就會覺得羞恥，自己居然沒看出來，如此才能真正顯現出他過人的體諒。

這句話正如他所希望的，釐清了來龍去脈，「他們不需要我，是因為他們不在乎嗎？」她停了下來，說出大概的猜測。

「如果克勞德爵士的妻子都拋棄家庭了，他當然不會在乎。這是他的遊戲，這樣正如他所願，讓他的行為完全合理。」

梅西完全可以接受這樣的假設，但要讓她信服，其中還有一個漏洞。她反覆思量了一會兒，「你是說如果媽媽再也不回來了嗎？」面對這樣的境況，此時她臉上表現出的沉著，若是旁觀者看到了，就能同時看見這小女孩走在這漫長的路上經歷過什麼，「好，不過這樣也不會讓畢爾太太……」

「一樣處在舒服的位置嗎？」畢爾饒富興味地幫她把話說完，他再度一躍而起，抖了抖腳，看看他的鞋，「說的沒錯，親愛的！畢爾太太想要的還更多。」他說到這裡就停了一下，然後才繼續說，「但是或許她不用等太久了。」

梅西也看著他的鞋看了一會兒，不過這雙不是她最喜歡的，她喜歡的那雙鞋有綁著緞帶的黃色鞋幫和漆皮配飾，終於，她抬頭看著他問：「你不回來了嗎？」

他又猶豫了一下，接著他輕輕笑了一聲，這笑聲簡直是世界上最奇怪的，卻讓她想起威克斯太太也會發出這種獨特的聲音。「妳或許會覺得很不可思議，我居然會這麼坦白告訴妳，老實說，妳也不會知道我說的是實話，不過我們就當作是這樣，好幫妳做決定。重點是，到了這個時候，我的妻子一定會這樣告訴妳。妳會聽到她尖叫著說她被拋棄了，這樣或許她只會愈錯愈多。到時候，她想要有多自由就有多自由，自由得，妳懂吧，就和妳母親犯同樣的錯，找個新丈夫。他們不用再考慮什麼，接著就會把妳丟到街上，妳聽懂我說什麼嗎？」畢爾問，「這樣，我都已經跟妳面對面說得那麼清楚了，妳還是想冒險留下來嗎？」這是一位紳士能對他的女兒所做出最親切的懇求了，這讓梅西又站到了房間中央，而她的父親在她身邊慢慢走著，雙手插在口袋裡，腳步移動的樣子似乎比其他動作更能顯示他對這個地方的熟悉。梅西的雙眼發熱，看著畢爾的朋友家中這一室光鮮亮麗，似乎是想為自己尋找幫手，解救自己脫離這個前所未有的困境。而畢爾似乎也感受到這股壓力，過了一會兒，他突然停下腳步，繼續完美演出自己可謂奇觀的態度，帶著自己忠於女兒的驕傲，提出了一般人都會受到引誘的終極藥方：「妳自己也看見了，心愛的女兒！沒錯，我們會有錢，用不完的錢。」

一開始，這句話對她的影響就像看見一陣強光閃閃發亮，像是克勞德爵士帶她去看的啞劇裡用的效果，她只能看見這句話傳達出來的效果：「這樣的話，我是不是永遠、永遠都見不到你了？」

「如果我去了美國嗎？」畢爾像個男人般說了出來，「永遠、永遠、永遠！」

就這樣，她崩潰了，簡直荒謬到不能再荒謬，一切都好可怕，聽到她自己發出可怕而醜陋的的聲音，絕對就和接受這件事一樣可怕。於是她只能僵直著身子說：「那我就不能放你走。」

她的話讓他看著她幾秒鐘，他臉上擠出扭曲而奇怪的臉，漂亮展現出他所有的牙齒，梅西似乎能夠讀出其中的嫌惡，這是他不太想在此次分別的時候展露出來的情緒，她剛剛的話基本上是已經答應了接受他的提議。不過她還沒來得及削弱自己情緒崩潰時給他的醜陋印象，他突然不耐煩地轉過身去，走到了窗邊。

梅西聽到車輛停下的聲音，畢爾看向外頭，然後他再度轉身面對她。他仍然一句話也沒說，但是她知道女伯爵回來了，接著兩人之間又陷入沉默，但蒙上了另一種不同的尷尬，這是他們同時間都感受到的。不用說一句話，畢爾今晚已經大方地給梅西太多擁抱，現在也只是再多給一次，他一把抄起梅西，讓她回到檸檬黃沙發上坐下，就在這時候，房間的門就開了。於是梅西現在和畢爾重新建立起聯盟關係，變得親近，她馬上就認出眼前的這個人正是那位棕色皮膚女人。

棕色女士看起來幾乎是一樣驚訝，不過少了點警戒，不像她在展覽會場和畢爾太太面對面的時候，還倒抽了一口氣。其實，梅西自己幾乎倒抽了一口氣，因為她這下更清楚知道這位女士的皮膚真的是棕色的。棕色女士的樣子在小女孩眼裡還比較像是動物，而不像「真正」的淑女，有可能是戴著波浪摺邊項圈、擁有一身漂亮鬈毛的獅子狗，或是穿著閃亮衣裙的人猿。她的鼻子大到出奇，眼睛卻又小到不行，還有一嘴鬍鬚，嗯，這項特色要是放在克勞德爵士臉上會讓人比較開心。畢爾從沙發上跳起來迎接她，讓小女孩吃驚不已，這時女伯爵似乎也迅速升起一股強烈的思緒，同樣歡欣迎上前，好像日子一天一天照常過，誰也沒發生過什麼詭異的事。

梅西雖然已經非常熟悉這種情況，還是從來沒看過有人可以這麼快就建立共識：不要提起什麼詭異的事。下一秒，女伯爵已經親吻著她，大聲向畢爾宣告，帶著愉快而溫柔地責備：「唉呀，你說的還不及她一半的好呢！親愛的孩子，」她呼喊著，「妳能夠來真是太好了！」

「但她沒有要來，她不肯來！」畢爾回應，「我已經告訴她，妳會多開心，但是她不想跟我們有任何關係。」

女伯爵站在原地微笑著，過了一下，這時的梅西大概只能感受到女伯爵奇怪的想法讓自己有多驚訝，然後她又想起另一個人的微笑，這個笑容並不醜陋，但一樣懷有私心，那天在公園裡，上尉那張乾淨順眼的臉上也投射出這樣仁慈的光芒。沒錯，爸爸的上尉就是女伯爵，但是她遠比不上另一個上尉的好，不必多說，梅西內心完全想起了自己對女士的小小嫌惡。這位女士親切說：「妳想不想跟我一起去斯帕①啊？」

「斯帕？」小女孩重複說了一次好爭取一點時間，不讓自己的表情洩漏一點祕密，因為女伯爵讓她隱約想起一個長相可怕的奇怪女人。好幾年前她搭公車的時候，那個女人就坐在她對面，突然彎下腰來拿出一顆柳橙，含糊不清說：「小親親，妳要吃嗎？」那個時候，為了某種原因，她感到一股愚蠢的小小驚駭，雖然後來她就知道眼前這位說話的人是特意想表現友善，只是不幸長得很可怕。而女伯爵也只是想表現友善，但是她說出的寥寥數語和她臉上的那抹微笑，馬上就讓梅西明白了一切：喔，不，她哪裡也不想和「她」一起去，因為她才進這個房間幾秒鐘，就已經驅散了房間裡的歡樂，還打斷畢爾原本還高尚主導著的愉悅氣氛。他這樣的行為一點也不高尚，把女兒丟在這個又矮又胖、說著甜言蜜語的大鬍子女人伸手可及的地方，梅西知道自己身邊的人都逐漸建立起某種親密關係，但她現在發現這個女人是唯一一個毫無吸引力的人。

不過，同時她也感到困窘，因為她也發現自己開始權衡自己受邀前去的地方，孰輕孰重，於是她馬上盡快接話：「那不是要去美國囉？」女伯爵聽到這句話，銳利的眼神射向畢爾，畢爾語氣盡量保持輕快，問說這有什麼糟糕的？反正梅西已經讓他完全了解，她一點也不想和他們扯上關係。然後畢爾和女伯爵之間開始對話，但是梅西已經被自己的感受淹沒，她內心深處響起一股嗡嗡聲，吶喊著她唯一的希望就是離開這裡。

但是過了一會兒，她猜想她父親一定已經和他朋友說明白了，多說無益，因為她是頭固執的小豬，再說，她的年紀真的夠大了，懂得自己選擇。她也大概知道了，自己這次真的表現失敗得很徹底，她看起來一點也不理智，反而很無禮，根據過往的經驗，她知道自己顯然已經塑造出一種形象：他們如果不讓她回家，她就要哭了。喔，如果有什麼是值得哭泣的話，就是明明知道眼前放著一個人所能接受最好的提議，但卻呆呆讓機會溜走。

這件事最讓她痛苦的地方，是她看得出來女伯爵很喜歡她，因此也希望自己能回報這份感情，但就是這個想法讓她只想逃離這裡。在另外兩人互相大聲交流了一長串不知所云的話語之後，這個回報感情的念頭讓梅西在災難發生之前，顫抖著說出：「請問，可以叫馬車送我回家嗎？」沒錯，女伯爵

①斯帕（Spa）是位於比利時的小鎮，以出產礦泉和博奕業聞名。

想留下梅西，所以這句話讓她很受傷，冷著一張臉，但小女孩卻不能做什麼；最糟糕的事還在後頭，因為這讓女伯爵更是百般勸哄她，變得更加不可理喻。在馬車到來之前，梅西現在知道馬車一定會來了，空氣中唯一還能持續飄盪著的氣氛，大概就是畢爾應該已經完成自己想做的事了。他出去找馬車，他說僕人都已經上床睡覺了，但是她不應該這麼晚還不回家。

女伯爵和他一起出了客廳，梅西獨自一人待著，希望她不要再回來了。都是因為她的長相影響，小女孩就是不能看著她的臉，所以看不清她臉上的表情；看到那張奇怪的臉突然出現在一堆漂亮的事物中，在那一瞬間，她也必須認清自己的父親喜歡上的這個人，如果是她母親、畢爾太太、威克斯太太、克勞德爵士、上尉，甚至連佩瑞恩先生和艾瑞克閣下，一定不會喜歡的。

過了三分鐘之後，她到了樓下，馬車就等在門口，或許是想最後一次坦率表達自己擁有的真的不多，所以要送她離開的時候，他又把女兒抱在胸口，不讓她看見他的臉。而對梅西自己來說，她實在太急著想離開了，這次分別讓她腦袋一片空白，甚至連剛才講過的那些「永遠不見」也一次都想不起來，或許是想懲罰她不願意跟他走，於是他又問起了兩人會不會再相見這件事。都是因為女伯爵，似乎讓一切都變了調，讓她甚至懷疑起美國的大好前程，尤其是她看到那些賽佛爾瓷器組②和銀盒，原本充滿了興奮之情，覺得自己終於能贏過畢爾太太和媽媽，但現在都不重要了。瓷器和銀盒都還在，但是到了美國，或許並沒有什麼大好前程，媽媽認識一個美國人，和女伯爵一點也不像，不過那個美國人不是貴族，只是平凡的塔克太太。儘管如此，梅西離開的場景還有一點值得補充，她突然喊著：「喔天哪，我沒有錢！」

聽到這句話，她父親亮出牙齒，就像看到一幅讓人胃口大開的景色，卻不能大快朵頤，這樣子足以讓人想起任何窮人的哀求模樣，「讓妳繼母付吧。」

「繼母不會付！」女伯爵大叫著，「哪有誰的繼母會付錢的！」接著她們一起走到街上，梅西上了馬車，女伯爵站在人行道上，但離她很近。女伯爵馬上從口袋裡拿出皮包，掏錢出來。她的父親已經不見人影，甚至沒留下什麼讓梅西能再感受到失落的痛苦。「錢在這裡，」棕色女士說，「去吧！」她的聲音帶著命令意味，馬車就疾駛離開了。梅西坐在車上，手裡滿滿都是錢幣，搭馬車需要這麼多錢嗎？馬車經過一處街燈底下，梅西彎腰看看手上有多少錢，她看到的是一大堆一鎊金幣。看來去美國肯定是有大好前程了，而且那個地方不管怎麼說，果然還是一千零一夜。

20

②賽佛爾（Sèvres）位於巴黎近郊，是法國的陶瓷工藝重鎮，尤其因為得到法國王室長年支持，所以賽佛爾瓷窯出產的瓷器具有強烈的法國王室藝術風格，引領歐洲陶瓷藝術風潮，其瓷器不僅昂貴，也能展現主人的品味。

那些錢就算是在童話故事裡的費用還是太多了。雖然時間已經晚了，畢爾太太卻還沒回到攝政公園的家，於是出來迎接梅西的是蘇珊・艾許，她站在門廊上，梅西說話有多小聲，她就有多大聲；小主人有多和氣，她就有多大膽；街燈投下昏暗的燈光，和小女孩方才見到的光明場景大相逕庭，蘇珊拿了半克朗給老實的車伕，他說自己只能拿這麼多。

顯然畢爾太太還要好久才會回家，在這段大人不在的時間，蘇珊腦筋動得很快，不但勸誘梅西像個貼心寶貝，乖乖上床睡覺，還更進一步展現出她的個性，她告訴梅西要回報她今晚照顧的恩惠，而且還特別指定，要樓上房間裡梳妝台上排列整齊的一枚一鎊金幣。想當然爾，對一個在廚房打雜的孤兒來說，這些金幣是如此耀眼；而對梅西來說，成為四個大人互相算計策劃中的棋子，這些金幣同樣迷人。這顆棋子把她的財產包在手帕裡打了結，上床睡覺的時候就放在枕頭底下，她的枕頭下從來沒放過這麼大包的東西。

但是到了明天，梅西免不了得向畢爾太太解釋，她已經含糊的準備好一套說法，不過在畢爾太太面前就愈說愈完整，最後更是一股腦全說出來了，這樣暢所欲言也比較適當。畢爾太太自己確實也必須解釋昨晚的晚歸，但她一問梅西之後，得到如此令人吃驚的解釋，她馬上說一個小女孩跟另一個女人拿錢是很糟糕的事，而且還是最邪惡的那種女人。她仔細檢查了那些金幣，結果畢爾太太說了剛剛那席話之後，梅西還想知道如果認真探究下去，這些錢是不是可以稱做罪惡的酬勞？但是梅西深究的程度僅止於問了個問題，那就是她們該拿這些金幣怎麼辦？

這時候，畢爾太太已經把錢收進口袋，抬高了下巴，把手放在口袋上說：「我們馬上就要把錢送回去！」小女孩後來得知，蘇珊也受邀參與這項歸還行動，要交出她拿到的金幣，但這是好不容易才拿到手的財富，蘇珊私底下向梅西保證，說她的忍耐是有限度的，沒這麼好打發。

梅西開誠佈公對畢爾太太說了昨晚的來龍去脈，但她卻從這位憤怒的僕人口中聽到許多對畢爾太太的評論，蘇珊大吐苦水，說女主人是如何壓迫她：其一是昨晚畢爾太太回到家的時間實在太不尋常了，如果梅西真的想知道的話，那是凌晨三點；其二（蘇珊那一口濃濃的口音讓梅西極力壓抑著想糾正的慾望），畢爾太太要求她們交出金幣，實在太奸「砸」、太可「此」了，哪有人得忍受這種事情呢？其三（蘇珊在這問題上多了點力道），住在地下室的每個僕人，工作量都很大，他們付出勞力卻得不到報酬，助人的熱心都要磨光了。

接下來有好幾天，小女孩的心思都被這一番話占滿了，負責照顧她的蘇珊感覺受了委屈，卻等了這麼久才告訴她。這些日子變得很可怕，她在歷史課上聽到革命①的故事，就記在心裡，假如廚房裡的僕人起義了，他們就會變成家裡的主人；而她在蘇珊的眼裡好幾次都看到了，知道他們已經準備好掀起革命，更讓她深信這個可能性。從蘇珊的話裡就能得知，星星之火可以燎原，而現在火花已經發出

---

①這裡的革命（the Revolutions）指的是在一八四八年，歐洲許多國家的平民接連起義革命，對抗君權獨裁，包括義大利邦國、德意志邦國、奧地利等都爆發衝突。雖然這一年的革命多以失敗收場，但仍造成君權及貴族體制動搖，間接影響德國及義大利統一運動。

爆裂聲，只因為有人不願意交出自己的金幣，就被說成一個討厭的下流小偷。

不過到了第五天，發生了一件可以挽回這股緊張氣氛的事，其實小女孩知道之後，胸口就幾乎喘不過氣來，但她的激動還比不上克勞德爵士的心臟跳動，更不用說蘇珊聽了整個人就精力充沛起來。梅西吃過早餐後，很快就要從倫敦搬到福克斯通，住進一家漂亮的旅館。她好奇的眼睛看著這些讓她激動的因素，這些因素加在一起能幫助她完成這場冒險，她還有一種感覺，這件事能夠成功都多虧了畢爾太太，因為蘇珊說她正好暫時外出了。克勞德爵士手裡拿著手錶，一知道這件事就大喊：「那快打包行李吧，法蘭芝小姐，跟我們一起出發！」她在樓梯上一陣手舞足蹈，像在做體操一樣，感覺心臟都要從嘴巴跳出來了。

她和克勞德爵士一起坐在四輪馬車上的時候，他仍然拿著手錶，拿了好久一段時間，比所有醫生幫她量脈搏的時間還要久，久到她彷彿能看見自己的欣喜若狂，為此，她可以忘記現在正是表現不耐煩的好時機。這股狂喜從她在教室彈搖籃曲時就開始了，就像那天她也先感受過了這種狂喜，一段時間以前，那時候蘇珊也是喘著氣跑上樓，說了些跟公爵夫人有關的暗示，然後她自己就像乘風似地跑下樓。如果她還能感受到這個稱號帶給她的愉悅，即使只是一下子也好，那麼就算現實不如她所想像、讓她失望，那又能造成什麼傷害呢？她還記得父親對她的預警，有一天她會流落街頭，但顯然不會是今天。她想，如果自己不再比較偏愛父親，似乎也是情有可原，尤其是她的訪客交代蘇珊馬上開始工作，這個時候，他和梅西一起等待著，他的手慈愛地放在她的手上。在肯辛頓花園的時候，上尉也曾經這樣做過，她現在的處境讓她隱隱想起那個時候，再度對這個動作感到微微的好奇，因為打從一開始，她就發現這樣的輕拍和拉近，是外人想親近她的過程和徵兆，甚至還有點像是他們的不知所措，或者太過為難。那天晚上在展覽會場，她的失望和害怕現在都一併消失了，因為她感覺克勞德爵士就快要拿出準備給她的「驚喜」了，而如果一次就爆出來一定非常驚人。

即使這趟旅程少了她的繼母，或許讓她有些畏懼，但只要想著那條通則就能克服一切，這條通則說起來很奇怪，雖然畢爾太太無論去到哪裡都會讓她想起克勞德爵士，而克勞德爵士顯然也會讓她想起畢爾太太，可是現在他又活生生出現在梅西眼前了，這才是最重要的，和克勞德爵士在一起，就只要想著克勞德爵士，而這條通則一直盤據著梅西的心。這個時候，馬車突然晃了一下，蘇珊終於上了車，還把許許多多行李塞上車。馬車就快駛到查令十字路了，不知道為什麼，梅西昏昏沉沉的腦袋裡突然出現了那個消失已久的身影：威克斯太太。

那個影像只出現了一次，但只要這一次，梅西就懂了，並循著自己的思緒溯流，感覺自己因為遭到忽略、照顧她的人總是逃跑，讓她產生了一種空虛感，不過現在已經充滿了豐沛的情感。她仍然覺得狂喜不已，此時她四處張望，並未摒棄這個影像，有些吃驚自己居然沒一轉頭就看見威克斯太太，但即使如此，不論是到了倫敦車站，或是福克斯通旅館，她的一雙眼睛仍然找尋著威克斯太太。過了好幾個小時，小女孩終於放棄了，想著如果她不在這些地方，至少也一定是在別的地方。梅西一直都知道很多事情，但從這一刻起，她知道的事情從來沒有這麼多過，

尤其在這幾天裡，她知道自己就要漂流了，是真的要飄洋過海，到一片微風徐徐的蔚藍天空底下，夏日美妙的魔法正召喚著她，要她渡過英吉利海峽，到一個比海峽彼岸更遠的地方。這一次她有

非常充足的證據，足以預測出終點，不過如果要一步步寫出她的推理過程，那就沒空間寫結果了。所以，對於克勞德爵士的目的地，只能用一樣物品表達出最完整的線索，就是他曾經送給小女孩的那張單調而又褪色的照片。那天早上，他馬上就告訴梅西，自己之所以有這個行動的想法，都是因為威克斯太太向他勸說了好幾個禮拜，用各種不同的方法說服了他，她說她知道他和畢爾太太之間的感情已經形成了良好的網絡，自己也懂得一門超凡的藝術，所以絕對不會和他們的關係糾纏不清。她的語氣是如此懇切，不遺餘力鼓吹著，讓他充滿勇氣進行這趟旅程，

而正如前文所提，梅西也是滿心期待。其中還有一點值得一提，那就是他相當勇敢，一次就脫離了畢爾太太及他的妻子，直接帶著孩子前往異國，就像要支持威克斯太太的夢想一般，或許她還會發現，他不再犯錯了，也知道彌補自己的疏失。這一切都是他為梅西所做的犧牲，即使是連一點陰影都能辨清、最嚴厲的雙眼，也看得出來；即使是過去夫人家中那些奇怪的常客，也會說這對小可憐真是好事一樁。

梅西非常懷疑，在她和威克斯太太分開這麼久的時間裡，這個疑心總是來來去去，自己是不是雖然抱持著疑惑，但倒是很直接看到了一眼，她心中的感激之情幾乎讓她心生敬畏，看著她年長的老師製造出奇蹟。

在梅西和威克斯太太的關係之間，這個老實人沒有比現在更讓人佩服的時候，即使她是透過第二人製造奇蹟也一樣，她就像是一位擁有古老卷軸的女先知，打開就能知道一切，或是某個虔誠熱切的修道院女院長，為上帝傳道。日復一日，她緊抓著耳根子軟的克勞德爵士，懷著深厚而對象有限的熱

情，不斷追問著他，就這樣盡她一切所能影響他的意願，如此用心幫助他，所以他終於抓住了他的好機會。這個機會不必欺瞞眾人，而若要保證計畫成功，克勞德爵士終於想出該如何完成，如此在他採取行動的時候，無論是對愛達或畢爾來說，這件事只會太合乎他們的心意，所以他們就不會有任何意見。

當然，這聽起來太過刺耳了，但這還不是全部，因為克勞德爵士的背叛，讓梅西得以拼湊出這件事所帶來特殊的影響力有多麼美妙，在這段時間裡，他盡其所能區分清楚自己情感的歸屬，於是讓他這項行動更加名正言順。

當然，梅西心中也只有模糊的概念，不知道太多確切的名字，但卻正是如此才讓她了解，畢爾太太缺席，她和克勞德爵士才有理由一起出門。因為他是她繼母的情人，而若是以繼母情人的身分，邏輯上當然就沒什麼立場說自己更有權利照顧她。這時候的梅西已經能夠了解，情人和小女孩這兩種身分本質上的不同，確實如此，所以她能夠大略猜測那張鉛筆寫的字條上可能寫了什麼：克勞德爵士將字條留在攝政公園那個家裡門廳的桌上，畢爾太太回家時就會看到。梅西隨意猜想著，克勞德爵士寫字條時，應該暫時恢復了愛開玩笑的語氣，不過就她自己看來，那時候他的臉色比面對任何危機時都要嚴肅，除了那天在肯辛頓花園，她和上尉分開之後對克勞德爵士的態度惡劣，所以他把她送上馬車時，臉色特別難看。

也許他其實覺得很尷尬，因為他從她父親家帶走了蘇珊這麼得力的僕人，想必會造成困擾，不過在梅西眼中，他已經用某種故作輕鬆的姿態掩蓋過去了。但是紙條上一定也寫下了非常好的交換條件，這個條件就是一個更舒服的地方，讓梅西輕飄飄的小腦袋打轉著，幾個小時過去了，她的腦袋不停嗡嗡作響，所以她第一眼看到福克斯通的景色，就感受到柔和的顏色與聲音在她腦中泅泳。

顯然，她的繼父寫下這張字條的時候，心中真正在意的只有他和畢爾太太之間糾結的情感。不過他不是終於放下了每一個人和所有其他一切嗎？威克斯太太逼著他為自己的名聲著想，應該切斷這段關係，但唯一的阻礙就是他已經愛上了，或者可以說得更明確一點，畢爾太太一定是讓他陷入了和她自己相同的處境，她的愛是如此強烈，像個熱戀中的女人抓住自己的對象，而他一時之間也接受了她的愛，甚至還認為，只需要一點交際手段再加上許多耐心，他們倆可以一起成就許多事情。

或許也很難確定，梅西是不是並沒有察覺到，在這件事情上，畢爾太太為何能夠分享他所有想法，卻不知道他有這份克服不了的嫌惡感！因為他們居然讓兩人負責照顧的小女孩，呼吸著兩人這段不正常關係的惡劣氣息，簡單來說，他的主張就是他們要不終止這段不正常關係，否則就不能再以小女孩的父母自居。小女孩從很久以前就抱持著一個想法，甚至威克斯太太也不曾覺得這個想法過於低劣：她是一個需要人照顧的小孩子，總之她就乖乖待在家裡，就算分析起家中氣氛背後的意義會很嚇人，也不是她的責任。但是，如果威克斯太太終於忍受不了如此驚世駭俗的事情，於是下定決心要採取強烈的手段，應該能夠猜想，梅西也可以推測出她這麼做的原因，以及究竟為什麼，畢爾太太沒有第一時間就和他們一起出發，至少目前還沒有。

喔，一定不會有人相信她看到了多少事情、發現了多少祕密！比方說，究竟為什麼克勞德爵士不能對她保守祕密呢？除非是假設他並不在乎；如果仔細探究，這就只是要不要讓梅西知道的問題而已，畢竟他和她的繼母一樣有權利管教她，更不用說畢爾太太也沒資格反駁這一點。但是他完全守不住祕密，沒辦法用些模稜兩可的話順利打發她，他們一望向遠方的法國，甚至不用解釋什麼，只需想起他們快樂的往日時光，兩人初次相處時那些比較輕鬆愜意的日子裡，到處閒逛、探險的經驗，梅西就猜出來了。她從來沒想過要給他什麼提示，讓他知道自己應該如何對待她，才能收到最好的效果；她也從來沒想過，他會對她心存感激，因為自己多次正巧出現在對的地方。她和他認識的時候，可以說正好是畢爾太太最難對付的時候，就在這位女士的嫉妒心正是最銳利的時候，所以他們得把畢爾太太蒙在鼓裡，而且必須瞞得愈久愈好，免得她發現威克斯太太還有份參與。

沒錯，說實話，她繼母除了另外那位家教，還有誰好嫉妒的？梅西正好填補了那份討厭的失落感，讓他將這份情感轉移到威克斯太太那股道德影響的身上。克勞德爵士眨了眨眼示意，顯然他也很清楚，這股道德影響能夠左右克勞德爵士的行動，但畢竟還是暴露在嫉妒的女人想挖掉她雙眼的危險之下；這樣一來，在他們更了解畢爾太太可能會怎麼做之前，他們就不能放著某人毫無保護。想當然爾，兩人在旅館咖啡廳會合，共進午餐的時候，梅西並沒有問出口：「如果爸爸真的採取行動，最後決定正式拋棄她，除了來找你，她還能做什麼呢？」所以他也沒有任何回答，只是很開心他們找到一個在窗邊的位子，這樣兩人分享牛肉冷盤和天然礦泉水的時候（他暗示兩人得非常省吃儉用才行），只要輕輕抬起雙眼，視線就能留連在遠方的白色懸崖上，那幅景色對這個處境尷尬的英國人來說，經常代表了安全的保證。梅西看著懸崖，似乎過一會兒就真的可以看到一個古怪但親切的形象，佇留在懸崖上，她已經能隱約感覺到，不管佇留其上的形象是什麼，一定是法國最古怪的東西。不過至少她還是感覺很興奮，不管她是感覺到威克斯太太不在哪個地方，或是知道她在哪個地方都一樣，如果威克斯太太現在還沒到布洛涅②，那這個計畫只會更複雜。

即使威克斯太太不會現身，那天晚上也夠特別的了，因為某人詭異現身了，不過這倒是讓原本緊繃的懸疑氣息馬上收攏了翅膀。梅西調整著自己的呼吸，垂著眼睫，全副心思都放在自己這身漂亮的衣裙和波浪摺邊，她想自己沒有白白信任蘇珊・艾許的忠誠，即使她們離開的時候那樣兵荒馬亂，留下不少好東西，但蘇珊還是打包了更漂亮的。梅西坐在旅館花園的長凳上，她為了今晚神祕的「正式晚餐」儀式焦急準備，深怕會遲到了，結果現在離晚餐還有半個小時。克勞德爵士坐在她旁邊，抽著菸在讀晚報，雖然旅館客滿了，但現在的花園卻出奇空曠，一定是因為剛剛敲了鐘，提醒眾人該為晚餐梳妝打扮，所以人都走光了。她幾乎還有時間可以對人來人往的景象感到厭煩；無論如何，她自己的注意力倒是一直盯著過緊的裙子上一處污漬，她盯了好久，所以一抬眼看到那片高高垂掛的漂亮布幔，污漬馬上相形失色。布幔越過草地往她的方向移動，沙沙作響，她卻沒有注意到。她的眼睛跟著布幔上強烈的光澤，視線一路往上移、再往上移，然後到了盡頭才發現那是某人身上的裙子；雖然雙眼歷經了一趟精采之旅，但是她印象中，看到那張靜止的臉時還是嚇了一跳，超越了這趟旅程，為眼前盛裝打扮的景況添上高潮。「天啊，媽媽！」下一秒，梅西叫著，整個人跳了起來，那個語氣讓克勞德爵士也跟著她跳起來，夫人就站在幾碼外的地方，因為兩人一時還是滿腹疑惑，正好讓她占了上風。

可憐的梅西此時心中情緒翻騰，她母親的出現就好像有一次，傍晚時蘇珊・艾許帶著她去散步，她看著那些閃閃發光的商店櫥窗，伸手一碰，結果鐵捲門就突然嘎吱嘎吱降了下來，她現在就和當時是一樣的心情。出國旅行的光明前景一下就黯淡了下來，她有一種很可怕的感覺，覺得他們被抓到了；這是她人生中第一次，她將愛達的出現解讀為一種惹人討厭的衝動，認為愛達打算伸手抓住將她帶來的共犯，而他一開始也和她一樣害怕得不敢出聲，更讓梅西擔心不已。這一分鐘，在這個空蕩蕩的花園，草坪上拉出長長的影子，樹籬的另一頭就能看見蔚藍海洋，空氣中瀰漫著讓人噤聲的祥和，而兩個大人都一樣僵硬，就好像踩著高蹺的雜耍演員，發現杯子中的水已經快滿了，只能直挺挺捧著杯子，害怕會灑出來。

終於，她母親開口了，另外兩人想不到她會這麼溫柔，倒是又增加了幾分驚訝，她對克勞德爵士說：「你介不介意讓我跟她說話？」

「喔，不會，妳會嗎？」他等了好久才回答，梅西是第一個發現這句話有趣之處的人。他笑了，因為他似乎也知道梅西發現了，然後又問訪客：「妳怎麼可能知道我們在這裡？」她聽得出來，他這樣說已經很讓步了。

②濱海布洛涅（Boulogne-sur-Mer）是法國北部的港口城市，鄰近英吉利海峽，和英國的福克斯通之間船運往來密切，兩個城市為姊妹市。

他的妻子聽了，直接走到他們身邊，在長凳上坐下，一手搭在女兒身上，把女兒拉近的動作十分優雅；而梅西感受到她的碰觸，內心剛燃起的恐懼又跳了一下，但這次是為了相當不同的原因。站在較遠處的克勞德爵士坐回自己的位子，又拿起報紙，這三個人看起來就像一家人一樣。

梅西突然有一種世界上最奇怪的感覺，幾乎是帶著嘲諷，她一下就知道了，這時她母親拍了拍她，梅西說不出話來，但知道要乖乖的。她已經感覺到，她和克勞德爵士一點也不像做壞事被抓到的人，甚至還很肯定是他們抓到了另一個人，發現她打算甩掉自己的負擔，讓自己終於能享受前所未有的輕鬆。就是這樣沒錯，想到這裡，她放下恐懼，愛達手上戴著長手套和許多手鐲，緊緊攬著她，宣示自己的擁有權，但這樣的壓力卻再也不像從前那樣讓梅西害怕，而且她再也不怕了。「我去了攝政公園那裡。」夫人這時候回答了克勞德爵士。

「妳說今天嗎？」

「今天早上，就在你們離開後不久，所以我才會發現你們在這裡，我也才會來。」

克勞德爵士想了想，梅西等著他開口，「那妳見到誰了？」

愛達發出了一聲毫無顧忌的嘲弄：「我喜歡你害怕的樣子。我知道你在玩什麼把戲。我知道去那裡就要冒著見到某人的風險，我已經準備好了，但我沒見到她。」接著她對梅西說，手臂將她環抱得更緊了，「親愛的，我想去見妳，但我誰也沒見到，只看到一個骯髒的招呼女傭，她紅著臉告訴我，在她女主人不在的時候家裡出了大事，不過她還算好運，知道克勞德爵士把妳帶到哪裡。我想，要是他不是故意給假消息的話，到這裡應該能找到你們，所以我就來了。」愛達從來沒有像這樣清楚解釋自己的行動或是想法，梅西聽著這些話，也發現克勞德爵士和她一樣，對愛達這麼做覺得很是感動。

「我想來見妳，」他的妻子繼續說，「現在妳可以自己看看我費了多大工夫，我今天城裡有好多事情要忙，但我還是脫身了。」

梅西和她的同伴好好想了一會兒，這確實是很了不起，但梅西先開口了：「媽媽，妳想見我，我很開心。」然後她又認真沉思了一下，突然拿出更多勇氣說：「要是再晚一點，妳就看不到我了。」那句話梗在她喉頭，但她還是說出口：「我們要去法國。」

愛達高貴的樣子不為所動，她親吻梅西的額頭說：「我也想有這個可能，所以我才決定過來。我想，雖然你們走得匆忙，但要過海還是得等等，所以我才更應該來見妳。」

梅西認真想著會是什麼原因，但她太了解媽媽了，知道不要問比較好。她倒是有些驚訝克勞德爵士竟然不知道，聽到他馬上問了：「妳會有什麼好話要跟她說？」

他的語氣並不全然是粗魯，但還是聽得出不耐煩，所以他妻子的回答又換上了一種不同的溫柔：「親愛的，那就是我自己的事囉。」

「所以，」克勞德爵士問，「妳希望我讓妳們兩人單獨談話嗎？」

「沒錯，如果你夠好心的話，我想我也有自由提出這麼不尋常的請求。」夫人的話中帶著淡淡的諷刺，讓可憐的梅西一下子還有些糊塗，像是中了母親的魔咒，又有些困惑，那瞬間似乎又看見了什麼，讓她想起過去這些年裡總是不時隱約露臉的感覺。愛達對著克勞德爵士微笑的氣氛很奇怪，有時候她如果受不了和她談話的人拖延時間，就會這樣笑：她大大的眼睛、鮮紅的嘴唇，臉上突出的五官聚成一道光輝，顯眼得大家都看得見，就像窗戶裡點著的燈。小女孩似乎把這光輝看成了為她照亮道路的指路明燈了，然後她突然發覺，難怪那些紳士都被媽媽牽著鼻子走，媽媽第一次看著克勞德爵士的時候一定也是這個樣子，這抹微笑會讓他想起兩人一起度過那段時間的光彩；媽媽一定是這樣看著佩瑞恩先生和艾瑞克閣下，最重要的，梅西現在心裡想著的，是她終於比較了解上尉為什麼會有那種滿足的心態。小女孩的心很快雀躍起來，因為她終於懂了這個道理；三人有好一會兒都沒有動作，這時她媽媽的表現正好為上尉驚人的敬意提供了大量佐證，這樣靜止的狀態還一直持續著，這表示或許克勞德爵士面對這個魔咒的時候，一開始還會有很強烈的感覺，但現在只是喘著氣，於是梅西很希望他至少可以說些什麼，說他發現了她會有多迷人。

結果他說的是：「妳要留下過夜嗎？」

他的妻子姿態頗高，對這個提議置之不理，「不會留在這裡，我是從多佛③來的。」

聽到這裡，兩人的視線越過梅西頭部，依然面對著彼此。「妳要在那邊過夜？」

「對，我帶了一些東西。我先到了旅館，趕快安排一下，然後就搭上火車趕來這裡。你知道我這天有多忙了吧。」

這句話或許讓人有些驚訝，但至少聽在她女兒耳裡已經是相當有禮，而且也夠清楚了。愛達的嘴角一直沒有垂下，女兒一看到就立刻升起一股渴望，不管怎麼說，在這一小時內，看到這個笑容就應該知道愛達願意和他們好好溝通。當然，媽媽有一股魅力，一旦發揮出來，很多事情都能解釋得通，而現在唯一的危險就是，如果忍不住表現出讚賞，那就等於讓愛達知道他們很少感受到這種魅力。不過，梅西還是甘冒這麼嚴重的風險，向愛達示好，認為她是真的匆忙趕來的，而且也希望克勞德爵士同意她的想法，承認愛達比他們倆還要匆忙混亂。看來他接收到梅西的盼望了，但他的回答還是盡量保持淡漠：「妳今晚就要回去嗎？」

「沒錯，火車班次很多。」

克勞德爵士又遲疑了一下，很難說夾在兩人中間的小女孩，到底是把他們拉近了還是推得更遠。然後他默默開口：「這麼晚了，妳不應該在外頭遊蕩。我送妳過去。」

「不用麻煩了，謝謝。我想你也不會否認，我自己就過得很好，而且在我悲慘的人生中，這也不是第一次我自己想辦法照顧自己了。」除了兩人對話中約略提到的悲慘人生，口氣好像他們只是泛泛之交，梅西也注意到一種特殊的效應，之前她就經常想著，所謂的親密伴侶之間是不是就是如此？而夫人繼續說下去，語氣幾乎就像只是日常對話，更加深了這股效應：「不如就說了吧，我要出國。」

「妳說直接從多佛出去嗎？」

「我不能說有多直接，我病得很厲害。」

梅西一時還只是把這句話當作對話的一部分，然後她才發覺，這句話應該嚇到她才對，不過顯然

---

③多佛（Dover）距離福克斯通不遠，也是英吉利海峽沿岸的港口城市。

沒有嚇到克勞德爵士，她應該知道這件事比較嚴重，於是她扭動身子靠近媽媽：「病了，媽媽，真的病了嗎？」

她一說出「真的」就後悔了，不過愛達看起來並不介意這句話，脾氣也沒發作，更加證明了她現在真的改頭換面了。以前她還會為了更小的事情發脾氣。她只是把梅西的頭緊緊抱在胸前說：「親愛的，真的很嚇人吧，我得去一個新的地方。」

「什麼新地方？」克勞德爵士問。

愛達想了想，但想不起那裡的名字：「喔，『丘斯』④，你不知道嗎？大家都會去那裡。我想好好接受治療，在這世上我也只要求這一點了。不過我來這裡不是要說這個的。」

克勞德爵士陷入沉默，將報紙一張一張摺起來，然後他站起身來，拿著那疊報紙敲著自己的手掌。「妳要和我們一起用晚餐嗎？」

「天啊，不用了，我不能在這個時候吃飯。我在多佛訂好晚餐了。」

夫人這句話的語氣展現出某種優越，不諳世事的梅西已經覺得福克斯通像是天堂一般了，但顯然多佛的條件更好。不過這還不足以打擊到梅西，她渴望母親留下來的心依然讓她脫口問出：「可是，至少留下來喝杯茶嘛？」

愛達又親吻她的眉毛，「謝謝，心愛的，我來之前已經喝過茶了。」她抬眼看著克勞德爵士，「她真是貼心！」他沒有太大反應，但也沒有冷漠到表示他不同意這句話；梅西倒是放鬆下來了，覺得他們的對話氣氛變得比較歡樂，自己也開心起來，所以上尉形容夫人的那些話就變得愈來愈有道理，甚至讓梅西合理推測，像這樣的仰慕者或許就在另外那個地方等候著，等著她一起共進晚餐。克勞德爵士心裡也是這麼猜想的嗎？不過就算他有這個想法，他接下來的問題還是讓梅西有些疑惑，他帶著點倔強，反問他的妻子一個她以為自己早就避掉的問題。

他手上的報紙又拍擊著另一手的手掌：「我最好還是帶妳回去。」

「然後讓梅西一個人待著嗎？」

媽媽這麼斷然拒絕，讓梅西腦海中蹦出一個畫面，上尉在多佛看著夫人上了車，為了等她回來，就這樣保持著一段距離徘徊留連，就像在肯辛頓花園的時候，陪著他散步的同伴也在那段距離外徘徊，等著他。不過梅西當然沒有說出這段揣測，只是讓克勞德爵士回答問題，但他的回答卻又讓夫人顯得更加高貴。「她不會一個人，有個女傭會服侍她。」

梅西以前連個隨侍僕人都沒有，她也等著看夫人對此有何反應。「你是說你從城裡帶來的那個女人？」愛達想了想，「從那個家的人對她的評論聽起來，她好像不太適合陪伴我的孩子。」語氣中暗示，她照顧孩子的時候，她的孩子從來都不需要什麼奇怪的人陪伴。不過她仍然堅定拒絕了克勞德爵士的好意。「別傻了，」她迷人地說，「讓我們兩人自己談吧。」

---

④丘斯（Chose）並不是真正的地名，愛達只是隨口說說，有可能是她忘了，也有可能是她亂編的。

他站在兩人前方的草地上，看起來更嚴肅了，但梅西卻覺得眼前的狀況沒那麼糟。「真不懂妳有什麼不能在我面前說的。」

他的妻子順了順女兒的鬈髮，「說什麼，親愛的？」

「還有什麼，就是妳來說的話。」

聽到這裡，梅西終於插嘴了，她向克勞德爵士懇求，「拜託，讓她告訴我吧。」

他臉色嚴峻，盯著小女孩看了一會兒，「妳怎麼知道她會說什麼？」

「她一定要冒險聽一聽。」愛達特別開口強調。

「我只是想保護妳。」他繼續對小女孩說。

「你是想保護你自己吧，就是這個意思，」他的妻子回答，「不用怕，我不會碰你的。」

「她不會碰你，真的不會！」梅西大聲宣告，這時候她覺得自己真的可以這樣回答了，聽著上尉講話時的那種情緒，似乎又回到她心裡了，這讓她感覺好快樂又好安全，她絕對可以替媽媽做擔保。她套用上尉的話說：「她是好人，她是好人！」她頌揚著。

「天哪！」克勞德爵士聽到這裡就放棄了，他似乎還發出了某種嘲弄的聲音，但因為他的妻子又把梅西擁入懷裡，捂住了梅西的耳朵。然後愛達放開梅西，讓她稍稍站遠，看著她，表情相當詭異。接著，小女孩才發現她們的同伴已經走開，看來那個詭異表情是想確認自己可以繼續說下去。

「心愛的，我真的是好人。」夫人說。

21

愛達這次來訪，接下來的時間大部分都在解釋，而內容非常不得了。她從來沒有這麼投入哪段對話，但這次解釋起來卻是滔滔不絕；夏日薄暮逐漸籠罩花園，她把女兒留在花園裡談話，同時安撫著女兒的情緒，讓她慢慢透露出自己想如何安排事情的心思。她不僅僅是解釋而已，幾乎是徹底反轉了自己在她女兒心中的形象，梅西只希望她可以不要這樣一直喋喋不休，在梅西的人生中，這次真的是她母親對她說最多話的一次。光這一次就能表現出她的慷慨大方和高尚美德，不必再多做什麼，就能讓小女孩感覺到，自己最好聽懂她的話，就能趕快結束，只要表現出自己理解了她這樣主張有多麼合理。她們兩人坐在一起，母親戴著手套的手有時候會親切地落在小女孩的手上，有時會幫她調整一下醜醜的緞帶，或是拉一拉綁太大束的頭髮；梅西也感覺到夫人的動作，心裡覺得很驚奇，所以經常眨著眼，希望雙眼不要洩漏了這股情緒。

喔，如果梅西不好好克制自己的話，她還得靠眨眼掩飾很多事情呢，幸好兩人現在是單獨相處，身邊沒有克勞德爵士、威克斯太太，或甚至是畢爾太太，否則他們就會發現自己輕率眼神中的祕密。雖然夫人說了很多也說了很久，但內容卻沒有清楚的細節，所以聽了也不覺疲累，她談起自己的處境，目前聽起來可以說敘述性很強，卻充滿了不合理的事實，簡直一塌糊塗，就像水果都已經過熟得發黑了，她卻只是輕輕處理一下，不願意勇敢面對；有些話不是真的經過深思熟慮，但語氣也不是全然不誠懇，她彷彿是直接了當質問，光是她同意放棄自己最珍視的東西，這麼了不起的事情，還需要什麼更好的證據能夠證明她的善良和偉大？她說了這麼多，似乎就是想說這些：「我們之間有些事，就是克勞德爵士和我之間，我也不必說得太深入，妳這小麻煩，說了妳也不會懂。」

目前為止就梅西看起來，或至少是可以想像的，只要在夫人心中，她完全一副什麼都不知道的樣子，絕對是世界上最愚昧的小孩，那就夠了。梅西反覆想著這一點，她讓自己處在這樣尷尬的境況，既無法優雅退下，也不能說些聰明話打破僵局：身為子女，對父母都有一份迷信，就像一個光亮的盤子，即使多次的傷害打擊已經讓這個盤子分崩離析，她仍然裹著輕率的破布，盡自己最大的努力撐著最後一小塊玻璃三角碎片。如果克勞德爵士或威克斯太太都不在，或許倒是可惜了：這個場景頗有自我的特色，非常值得一看，特別在這個時刻，愛達終於透露出自己的想法，她確實認為自己飽受折磨的女兒若是和克勞德爵士待在一起，總比交到她骯髒的手上好。不管是她的承認自白也好，或是反駁曲解，總之她說的已經夠多了，話中混合了恐懼，因為她害怕梅西的想法（但她也不可能知道），再加上她自私的天性和作風野蠻的習慣，都讓她的話更加有力。這樣的習慣讓她現在展現出的優點更突出，說得更仔細一點，她來到福克斯通竟不是為了來大鬧一場；她不是來打人、不是來敲門理論，甚至也沒說什麼難聽的話。她來這裡，最糟的也只是她偶爾會忘記自己正在說什麼，沉默而嫌惡地拉著梅西身上的衣服，心想畢爾太太家那個低俗的女傭居然這麼輕率，讓法蘭芝小姐穿這種東西。她控制著自己說出口的評論，甚至不讓自己說出那些她應該探頭進教室說的慰問，就像威克斯太太認為她沒有做到的那樣。

「我真的是好人，我好得讓人抓狂，好得有罪，但是這些對妳都不再有意義了。如果我不再跟他爭、跟妳爭，畢竟妳就是我們之間最大的麻煩，但這是有原因的，總有一天妳會了解，了解到悔不當初……我希望妳總有一天會知道，失去母親就是這麼回事。我的病很不樂觀，但妳千萬別問我這件事。如果我不離開這裡，醫生也無法擔保會有什麼後果，他發現我生來就有這種疾病，整個人都嚇呆了，他說我會得到這種病，因為我生來就是要受苦的。我想可能會去南非，但這不關妳的事。妳必須自己選擇，如果妳根本已經準備好要拋棄我，就不能問我任何問題，我不會告訴妳的，妳得自己找答案。人家都說南非很好，如果我真的去了，一定會好好體驗一下。總之若不是這個，就是另一個了，如果他帶妳走，妳知道，他就真的帶妳走囉。這已經是我最後一次爭取妳，我再也不能跟著妳到任何地方，我終於得為了自己而活，趁現在我還有一點自我的時候還來得及。我病得非常、非常厲害；我好累、好累了；我的決心也非常、非常堅定。好了，妳都知道了，自己盡量考慮吧，妳的衣服太髒了，但我這次來就是準備犧牲自己。」

梅西看著衣服上的髒污，聽她母親說話，有些時候可以低頭看著什麼，甚至是這麼骯髒的東西，對她來說也是一種解脫。她每一次和母親會面，她的每一次苦難，隨著年紀增長，似乎總是有種揮之不去、難耐的冗長感；但奇怪的是，這幾分鐘裡，母親的口氣是如此溫柔，如此和善地想終止兩人的關係，她卻覺得這次比以往講得都久。因為她的焦慮才讓這些談話感覺這麼久，她總是害怕母親會突然拉著她。時不時就要判斷這段話的走向，因為夫人最出名的就是換話題速度很快。梅西屏著呼吸，配合著母親玩弄自己的手段，她只想安穩度過這段時間，但是她的不耐煩馬上讓整個情況慢慢打起轉來。

愛達好像說了些什麼，但梅西顯然沒聽見，還有一些是梅西聽到的，但或許愛達根本沒說。「我只有妳了，但我也還承受得了。妳父親希望妳死掉，親愛的，妳父親就是這麼希望的，妳得習慣這點，就像我也已經習慣了，我是說，習慣他希望我死掉。不管怎麼樣，妳自己也看到了，我對克勞德爵士有多好，但是他也一樣希望我死掉，我知道如果還要為了妳的事情跟他們爭下去，我一定活不成的！」愛達雄辯滔滔的本領就有這樣的特色，總是起了很多話頭，卻接不上幾個，然後她對這個話題也只是輕描淡寫一下就不說了，接著又繼續說，她對自己的丈夫有多好，就像天使一樣，最好的證據就是他奪走了她的女兒，但她也沒有因此大大羞辱他。她說這樣的話，彷彿他已經踮著腳尖退場了，因為他已經沒有資格繼續待在那樣受到崇拜的位置上。「妳永遠也不會知道，我為了妳吃了多少苦，永遠、永遠、永遠不會。我幫妳擋掉了一切，我一直都是這樣保護妳，不過我敢說妳知道一些事情，如果我有做過這些事，我是說如果我知道有這些事，我就會……算了，沒關係！反正妳也已經夠大了，應該知道有很多事情我不會告訴妳，但我其實大可說出來，不過我告訴妳，這樣對我也有好處，這輩子總該有一次可以說出心聲。我不會提起妳父親那個無恥的妻子，這樣妳就應該大概知道，我這次是真的要放過你們了。我說『你們』，說的就是妳那些寶貴的朋友和幫助妳的人。妳應該為我的寬宏大量說句公道話，我是體諒妳，在這最後才沒有提起妳的繼父，有一、兩件事情我真的應該說的，這樣相較之下，和他對我的每句誹謗比起來，我就像純金般耀眼。如果妳連這點公道也不給，那妳對我就太不公平了！」

到了這個時候，梅西真的很想表現出自己對母親有多麼公道，所以她突然有了靈感。她們這次見面最大的影響就是確認了她自己即將和克勞德爵士離開，遠比她曾經夢想過的任何事情都要豐富美滿，而眼前的一切，在在都顯示了，只要她伸出小手一次溫柔的碰觸，就能完成這件好事，讓夫人立刻就能夠趾高氣昂出發，明天就能航行在廣闊的海洋上；尤其有時候夫人的雙手又會放開她的手，就像是刻意為之的策略，更加確定了梅西的判斷。這對善變的手，其中一隻顯然已經很不耐煩了，笨拙摸到衣服後方深處摸索，現在又抓著一樣小東西出現了。小女孩在這樣的關係中已經訓練有素，她從小就知道要注意大人手部的動作，現在夫人的手這樣行動，當然值得注意，那隻手抓著的東西可能裝了什麼？梅西腦中亮出許多猜想，其中她還想起了自己雙手曾經捧著滿滿的金幣，蘇珊・艾許如何、怎樣都不相信畢爾太太把那些錢送還給了大方的女伯爵，「她不可能啦，她太不老實了，又太貪心！」

儘管如此，她猜想，夫人伸手到背後層層衣服遮蔽住的地方拿出來的小東西，真面目或許就是她的皮包，這樣的懷疑馬上讓小女孩的眼睛謹慎望向遠方，而且這樣東西又影響了梅西在這一小時內的樂觀，她穩重自持的交際手腕讓這小東西吹皺了表面，讓她忘記了，如果她不保持愚笨的樣子就不會安全。簡單說，她就是忘記了要保持警戒，反而一時衝動想要迎合夫人真正的想望，讓夫人知道自己非常了解她想要什麼。她不用看也知道夫人按下一個小釦子；即使不想但還是聽見了一聲尖銳的喀喀聲，表示夫人已經從皮包裡拿出某樣東西，然後把皮包關上。那樣東西是什麼，她倒是沒看見；那樣東西不是很大，夫人手指一彎就能輕鬆抓住。要是說到一心多用，梅西對這門藝術可是一點都不陌生，於是在這一刻，她可以說出舌尖上想說的話，同時想著她母親手掌裡的東西，猜測那是一枚一磅金幣或是一枚先令。她一開口說話，不用幾秒，就知道這個問題可以解決了：她發表這一席小小演講，傻傻觀察著，在這樣的情況下，即使像愛達這樣自視甚高的人也得仔細思量。她全部都看在眼裡，她接下來就感覺到了，她說話的聲音讓她的同伴眼神一變，氣氛似乎馬上就顯現出轉變了。

「那天上尉也是這樣跟我說的，媽媽，我想妳聽了他怎麼說妳，一定會覺得很高興。」

此時梅西感到相當驚愕，她想，如果母親聽到她提起上尉，反應中沒有一絲歡欣的話，那她就要等上很久才能看到母親高興的樣子了。母親看著她的樣子，就像當著她的面把門甩上一樣，讓她想起曾經在葛老爾街上的學院聽過某堂課，教室裡放了一整排奇怪的玻璃瓶罐，還瀰漫著惡臭，其中有一個大罐子，裡頭原本漂亮的黃色物體，結果卻變成了漂亮的黑色。那個時候，她覺得那個講課的老師很可憐，但現在她覺得自己更可憐。她聽見媽媽此時回話的方式，喔，世界上沒有比這更難忍的劇痛了：「上尉？哪個上尉？」

「咦？就是我們在花園遇到妳的時候，妳叫我跟他去旁邊坐啊。他就是那樣告訴我的。」

愛達回想著那一天，終於好像突然接起了斷掉的思緒，「他到底說了什麼？」

梅西的聲音抖得很厲害，但她還是成功說出口了：「就是妳說的啊，媽媽，妳是個大好人。」

「『我』說的？」愛達慢慢站起來，眼睛仍然看著女兒，原本在皮包裡忙著的手又收回身側，隱藏在她裙擺的皺摺中，手臂顯得有些僵硬。「我說妳是個不可多得的笨蛋，我可不會讓妳把話硬塞進我嘴裡，當是我說的！」這可不僅僅是反駁，更像是一口咬定梅西說謊。梅西當下只覺得一切都猛然停止轉動，兩人的交談也立刻就終止了。接下來這句話馬上就證明了她的想法：「妳跟我提他，是想做什麼？」

她女兒的臉漲得通紅：「我以為妳喜歡他。」

「他！那個倫敦最可惡的渾蛋！」夫人又顯得高高在上了，在逐漸低垂的暮色中，她雙眼中的眼白特別大。

不過，這時候梅西眼中的眼白也小不到哪裡去，至少，她現在因為第一次感到怒氣爆發，從來沒有和仇敵這樣正面相對，感覺自己抬頭看的氣勢也相當嚴峻，不比別人低頭看著她的時候差。「很好，他對妳可是很和善，真的，所以我才喜歡他。他說了一些事，是美好的事，真的，真的！」她幾乎想採取暴力，讓她母親真正了解這一點，雖然她現在心中湧起狂熱，但這其實只是一部分，她同時也感到恐懼、痛苦，似乎看到不祥的預兆，也提前長大了不少，只因她不知道她母親失去了女兒的忠誠，往後的人生會有何影響。在那一瞬間，梅西可以說清楚而完整看到了：瘋狂、孤獨、毀敗、黑暗，以及死亡。「自從那一天，我經常想起他，我希望是和他在一起，和他在一起……」然後她激動的情緒讓她無法再說下去，身為子女的盼望，那口氣也消失了。

但愛達逼著她要說出來：「妳希望什麼，小討厭鬼？」

「在多佛等著妳的人是他，是他會帶著妳，我是說去南非的事。」梅西說完之後又是一陣沉默。

愛達聽完之後毫無反應，反常的沉默維持了好長一段時間，讓她的女兒都忍不住好奇接下來會發生什麼事，但還是完全感受到她展現慷慨的所有症狀一一消失。高不可攀的她陰森地逼近梅西，只是黑暗又麻木不仁。她的怒氣一如往常，總是源源不絕、變化多端，這是她的憤怒法則，但最讓梅西意想不到的是眼前發生的事：在夏日暮光之下，她的怒氣漸漸融化成同情，過了一會兒，這股同情譜成一段節奏，她的皮包又發出一聲喀喀響，強調重音。她將剛剛拿出來的東西又放回去了，「妳這孩子真是惹人厭，讓人失望的可憐蟲。」她喃喃說著，然後就轉過身，拉著裙擺匆匆走向草坪另一端。

她消失之後，梅西又一屁股坐在長凳上，有好一會兒，在空蕩蕩的花園裡，暮色逐漸深沉，呆坐著，盯著母親匆忙離去之後還留下的殘影，只是那已經不再是她的母親了，最奇怪的是，或許已經變成她的父親，那個希望她死掉的父親，這句宣告仍在空氣中縈繞。這個身影非常模糊，沒有清楚的形體，一直面對著她、籠罩著她，但她何需探究這縷影像是不是代表了真實呢？反正如同法蘭芝先生自己所言，他也要離開了，跟著女伯爵到美國去，甚至只是去斯帕，都一樣。突然，這個問題得到了歡樂的解答，從旅館裡傳出了一聲銅鑼的巨響，同時她看到克勞德爵士從燈火通明的寬闊門口走出來找她。她走向他，他也迎上前，兩人在草坪上碰面；她就這樣和他安靜站在草坪上好一會兒，就好像方才她和母親也是這樣站著。

「她走了？」

「她走了。」

之後，兩人沒再多說什麼，只是一起往屋內移動，走到門廊時，突然興起想放鬆一下的念頭，於是又恢復活潑的本性，逗樂他的繼女：「請問法蘭芝小姐是否願意賞光搭著在下的手呢？」

這些日子以來，法蘭芝小姐沒有接受過這麼大的喜樂，兩人就這樣懷著這股明亮而豐厚的情緒，輕飄飄地飄到了晚餐地點；不過在他們抵達餐廳之前，因為這位年輕少女是第一次參與這麼正式的晚餐，開心的心情讓她覺得自己應該說些符合社交場合的話：「她要去南非。」他聽了便猛然停下腳步。

「南非？」有一下子，他的臉看起來就像整個人想跳起來一樣，接下來則是一股極度的歡欣在他體內翻騰洶湧：「她這麼說嗎？」

「沒錯，我不會弄錯的！」梅西相信自己可以保證，「因為那裡的天氣。」

此時克勞德爵士正看著一個黑髮的年輕女人，穿著紅色洋裝，臂彎裡捧著一隻小梗犬；她正走在往餐廳的路上，與他們擦身而過，留下一陣強烈的香味，在這滿室喧嘩中，和熱騰騰的食物香味混在一起。他變得比較嚴肅了，仍然停下腳步說話：「原來，原來。」其他人擦過他們身邊前進，但他還沒有認真到沒注意到旁人。「她還有說什麼其他的嗎？」

「有啊，還說了很多。」

聽到這裡，他又和梅西四目相對，眼神更認真了，但他只是重複說著：「原來，原來。」

梅西心裡還記著自己的想像畫面，於是就說了：「我想她本來要拿東西給我。」

「什麼樣的東西？」

「可能是錢，她從皮包裡拿出來的，然後又放回去了。」

克勞德爵士又燃起興趣了，「她大概覺得這麼做不太好吧。妳這節儉的小傢伙！妳想她那時手裡拿了多少錢？」

梅西想了想，「我沒看到，東西很小。」

克勞德爵士把頭往後甩，「妳是說很少嗎？六便士？」

梅西不喜歡這樣，這幾乎就像她已經在晚餐上，要和一個友善的鄰居互相說笑話逗樂對方。「也可能是一鎊金幣。」

「或甚至是，」克勞德爵士又說，「是一張十磅紙鈔。」梅西臉紅了，因為突然發現自己可能失去了什麼，而他接下來的話，讓這樣的想像又更加真實：「緊緊捲成一個小球，妳知道吧，她都是這樣處理紙鈔的，好像當成燙頭髮用的捲髮紙！」梅西的臉更紅了，因為她覺得這個說法非常可靠，而且又重新認知到他有多聰明，她知道他畢竟比自己還更了解媽媽，了解到無法計量的地步。她跟媽媽一起住了這麼多次，卻都沒有發現她用什麼當捲髮紙，也完全沒有幫她處理過紙鈔。無論如何，那個捲得緊緊的小球都已經永遠從她身邊滾走了，就像愛達跟她說話的時候，總是拋出很多小球，但她都接不到。

克勞德爵士又伸出手臂讓梅西勾著，等到她坐在桌前的時候，她已經完全接受自己的命運，知道自己究竟失去了多少，但是她身邊的一切：擁擠的房間、過分盛裝的宴會、餐點的滋味，以及人們的誇張行為，這些都讓她感受到生命的愉悅。晚餐過後，她和她的朋友去抽菸（她覺得自己的行為就像這樣），兩人站在門廊上，像是露臺一樣的地方，許多人在這裡抽雪茄，黑暗中看得見點點紅光，而在歡愉的星光下，淑女身上的洋裝顯得特別輕盈，這如詩的景象幾乎讓人如癡如醉。兩人雖然有交談，但話很少，而她有些吃驚，他居然沒有再繼續問她母親還說了什麼；不過她也不必再多說，現在一切的感覺都很好，聽起來也很好，沒有必要再說什麼。兩人抽著菸，一根接一根，而她繼父的沉默讓她感覺貼心。終於，他開口了：「我們轉個彎再走一段吧，不過妳很快就要上床睡覺了。妳知道，我們要建立規矩才行！」他們轉彎走回花園，延著燈光黯淡的小徑，可以看到外頭黑色的船桅和船上的紅燈，聽見大呼小叫的聲音，顯然是要為快樂的異國旅行準備；兩人這次延長隨意散步的時間，並未特別聊起什麼，再一次建立了漂亮的規矩。但最後他還是說話了，他又劃亮一根火柴點菸，然後把火柴丟到一旁時說：「我得再去走一走，我現在心情很煩躁，得走一走讓自己平靜下來。」她同意了，就像她同意所有的事情；他繼續說：「妳上樓去找艾許小姐，」他們開始這樣稱呼蘇珊，「妳一定要看著她，別讓她調皮搗蛋。妳自己認得路回去嗎？」

「喔，可以，我已經上上下下七次了。」她顯然非常樂意再來第八次。

不過他們還是沒有分開，兩人一起站在星光下，抽著菸。終於，克勞德爵士說出口：「我自由了，我自由了。」

她抬頭看著他，幾個小時前，她就是在這裡抬頭看著她母親，「你自由了，你自由了。」

「我們明天去法國。」他好像沒聽見她的話，依然故我地說。

但她仍然跟著他的話說，「我們明天去法國。」

他還是一副沒聽見的樣子，顯然已經陷入沉思，他心裡擾動不安的緣故；然後過了一會兒，他又開口說話，好像他方才什麼話也沒說一樣：「我自由了，我自由了。」

她仍然贊同地重複他的話：「你自由了，你自由了。」

這一次，他聽見了，他一臉嚴肅，穿過黑暗盯著她看，但他沒再多說什麼，只是稍微彎下身把她拉進自己懷裡，就這樣輕輕抱著她一下，然後親吻她道晚安；接著他默默推了她一把，讓她上樓去找艾許小姐，就再度轉身面對黑色船桅和紅色燈光。梅西跑上樓，彷彿法國就在樓頂。

22

隔天，梅西坐在航向海峽彼端的船上，似乎真的可以感覺到從船底，很遠很遠的船底下，傳來的波濤洶湧，甚至讓她有種詭異的感覺，雖然克勞德爵士把位置安排在高層，而且親切地讓他的繼女把頭枕在自己大腿上，而畢爾太太的女傭也可以安穩把頭靠在他胸口上，但即使有船帆的遮蔽，梅西還是覺得自己全身溼透了。最後船駛入港口的時候，梅西很驚訝得知這趟旅程還算是輕鬆愉快的，但是到了布洛涅，這股不安的情緒很快就平撫下來了，取而代之的是其他情緒，尤其是一股興奮的狂喜，感覺自己的人生又更開闊了。她到了「國外」，而且整個人都投入其中，回應著這裡的一切，浸淫在明亮的空氣中，看著眼前粉紅色的房屋、赤裸著雙腿的漁婦，以及穿著紅色長褲的士兵，她馬上就明白了自己的使命。她的使命就是要見識這個世界，帶著興奮的心情享受這幅美景。

她在五分鐘之內就長大了不少，他們抵達旅館的時候，這一路上她看到的法國機構和禮節，就讓她吸收了大量法國人的喜好和文化訊息。可以說，在這一小時之內，她整個人開始動員了。他們吃了一頓法式早餐，這時候梅西發現自己懂的比蘇珊•艾許多很多，更加深了她對這份使命的認知，尤其在早餐時，確實是梅西發光發熱的時機。至於克勞德爵士，他已經遇見了幾個認識的人，他也說自己有事要辦、有信件要處理，於是他們一起出門散步。這段散步就是小女孩報仇的時刻，至少讓她能夠帶著詩意地討回公道：她不只要報復身邊這個照顧她的女傭，過去在倫敦散步時經常爆出大聲的咯咯笑；更要報復過去這些年來，她看到奇怪到過頭的東西時，似乎在清純和罪惡兩種極端間擺盪，卻總是必須表現得宜，讓眾人留下好印象。如今在布洛涅，雖然也是有奇怪到過頭的東西，但至少不必擔心這種善惡擺盪。

她知道這一切、理解了一切、喜歡一切，也將一切都記在心裡，感覺自己什麼都了然於心，伸手去觸摸每一樣東西，左邊看看、右邊看看，這些似乎老早就等著她了。她解釋給蘇珊聽，笑她，感覺自己高過了她；不知道為什麼，她從來沒有如此確定，蘇珊是多麼愚蠢的人，蘇珊表現出疑惑、無知和敵意，而梅西卻能馬上理解、融入這個地方，真是最鮮明的對照。這個地方和這裡的人共同組成了一幅畫，他們走到沙灘上時，這幅畫就微微發亮著，顯現出一千種色調，看著沙灘上美麗的景物安排，感受遊人及來享受日光浴的人心中多麼愉快，聽著異國的語言和舒服的天氣，最重要的是，小女孩從來沒有體驗過這樣的情境。對她而言，從開天闢地以來，沒有人可以像她在一個小時內進行這樣的歷險，感受到如此豐富的體驗；接下來，她只需要聽到蘇珊的聲音，女傭莫名其妙加重了口音，說自己還比較喜歡倫敦的埃奇威爾路，這才讓梅西真正感覺到，過去的一切已經完全改變了。過去已經不一樣了，她也完全跨出了那個生活圈，於是在那天下午，他們又出門散步的時候，她毫無顧忌詢問克勞德爵士：他是不是已經準備好了，可以告訴她什麼時候出發到巴黎去？他的答案讓梅西感到一絲絲寒意。

「喔，巴黎啊，親愛的孩子，我不太確定是不是要去巴黎！」

這句話必須解釋清楚，但這並不是因為她要挑戰他的權威，而是她整個人充滿了歡欣，這是她第一次跟人討論旅程的細節。她看著他好一會兒，然後回答：「嗯，不過那才是真正的目的，不是嗎？大家出國的時候，都會去的地方。」

他的臉色又變得嚴肅起來，但她只是置之不理，因為這樣才顯示出他們對兩人的人生有多認真。自從昨天，她變得再成熟不過，所以沒有細想，如果她再多探究一點，他就會發現，她僅僅為了保持耐心，已經做得夠多了。確實，他的眼神透露了一點訊息，在梅西眼中看起來，突然讓她的謹慎仔細顯得岌岌可危。她還沒來得及彌補，他已經回答了她剛剛的問題，那種回答方式是梅西完全意想不到的：「這種事情，不做就不行嗎？當然啦，巴黎是很迷人，但是親愛的孩子啊，巴黎會吞掉妳的頭的，我是說，那裡昂貴得嚇人。」

這句話讓梅西心痛不已，突然讓她看得更清楚了。所以說，他們很窮囉？就是說，他很窮，真的窮到喝礦泉水、吃冷牛肉都不是開玩笑的？長長的防波堤環抱著港口，兩人走到堤岸盡頭，看著眼前他們逃出生天的危險，那片灰色的地平線就是英國，海面波濤洶湧，褐色的小漁船在海面上浮浮沉沉。為什麼他選擇在這個尷尬的時刻逃到國外？除非只是因為這次出逃確實是他可以負擔的，她經常聽到別人這麼說，想到這裡，她又看了看灰色的地平線和浮沉的漁船，她已經準備好讓話題變得輕鬆愉快了。於是她學著用他的方式回答：「原來，原來。」她抬頭看著他微笑，「要考慮到我們的事。」

「沒錯，」他也微笑看著她，「我的還沒有妳的事情麻煩，因為妳的事情真的，親愛的朋友，完全不是我可以負擔的狀況。但我的還沒問題，只是會一團亂。」

她仔細想了想，「但是法國不是比英國便宜嗎？」

遠方的英國籠罩在愈來愈黑暗的氣氛中，這時候看起來卻可愛極了。「確實如此，但只限於某些地方。」

「那我們不能住在那些地方嗎？」

有那麼一下子，他大概覺得很滿意，因此似乎想說些什麼，但最後終究沒有開口。結果他只說了：「這個地方就是了。」

「那我們要住在這裡嗎？」

他並沒有如她所願直接回答，「我們不就是來省錢的嗎？」

她繼續追問：「我們要住多久？」

「喔，三、四天吧。」

她倒抽一口氣，「你可以在這段時間省夠錢嗎？」

他爆出大笑，腳步又開始往前，攬著她繼續走。一路上，他坦白告訴她，她的手指戳中了他的弱點中最脆弱的地方，他自己也非常清楚這個事實：如果他沒有節儉度日的話，他或許只會有多少就花多少。「是因為我心裡想著快樂的念頭，」他說，「像這樣只能花小錢過日子，真是太悲慘了。」梅西似乎又聽見那天，愛達改變心意後扣上皮包鐵釦的聲音，那聲音是多麼美妙，她想起那張十英鎊紙鈔，如果在這時候拿出來，一定能夠鼓舞她的同伴。不過他突然冒出一句不相關的話，打散了這個念頭。兩人此時停下腳步，欣賞著某個東西，他說：「我們要待到她來為止。」

她轉身看著他，「畢爾太太嗎？」

「是威克斯太太，我收到電報了，」他繼續說，「她見過妳母親了。」

「見過媽媽？」梅西盯著他，「在哪裡啊？」

「當然是在倫敦，她們兩人碰過面。」

一時間，這聽起來是個不祥的預兆，她眼裡出現恐懼：「那她還沒離開嗎？」

「妳母親嗎？去南非？親愛的，我不想猜了。」克勞德爵士說，而她看著他站在那裡，眼睛不知道盯著哪個地方，似乎真的能看到他放棄的樣子。他的眼神很空洞，好像沒有看到她在意的是什麼，只是看著一個年輕的漁婦邁開漂亮的步伐，四肢閃閃發亮，那個漁婦拿著一籃蝦子剛從海中涉水而來。不過他的心思比他的眼神早一步回到她身上，「但我敢保證沒關係的，如果有關係的話，威克斯太太就不會來了。可憐的老太太，她很知道自己該做什麼。」

梅西聽了就放心了不少，然後又反覆想了想，覺得這件事很符合自己的夢想：「好吧，她該做什麼？」

他終於不再看著那個漁婦，而是認真聽著他同伴的詢問：「喔，妳知道的！」他說話的樣子似乎有種魔力，讓他們兩人的地位比她所想像的還要平等，不過這比較像是抬高了她，而非貶低他，而這股魔力對她發揮了效力，讓她發出贊同。

「沒錯，我知道！」她知道了什麼，她能夠知道的事情，現在已經不是祕密了，無論如何，在那天剩下的時間裡，她知道的東西愈來愈多，而克勞德爵士似乎認為這是應該的，他也最好應該這樣認為，而不要意圖測試她的知識；不過最糟的就是這件事顯現出的重點：兩人之間現在終於開誠佈公，他們生命中最大的轉變，這是梅西的說法，說起來就好像已經持續了好幾個禮拜，或多或少都是圍繞著威克斯太太建立起來的。那天晚上，她上床睡覺之前，克勞德爵士更讓她知道，自從兩人匆忙離開後，這是他的說法，他收到的電報不只一封，但是兩人分開時還是沒有提到畢爾太太。

等到威克斯太太抵達的時候，喔，看到她的髮帶和老舊的褐色洋裝，這個搭配多麼驚人，她在洋裝外還多穿了一件，小女孩知道因為她很節儉，這麼做讓洋裝在旅途上即使可能受損，還能夠恢復原貌。前一天晚上起了風，梅西待在旅館的小房間裡都能聽見海面傳來聲響，隔天又下起雨來，一切都不一樣了，甚至連蘇珊・艾許也不一樣了，她看到壞天氣就開心歡呼起來，或許一方面是想到他們的訪客在船上會有多麼難過，另一方面則是覺得這位訪客實在愚蠢，居然會自己跳下坑來受苦。

在雨中，梅西和克勞德爵士前往福克斯通渡輪港口，渡輪抵達的時候，船身上佈滿了破損的跡象，他讓梅西在碼頭上撐雨傘等著；就在船要靠岸之前，他看起來就像是踏上尋找朋友的冒險旅程：

他說自己得像蟲一樣扭曲身子，擠進甲板上一大群不相干的人當中，過了好久才又出現在梅西眼前，那時幾乎所有人都下船了。然後他帶著那位朋友，態度和藹可親，讓梅西突然有種感覺，她不知道自己應該感到意志消沉不已，或是應該感到勝利的光輝。那位女士搭著他的手臂，近來的苦難依然讓她屈著身子，雖然裹著一層又一層毯子，但方才卻沒辦法為她的磨難提供太多支撐。

一個小時之後，他們到了旅館，梅西心中的疑慮消失了，她和威克斯太太單獨相處，她幫忙整理儀容，再度投入威克斯太太的懷抱。她聽著老師鉅細靡遺地詳述，如果不是克勞德爵士讓她有權力能夠決定，她絕對成就不了什麼。到了威克斯太太的房間裡，她又重複說了一次，來描述她和克勞德爵士難以形容的關係，她說，他讓她有權力「改變」，是讓人舒適的改變，要順應氣候和不同的狀況，也就預示了他們即將策畫出宏偉的旅行計畫。當然，他們得縮衣節食好幾個禮拜，因為他已經在這個女老師身上花了不少錢，不過這個數目並不會讓梅西感到嫉妒，只是她現在也意識到自己的打扮，雖然老師還戴著髮帶，但老師對梅西外表的注意力顯然是有些古怪。確實，克勞德爵士沒有投入多少時間打理梅西的外表，倒是幫威克斯太太費了不少心思。而且，見到畢爾太太的時候，梅西寧願穿著自己的鞋子，也不想像她的朋友那樣穿著咯吱作響的新鞋子，梅西光是想著畢爾太太對這麼多新東西會有什麼評論，整個人就入迷了，根本無心思考別人對自己的評論。

而且，吃過一頓豐盛的午餐，接收到無比的愛意之後，眼前的問題又有了新的面向，更不用說小女孩很快就發現，除了蘇珊・艾許，她還能開開別人的眼界，讓別人看看周遭的一切。可惜的是，她現在沒什麼能指給威克斯太太欣賞，必須等到雨停之後，但那天的雨顯然並不想停止，不過這樣一來，只是讓威克斯太太更有時間展示她帶來的東西。那時，他們就坐在以白色、金色裝潢的小沙龍裡，①梅西覺得這裡是她見過最漂亮的地方，或許只有女伯爵的住所除外；外頭強烈的夏日風暴猛力撞擊著窗戶，那股寒意如此冷冽，克勞德爵士將手插在口袋裡，嘴裡叼著菸，忙活了一陣，皺起眉頭，往外看了看又轉回來，最後終於在房裡時髦的小壁爐裡生起了一堆小火，冒出陣陣濃煙。雖然威克斯太太要說的話，可能只會讓克勞德爵士想結束這樣的話題，這樣的氣氛才適合他，喔，他總是需要適合自己的氣氛！畢竟在過去幾個小時裡，他把話題限制在無關緊要的笑話和泛泛之談，就讓氣氛保持在這樣的程度，桌上擺著空的咖啡杯和小酒杯（威克斯太太各喝了兩杯！），而就在法國的壁爐和英國的菸草之間，梅西突然發現這些杯子都是刻意送上來的。

此時她覺得自己和威克斯太太更親近了，就像是威克斯太太親口告訴她的一樣，她知道這位老師不只是來聽聽笑話，聽她的學生被逗樂而已，甚至不是來聽克勞德爵士說笑，雖然他說得一口流利的法語，但還是會模仿旅館裡那些英國人發出的奇怪聲音。或許也是因為她身上穿著新衣服，感覺就像是別人的，無論如何，威克斯太太從來沒有讓人家有這麼鮮豔的印象，在梅西心中，那麼鮮豔的紅色讓她想起麻疹或是神職人員的衣服。她心裡一點也不想聊布洛涅的八卦，也許她的紅潤臉色是因為吃

①由此可見克勞德爵士在旅館中訂了很高級的套房，房間裡有供交誼的沙龍，而他和梅西各有獨立的臥室。

了豐盛的午餐，又喝了幾杯小酒，但這也顯示出她的勇氣，因為她來這裡有話要說。梅西知道，等到她說出口的時候，這房裡最年輕的人正是最焦急期待著的人。「是夫人幫我打包行李的，幾乎把我送上了馬車！」終於，威克斯太太說了。

23

克勞德爵士定在窗戶邊，連轉過身都沒有，於是三人當中年紀最小的就接起了話：「妳是說，妳昨天去見她了嗎？」

「是她來見我。她敲了敲我那扇破敗的門，爬上骯髒的樓梯。她告訴我，她到福克斯通見過妳了。」

梅西很訝異，「她那晚就回去了嗎？」

「不，是昨天早上，她直接從車站來見我，真是太讓人吃驚了。如果我還有一份可以辭職的工作，她也沒讓這情況更糟了，反而做了很多改善這情況的事。」威克斯太太遲疑了一下，不過她臉上的火卻燒得更旺了，然後她終於能說：「夫人真是仁慈！她做了讓我意想不到的事！」

梅西聽到她這樣說，盯著繼父的背影，那個時候，對她來說，那個背影或許也代表了夫人仁慈的紀念碑。他就像紀念碑一樣站著不動，這時小女孩抓緊機會再問下去：「她真的幫妳了嗎？」

「完全沒錯。」威克斯太太又停了一下，接著就像在大聲讚頌著：「她給了我一張十鎊紙鈔。」

聽到這裡，仍然看著窗外的克勞德爵士大聲笑著：「妳看，梅西，我們總算沒有失去那十鎊。」

「對啊。」梅西回答，「這樣不是太棒了嗎？」她對威克斯太太微笑，「我們都知道。」然後看到她朋友一臉茫然的樣子，但仍然滿臉紅光，她又繼續說：「她真的希望我有妳照顧嗎？」

威克斯太太最後又遲疑了一下，這時，克勞德爵士的手敲著窗框，她克服了心中的障礙。梅西突然發現，雖然他敲擊著窗框，也沒有轉過身來，其實他還是很有興趣一聽，於是把自己交給她作主，似乎比插嘴打斷更能證明他願意讓梅西作主。「她想要我來照顧妳！」威克斯太太宣告著。

梅西對著克勞德爵士回應這番宣言：「那對我們都太好了。」

當然沒錯，他繼續保持沉默就等於默認了這點。這時威克斯太太站起身來，好像是想進一步強調自己的話，走到了壁爐前，一副威風凜凜的樣子。她表現出不搭調的聰明俐落，衣裙的下擺僵硬擺成一個圓，讓她看起來真的比其他人都更準備好去巴黎了。她也嚴肅盯著克勞德爵士的背影：「您的妻子不一樣了，和她先前在我面前的樣子完全不同，她知道什麼才是最適當的。」

「什麼？妳還記得是什麼樣子嗎？」克勞德爵士問。

威克斯太太馬上就回答了：「梅西必須有淑女的教導，這很重要，這個人不是，嗯，太糟糕！她反對只讓一個女傭照顧梅西，而我一點也不介意告訴您她想要我做什麼。」有件事很明顯了，威克斯太太現在已經勇氣十足，可以做任何事情了，「她希望我勸您趕走那個畢爾太太家的人。」

梅西等著克勞德爵士如何回應這件事，然後她意識到，原來他也在等待，於是她覺得自己完全理解這樣的常識，這是自己的責任，「喔，有了妳，我就不需要蘇珊了。」她對威克斯太太說。

克勞德爵士繼續面向窗外，也表示同意，「那很簡單，我會帶她回去。」

威克斯太太明顯跳了起來，梅西發現她的警戒，「帶她回去？您不是故意想過去看看吧？」

克勞德爵士一時沉默不語，然後才開口：「不如妳們就留在這裡吧？」

梅西聽了就跳了起來，「喔，好啊！好啊好啊！」接著她和威克斯太太抱在一起，兩人站在壁爐前的地毯上，四目相對，認真考慮著這個計畫。然後梅西感覺到她們對這件事似乎有不同看法。

「她肯定可以自己回去，何必這樣讓自己奔波呢？」威克斯太太問。

「喔，她笨得要死，絕對沒辦法。如果她出了什麼事，那就麻煩了。是我帶她來的，她可沒有求我。如果我要她走，那就應該親自帶她回去原本的地方。」

威克斯太太看著梅西，似乎希望她也認同這麼說有多蠢，然後她又對著兩人的同伴說話，讓梅西驚訝的是，她的態度竟是如此前所未見的堅決：「親愛的克勞德爵士，我想您太固執了。付她薪水，再給她一枚一鎊金幣，她已經經歷過自己做夢也想不到的體驗，對她往後的人生會有好處的。如果她路上走錯了路，那也只是因為她想這麼做，讓她拿到自己應有的費用和報酬，您想給多少就給吧！您對她已經夠好了，就像您對其他人一樣。」

梅西從來沒聽過她這樣說話，就像威克斯太太的帽子一樣新，讓這個年輕女孩感覺更敏銳了，她知道這背後的意義是什麼，威克斯太太的個性變了，讓這段關係呈現出這樣的結果；更讓梅西知道，這兩位朋友是如何並肩作戰，奮戰的程度可能比她想像得還要激烈更多。同時，克勞德爵士也必須合理化自己的想法，於是他終於轉身面對她們，梅西原本以為他只是怨恨威克斯太太這麼了解他的想法，但他那股靜謐的美卻絲毫不受驚擾，這讓梅西更疑惑了，克勞德爵士也對另一件滿不相關的事情起了興趣，他不想知道蘇珊該如何得到自由，只想知道夫人的事：「我的妻子是自己一個人去嗎？」他的語氣甚至相當幽默。

「她來找我的時候嗎？」威克斯太太現在是真的臉紅了，即使他展現出幽默，但無法讓她羞紅的臉消退幾分，她臉上的紅光就這樣閃耀了一會兒，如同她醜陋的誠實：「不是，還有人在馬車上。」她唯一想到能夠沖淡其中意涵的方法，就是補上一句：「但他們沒有上樓。」

克勞德爵士爆出一陣大笑，梅西可以猜到是為什麼。現在他開始走來走去，還繼續笑著，走到壁爐邊時，還開心地把一根沒擺好的木柴踢進去。她也知道威克斯太太說出「他們」這一詞有多麼荒唐可笑，她的認知再清楚不過，說實在話，她甚至不知道自己思考之後的答案，是加強了或是掩蓋了這個笑話：「也許是她的女傭。」

威克斯太太看了她一眼，總之是不喜歡她這種錯誤的猜測：「不是她的女傭。」

「妳是說這次有兩個嗎？」克勞德爵士繼續問，一副沒聽到什麼的樣子。

「兩個女傭嗎？」梅西繼續說，或許她是認為他聽見了。

戴著髮帶的人更加覺得羞恥了，但克勞德爵士突然打斷了她的思緒：「聽著，妳是想說什麼？妳想她是什麼意思？」

威克斯太太沉默了一會兒，讓他自己思索這個問題的答案，如果他不注意的話，或許她的答案會比他想聽見的更多。似乎就是因為這層顧慮，威克斯太太仔細衡量、調整自己的完整答案，最後說：「她的意思就是要讓您知道，您絕對是自由了。可以直接聽到她說出這句話，當然是我從沒奢望過的，讓我確定了，也很高興，我真的可以繼續進行我的計畫。當然您已經知道了，就算她沒有逼我，我也會著手進行；您也已經知道了，這麼久以來，我們都在尋求方法，而她一告訴我她在福克斯通做了什麼，我馬上就知道我們找到了。是您的自由讓我的行為合理，」她將自己的邏輯闡述得很清楚，「但我也不怕告訴您，是她的行為讓我快樂！」

「她的行為？」克勞德爵士重複了一次，「天啊，親愛的太太，她的行為不過是惡毒的罪行，只是剛好滿足了我們的同情心，讓我們覺得她這麼做真是大快人心。但這還是完全改變不了事實，改變不了她做了最為天理不容的事：她拋棄了我們的朋友，讓她流落海外，幾乎就像是她推開了自己的女兒，任憑她就在窗外，站在兩個樓層下的人行道上尖叫、哀求。」

梅西平靜觀察著這席討論中的雙方，「喔，你的朋友在這裡，親愛的克勞德爵士，我可沒有哀求尖叫！」

他看了她一會兒，「不會，絕不會。這一件，唯一的一件事，目前看起來很迷人，我們有一百個愛她的理由，這只是其中一個。」然後他繼續問威克斯太太，「我這一輩子也搞不清楚的，就是到底愛達真正想做什麼，她在玩什麼把戲，那個該死的笑面虎居然會去找妳，她過去還那麼過份對待妳。如果真要解釋她的想法，那麼她是不是以為，可以在哪裡等著我們，趁著我們最不留心的時候，出手奪走我們的東西？」

「她沒有想做什麼，也不想從任何人身上得到什麼。您說她是笑面虎，我倒覺得那張臉是我見過她最漂亮的時候。我一點也不在乎她過去對我有多麼過份，我原諒她了，原諒一千次還是原諒！」威克斯太太提高了音量，她從來沒有這麼大聲說話，她現在整個人都清醒了，「我了解她，幾乎是崇拜她！」她顫抖著聲音，好像這樣基本上就足夠解釋一切。不過她知道這樣還是不夠清楚，所以她好心又說出一個解釋：「就如我所言，她不一樣了，我發誓，我從來不認識這樣的她。她身上微微發著光，她有母親的天性，所以她才會來找我。或許是某種快樂的念頭，如果您無法想像她會有這種東西，唉，我當然也同意這種想法，但是她真的有！真的！」

梅西又感覺到，這樣的訴求中帶著某種粗魯的正義，很有可能會惹惱聽者，但是她經常觀察克勞德爵士處理不悅的方式，他總是不會表現出來，於是現在，他並不像父親那樣說：「去死吧！」而是只問了一個問題躲避衝突，頂多也只能說他輕率。

「妳知道這次是誰嗎？」

威克斯太太努力保持高貴的態度：「克勞德爵士，誰是誰？」

「在馬車上的人，這次等在妳家門口那輛馬車裡的人是誰？」

突然被問到這個問題，她遲疑了好久，小女孩覺得她這樣很可憐，於是幫了她一把。「不是上尉。」

但是這番好意只是讓這位好太太的顧慮變成了意味不明的眼神，緊盯著梅西。當然也讓克勞德爵士笑了。威克斯太太好聲好氣懇求他：「我真的一定要告訴您嗎？」

他還是覺得很有趣，「她要妳答應不說嗎？」

威克斯太太還是很嚴肅看著他，「我是說在梅西面前不太好。」

克勞德爵士又笑了，「為什麼？她又傷不了他！」

梅西聽了，覺得自己也被這句輕鬆的玩笑話逗樂了，「對啊，我又傷不了他。」

威克斯太太再度抱著她，感覺自己頭上的髮帶，似乎就要因為主人的誠實而爆裂開來了。威克斯太太說了一個名字：「提許班先生。」

房裡馬上就安靜下來，在克勞德爵士的影響之下，他和梅西彼此相望著，突然認真了起來：「我們不認識提許班先生，對吧，親愛的？」

梅西該怎麼回想這個名字的方法都想了一遍，「對，我不知道提許班先生是誰。」

顯然這段對話對他們的朋友起了作用：「克勞德爵士，請一定要原諒我。」她的口氣如此嚴肅，所以這段話是真心的，「我當著您的面感謝上帝，感謝祂大發慈悲，我是說祂看顧著我們的小女孩，讓我能夠完成這件事。」她長長嘆了一口氣，非常痛苦的樣子，「是時候了！」她似乎還得更強調道德，「我剛才說我了解您的妻子，我剛才說了我崇拜她，我是說真的。我知道就連她，這可憐的人，也看得出來，所以我才會這樣說。如果您想知道完整的訊息，就仔細聽吧。她來找我的目的，不管怎麼說，都是因為我……」她顫抖著說完，「嗯，我就是清清白白的！她希望她的女兒身邊，最後一定要有一個堂堂正正的人。」

梅西腦筋動得很快，馬上就了解這話中的意思，感到稍稍驚訝，因為克勞德爵士並不是這樣的人。不過下一秒，她更猜到了這道貶低的目光是看著誰。於是，看到他把這句話直接就往最壞的方向解釋，反倒更讓她驚訝。「如果她要求一個堂堂正正的人，那她為什麼要把女兒交給我？妳不會說我這個人堂堂正正，我想愛達也絕對不會這樣認為，我很肯定。我想我就跟任何人一樣行為不端正，那麼我做的事情也不會讓我妻子放棄女兒的行為，看起來比較不卑鄙！」

「不要提起您做的事！」威克斯太太大叫著，「不要提起那麼可怕的事情，那麼做根本就是瞞騙、邪惡，我不准您說！我來這裡就是要讓您行為端正，我已經盡我所能，我是來拯救您的，我不會說是要救您脫離自己，因為您擁有美善的內心！我是要救您脫離最糟糕的人，畢竟，我來這裡可不會害怕提起她！夫人就是希望找人取代她的位置，甚至是我都好，她告訴我的就是這個意思，如果她覺得自己不適合陪伴梅西，您也不要以為她會把這個位子讓給畢爾太太！」

梅西看著他的臉，觀察他如何接受這番爆發的宣告，但她最多只看到他的臉色有些蒼白，這讓他看起來確實，就像蘇珊・艾許會說的，有點古怪。或許也是因為他的古怪，他露出燦爛的微笑：「妳對畢爾太太好嚴苛，她也是有她很好的優點。」

威克斯太太聽了並沒有馬上回答，而是模仿起方才克勞德爵士的動作：她走到房間另一頭的窗邊，盯著窗外的風暴看了一會兒。就梅西看來，有一下子看起來，這樣的靜默正回應著窗外的風雨。克勞德爵士並不管眼前的狀況，四處尋找他的帽子，梅西先找到了，匆匆趕著拿到手，遞給他。他接過帽子，露出牙齒微笑著說：「謝謝。」然後梅西心中一動，仍然抓著帽子一邊的帽沿，兩人同時抓著這樣東西，就這樣聯合成一體，他們站在原地看著彼此，心中千頭萬緒。這個時候，威克斯太太轉過身問：「您是想告訴我，您要回去了嗎？」

「回去找畢爾太太嗎？」梅西放開他的帽子，威克斯太太挑釁的問題顯然讓他很尷尬，幾乎是受到污辱，他把帽子拿在手中不停轉圈，觸動了梅西的心。她也看過有人這麼做，但是她很確定，他們都沒有做克勞德爵士做的事情。「我真的說不上來，親愛的朋友，我們再看看……我們明天再談。現在我得去透透氣。」

威克斯太太背對著窗戶，抬高了頭，有那麼一下子似乎還想留住他，「克勞德爵士，就算跑遍全法國透氣，我想也不會讓您有勇氣承認，自己就是怕她！」

這一次，他真的看起來很古怪，梅西不必用蘇珊的詞彙也能形容！她看到的一切讓她不停思考，克勞德爵士的手搭在門上，雙眼望著他的繼女又望向那位女老師，然後又回到梅西身上，不過這次只停留了很短時間，他雙眼中透露出某種訊息，似乎想解釋什麼，但是他的雙唇並未多做解釋，反而是向威克斯太太投降：「對，我就是怕她！」他打開門走了出去。這讓梅西回想起他曾經坦承自己對她母親的恐懼，於是她的繼母就成了第二個，他面對她就是無法拿出那種特有的美德，那應該是一位紳士該有的特質。其實，如果把威克斯太太算進來，應該有三個，他在這三人面前便忍不住發抖。說實在啊，他對勇氣的想望，不就只是更加希望她對自己溫柔嗎？這樣的答案讓梅西激動不已，她只能想起那些女士，以她們的說法，自己看見她們也會膽怯畏縮。

24

大雨依然下個不停，原本小女孩希望能夠向訪客解釋這塊大陸上的風土民情，這個私心還是只能預備著，等到天氣比較合適的時候再說。那天晚上，他們去餐廳吃正式晚餐，梅西迸出許多想法：這是她第二次進行這種儀式，但她可以不理會自己的特權、故意不說自己懂的字彙（其實主要都是菜式的名字），因為她對這些禮節還沒有一定程度的了解，在那之後才能說得頭頭是道，讓聽者眼花撩亂。威克斯太太看著眼前的一切，十分專心又驚訝不已，顯然她對此一竅不通，她聽著學生對她解釋神祕的菜單，那個樣子或許會讓學生覺得她有些情緒低落，因為自己只能傻傻相信別人的話，無法意識到自己必須相信到什麼程度和廣度。梅西很快又經歷了另外一件事（雖然是她上床睡覺前才發生的），她對此事的評論持保留態度。

她和威克斯太太一起回到樓上房間裡的起居室，而克勞德爵士則說他晚點才回房，然後留在樓下抽菸，跟他不管去到哪裡都會遇見的老朋友聊天。他向兩位同伴提議一起去喝咖啡，在讀書室裡放鬆一下，但威克斯太太馬上就回絕了，語氣聽起來就像是在說，她們待在自己的房間就很舒服了。梅西立刻發現，她和克勞德爵士不只是讓這位好心的女士見識到這裡的富麗堂皇，而且已經激起了老師面對學生的好勝心，於是她表現得好像自己一輩子都是在沙龍裡度過的一樣。但是她坐在僵硬的法國沙發上，盯著微弱的法國燈，而房裡的法國鐘也已經停了，為了要知道時間，克勞德爵士總是會特地告知。威克斯太太這樣的行為簡直像是直接控訴克勞德爵士，總是待在她碰觸不到的地方，梅西希望能讓威克斯太太分心，想起他們午餐後的對話，便向她報告蘇珊詭怪的態度。梅西曾經跟蘇珊提過她想脫離磨難的計畫，只是希望得到她的同情，但蘇珊表現不贊同的方法卻很與眾不同，說出來也很奇怪，她只是鼓勵梅西要擁抱自己的苦難；所以，蘇珊離開之後，威克斯太太對自己會有什麼影響，再加上梅西發現老師的背僵直了，讓她感到自己將會有兩份工作，而且她居中調解的力量要有更多發揮空間。

調解的力量並非是為了多麼偉大的目的，確實如此，威克斯太太仍然看得見克勞德爵士的倔強，他依然倔強地想表明立場，於是他停下與朋友的談話，顯然自己也遲疑了好一會兒，最後，將近十點鐘的時候，他衝進房間，那個樣子實在可怕，手裡還拿著什麼東西。他還沒開口，梅西就知道那是什麼了，至少從這一切隱含的意義中，她可以推測出那是什麼。自從去過展覽那天，她和她的父親一起度過了一個小時，她知道不會有人突然跳到她面前，說法蘭芝先生要帶她回去，她知道這就代表畢爾太太得到勝利了。如今看到克勞德爵士的臉，她心中的一塊大石馬上就放下了，直接穿過她對法蘭芝先生最後的印象，這塊大石落得愈來愈深，甚至埋在這幾天逃走之後帶來的安全感之下。她默默把對法蘭芝先生的印象包裹起來，這股沉默有部分也是為了掩飾另一個人，自從克勞德爵士出現後，也讓梅西想起了法蘭芝先生的妻子。但如果克勞德爵士手中的東西是一封信，他現在高高舉著那樣東西，這樣的動作讓畢爾太太的事情又露出曙光。「在這裡！」他幾乎從門口就開始喊著，對著她們搖晃著手上的獎盃，一下看著威克斯太太，一下又看著梅西。然後他直接走向威克斯太太，從信封裡抽出兩張紙，又看了一眼，確認一下上面各寫了什麼，接著將其中一張塞給威克斯太太，「妳看。」她嚴肅看著他，似乎有些害怕。很難看不出來他現在有多興奮，然後威克斯太太接過信，開始讀起信來，不過梅西卻沒有看著她讀，那個時候，克勞德爵士也沒有注意威克斯太太的臉色如何，他只是站在壁爐前面，現在已經冷靜下來了，和他的繼女做著無聲的溝通。

老實說，沉默很快就被打破了，威克斯太太站起身來，那股力量就和她的聲音一樣強烈，信件從她手中落下，掉在地板上；那封信讓她的臉毫無血色，一片蒼白，讀完之後甚至無法言語。「這太邪惡了！叫人怎麼說得出口！」她接著大叫。

「這樣不是很棒嗎？」克勞德爵士問，「信件剛剛才送到，還附上了她自己的信，她把信寄給我，告訴我不必再多作評論。我真的覺得是這樣沒錯，也只能這樣說了。」

「她不應該散播這麼可怕的事情，」威克斯太太說，「她應該直接把信丟進火裡燒了。」

「親愛的太太，她沒有這麼愚蠢！這封信太寶貴了。」他把信撿起來，然後又看了一下，帶著滿足的眼神，讓他的臉都亮了起來。「這封信真了不得。」他想了想，然後稍稍壓低聲音說出結論：「真了不得，太好了，正好當作基礎。」

「什麼的基礎？」

「嗯，為了接下來的計畫。」

「她的嗎？」威克斯太太的聲音帶著明顯的嘲弄，「她能有什麼計畫？」

克勞德爵士思考了一下才說：「計畫怎麼離開他嗎？嗯，她已經離開他了。」

「法律上還不是。」梅西從來沒有看過如此篤定的威克斯太太，似乎她很知道自己在說什麼。

「我想也是。」克勞德爵士笑著，「但她就和我一樣擁有權力！」

「有權力離婚嗎？就是因為您想爭取這份權力，才會和她開始那一段醜聞關係，所以，如果她也想離婚，她和您的關係也會變成醜聞。我就是想讓您知道這點！」威克斯太太說完，發出一聲前所未聞的嘶聲，彷彿就要起身奮戰。喔，她真的知道自己在說什麼。

這個時候，梅西只是無聲看著克勞德爵士，他想應付梅西沒說出口的要求，應該比應付威克斯太太說出口的容易。

「親愛的，這封信是妳父親寫給畢爾太太的，從斯帕寄出，看來他們婚姻的裂痕是沒辦法修補了。這封信讓她知道，而且說得不是很好聽，基本上我們可以說，他不要她了。他們的關係永遠終止了。」他又快速讀了那封信一次，然後顯然是下定決心了，「老實說，這關係到妳，梅西，很有關係，甚至還特別提到妳，所以我真的認為妳應該讀一讀裡頭提到的事情，看看這封信讓妳處在什麼樣的新狀況裡。」說完，他遞出信。

威克斯太太一看到就撲了上來，一把就抓住了信，甚至快到梅西都還沒發覺，所以也不覺害怕。威克斯太太立刻把信塞到身後，眼神凌厲地看著克勞德爵士，「糟糕的男人！看看？讓這單純的孩子讀這種東西？您一定是瘋了，只要我還在這裡，就會阻止這件事，不會讓她看上一眼的！」

她這樣的大動作讓克勞德爵士臉紅了，看起來甚至有點癡傻，「妳覺得這樣太糟了，是嗎？但就是因為很糟，我才覺得可以讓她學到東西，培養她的美德。」

梅西很快衡量一下眼前的狀況，思考他的動機是否純正，想清楚之後才能插手。她溫柔對他微笑，「我向你保證，我很相信這封信真的很糟！」她又想起了什麼，本來想忍住不說，忍了一下，還是脫口而出：「我知道裡面寫什麼！」

當然他爆出一陣大笑，威克斯太太則是低聲咆哮：「老天啊！」克勞德爵士回答：「老朋友，如果妳知道，就不會這樣說了。我想說的是，」他繼續對威克斯太太說話，已經恢復了和藹的態度，「我只想說，畢爾太太自由了。」

她遲疑了一下，然後馬上回答：「自由了，所以可以跟您一起住嗎？」

「自由了，可以不必，再也不用假裝，和她的丈夫一起住。」

「啊，這兩件事還真是有夠不一樣。」威克斯太太說這句話的誠心不足，不知道為什麼還頗有意味地看了小女孩一眼，似乎是邀她加入討論。

不過梅西還沒來得及參與，克勞德爵士先發言了，他站在威克斯太太面前，表情半是悲傷、半是勸誘，他的手很快上下揉著後腦，「那麼到底為什麼，我那位親愛的妻子離開了我，放我自由的時候，妳又如此贊同，甚至可以說妳很高興呢？」

威克斯太太讓他這麼一問，一開始陷入沉默，然後說出了最不尋常、最讓人意想不到的發言。梅西簡直不敢相信自己的眼睛，她看著這位好心的太太，從來沒見過這個老師表現出一絲絲挑釁的意味，此時威克斯太太嘴角上揚，面容扭曲，咯咯笑著，似乎意有所指、頑皮地用力拍了克勞德爵士一下：「這壞蛋，您知道為什麼嘛！」然後她轉過身，因為她這個動作，克勞德爵士面對梅西的時候，讓他的繼女覺得他好像石化了一般，但這對父女沒有時間討論兩人的驚訝或是警戒，因為提出告誡的人又開口對他們說話了。她真的是逐漸顯露出無限的可能性，而她的語調變換更是快得驚人，「您拿那個東西給我看，是想告訴我您要過去了嗎？」

克勞德爵士讓自己平靜下來，才回答：「我不能過去，聽到這樣的消息，若是懂得禮節的正常人都不會過去的。我是說，難道妳不知道，這是一般的禮節和文明。親愛的太太，妳不能就這樣放著那個女人不管，特別是現在，她遭受這麼大的污辱和委屈，正常人都應該表現出紳士風範才對。該死，親愛的、好心的威克斯太太，我們兩人到這裡來不是希望就這樣定居下來，妳知道吧，我們只是想在這裡適應生活步調，爭取幾天時間，這樣或許能向關心的人證明，我們是真心的。正因為我們是真心，可惡，我們才不用這樣小心翼翼，我是說，難道妳不懂嗎？我們不用這麼害怕。」他恢復了生氣，看起來還有精力可以繼續討論，梅西相信他的話，而且也完全準備好相信他接下來要說的一切，只是接下來，她突然倒抽了一口氣，因為她發覺，他之所以停下來是想等某個人回應。「老朋友，我們來這裡可不只是如此，」他直接懇求梅西的回應，「不會就這樣永遠停下來，然後把一切寄託在現在，對吧？」

梅西從來沒有懷疑過，自己有一天會成為他的英雄，「喔，不會！」她自己似乎也被這赤裸裸的想法嚇到了，「我們只是相信我們看到的東西。」突然她又有了靈感，她露出微笑強調自己的想法：「我們只是看著自己能夠負擔的東西。」她這一生從來沒有邀過什麼功勞，但是她希望這一次，坦白說，她所做的一切最好能夠算在她的頭上。她確實感覺到克勞德爵士相信她說的話，只是自己害怕看著他，害怕他會看見自己的淚水。她看著威克斯太太，發揮自己最大的力量：「我覺得我不應該對畢爾太太不好。」

然後，她聽見一聲低沉的聲響，一種說不出口的甜蜜，是克勞德爵士發出來的，但威克斯太太可不會擔心自己的眼淚被人看見。「那麼妳覺得，妳就應該對我不好嗎？」梅西那句話發揮了效力而讓她占了上風，威克斯太太的情緒爆發也沒有讓她心生愧疚，只是這樣的反應也讓梅西更覺得困窘。「如果您又去見那個女人，您就完了！」她對兩人的同伴這麼宣告著。

克勞德爵士看著如月亮般的圓圓燈泡，似乎這時候他看見了去見畢爾太太代表什麼意義。顯然正是因為看到這個影像，讓他有力量回話：「她的處境，因為剛剛發生的事，已經完全不同了。妳這麼努力想向我證明，說我不必負什麼責任，這樣也是沒用的。」

「如果您又去見那個女人，您就完了！」威克斯太太更用力強調了一次。

「妳以為她不會讓我回來找妳們嗎？親愛的太太，我把妳和梅西留在這裡，妳們當然是不虞匱乏，我鄭重向妳們保證，最晚在星期六我就會回來找妳們了。我會留錢給妳們，我幫妳們安排了這麼漂亮的房間，還跟這裡的人都說好了，他們會好好照顧妳們，讓妳們有最奢華的享受。天氣之後就會好轉的，一定會是絕佳的好天氣，妳們兩人就和空氣一樣自由，可以在這個地方盡情探索，玩到盡興。會有馬車來載妳們，這整間旅館的人都會供妳差遣，妳的地位將崇高無比。」他停了一下，眼神輪流停在兩位同伴身上，似乎是想看看自己的話發揮了什麼效果。不管他覺不覺得這樣是否適當，過了一會兒，他又補充一句：「最重要的，妳們要答應我不會胡鬧。」

梅西的回答只能為自己感受到的負責，雖然威克斯太太如此嚴苛，但她內心深處還是飄出一陣淡淡的香氣，要自己墮落讓步，影響了她的感官。梅西知道自己聽了那一番話，會說出像傻瓜一樣的回應，但克勞德爵士的魅力實在太難以招架，而他的誠懇又閃耀著如此的光彩，就在梅西只能眨著眼看著煥發光輝的克勞德爵士時，她聽到自己該說的話從威克斯太太口中吐出，感覺就像這個可憐的女士已經猜到了，盼望著，然後從她那邊奪取過來，狠狠蹂躪一番，讓那些話變成凋殘的花朵：「您好可惡，您好糟糕，因為您最清楚也不過，您對我說話的時候應該有高貴的禮儀，這對我可不是小事！」克勞德爵士的姿態確實高貴，他的站姿、眼神，和說話的樣子都是，梅西在那個時候也發現自己不再只是單純崇拜他這個人而已。但說也奇怪，威克斯太太繼續說下去，梅西心裡響起一陣回音，那股回音正好符合自己剛剛製造出的回音。「您一定非常想見她，才會說出這種話，還準備為像梅西和我這樣可憐的傢伙，做那麼多事！她控制住您了，您也知道，您還想再感受一次，只有上天知道，或至少我也知道，您的動機和渴望，那就再享受一回吧，盡情放縱自己！不管是一天或三天都沒關係，您和她在一起會是多麼歡樂的盛宴、多麼開心的日子，絕對值得您願意付出的一切！我敢說，您希望我相信，您這趟前去的報酬就是說服她放棄您，但是這件事，我要力勸您千萬不要先付出金錢。先放棄她，然後您想給她多少錢都可以！」

克勞德爵士聽到了最後，雖然其中有些話讓他聽了臉紅，他聽進那些弦外之音，梅西從來沒見過他這樣驚嚇非常的樣子。她有一種奇怪的感知，這是她第一次聽到有人真的、真心去出言中傷一個人，而這個人還是威克斯太太，這讓她的推論愈來愈紮實，每一秒都愈來愈成熟：威克斯太太證明了自己也是一股不容忽視的力量，只是先前，她和克勞德爵士並沒有太多機會見識。沒有錯，如她所說，很久以前她就已經「伸手」控制了克勞德爵士，但是這和畢爾太太的那種控制不同，也和夫人最早的那種控制不同。但是梅西和克勞德爵士都頗有同感，他真的沒有想到威克斯太太會這麼徹底利用這份優勢。喔，他們完全不知道威克斯太太的控制會影響到什麼程度，下一刻，她利用得更徹底了。因為接下來，他的話中帶著某種冷淡，但還是相當親切，最讓梅西感動的就是其中表現出的耐心。

「親愛的朋友，這件事我必須自己判斷。我知道，最近妳替我下了不少決定，我也很感激，我可以向妳保證，感激得五體投地；但是妳不能一直這樣做，妳不了解嗎？不是在任何狀況下，一個人都可以替另一個人決定，總是會出現例外、特殊的案件，那些非常微妙的狀況。如果我可以把責任都推給妳，那就太容易了，會讓妳揹上太多責任，這樣我也只會感到相當羞愧。我相信，妳會發現，只要妳願意接受眼前的情況，事情就這樣發生了，讓妳待在這裡陪我們的朋友，那麼妳就會得到妳所想要的歡樂，然後我會再回來與妳們相聚，一同享有如此歡欣和舒適的生活。我想我也有權利再要求一件事，對妳們兩位，希望妳們要對我有信心，盡量相信我。」

喔，他說這段話果然是相當高貴，那種姿態隨著他說出的每一個字，以及他獨特的說話方式，就愈來愈明顯。梅西可以感覺到威克斯太太整個人都僵硬了，雖然他的魔咒發揮效力，那種痛苦幾乎也隨之增加，然後她只能豁出去了，說出絕望的抗辯，那股力量等於是暴露了自己的弱點，她不停喊著：「您害怕她，害怕，害怕，害怕！喔，天啊，天啊，喔，天啊！」威克斯太太的哭嚎伴隨著高聲的顫抖音，接著淚水便潰堤了，無助而悲傷，哭得抽抽搭搭，哭了好久。下一秒，她再度讓自己趴在僵硬的沙發上，接著眼淚一發不可收拾。

克勞德爵士站著，看了她好一會兒，緩緩搖搖頭，但也很溫柔。「我已經承認了，我害怕得不得了，所以這個問題就不要再提了。我想妳們最好上床休息了，」他又說，「今天發生了這麼多事，妳們一定都累壞了。我明天就會動身，我想妳們也不要想著來送行了，早上有一班船，妳們起床之前我就會離開了，而且我保證，我還會直接，用最有效的方式，處理那個自以為是但還不算沒希望的艾許小姐。」他轉身面對繼女，好像馬上就要離開她，然後讓她知道，雖然這一場激動的場面和摩擦，他們兩人依然是綁在一起的，所以至少她不必擔心。「親愛的梅西！」他對她張開雙臂，她輕快地投入他的懷抱，說實在，她不應該這麼高興的；他親吻她的時候，梅西選擇保持沉默，用這樣溫柔的方式讓他安心，經過了這場唇槍舌劍，沉默是她能為他療傷的最佳藥膏。兩人的擁抱維持了好久，足以讓兩人再次堅定確認彼此的誓言，接著威克斯太太突然跳了起來，兩人才被迫分開。

她這一跳，或許是想趕快回嘴，又或者是終於再度提起勇氣，幾乎也是充滿了悽苦：「我懇求您，不要做如此可悲又致命的選擇。我太了解她了，您要笑我這麼說也罷，雖然我見她的次數不多，但我了解她，我了解她。我知道她會做什麼，就像我站在她面前那樣清楚。既然您害怕她，這是上天對您的慈悲，老天在上，別害怕表現出來，利用這一點，因為您的害怕，現在才能待在這麼安全的地方。我不怕她，我向您保證，您自己一定也看出來了，我現在什麼都不怕了。讓我去找她，我會幫她安排，也會毫髮無傷帶那個女人回去。只要給我兩、三天，讓我結束這段關係。您和梅西待在這裡，坐著馬車、享受玩樂，享用一切奢華；然後等我回來，我們一起離開，我們可以高枕無憂住在一起。帶著我走，帶著我。」她滔滔不絕說著，高潮迭起，「我就在這裡。我知道我的身分，也知道自己不是什麼，但我可以大膽當著兩位的面說，我對您比較好，就算她再怎麼努力想趕上我，也是遠遠不及。我這樣告訴您，克勞德爵士，雖然我身上這件洋裝就是我欠您的，腳上這雙鞋也是，這一切都是我欠您的，但就是這個原因，我必須湧泉以報，我還能希望什麼呢？這裡有我，這裡有我！」她張開雙手像在展示什麼，加上她激動的情緒和身上的裝飾，似乎讓她有了奇怪的身分和職志，希望自己能取代某個荒謬的位置，做可笑的替身。她說話的時候，手裡擺弄著裙子，強調自己虧欠了什麼，「我自己什麼都沒有，我知道，沒有錢、沒有衣服、沒有漂亮的外表，什麼都沒有，但我還握著這個簡單的事實，在這個世界上，我也只能用這個來打動您：兩位對我來說比其他所有都還重要。只要您讓我幫忙，讓我拯救您，為兩位實現所有希望成真的事情，我啊，我會鞠躬盡瘁！」

克勞德爵士一臉猶豫，但沒有回應如此驚人的請求，他只是思考著該如何回答，心中充滿了不安和痛苦。不過，他還是決定自己踏上旅程，只是說得含糊不清，然後他又和梅西四目相望，兩人不斷主動找尋彼此的目光，此時梅西這個聰明的小女孩正用看著父親的眼神望著他，這讓這個耳根子軟又習慣依賴的可憐男子知道自己的問題：就算她還是個孩子，一個女孩也幫不了他什麼。他用行動表示自己的想法，再度張開雙臂想擁抱梅西，而她也跳進他的懷裡，兩人再次無聲交流。「好好照顧她，好好照顧她。」他終於特別說出這句話，「好好對她，要比妳對我好還要更好！」然後他沒有再多看威克斯太太一眼，不知道什麼時候出了房間。那些話讓梅西感到些許壓力，老師的提議也是，而他再度毫無失誤地躲過了。

25

克勞德爵士預告的每一件事都成真了，畢竟她們期待他能做到這麼多，這要求並不算過分，這也可以說是他答應她們的，她們可以一條一條驗證他的承諾，甚至連他最後一條保證，說他會安排艾許小姐的去處也是一樣。梅西在夏日清晨醒來，這趟精采的逃亡之旅實在太刺激了，緊緊裹著她，她重新倒臥在沙發上，心中再度感謝他的安排，還為她留下了紀念品：稍晚她起身穿衣服的時候，地毯上有樣東西閃閃發亮，看起來像是一枚六便士硬幣，應該是蘇珊滿懷驕傲收下克勞德爵士給她的報酬時，不小心滾落下來的。說真的，在接下來的四十八小時當中，她的生活中似乎充滿了六便士，她幻想著自己計算，在這段時間能體驗到的樂趣要用多少六便士硬幣才換得到，她現在也注意到，這個數目不會太少，克勞德爵士匆匆離開之後，威克斯太太並不會心懷報復，雖然她自告奮勇要接下他攬在身上的任務，但他還是拒絕了。

其實，兩人也不可能避開不理會這些樂趣，這位好心的女士自己都說了，門口就有馬車等著帶領她們跳躍奔馳，如果還想著要走路就太荒謬了。她們身邊的一切似乎都雀躍不已，就連用早餐時，她們把盤子遞給服務生，他也是一副雀躍的樣子；威克斯太太的性子一拗起來就有些荒謬，大概就是因為如此，她毫無顧忌吃了好幾盤，像在告訴梅西，她按著邏輯思考花了多少腦力，就要吃多少補回來。她的胃口對她的同伴來說能代表許多意義，同時整體看來，也證明了這是她一般的狀況，而非特殊情況。她得補償自己的晚餐，而她昨晚在沒吃多少的情況下，還能爆發出如此強烈的道德激情火花，真是讓人感動。她的角色主要是扮演低落情緒的庇護所，但是這樣的機會正突顯了讓她情緒低落的不幸徵兆。這件事簡單來說就是場戰爭，結果在她拒絕接受賄賂與同意接受他提供衣服和食物之間，比較基本的生活要求勝出了。無論如何，她也不能否認在法國的生活確實讓她寬慰不少，這樣舒適的生活讓梅西可以大方接受一切經過保證的安全感，將所有危險撇到一旁不管。詳細來說，她就是這樣執行克勞德爵士給她的指令，要「好好照顧」梅西，同時這也是她和梅西一起探索異國生活樂趣的方法，將所有疑慮通通拋諸腦後。

終於，天氣轉晴了，兩人也收起了所有疑慮，這對兩人有莫大的影響力，也讓她們變得就像克勞德爵士希望的那樣可愛。這似乎讓她們感覺，克勞德爵士正偷偷進行著什麼，在兩人踏出的每一步前方都埋伏了全世界的歡樂，於是，空氣中一點一滴充滿了這種期盼的心情，終於占據了整片風景。攀爬上長長的峭壁當然很棒，但或許能夠漫步在陰影中更好，因為陽光實在太強烈了。沿著港口漫步，看著繽紛色彩爭艷，鼻間聞到許多氣味交雜；走到街上，奇怪的是，就英國人看來，一切都同樣是個謎，每樣東西都是一個不同的笑話。

最棒的經驗就是沿著長長的主要大街慢慢閒逛，走到進上城的城門，通過之後再爬上奇特彎曲的壁壘，看著兩旁的樹木、靜謐的角落，以及溫馨可愛的長凳，幾個深色皮膚的老太太，戴著波浪滾邊的白帽子和長長的金耳環，她們坐在長凳上打著毛線或是打著盹，附近的房子外牆都是黃色的，看起來就像守財奴或是牧師的家，而壁壘旁的黑色城堡周圍挖了一圈空空無水的護城河，士兵小小的身影在橫跨於上的橋面閒晃，塔樓的窗戶外還掛著軍隊洗好的衣物。這樣的地方會讓梅西開口詢問，這裡是不是很符合某人對中古世紀的想像？梅西知道威克斯太太對這種歷史場景並沒有太大想像力，但她不覺得驚訝，反而感到滿足，而且這也不是第一次了，因為這樣她就又多了一樣能夠分享自己深刻理解的事物，她覺得自己目前的任務就是如此。她們一同坐在老舊的灰色堡壘上，看著底下小小的新城鎮，在她們眼中似乎也算老舊，一眼望去能夠看到布洛涅聖母院的大圓頂，還有教堂中聳立著金光閃閃的聖母瑪利亞①，她們知道這尊雕像十分有名，覺得非常開心，因為她們崇拜這個地方的理由和崇拜其他地方不同。後來她們也到這座教堂中參觀，威克斯太太自己告解了，說她早年沒有選擇成為天主教徒或許是天大的錯誤，這番告解聽在梅西耳裡倒是很有趣，她究竟是多晚才意識到，要關上門阻止自己逃離這樣的錯誤？

第二天早上，她們又回到壁壘上，這個地方顯然是她們旅途中到達最遠的地方，和她們過去所有不快的事情有所區別：這裡讓她們擁有全新的感受，大概是因為她們能夠培養出自信，對梅西來說，她變得果斷堅決，而她也看得出來，這是因為她的同伴變得脆弱害怕了。這麼長一段時間，她一直覺得她帶著威克斯太太見識了好多東西，所以相對來說，她的自我意識就變遲鈍了，沒有發現自己同時也見識了許多新東西，但是打從她瞥見一樣新東西，事情的運作就愈來愈快：她會把這個特殊的現象套進自己一般的、慣有的看法中，如果感覺自己需要用語言解釋，或許就會從自己知道的個人經歷中找尋答案。

在她和威克斯太太一起等待克勞德爵士再度露面的時候，這樣的經驗愈來愈活躍，而會有這樣的經驗，正是因為她發現威克斯太太對克勞德爵士的歸來又生疑心。威克斯太太的懷疑從來沒有一個像現在這樣充滿算計，這點梅西可以肯定，即使這段冒險時光讓兩人更加親近團結，但梅西仍然對這樣的懷疑提出強烈辯護，而她也的確這麼做了，就如同她在趕往福克斯通的一路上表現出許多令人驚奇的行為一樣；而假如在那段旅途上，克勞德爵士的陪伴經常讓梅西想起威克斯太太，那麼現在這段時間裡，克勞德爵士更是兩人之間，尤其是對話中出現長時間沉默的時候，永遠不變、無法取代的談話主題。此時兩人都回想起，知道他娶了愛達之後，她們第一次感到興奮的紅暈；也回想起後來那段愛恨交織的危機期間，他是如何保護教室中的兩人，不過當時他的存在感只是充滿了那間教室，現在卻是漲成了更大的氣球。

①布洛涅聖母院（Basilica of Notre Dame de Boulogne）是當地相當重要的教堂，教堂中供著一尊聖母瑪利亞的雕像。傳說大約西元六三三年時，有人發現一艘無人擺渡的小船，船上放著一尊閃閃發亮的金色聖母像，便將雕像放在濱海布洛涅的教堂中，此後這個教堂不時傳出神蹟，引來許多朝聖者。但在法國大革命期間，聖母像遭到焚毀，只留下一小部分仍存放於後來重建的教堂中。

兩人又從頭好好想了一遍，當然中間不時會有間隔，因為迷人的回憶帶著重量，總是拖著兩人停下，雖然也會有懷疑和辯解，但兩人還是回想著完整的一切。兩人對未來的憧憬抓得愈來愈緊，幾乎隨著時鐘秒針震動而悸動著，但這一件計時器即使是在最佳狀況下，不免還是會偶爾敲響預警的報時聲。喔，這樣的事發生過好幾次，其中兩、三次就發生在舊城牆上，對比周遭一切和平的景象，更顯得糟糕。

在這個世界上，梅西最想做到的莫過於好好對待威克斯太太，就像克勞德爵士希望的一樣，而梅西內心根深蒂固的直覺就是要和平處世，這兩者正好相符合，於是便更加深了梅西愛好和平的直覺反應。但是，這股直覺一旦加深，就發現了其他需要維持和平的任務，所以她才會在一開始製造出這麼複雜的狀況，而她卻是一直極力想避開複雜。這些日子以來，基本上她所做的就是從說出口的話中聽出沒說出口的意思，這樣慢慢累積下來，讓她愈來愈確定，那些沒說出口的意思，確實難以啟齒，就是畢爾太太徹底遭到犧牲了。過去有段時間，克勞德爵士和她們保持距離的每一分鐘，就像是在畢爾太太的棺木上多釘下一根釘子。這讓梅西輾轉回想起自己和歐佛莫小姐的關係，那樣美麗、久遠，以前的歐佛莫小姐就像一朵花，讓梅西也回想起這位女士的優雅和魅力，她獨特的美、聰明伶俐，甚至她不同常人的磨難；有一百件事情同時在她腦中嗡嗡作響，但只有兩件非常簡單的事實。

另外一提，畢爾太太畢竟就是她的繼母，是她的親人；而她是克勞德爵士最親密的人（梅西稱之為「親密女士」），或許部分原因正是如此，所以若是照著威克斯太太的要求，讓梅西和克勞德爵士一起放棄畢爾太太，結束與她的關係，那麼對他們其中一人來說，是放棄了自己特別喜歡的人；對另一個來說，則是放棄了自己父親的妻子。很奇怪的是，有一種說不上來的感覺，她得出這樣的推論，同時也感覺到困惑；不過她心中出現了某個聲音，並不是她極力想讓自己不要顯得太卑鄙，而是她就是不能將這樣的理由視為理所當然。或許現在的梅西並未接受過正統教育，基本權利也遭到剝奪，但從她的生命中依然能夠隱約聽到回聲，父母對孩子能夠造成什麼樣的影響，從她身上仍然能夠讓人想起家庭價值的神聖教訓。這是她唯一還保有的東西，但幸好，她牢牢抓住了這一點。她還記得一個詞彙，她永遠無法擦去那個印象，聽見爸爸稱媽媽是個偷偷摸摸的下流胚子，而媽媽也回敬同樣的稱謂，只是因為他們認為對方做了，或者沒有做到某件事情。現在這段鮮明的回憶讓她想起這個稱呼，她擔心畢爾太太口中也會吐出這樣的詞彙：就算只是聽到，也會讓她瑟縮。

異國生活雖然讓她沉浸在甜蜜當中，但是克勞德爵士多離開一個小時，都會讓她更有可能再度經歷這樣的痛楚。她坐在威克斯太太身邊，看著宏偉的金色聖母像，長凳的另一端坐著一個戴著耳環的老太太，這時她站起來，慢慢悠悠離開，「Adieu mesdames!（別了，女士們！）」聲音微弱沙啞，但非常客氣；這樣的舉動讓兩人深受感動，趕緊跳了起來，幾乎想對她屈膝回禮。她們又坐下，法國昆蟲在夏日中吟唱，讓兩人昏昏欲睡，幾乎都要做起白日夢來，而梅西大部分都在幻想著，怎麼會有人拒絕接受這個觀點，尤其自己又是這樣殷殷懇求呢？這樣的想法似乎還不算誇張，在那個時候，聖母像閃耀著藍光，以及浪漫的禮尚往來，還有什麼比得上呢？

「到底為什麼，一定要在妳們之間選一個？不能四個人一起生活嗎？」她終於開口問了。

威克斯太太整個人跳了起來，可能是因為睡到一半被吵醒，或甚至就像明明已經舉起白旗，卻還是聽見子彈呼嘯而過。這個問題破壞了兩人之間的和平，讓她驚惶不已，於是遲了一會兒才回答：「妳是說，讓我們四個人都過著苟且的生活嗎？因為我們兩人正好是正直的好人！妳是希望如果那個女人可以的話，我也應該繼續留下來嗎？」

梅西還不知道要如何解釋畢爾太太可以做什麼，但她先接上話：「留下來陪我，沒錯。就像妳在媽媽家一樣留下來，畢爾太太會答應的！」

威克斯太太這個時候大幅揮舞著手臂，「那我倒想知道，誰會答應讓畢爾太太留下？小可憐，妳的意思是妳會答應嗎？」

「有何不可？既然她都已經自由了。」

「自由？妳是在學那個男人嗎？好，如果克勞德爵士的年紀應該讓他夠懂事，那麼我也應該把妳當成一樣懂事的人對待。不管怎麼樣，如果妳想這樣提議，那麼妳應該很清楚這件事的嚴重性。」威克斯太太從來沒有這麼嚴厲，但另一方面，梅西大概也知道自己從來沒有這麼口無遮攔。不過在這樣的對話背後，梅西反而是感到驚嘆不已，而非惱怒，她覺得自己還可以繼續堅持，並不是為了反抗，而是希望最後能讓雙方冷靜下來。同時，她的口無遮攔仍然對她的朋友發揮了效用，那股力道反彈回去，讓威克斯太太再度感受到其中最深的挑釁意味。「自由，自由，自由？如果她和妳一樣自由，親愛的，那我肯定她算是夠自由了！」

「和我一樣？」梅西思考了一下，雖然那句話似乎傳達出不好的預感，但她還是冒險說出必要的回應。

「是啦，」威克斯太太說，「妳也知道，沒有人可以自由犯罪的。」

「犯罪！」聽到威克斯太太說這個詞彙的樣子，讓小女孩又重複了一次。

「如果我們和他們在一起，就等於容忍了他們的不道德，那妳所犯的罪就和他們的一樣嚴重，我也是。」

梅西遲疑了一下，這句話似乎已經下了果斷的結論，「為什麼是不道德呢？」不過她還是問了。她的同伴現在放軟了責備的口氣，因為這句話似乎是從更深處發出的：「妳真是太壞了！妳知不知道我們現在在講什麼？」

因為希望最後能讓雙方冷靜下來，梅西覺得自己一定要保持腦袋清楚，「當然，在講他們要利用自由的好處。」

「好，要做什麼？」

「還有什麼，跟我們一起住啊。」

聽到這句話，威克斯太太可真是笑得狂野：「是『我們』嗎？謝謝妳喔！」

「那就是跟我住。」

這話又讓她朋友跳了起來，「妳要放棄我嗎？跟我永遠分開了嗎？妳要把我丟到街上嗎？」

梅西雖然有點上氣不接下氣，但還是勇敢接受如雨傾盆的挑戰，「我反而覺得，那些是妳對我做的事。」

威克斯太太沒有注意到她的勇敢，「我可以向妳保證，不管我做什麼，絕對不會讓妳離開我的視線！妳問我為什麼這樣不道德，妳自己也親眼看到了，克勞德爵士也是這麼認為的，這件事不道德到了極點，他不願意讓妳面對這樣的羞恥，所以才會和妳保持距離，一眨眼就是幾個月；而他第一次想盡自己的責任時，他就撇清了和她之間的關係，直接把妳從她身邊帶走，這還有什麼好難理解的？」

梅西反覆思量一會，主要還是想著該如何回應，而非這麼輕易就衝動地屈服這個解釋。「對，我懂妳的意思，不過那個時候，他們還不是自由的。」她感覺威克斯太太聽到那個討厭的詞彙，整個人又要發作了，但她伸手碰觸她的老師，成功壓制住場面，「我想妳不知道他們現在有多自由。」

「我知道，我相信至少我知道的和妳一樣多！」

梅西覺得有點受傷，但還是克服了這個想法：「知道女伯爵的事嗎？」

「誘惑妳父親的……妖女嗎？」威克斯太太斜眼睨了她一眼，「當然，那個女人付錢給他！」

「喔，是嗎？」聽到這裡，小女孩失去了冷靜，這似乎解釋了爸爸的行為，感覺比較討喜了。

「我不能說她不慷慨，因為她對我很好。」

「怎麼樣很好？」

「她給我很多錢。」

威克斯太太瞪著她，「那麼請告訴我，妳怎麼處理那麼多錢？」

「我交給畢爾太太了。」

「那畢爾太太怎麼處理呢？」

「她把錢送回去了。」

「還給女伯爵？得了唄！」威克斯太太說，她就和蘇珊•艾許一樣，對這個藉口嗤之以鼻。
「反正我不在乎！」梅西回答，「我要說的是，妳不知道其他的事情。」
「其他的？什麼其他的？」
梅西想著該如何好好說出來，「爸爸把我留在那裡一個小時。」
「我知道，克勞德爵士告訴我了。是畢爾太太告訴他的。」
梅西一臉懷疑：「她怎麼知道？我又沒說。」
威克斯太太覺得疑惑了，「說什麼？」
「什麼，就是女伯爵很可怕啊。」
「女伯爵？她當然可怕！」威克斯太太回答，過了一會兒她又說：「所以她才要付錢給他。」
梅西思考了一下，「那這是她最大的優點了，只要她付他的錢就跟她給我的一樣多！」
「可是，對『他』來說卻不是最好！又或許，這樣也好吧！」威克斯太太最後又加了一句。
「可是她好醜……真的，我真心覺得。」梅西繼續說。
威克斯太太阻止她往下說，「妳不必說得太詳細！」但是她接下來又繼續詢問，顯然和她這句話的目的不相符：「就算如此，那件事就有比較好嗎？」
「妳說讓他們和我一起住嗎？唉，因為女伯爵她……還有她的鬍子！他讓我不用面對那些，我了解他。」梅西說得情感深切。
「那我希望他是真的了解妳，比我還了解妳！」威克斯太太承認。

要再說得更清楚點真是不容易，而這個小女孩馬上就接受挑戰，「我是想說，這樣不是犯罪。」

「那為什麼克勞德爵士要把妳偷走？」

「他沒有偷，只是借走我。我知道不會很久。」梅西大方坦承。

「妳一定要聽我說一句，」威克斯太太叫著，「妳一點都不了解，昨晚妳根本也沒有幫我說話，還裝作一副很支持我的樣子！其實妳很希望，就和我一樣渴望，雖然我懷抱著無知的感情，但即使是現在我依然希望，或許更美好的事情會從此開始。」

沒錯，這是威克斯太太第一次，總算發揮了她的智慧；終於攪亂了小女孩的感受，那種感覺不太像是因為別人發現她的虛偽，而是因為別人直接說出她的邪惡，所有的一切都影響了她，儘管她最想要的就是甩開這些感覺。突然，她覺得自己充滿了想抗議的激動：「我從來、從來就不希望再也見不到畢爾太太！我不想、我不想、我不想！」威克斯太太想回話，那股力量在她體內彈跳，但她也感覺到，此話一出，她必定要承受隨之而來的震盪，於是，儘管這位好心的女士顯然已經箭在弦上，卻還是遲疑了很久，久到讓梅西能說出更重的話：「她很漂亮，我愛她！我愛她因為她漂亮！」

「而我很醜，所以妳討厭我嗎？」威克斯太太緊盯著她好一會兒，然後才繼續說下去，「我不會真的認為妳這樣想，妳才不會痛苦，不過，反正這也不是第一次有人說我很醜了！我清楚得很，就算我沒有鬍子……我有嗎？我敢說，女伯爵一定還有另外的美，和我比起來，她就像維納斯一樣！所以妳聽到我的藉口，一定覺得很醜惡，就和妳不喜歡我一樣。但是妳真的打算告訴我，妳想和他們一起生活在罪惡裡嗎？」

「妳知道我想要什麼，妳知道我想要什麼！」梅西顫抖著說話，眼淚幾乎要奪眶而出。

「沒錯，我知道，妳想要我變得和妳一樣壞！很好，我可不會。聽著！畢爾太太就和妳父親一樣壞！」威克斯太太接著說。

「她不是！她不是！」她的學生幾乎是尖叫出反駁之聲。

「妳是說，至少克勞德爵士長相英俊、聰明又優雅嗎？但他也付錢給她，就像女伯爵一樣！」威克斯太太說話的時候也站了起來，完整表達出她話中潛藏的諷刺。

梅西也站起來，她的同伴往外走了幾步就停下。兩人看著彼此的眼神是從來沒有過的，威克斯太太穿著漂亮的衣服，似乎頗有誇耀的意思。「那麼難道他沒有付錢給妳嗎？」悶悶不樂的小女孩問。

聽到這話，威克斯太太依然站在原地，「喔，妳這可憐的小東西真了不得！」她說這話的時候，也吐出重重的悲嘆，接著一陣大笑之後就直接走掉了。

梅西坐回長凳上，放聲大哭。

26

當然，如此糟糕的事情不會是最後的結果，甚至也維持不了多久。兩人又匆匆上路，快到讓她們無法得知對方心中是不是還想著這件事。雖然兩人回家的路上都沒有說話，梅西卻很清楚感覺到，她同伴的手緊緊環著她。那隻手完全顯示出，在這二十四小時之內，威克斯太太生出一股新的力量，能夠環抱著她，而其中一個讓小女孩最無法否認的事實是，她的老師爬上了某個更高的權力位置，而這個動機的本質確實超越了她敏銳的想法；綜觀這些事情，再加上各有各的影響層面，那天下午她們搭著馬車的時候，這些重要的事情讓兩人陷入沉思，不發一語，而梅西就從中借到一點自由，能夠全心感受這一切。剛剛威克斯太太說出那句威脅，說絕不會讓她離開自己的視線，梅西依然記得那句話的語調。

在短時間內，這位朋友已經從弱女子變成女強人了，而發現自己擁有這樣的新權力，讓她知道自己已經走了多長的路。這裡提到的威脅，那種勝利的滋味格外刺人，可能會引起反彈，但是在這麼難看的狀況發生之前，另一件事情已經悄悄搶先一步開始進行，而這個過程發展開始成熟的那一刻，就是威克斯太太的情緒發作，她的發作還帶著和她們堂皇的房間相符合的高貴姿態，而且此時她也已經得到一定的優勢。午餐後，兩人點了咖啡，因為克勞德爵士的吩咐，兩人在白、金兩色裝飾的沙龍裡等待馬車時，咖啡就送了過來，而且還附上幾杯酒精飲料，梅西覺得，克勞德爵士自己說過，他和朋友聊天、抽菸後也會喝酒，但他不會喝這麼多。無論如何，這番奢華享受的影響力就在空氣中飄蕩著，梅西踮著腳看著壁爐上鏡子裡的自己，戴上手套，動了動頭，把頭飾上的羽毛甩到正確的位置，這些動作似乎都和威克斯太太突然的發言有關：「妳真的、完全一點道德感都沒有嗎？」

雖然梅西放下踮起的腳跟，但是她知道自己的回答會很模糊，甚至會顯得愚不可及，看起來這是她第一次在面對威克斯太太的時候，這樣聰明地裝傻，都得感謝她的爸爸、媽媽，她才能這麼成功發揮這項缺點。不過她的表現並沒有讓她躲開這個問題，除了她的坦誠以對，更是因為她同伴的壓力，從此之後，兩人的交流對話總是染上道德感的色彩。可憐的孩子，她一開始還不太知道那是什麼東西，此時外頭隱約傳來馬車走動的聲響，讓她一時免於投降臣服，不過看起來，在她們搭車出遊回來之前，她應該可以好好認識一下何謂道德感。

外頭的天氣只有愈來愈美好，午後的海洋閃著耀眼的光彩，遠方的岬角籠罩在一層薄霧中，而空氣嚐起來如此甜美。甚至是馬車車伕，他一邊微笑著，一邊揮舞著馬鞭，坐在位置上轉來轉去，指著她們看不見的東西，發出她們聽不懂的聲音，這兩位遊客知道，這一切完全表現出這種社會秩序的特色，主要都是語言的關係：而這位有禮的先生讓兩人的出遊變得如此短暫，因此她們踏上歸途的時候，還有好一段時間才會天黑，於是車伕便熱心提出建議，她們就步行到閃閃發亮的沙灘上散步了一個小時。梅西前天已經和克勞德爵士來過沙灘了，不過就是因為這樣，她才能夠馬上表現給威克斯太太看，就像她說的，她知道很多地方的法文名字，而這裡也是其中之一。時間已經晚了，所以沙灘上沒有人在做日光浴，潮汐正低，海邊的水窪在日落下閃耀光芒，也有些地方已經乾了，所以她們可以坐下欣賞美景，細說自己的感受。就在她們聽著潮水拍打岸邊的聲音時，這個景況讓威克斯太太又有了勇氣，再度提出質疑：「妳真的一點都沒有嗎？」

至少就這個問題來說，她現在不必說得太精確；另一方面，也是因為她們兩人對這件事終於有了共識的結果，沒錯，既然她們必須面對這個事實，梅西的道德感確實少得駭人聽聞，尤其是小女孩發現她朋友的地位已經提高到了一個程度，至少在被取代之前，幾乎可說是權力的最高位置，這時梅西的低道德感就更明顯了。梅西離開英國之後，還沉浸在第一波的興奮當中，但目前為止沒有發生過比這更驚人的事，而往後在布洛涅剩下的日子裡，她明白威克斯太太對她有這樣的看法，即使追溯思路的方法如何粗糙，也能摸透梅西此時的想法。只是追著她無聲的心靈步伐實在令人感到絕望，以下就不加修飾直接呈現此時梅西心中所見的圖像。威克斯太太認為梅西這個孩子知道的事情，實在多得異常，照這個情形看來，她還不知道的那些事若不是會讓人尷尬，就是荒謬可笑之事；事實上，威克斯太太絕對有能力處理尷尬的事。不得而知的是，梅西到底有沒有一絲絲察覺到自己人生當中這條詭異的法則？而且她得以教育自己關心的那些大人，讓他們精通這條法則，她幫助他們有更好的發展；最明顯的例子當然就是她成功讓畢爾太太更上一層樓。

她衡量著，如果對威克斯太太來說，她的整個人生就是一連串知識的階段進展，那麼以同樣的觀點看來，這個連鎖反應最高潮的階段就是滿溢出的知識。既然旁人都責備她知道得愈來愈多，邏輯上要怎麼在她應該知道大部分的事情之前就阻止呢？其實就在兩人坐在沙灘上的時候，梅西才想到，自己正走在知道全部一切的道路上。她和老師一起上課可不是毫無價值，畢竟她來到這個世界上還能做什麼，不就是學習、學習、再學習嗎？她看著粉紅色的天空，心中有一種平靜的預感，很快，她應該就會知道一切事情了。兩人在紅霞底下逗留了一會兒，最後天空終於轉灰，而每一陣微風似乎都向梅西吹送來新的訊息。等到兩人往家的方向移動時，就好像這件不可避免的事，化成了威克斯太太手上一條長長的、繃緊的細繩，她緊張的手不斷抽動著細繩，而細繩上精巧串著珍貴的智慧珍珠。

晚上，兩人待在樓上的時候，又有了另一種奇怪的感受，後來梅西也說不清楚，這種感覺是她的同伴話說到一半突然出現的，或是一開始就有了。威克斯太太又提起了道德感的重要問題，值得注意的只有她真的是大聲嚷嚷著，而且又呼喊了一次，這兩次聽起來都毫無關聯：「老天幫幫我吧，似乎真的要冒出來了！」喔，如此詭怪的困惑終於引來這樣的窺探！但是這還比不上威克斯太太那番悲苦的話語詭怪，或許她真的是盛怒之下才說出這些話，這可憐的女士為了自己居然無知至此，而造成這種悲劇感到十分悲痛。有一度，她抓住了小女孩緊緊擁在懷裡，就像過去的日子裡，兩人分開或重逢時那樣的擁抱；顯然，她並不知道該如何彌補這個小女孩，彌補她遭受污染的傷害：她一如過去那般懇求著，帶著迷惑的心情，像是解釋又像是祈求，希望求得安心、求得原諒，甚至完全就只是為了求得同情。

「親愛的，我不知道我對妳說了什麼，我不知道自己在說什麼，也不知道妳讓我的生命有了什麼樣的改變，上天原諒，才會讓我對妳說出那種話。難道我完全失去了體諒之心、失去了情理，完全抓不準話說出口的後果會有多深、多糟的影響嗎？我想我大概就是這樣沒錯，雖然妳一定沒有想過我是這種人。寶貝，我會這麼做都是為了妳……為了不失去妳，如果這樣就太糟糕了：所以我得犧牲自己的單純無辜，妳想笑就笑吧！我這是為了抓住妳、留住妳。別讓我做無謂的犧牲，別把我推進這樣恐懼和羞愧的深淵中，卻一無所獲。我從來都不知道這些事情，我也絕對不想知道！現在我知道的已經太多，太多了！」可憐的女人又是悲嘆、又是呻吟，「我知道太多了，聽到這樣的話，我們心自問自己在哪裡；而這話還是我自己說出口的，這樣就更糟了，我又告訴自己，我已經距離起點太遠、太遠了！我問我自己，如果聽到自己說的話跨越了界線，一個已經迷失自我的人又該怎麼想呢？有些界線，我是帶著妳一起跨越的，還以為自己過得很漂亮……」她一想到這裡就忍不住抽了口氣，「我經歷了一件又一件的事，都是因為我真的愛妳；現在，如果別人知道我這個樣子，我說的別人可不是『他們』，別人會說什麼呢？但我得追上妳啊，不是嗎？所以我還能怎麼辦呢？不就是期望妳也追上我嗎？但最糟糕的不是『他們』，我是說，糟糕的不是那個男人，而是妳那個可惡卑鄙的爸爸，還有他身邊的人，世界上有這麼多人，偏偏他就找了那個，而且不是女伯爵，小可愛，我真的相信那個女人比妳爸爸還邪惡。不管怎麼樣，他們已經有了打算，既然他們想毀了妳，或許他們的計畫可以饒過一個正直的女人，這樣我就不必做那些事，不管是什麼，肯定都是最糟糕的：要妳直接面對妳還沒學會的壞事，或是利用妳本性中的邪惡！今天早上讓我失去耐性的原因，是不管這些事情如何進行，妳似乎都沒有責備的意思，因為妳真的沒有，妳自己也記得吧！可是妳好像還是知道的。感謝上帝，如果真是如此，那麼祂終於大發慈悲了！」

這個時候的夜晚很溫暖，其中一扇面對小陽台的窗戶是開著的，梅西用完晚餐回來的時候，就趴在陽台的欄杆上好長一段時間，享受著從碼頭傳來的嘈雜聲、燦爛的燈光，以及生命力，這個季節的這個時間，總是特別耀眼。她就像草地上放牧的動物一樣自在，但威克斯太太的要求將她拉回了房裡，威克斯太太的擁抱拴住了她，只是在她大吐苦水的中途，梅西的疑惑和同情讓她得以離開這個懷抱，或者也算幫了大忙。但是窗戶仍然大開，那幅景緻和歡樂依然在那裡，從她待在房裡的那個地方，房間地板閃閃發亮，牆板的設計高雅，窗外的月光並不比窗內的燈光微弱，小女孩還是可以欣賞美景。顯然她看著窗外同時也認真聽著，威克斯太太說完之後，她問：「如果我真的知道嗎？」

「如果妳真的要責備他們。」她的同伴有些嚴厲地糾正。

這句話影響了梅西，讓她用力發出一聲微弱的嘆息，像是遭到壓迫一樣，然後過了一下子，就像在這種模稜兩可的掩護之下，又跑出去待在陽台上。她仍然趴在欄杆上，感受夏日的夜晚，她讓自己沉浸在法國的情調中。旅館樓下有一間咖啡館，外頭擺了小小的桌椅，人們就坐在這塊地方，周圍環繞著植物盆栽，而這幅景象加上其他元素更顯繽紛：繫著白色圍裙的服務生來回穿梭，在這塊空間外頭，一男一女表演著音樂，傳來吉他斷斷續續的彈奏聲，以及拖長的歌聲唱著「amour（愛）」。梅西還知道amour是什麼意思，心想著不知道威克斯太太知不知道。威克斯太太依然待在室內，安靜得像隻老鼠，或許也沒聽見這段表演。過了一會兒，等到音樂家停止演奏，開始拿著一個小盤子繞著人群走，她的學生才回到她身邊。「這樣是犯罪嗎？」梅西問。

威克斯太太立刻就回答了，彷彿她一直蟄伏在自己的巢穴中等待時機。「聖經上都這麼說的。」

「總之，他不會犯罪的。」

威克斯太太陰沉看著她，「他現在就是在犯罪。」

「現在？」

「和她在一起。」

梅西的舌尖幾乎就要再次吐出一樣的回答：「但現在他自由了。」不過又即時想起，在這過去整整一個小時之內，她知道的其中一件事就是這不會造成差別。然後，似乎是想將話題導向正確的方向，她幾乎就要矇著眼豁出去了，希望多少能夠扭轉這件事，證明或許這樣還是有差別的，或許這能夠減輕畢爾太太的罪。只是這樣的想法接著也遭到消滅了，因為她彷彿可以看見威克斯太太崩潰的臉，她從學生回答的樣子中就能推論出，她的學生畢竟還是不懂，甚至也不了解自己的痛苦。在遇到問題的時候，梅西從來沒有像現在這麼想要了解，有那麼一下子，她的思緒全都圍繞在如何努力想出一個答案，足以證明自己並不是無知。「相信我就對了，親愛的，這樣就夠了！」最後她終於說了，或許這句話收到了好兆頭，因為威克斯太太只是發出一長聲不帶任何立場的呻吟，然後就帶她上床睡覺了。

隔天早上，克勞德爵士沒有捎信來，威克斯太太忍不住說她認為這是不祥之兆，但是她們只是想要和他之間有更親密的交流，於是，用過咖啡和麵包捲之後，兩人覺得自己更加融入異國了，她們便出發，想要再巡遊一次，因為他的安排兩人昨天才能體驗的旅程。她們漫步走上山丘，再度造訪上頭的壁壘，而沒有受到沙灘上的人群吸引，或是到海邊和那些半裸的人一起做日光浴。她們再度望著金光閃閃的聖母；再度坐在老舊的長凳上；再度感受到兩人與倫敦攝政公園之間的距離。終於，威克斯太太肯定為什麼她們的朋友音訊全無：「他很怕她！她不准他寫信來！」梅西已經知道克勞德爵士怕她了，但她的同伴在這個時候提起這個事實，導致兩個意外的結果：一是她懷著好奇，也默默抗議威克斯太太的想法，畢竟這位老師對克勞德爵士的愛慕並不亞於自己，為什麼還會抱持這種想法，這樣無情嘲弄他？二是她發現自己突然陷入了更深的沉思，她也很害怕，這也已經看得出來了，她害怕那些克勞德爵士害怕的人，因為如此，她最近對畢爾太太又有了新的看法。但是以現在發生的事來看，同情對他來說並沒有用處，只是隱隱約約在他身邊盤旋著，讓他更有理由為自身利益提高警戒。不過這股不安並沒有讓梅西的思緒飄得太遠，很快威克斯太太又開口說話了，她突如其來的發言，聽起來和上一句幾乎毫無關聯：「妳從來都沒有嫉妒過她嗎？」

梅西從來沒有一絲這種想法，但這些話飄在空中幾乎就要消失了，然後梅西跳起來抓住它們，緊緊握住之後仔細檢查；最後她說出讓人心安的話，可惜的是，這番努力只有她自己能夠欣賞：「嗯，有啊，既然妳都問了。」她又反覆思索了一下才繼續說：「很多時候！」

威克斯太太馬上露出懷疑的眼神，表現出的「讚許」也不是完全不適合，無論如何，這個眼神表現出的意思大概和她接下來的話有關，她又說了一次：「沒錯，他怕她。」

梅西聽到了，這句話又對她產生另一種影響，雖然她現在注意力的焦點有些模糊，畢竟她還懷著這個嫉妒的想法，這個想法引出了一個可能性：她只有懷著這種感覺，才能夠顯示自己的想法並不簡單。她從威克斯太太的回應中知道，這位女士依然相信她的道德感是有目的、是裝出來的，既然如此，嫉妒又是如此躁動不安的激情，還有什麼比表現出這種感覺更能夠擔保她的誠懇呢？這樣的啟示會壓下一切她心中不贊成的聲音，而事實上，這些反對意見真的幾乎都壓下去了，某個程度來說也有點幫助，因為她們兩人需要懷抱希望，而希望的本質總是如此，那封沒捎來的信暗示了陰鬱的未來，但也從中跳出希望，或許這個早上的真實情況是，她們確實收到了訊息，不需仔細檢視其中隱含的意思，而是前所未有的坦白。兩人之間現在又陷入了沉思和靜默，梅西更是對自己的想像深信不疑，認為對她的朋友來說，她最多就是個膚淺的孩子，她愈是這樣想，就愈努力讓自己看起來完全膚淺的樣子。知道所有一切知識之後，難道只是為了知道人再怎麼努力，所知的也還是那麼少？幸好，這個問題的答案很快就迷失在梅西的思緒中，她針對畢爾太太說了一句評論，她作夢也沒想到自己有生之年會說出如此驚人之語，話一出口，周遭瞬間大放光明：「如果我覺得她會對克勞德爵士不好……我真不知道自己該怎麼辦！」

威克斯太太的眼睛不再斜睨，甚至還從鼻子發出一聲放肆的哼聲，認同梅西的話：「我知道我該怎麼辦！」

然後梅西覺得自己落後了，「嗯，我可以想到一個。」

威克斯太太更直接質問她：「那是什麼呢？」

梅西迎上威克斯太太的臉，兩人就像在比賽誰先眨眼：「我會殺了她！」說完她移開眼神，至少她希望這樣可以證明自己的道德感。她移開眼神，但她的同伴卻好長一段時間沒有說話，於是她終於又轉頭回來看著對方。然後她眼前的髮帶因為淚水而變得一片模糊，過了一下，她才發現淚水似乎是從自己的眼眶中冒出來的，其實她們雙方的眼裡都盈滿淚水，然後淚水讓梅西的視線愈來愈模糊，於是她很慢很慢才能從淚水中看到，威克斯太太終於伸出手來。這樣實質感受到的壓力讓一切塵埃落定，甚至過了幾分鐘之後，還確認了更多事情。而以這樣的方式確認了一件特別的事，雖然在她們兩人之間，天知道是如何的狀況，這件事一直盤旋著、在兩人頭上懸著，只是還沒建立共識，因為擔心會抹去某人的微笑。喔，此時看不到輕率的行為，也不是開玩笑，更沒有反對，兩人就這樣一起坐了好久，不知道在哪個時間點，威克斯太太為了維護自己的尊嚴而變得堅決，但宣告的聲音並不大，不會吵醒一旁打盹的老太太。

「我愛慕他，我愛慕他。」

梅西聽得很清楚，清楚到只要再過一下，她就會直接回答：「我也是。」但她還沒來得及說出口，過了一會兒，發生了某件事讓另外的話跑到她嘴邊。非常可能就是兩人牽起的手，梅西手中沒有感受過如此親密的意念，都比不上從威克斯太太手中傳來的。兩人的手依然緊緊交握著，無言展現出兩人的聯盟，最後梅西只是平靜說：「喔，我知道！」

兩人的手握得如此緊，她們的聯盟是如此堅固，直到炎炎夏日的遠方，傳來低沉的鐘聲，才讓兩人回神，想起現在的時間和該做什麼事；她們方才觸到對方內心底部，一同融化，接著鐘聲終於敲醒了她們：鐘聲是從旅館傳來的，想到旅館就想到午餐。她們快要遲到了。於是兩人起身，加快腳步踏上回程，帶著某種自信的姿態。她們抵達旅館的時候，用餐時間已經開始了，從門口就看得出來，因為大廳空無一人，「員工專用」的樓梯也空了，威克斯太太這樣說著，她已經會認這個法文字，因為大家都聚在餐廳。兩人回到樓上的房間，要看著鏡子梳理一下，梅西經過沙龍門前，出於炫耀的心，便打開了白金色的門。結果她先是發出一個聲音，讓威克斯太太急忙趕過來，幾乎撲到她身上，而另外發生的意外，則是讓梅西幾乎撲在威克斯太太身上。無論如何，兩人緊盯著這個新狀況，都讓她們撞在了一起，兩人眼前突然現身的是活生生的畢爾太太：她站在沙龍裡，戴著帽子、穿著外套，腳邊放著袋子和披巾，微笑著張開雙臂；她看起來臉色疲累又虛弱，應該是才剛從海峽對岸過來，還沒來得及養精蓄銳。她一如初來乍到時的漂亮，幸運之神依然眷顧著她，而且身體也照顧得很健康：梅西馬上就感覺到，她比過去任何時候都還要美麗。這一切發生得實在太快，但還有時間讓小女孩能夠想想這是怎麼一回事。畢爾太太展開雙臂，瞪大了眼睛，畢爾太太開口對她大喊著：「我自由了，我自由了！」

27

目前看起來，最讓人感到驚奇的是畢爾太太宣布這件事情的方式，對威克斯太太也是一樣驚奇，她似乎突然讓人抽光了氣力，頹坐在椅子上，而梅西則是投入訪客的懷抱中。畢爾太太一放開小女孩，梅西就遇上了難解的考驗，威克斯太太顯然是慌了，甚至可以看到，她雖然按捺著對於這次會面的情緒，但緊繃著一張臉，似乎在說：「好了，老天在上，別洋洋得意說『我早就告訴妳了』！」梅西在當下大概也沒意識到自己並不想耀武揚威；她只多花了一分鐘，很快研究了一下畢爾太太身邊的東西，然後發現其中並沒有克勞德爵士的行李。她現在已經可以認出他的行李袋，喔，她最喜歡自己知道這件事！但是在那個瞬間，她發現這個袋子不在房間裡，馬上就成了最壞的消息。她還不曉得，再過一陣子，這件事就可以當作絕跡的證明，所以也就還沒有覺察到，這短暫的痛苦是讓她提早體驗到死亡的滋味。當然，她的注意力馬上就轉移到畢爾太太一臉愉快的樣子，她渴望著，馬上懇切問出口：「妳是自己來的嗎？」

「沒有克勞德爵士？」很奇怪，畢爾太太看起來更愉快了，「沒錯，因為我想趕快見到妳啊，妳這可惡的小壞蛋！」她的繼母發出清脆的笑聲，伸手輕拍她的臉頰，這個動作也有點像輕捏。「妳在想什麼？又把我當成什麼了？但我很高興自己身在國外，畢竟也是妳幫我指的路，如果沒有妳，或許我就來不了了，也許該說，不能來得這麼快。好了，無論如何，我來了，再過一下子我就得開始替妳操心了。一切都會很順利的。」她對這個地方很滿意，還特地加了一句說這個地方很迷人。她的臉泛得更紅了，又再度強調了一次：「我自由了，我自由了！」梅西也記下了自己該強調的事：她的眼神回到威克斯太太身上，好心的女士仍然抱持著驚奇，她讓這位老朋友的注意力再度回到更重要的事情上，但並沒有說出口；接著，她只問了有關克勞德爵士的問題：「他在哪裡？他會不會來？」

畢爾太太帶著微笑考慮了一下，她感覺自己被夾在兩邊的期望中間，於是思緒便兩邊擺盪：引人注意而又非比尋常的是，她眼睛眨也不眨就接受了威克斯太太的存在，這個奇蹟似乎也反映在畢爾太太修長的外表上，而梅西甚至可以開始讀懂其中意涵。「他會來的，但我們得逼他才行！」她開心地說。

「逼他？」梅西重複著。

「我們要給他一點時間，要好好運用手上的牌。」

「可是他很認真答應我了。」梅西回答。

「親愛的孩子，他也很認真答應我了；我是說他答應了我很多事，而不是每件事他都完全遵守承諾。」畢爾太太表現出自己的風趣，堅持認為威克斯太太應該可以了解，此時她的注意力突然聚焦在威克斯太太身上：「我敢說他也是這樣對妳的，不是每次都能如預期的，不過他會用他自己的方式彌補，我們又不是不知道他這個人到底是怎麼回事。他有個特點，」她繼續說，「讓其他的一切，對我們來說，都只是聽不聽明的問題而已。」另外兩人幾乎沒有時間細想那個特點是什麼，不然就會說出口了，但答案已經直接送到她們眼前：「他就和我一樣自由！」

「我知道。」梅西說。不過，她倒是獨自思量起這個訊息的價值，同時也仔細衡量她繼母奇怪的反應，怎麼會說得一副這對她是新消息的樣子，明明她才是第一個親耳聽到克勞德爵士這樣說的人。有那麼幾秒，她好像還能聽到他的聲音，她又回到福克斯通那間旅館的花園裡，站在他身邊，記憶中的兩人一起站在暮光下。

畢爾太太忽略了很多跡象，她確實也推測如此，不過她仍注意到自己如此興高采烈造成了什麼影響，她表現出隨時都要展翅高飛的樣子，即使她壓低了聲音，態度還是毫無偏見的樣子，幾乎就像要說出什麼機密：「好吧，我們只能等了，我肯定他沒有我們撐不了多久的。威克斯太太，他不能沒有妳啊！他是全心全意對妳，跟我說了好多有關妳的事，所以我也是如此依賴妳，妳知道的，要仰仗妳的幫忙……」她散發出誠懇的光芒，但即使如此也表現不出她有多需要威克斯太太。同時，這樣的態度也表現不出房裡的氣氛，不管怎麼說，她的存在和她掛在嘴邊的自由，每過一秒就帶給這個房間更巨大的壓迫感，而這團巨大的物質再度讓另外兩人心中充滿疑惑和疏離感，就好像透過一層厚重的紗，彼此交換了困惑和毫無助益的信號。

不過，至少兩人在毫無準備的共同基礎上還能彼此依靠，而梅西愈看著威克斯太太那副歷經浩劫的奇景，就愈放心不下，這一切削弱了她的力量，幾乎可說是完全無能為力了，她坐在椅子上，畢爾太太的歡欣鼓舞似乎讓她目眩神迷，但她整個人卻是籠罩在陰鬱的黑暗底下，讓她潛入了深深的靜默中，潛了好長一段時間，眼前發生的正是她最無法忍受的，她先前特地嚴厲制止這樣的事，如今卻只能拖著戰敗之軀，苟延殘喘。克勞德爵士應該要和他的共犯一起現身，或是不帶著共犯一起，但絕對、絕對不會是只有共犯卻沒有他。這時候，畢爾太太顯然已經得到了可以利用的優勢：她看著表情古怪而動作麻木的威克斯太太，開玩笑地責備了一聲：「妳真的不想和我握手？沒關係，妳會想通的！」她不再試探這個問題，而是直接把手舉起來，不再向威克斯太太伸出手，她舉手的姿態甚是漂亮，她低下頭，手就碰到一根黑色長髮夾，固定住她後腦的頭髮。「用午餐的時候要戴帽子嗎？如果妳們和我一樣餓，那我們得馬上下樓。」

威克斯太太完全沒有動作，但她卻回答了這個問題，那個聲音連她的學生都幾乎認不出來：「我會戴。」

畢爾太太看了她一眼，感受到她全新的勇氣，顯然馬上就知道這股勇氣的來源，然後順著她的語氣回應，接受她結論似的提議：「喔，可是我沒有這麼漂亮的帽子！」然後她開心轉身面對梅西：「我倒是有樣漂亮東西要給妳，親愛的。」

「漂亮東西？」

「妳一定會喜歡這頂帽子，就在我的行李裡。我還記得那個，」她點頭示意著她繼女頭上的裝飾，「就帶了一頂給妳，是用孔雀的胸羽做的，那個藍色真是漂亮極了！」

這真是太奇怪了，和她的談話已經不是和克勞德爵士有關，反而談起孔雀來，對這小女孩來說實在太奇怪了，結果也忘了要謝謝她，但是梅西心裡確實感到十分幸福，不管是任何事情都無法打破，而梅西也愈來愈能感覺到，畢爾太太這麼做，其中必定深埋著目的，她隱約感覺到，真正的目的一定是深不可測，正是因為如此，畢爾太太才能克服這種種尷尬，待在白金色的沙龍裡，渴望能在其中自由呼吸、受到歡迎。但威克斯太太的呼吸更是急促到困難，畢爾太太獨自前來的尷尬，遠比不上她的優雅姿態帶給威克斯太太的尷尬。小女孩發現了這個兩難的境況，於是便產生了一個新的問題：如果有了這份寬容，是不是有可能……？但梅西很快又丟棄了這個想法，因為她太害怕希望再度破滅，也認為自己一定會再面對恐懼。就在一切事情快速進展的時候，一名服務生突然站在門口，提醒她們午餐的用餐時間已經過了一半。

「妳們是上樓來洗手的嗎？」於是畢爾太太問她們，「快去吧，我和妳們一起去吃午餐。他們已經幫我把箱子都放到那間漂亮房間裡了，那是克勞德爵士的，我相信，」她笑著說，「他的房間一定很漂亮！」隔壁的房間大門打開了，畢爾太太站在門口，和威克斯太太面對面，她交代了一聲，而這正是她計畫的關鍵，就好像她自己也會這麼說：「親愛的太太，請照顧我女兒。」

她打算要完全改變自己的行為舉止，喔，面對職位比自己低階，但值得尊敬的下屬，也不能直接就稱之為奴僕，她的行為代表了完全的控制，希望能夠抓住這位老女士可敬的一面。對梅西來說，可以說這位可敬的女士馬上就有了回應，她嚇了一跳：可敬的人聽到這樣的話都會嚇得一跳，就像剛剛提到的那一跳，而且反彈也帶著力道，憑著這股氣勢，而畢爾太太又走進克勞德爵士房間，那對師生就站在對面的走廊盡頭等著。以這件事來說，跨出最大的一步，就是在這幾秒鐘之內，這個學生在另一段關係中，變成了女兒。梅西的眼睛仍然看著門，這時兩人才匆匆跑回房間，幾乎把門甩上，也沒想到要洗手、洗臉，只是面對面站著。這個時候，威克斯太太是第一個發出聲音的人：「可能嗎？她真的有這個嗎？」

梅西感覺更疑惑了，「什麼？」

「什麼，道德感呀。」

她們聊起這樣東西，好像道德感是數得出來的，但從威克斯太太的樣子看起來，這總之不是什麼高興的念頭，梅西也不太清楚，就算自己說了什麼肯定的話，也不會有多大用處，沒辦法解決這整個謎團。她突然直接問了，想解開這個大謎題：「她現在是我的母親了嗎？」

威克斯太太對這件事的可怕想法似乎影響了她自己，她認為這代表了一份責任，於是她看起來就像有人往她肚子揍了一拳。顯然她從來沒想過這個問題，但她想了想就回答：「如果她是的話，那麼克勞德爵士就是妳的父親了。」

但是梅西想得更遠：「那我的父親和母親……！」

不過她的聲音馬上就弱了下去，威克斯太太的眼神也馬上射了過來，「應該住在一起嗎？別再提這件事了！」她呻吟了一聲就轉過頭去，走到洗手臺前；這時的梅西已經能夠輕鬆解讀出，瘋狂是真實存在的。威克斯太太隨便梳洗了一番，但下一秒又突然轉頭看著梅西：「她的作為不一樣了。」

「她對妳很好。」梅西也同意。

「她以為是這樣，『去幫小姐打扮一下！』但這還是很不得了！」她喘著氣，然後她完全想通了，「如果克勞德爵士不要她，唉呀，那她就來找妳了，就是她了。」

「她會讓我留在國外嗎？」

「她會給妳一個家。」威克斯太太看得更遠，她串起了所有跡象，「喔，她的聰敏實在太殘忍了！這根本不是道德感，」她的話達到了高潮，「是遊戲！」

「遊戲？」

「為了不失去那個男人。她犧牲了他，好盡自己的責任。」

「那他不會來囉？」梅西懇求著問。

威克斯太太沒有回答，完全沉浸在自己幻想的情景中，「他也反抗過，可是那女人贏了。」

「那他不會來囉？」小女孩又問了一次。

威克斯太太終於聽進去了，「會，他不來就該死了！」她從來沒有這麼愛詛咒人。

但梅西才不管呢！「很快嗎？明天嗎？」

「快得很，不管是什麼時候，都會快到不合禮節。」

「不過這樣我們就可以在一起了！」小女孩繼續說。威克斯太太看著她，表情似乎很可惱，但是沒來得及說什麼，只是突然說：「是跟妳在一起！」空氣中依然瀰漫著批判的氣息，但只有她的同伴催她快梳洗自己，然後下樓去。兩人很快洗了手，一直保持沉默，不過梅西卻突然回想起畢爾太太的樣子，打破了沉默：「天哪，她是不是很漂亮？」

威克斯太太已經整理好自己了，在一旁等著。「她會吸引目光。」兩人的動作很快，值得注意的是，畢爾太太的美貌讓她們驚訝不已，但這股影響力和她們的行為卻不太搭調，兩人似乎是受到了正面的刺激，於是很快就準備好和她一起下樓。儘管如此，兩人回到沙龍裡的時候，她已經先下樓了，她的房門是開著的，房內的女傭也清楚說明了。威克斯太太突然又閃過一個念頭，拖延了她們的腳步，「但在此同時，她要靠什麼過活呢？」

梅西突然停下，「在克勞德爵士來之前嗎？」最驚人的還是她的朋友說話時變得激動不已，「誰要來付帳？」

梅西想了想，「她不能嗎？」

「她？她一毛錢也沒有。」

小女孩又不禁好奇，「難道爸爸沒有……？」

「留一筆錢給她？」威克斯太太說得一副爸爸已經死了的樣子，但她馬上又加了一句：「怎麼可能，他都還要靠別的女人養呢！」

喔，對了，梅西想起來了，「那麼他不能寄一點……」她的聲音又弱了下去，就連自己聽起來都覺得奇怪。

「寄一點那些女人的錢給他的妻子嗎？」威克斯太太的笑聲更奇怪了，比這奇怪的建議更奇怪，「我敢說她也會拿的！」

兩人又快步往前走，但是走到樓梯上，梅西又停下，「嗯，如果她還留在英國……！」她把問題丟了出來。

威克斯太太想了想，「然後克勞德爵士也過來了嗎？」

「對，就如我們希望的。」梅西說出她的疑問，「這樣的話，她要怎麼生活呢？」

威克斯太太遲疑了一下，但馬上就回答：「靠別的男人！」然後她走下樓去。

28

畢爾太太坐在兩人之間，確實就如威克斯太太所預期的，吸引了不少注意。餐廳內的其他女士都沒有她漂亮，其他人的美也都不像畢爾太太那樣，能夠讓人萌生尊敬之意。她主要都在和威克斯太太談話，讓梅西得了空閒，能夠注意到她談話的方式：目光集中在對方身上，不時互相碰觸；讓自己沉迷在這些動作的意義中，雖然她還不是很清楚，和她自己也沒什麼關係，但是這麼鮮明的動作卻讓梅西愈來愈了解，她可以開始解讀繼母每個不相干的動作有何意義。威克斯太太也幫了忙，她先前提到了遊戲，所以現在這些動作都有可能是有策略的。梅西不太了解社交策略，就像如何有禮地送上閉門羹、如何更得體抽開自己的手，結束關係等等，但至少就目前看來，她可以從畢爾太太身上學到如何避免偏著頭。梅西知道一個詞，這位女士經常用這個詞解釋，一個人如何得到自己想要的東西：畢爾太太總是說自己這麼做，不管什麼情況下都能得到，或者有人會幫助她得到她想要的東西，那就是「表現愛慕」。

她現在就在表現愛慕，看起來是只對著威克斯太太一人，而小女孩的腦子從來沒有動得如此自由，於是也發現自己遇到了一個問題，那就是畢爾太太想得到什麼？這時候上的菜是牛腰蛋捲和炸雞，而梅西唯一還擁有的監護人，這是第四個，親切地和她的老師談話，讓梅西不禁好奇，她的老師是不是抵抗得了？雖然說也奇怪，但這時候梅西卻對威克斯太太的道德感產生了興趣，她想現在老師可能把道德感當作武裝了：這股力量聳立在威克斯太太前方，因為眼前要抵擋的誘惑是她過去沒有過的，要抵抗畢爾太太本身的魅力，就目前看來，和抵抗克勞德爵士眼中的她是完全不一樣的。現在發生的一切，不管是什麼，梅西感覺或許還會有更多自己意想不到的事情；綜合這一切，梅西疑心猜想，她一生中有沒有曾經去兌換一枚一鎊金幣，這可以比喻成印象的轉換，但是又掙扎了一下，因為她想再好好算一算，擔心自己的匯兌算錯了。她仔細思索了一番，覺得自己或許在這場激烈的替代遊戲中，扮演的是被動的角色，如果她的繼父、繼母之間的問題，最後是讓畢爾太太的一句話總結了：「好，如果她只能和我們其中之一同住，那麼還會有誰比我更適合呢？」那她一定會變成受害者。這樣的答案和她這幾天安慰自己的想法差太多了，而更讓她感到悲傷的是，克勞德爵士還是音訊全無，所以也無從表示，他不會讓畢爾太太做出勝利宣告。

到了樓上，畢爾太太談起他們兩人的事，內容幾乎就像是在說，她是在兩人激烈拉扯的情況下，切斷了這段關係，拋下他，把他留在倫敦，之後又歷經了幾番波折，然後才出現在這裡，這不就表示她基本上是犧牲他了嗎？梅西自己也幻想著，在攝政公園那個家可能上演過什麼樣的情節，但其中的細節幾乎讓她感到驚恐，因為克勞德爵士很可能根本就沒有公平競爭的機會，畢爾太太只要坐在那裡，就會引起某些情感擾亂思緒，像是能夠和她這樣的美女相處，甚至都會讓人心生驕傲，而小女孩幾乎都要忘了這一點，雖然她還沒想到要如何犧牲畢爾太太，但她似乎可以看見克勞德爵士已經著手進行了，也不會直接發出抗議。

顯然，她的繼母現在決心要從威克斯太太身上得到的，是希望這位老師能同意大幅更改她們的生活方式，要有所改變，俐落地就像雜耍藝人手上的球，而這一切都是為了配合畢爾太太新得到的便利，其他的都不重要。梅西很能了解其中的寓意，她微微收起手肘，指著自己的肋骨，做無謂的防護，她知道這表示不管是繼父或繼母做她的監護人，一點也不重要。問題的核心是女孩畢竟不是男孩，如果梅西只是個穿著長褲的粗野孩子，最多大概也就是註定長大會變成流氓，那麼克勞德爵士就很適合照顧他，如果是這樣，克勞德爵士自然就跳出來了，而威克斯太太就會發現自己跟對老闆了。

對年輕的小女孩來說，這些論點真的都說得通了，尤其是她聽見自己的新身分，那個語調打動了她，有了這麼多家長，如果爸爸和媽媽可以算是死了，她還會是某人的女兒。如果她父親的妻子和他母親的丈夫因為自然法則，或者以她所知道的方法，透過法律規定，必須代替他們死去的伴侶執行職責，那麼如今，畢爾太太的伴侶就和克勞德爵士的一樣都等於是死了，在「法蘭芝與法蘭芝及其他」的這場離婚法庭上，照顧梅西的職責就會優先落在他們手上。當年那場離婚官司可說眾人皆知，而官司中的小女孩現在發現，自己這一天剩下的時間，完全充滿了畢爾太太想要的奢華享受，而梅西和威克斯太太肩負著娛樂這位女士的任務，她的希望也讓這兩人忙得團團轉，而她想看的、想體驗的實在太多了，讓她們都眼花撩亂，很難抽空互相交換眼神信號。甚至梅西還隱約感覺到，如果手邊有一、兩條繩子的話，威克斯太太或許會丟出去；或者送一、兩架火箭升空，希望有人來救她。

無論如何，她們兩人從來沒有待在一起這麼久，卻完全沒有溝通交流，而兩人的同伴又要她們陪著她，讓她們只能分開。不過這樣的情況也顯現出兩人更加緊密的關係有多麼偉大，即使面對第三人一次又一次、毫不間斷的引誘，也不會動搖。這天的活動十分熱烈精采，畢爾太太妙語如珠，而且說個不停，就像悠揚的樂曲和飄揚的旗海。她馬不停蹄帶著兩人去散步或是搭著馬車出遊，甚至為了晚上，還計畫著要帶她們去Etablissement（娛樂中心）①，去那裡只要付一法郎，就能聆聽名家的演奏會。這個計畫讓梅西想起伯爵宮的表演節目，而法郎的聲音聽起來比先令的清脆，那時候梅西沒有聽見先令硬幣敲響的聲音；但這個願望就和另一個一樣，讓她心煩意亂：這次的法郎也像先令一樣沒有響起，而從表演節目就能知道那些演奏會是怎麼回事。很快，Etablissement的計畫就瓦解了，這也難

①Établissement一詞在法文中是「機構」的意思，但在故事中，畢爾太太提到的這類機構，其實就是提供夜生活娛樂的地方。

怪，這位女士從她抵達的那一刻起，就勇敢承認自己和別人翻臉的事情，所以也大方坦承自己終於精疲力竭了。梅西可以理解她的疲累，經過這一天，一直觀察著她的結果，發現她很興奮，梅西甚至還偷偷把她的狀態比喻成一股海上風暴，風暴從倫敦就十分強烈，所以需要一點時間平靜下來。小女孩觀察到的這些狀況，像是講個不停，還有她不斷強調著什麼、一直神采奕奕、不時發揮自己的幽默感，這都讓梅西覺得她有如風暴一般。

畢爾太太也很享受異國生活的情趣，她的女兒想抓住機會向她解釋，想不到她卻搶先一步，告訴梅西自己對這一切相當熟悉，隨後開始滔滔不絕說個沒完，但是梅西發現畢爾太太的成長過程中幾乎都是循著歐陸禮儀，讓她十分驚訝，於是也就不太回應畢爾太太的解說。而畢爾太太開始向兩位朋友解說，態度讓人有些困窘，不管她們去到哪裡，都由她充作口譯人員、歷史學家，以及導遊。她總是能將眼前的景色和她早年的遊歷連在一起，她十八歲時曾經有一段時間，跟著荷蘭的某名門家庭一起住在法國北部的萊芒湖畔。過去梅西經常聽到她說這些冒險故事，覺得很有趣，但時間一久都顯得像是空想，而如今在布洛涅，故事的女主角炫耀起自己的經歷，消弭了這些疑惑，她說起某些主題時的犀利見解，梅西先前也是如此犀利向威克斯太太解釋，只是從畢爾太太口中說出，顯得更有說服力，冒險更是多采多姿。而這只是讓畢爾太太揚帆前進的動力之一，梅西也能感受到她握著自己的手時傳來的力量。梅西和克勞德爵士分開，原本就已經感覺到時間的壓力，如今這一趟出遊更是影響了她，那股壓力更顯沉重，她覺得這樣的情形似乎會持續好幾天，如今讓他們煩躁不安的原因已經來到了法國，而他身邊沒有媽媽、沒有畢爾太太、沒有威克斯太太，也沒有她，他孤身一人在英國一定很害怕。她覺得自己等待了一個小時又一個小時，卻說不上來究竟在等什麼；有好幾次，她感覺畢爾太太口若懸河的嘰喳聲，只是為了掩蓋某人的敲門聲，不過即使在這樣的危機中，這個嘰喳聲都沒有公開說出自己的目的，一直到要準備用晚餐的時候，她沒有讓梅西跟著威克斯太太去準備，反而是終於帶著如母親般不容置疑的力量，直接推著梅西進她的房間（從克勞德爵士手上接收過來的），動起靈活的雙手親自幫她的小女兒打扮，然後她才說出口：「我要和妳父親離婚了。」

梅西完全沒有想到她會告訴自己這件事，一時還無法理解，同時也察覺到自己的臉色看起來應該滿疲倦的：「這樣才能嫁給克勞德爵士嗎？」

畢爾太太親吻了她一下作為獎賞：「聽到妳這樣說真是太貼心了。」

雖然這是在稱讚梅西，但是她卻思量了一下，提出反對意見：「可是他還有妻子，你們怎麼能結婚？」

「他沒有，算是沒有了。他自由了，妳知道的。」

「有結婚的自由嗎？」

「首先，是有自由和他自己的敵人離婚。」

過去這幾天，梅西覺得自己能過著這樣的日子，都多虧了某人，所以這句話讓梅西毫無準備，過了一會兒才發現這個可怕的稱呼是指誰，但她還是遲疑了好久才冒險猜測：「是媽媽？」

「她不再是妳的媽媽了。」畢爾太太回話，「克勞德爵士付了她一筆錢，讓她不再是妳的媽媽。」然後似乎想起，這個小女孩恐怕不太了解金錢交易的意思，「只要克勞德爵士答應讓她不必再撫養妳，那麼他就不必再照顧她了。」

但是，畢爾太太顯然太低估了她女兒對金錢的概念，「然後他自己會撫養我嗎？」

「他願意承擔起撫養妳的一切麻煩和負擔，只為了讓她不再知道妳的消息。這是正式簽署的合約。」

「喔，媽媽這麼做真是太好了！」梅西大喊著。

「沒那麼好，親愛的，但他還是會和她離婚的。」

梅西沉默了一下子才說：「不，他不會的。」然後又更大膽說了一句：「妳也不會。」

畢爾太太原本盯著鏡子，聽到之後轉過身來，臉上滿是興味和驚訝：「妳怎麼知道？」

「我就是知道！」梅西喊著。

「威克斯太太說的？」

梅西掙扎了一下，然後發現畢爾太太並沒有生氣，便知道自己可以繼續說下去，但她這才發現自己需要多大的勇氣：「是威克斯太太說的。」她承認。

畢爾太太又回頭看著鏡子，拿著粉撲玩樂似地輕拍，只說了一句：「我親愛的寶貝，她錯了。」

這句話說得輕鬆愉快，也頗有說服力，但小女孩依然思考了很久，她想起克勞德爵士自己並不是這麼回答的，儘管如此，這也沒辦法阻止她把話說出口：「所以妳是說，他沒有離婚的話就不會來囉？」

畢爾太太往臉上拍了最後一道粉，她準備好了，然後優雅站在原地。「親愛的，我的意思是，就是因為他沒有離婚，我才會離開他。」
這句話又打開了不同的視野，但是離梅西實在太遠了，她無法理解，於是轉身不予理會。但是在她們出門之前，她又問了：「妳現在喜歡威克斯太太了嗎？」
「唉呀，小可愛，我才正想問妳，妳覺得她到底會不會改變想法，喜歡可憐又糟糕的我呢？」
梅西想了想話中的暗示，但想不通，「我什麼都不知道，但我會問清楚的。」
「一定要喔！」畢爾太太說完就匆匆帶她出門，空氣中帶著香氣，她那樣說，似乎梅西要幫她做一件特別的好事。
那天晚上，小女孩上床睡覺的時候馬上就試了，原本她以為，畢爾太太會希望她晚上不要再由威克斯太太照顧，現在她不再擔心害怕了。「妳承受得了嗎？」走廊盡頭的兩扇門一關上之後，她立刻開口問。
威克斯太太嚴肅地盯著燭火，「承受什麼？」
「什麼，她一直在對妳表現愛慕啊，她成功了嗎？」
威克斯太太轉而嚴肅盯著她學生的臉：「成功什麼？」
「成功說服妳，改讓她照顧我啊。」
「不是克勞德爵士嗎？」威克斯太太肯定是在爭取時間思考。
「對啊，既然不會改成是妳，還會有誰？」
威克斯太太想清楚之後，臉紅了起來，「對，她就是這個意思。」

「那，妳喜歡這樣嗎？」梅西問。

其實她還得等一下才能聽到答案，因為，唉，她的朋友覺得實在太尷尬了！「當然現在我對這段關係，就是他們的關係，某個程度上已經沒有那麼反對了，她今天對待我的方式，就好像我畢竟不是太糟糕的小蟲，我不是不清楚她那樣彬彬有禮的手段，不過當然啦，」威克斯太太急忙補上一句，「雖然她幾乎就跟克勞德爵士一樣好，但我還是不喜歡讓她照顧妳。」

「一樣好！」梅西重複著她的話，「我希望最好不要如此。」她聽到自己堅決的語氣，自己先發起抖來，「我還以為妳『愛慕』他。」

「我是啊。」威克斯太太堅定回應著她。

「那妳突然也開始愛慕她了嗎？」

威克斯太太並沒有直接回答，只是眨了眨眼表示自己的堅定不移，「親愛的，妳怎麼這樣問我？妳越線了。」

「為什麼不可以？妳也越線了，畢爾太太也越線了，我們每個人都輪到了！」然後梅西發出一聲輕笑，她年幼的口中從沒發出如此奇異的聲音。

下一刻，威克斯太太也發出一聲再相符不過的聲音，「妳真是太了不起了！」她的聲音有些像嘶叫。

而她的學生，雖然無意表現傲慢，但並沒有羞怯：「我想妳為我做了很多，才讓我變成這樣。」

「我確實如此。」她突然變得謙卑，似乎是想起最近才責備過自己。

「那麼妳會接受她嗎？我想問這個。」梅西說。

「是替代人選嗎？」威克斯太太反覆思量，她又對上小女孩的眼睛，「她幾乎在討好我了。」

「她可沒討好他，甚至對他也不好。」

威克斯太太看起來似乎感覺自己占了上風，「那妳想『殺了她』嗎？」

「妳沒有回答我的問題。」梅西堅持著問，「我想知道妳願不願意接受她。」

威克斯太太繼續躲避問題，「我倒想知道妳願不願意！」

此刻，小女孩全身的每一個細胞都在宣告著，答案顯而易見了，「一點也不想。」

「現在不想要兩個人了？」威克斯太太接上話，臉也紅了，「只要克勞德爵士嗎？」

「只要他，不然就沒有人。」

「我也不要嗎？」威克斯太太叫著。

梅西看著她一會兒，然後開始脫掉衣服，「喔，妳就是沒有人啊！」

29

隔天早上，梅西睡過頭了，她睜開眼睛一看到威克斯太太，就知道自己太晚起床了，威克斯太太站在房間中央看著她，已經穿好了衣服，而且還比之前都整齊。接下來梅西坐起身來，整個人都清醒了，害怕她或許錯過了在「國外」的時光。威克斯太太看起來的感覺，就像這一天已經開始自己的脈動，梅西準備要追趕上這段時光，這時聽見威克斯太太清楚說：「可憐的小親親，他來了！」

「克勞德爵士嗎？」梅西揮舞著雙手把床單攤平，赤裸著雙腳感覺地板的光滑。

「他晚上的時候搭船渡海，很早就到了。」威克斯太太僵硬地把頭稍稍往後仰，「他來了。」

「妳見過他了嗎？」

「沒有，他在那裡，在那裡。」威克斯太太重複說著。她的聲音很奇怪，彷彿是從遙遠的地方傳過來，而並不是很願意在這裡停下；接著她又顫抖著，讓兩人都能感覺到這股情緒，互相盯著對方，臉色都看得出蒼白。

「這樣不是太妙了嗎？」梅西喘著氣回話，但是她並沒有準備好要馬上聽到回覆。梅西用這樣的詞彙形容，是一種社交手段的展現，不管怎麼樣，如此就能阻止威克斯太太用其他的形容詞。目前看來，這個手段成功了，只是那張蒼白老態的臉上還帶著陌生又靜默的懇求，這讓梅西非常希望能聽到確切的答案，就算她再怎麼樂觀，這比從威克斯太太的態度來猜測大概發生了什麼要好得多；梅西確實有種奇怪的感覺，現在發生的事一定不像從前那樣，單純只是那位超級好朋友抵達或是回來，那樣開心的好事。這一夜之間出了什麼變化？她睡覺的時候，那種讓人感到安心的愉悅變成什麼樣了？她想要再更清醒一點，所以開始聊天、表現出興高采烈的樣子，潑水洗臉，然後換上衣服，接著她發現已經十點鐘了，但威克斯太太也還沒有吃過早餐；前天九點的時候，她們已經一起在起居室裡享用咖啡和麵包捲了。而威克斯太太顯然也急著想找點事情來躲避問題，於是檢查著學生目前急躁的動作漏了什麼，於是把梅西叫了回來，嚴格執行她的準備步驟，像是使用肥皂的時候一定要完全、每個地方都抹到，甚至還頗為嚴肅地斥責她，只是為了去見繼父就這樣匆匆忙忙穿衣服。她默默堅持著牽起梅西的手，把整個準備流程簡化成一連串更精確的動作，改正梅西自從讓瑪朵照顧的時候就一直這樣做的習慣。不管現在是怎麼做，不一樣的是現在有了克勞德爵士的存在，對小女孩來說，一想到要穿好衣服去見他，什麼動作都幾乎是在亂糟糟的匆忙中完成。幸好，這時的威克斯太太並不會一直想阻止她。「他在那裡，就在那裡！」她說了又說，說了好幾次，不管梅西問她什麼：起床多久了？為什麼這麼老實就讓她一直睡？威克斯太太都是這樣回答。過了幾分鐘，梅西只想著另外兩個人在哪裡？為什麼威克斯太太還沒見到他們？還問說他們有沒有可能現在就在沙龍裡？

「他在那裡，就在那裡！」她一邊又說了一次，一邊用力拉著小女孩糾結在一起的襯衣，那個力道幾乎讓人生氣。

「妳是說他在沙龍裡嗎？」梅西又問。

「他跟她在一起。」威克斯太太悽悽說，「他跟她在一起。」她又說了一次。

「妳說在她的房間嗎？」梅西繼續問。

她等了一下才說：「天曉得！」

梅西想了一下，不知道為什麼，或者天是怎麼知道的？但這個想法只是讓她遲疑了一會兒，她馬上又問：「那，她不回去嗎？」

「回去？不可能！」

「她還是會留下來嗎？」

「絕對會。」

「那克勞德爵士不會走嗎？」梅西問。

「如果她不走，就換他走嗎？」威克斯太太似乎把這個問題好好想了想，「如果他又要走，何必要來呢？」

梅西馬上回答出高明的答案：「要讓她走啊，把她帶走。」

威克斯太太一點也不認為如此，「如果他可以輕易讓她走，又怎麼會讓她來呢？」

梅西想了想，「喔，就是來看我嘛，她有權利啊。」

「是，她有權利。」

「她是我媽媽！」梅西試探性竊笑著。

「是，她是妳媽媽。」

「而且，」梅西繼續說，「他沒有讓她來，他不喜歡她來；如果他不喜歡……」

威克斯太太接下去說：「他一定是吞下去了，一定是這樣！妳母親對他的看法是對的，我是說妳真正的母親，他很懦弱，完全沒有擔當。」她的思緒好像更深沉了，若有所思，「他或許跟她談好條件了，我是說跟夫人，他就只是個可憐懦弱的奴隸。」她突然大聲說出口。

梅西又覺得好奇了，「奴隸？」

「因為他的感情。」

梅西繼續思考著，甚至覺得有趣，然後她又說：「但妳怎麼知道他會留下？」

「因為他喜歡我們！」威克斯太太為了強調自己的話，把小女孩轉了一圈背對自己，去處理她衣服背後的鉤子。她從來沒有這樣用力搖撼著她。

就好像這一搖，也搖出梅西某種想法：「就算他喜歡我們，如果我們不留下來，對他又有什麼好處？」

「妳是說我們就一走了之，讓他和她在一起嗎？」威克斯太太對著她學生的後腦勺問這個問題，「對他沒好處，這樣他就完了，他會一無所有，失去所有一切，可以說他整個人都毀了，因為只要過一陣子，他一定會開始討厭畢爾太太。」

「那如果他討厭她，」梅西居然能理解這個想法，實在驚人，「他就會再來找我們了！」

「不可能。」

「不可能？」

「她會留住他，她會永遠抓著他。」

梅西很懷疑這說法，「可是他『討厭』她呢？」

「這不要緊，她不會討厭他，是人都不會！」威克斯太太說。

「有些人會，媽媽就會。」梅西堅持主張。

「妳媽媽沒有！」這句話來得讓梅西吃驚不已，她的朋友居然直接就否決了她的認知，「她愛他，她愛慕他，女人都看得出來。」威克斯太太這樣說，不但像在暗示梅西不是女人，也似乎暗示她永遠都不會像個女人。「我就看出來了！」她大叫著。

「那她到底為什麼要離開他？」

威克斯太太遲疑了一下，「他很恨她。不要這樣駝著背，把頭抬高。妳知道我有多喜歡他，」她想表現自己的正直無私，「但一定也要了解，我看得很清楚。」

這時的梅西也很努力要像她一樣看清楚，「那如果媽媽都離開他了，為什麼畢爾太太不會呢？」

「因為她不是那種笨蛋！」

「不是媽媽那種笨蛋？」

「既然妳說出來了，沒有錯。看起來像是她離開了他嗎？」威克斯太太問。她再度陷入沉思，然後繼續更有力的陳述：「妳真的想知道到底為什麼嗎？因為，畢爾太太也許會成為他的不幸和懲罰。」

「他的懲罰？」這已經超過梅西還能接受的了，「為什麼？」

「所有一切。事情會變成這樣：他會永遠和畢爾太太綁在一起，她一點也不會在乎他恨她，而且也不會怨恨他，她只會恨我們。」

「我們？」小女孩重複的聲音很虛弱。

「她會恨妳。」

「我？為什麼，是我讓他們在一起！」梅西忿恨地喊著。

「妳讓他們在一起。」聽起來威克斯太太完全贊同這個說法，「沒錯，妳做得很好。坐下。」她開始幫學生梳理頭髮，然後手稍微用力抓起那一大把髮絲，繼續用銳利的口氣回溯著：「妳母親一開始是很愛慕他的，這份感情一定一直維持了下去，但是他太快就和畢爾太太展開關係，就像妳說的，」她手上的梳子輕快地梳著，繼續說，「妳讓他們在一起。」

「我讓他們在一起。」梅西已經做好心理準備，又重申了一次，儘管如此，有那麼一會兒，她覺得自己就像跌到了坑洞底部，然後她似乎想找到出口：「可是我沒有把媽媽……」然後她的聲音又弱了下去。

「和那些男士拉在一起嗎？」威克斯太太幫她接話，「沒有，還沒有那麼糟糕。」

「我只有對上尉說……」梅西很快回想起來，「我希望他，他真的是非常好的人！希望他能愛媽媽，留住她。」

「就算這樣，也不是什麼壞事。」威克斯太太說。

「但也不算好事。」梅西不得不承認，「她忍受不了他，一點點都不行，她在福克斯通的時候跟我說的。」

威克斯太太壓下倒抽氣的衝動，她有一會兒都在控制自己的情緒，她對愛達的誤解有奇怪的想法，此時似乎很努力想扭轉這個印象。「他應該是個好人，她不應該跟妳這樣說他！」

「喔，我很喜歡他！」梅西馬上就接了話，聽到這裡，她的同伴悶住一聲沒發出來的聲響，不過更奇怪的矛盾是，威克斯太太彎下腰，在她臉頰上很快輕拍一下，顯然是想親吻她。

「嗯，如果夫人的想法和妳不一樣，那正好證明了什麼？」威克斯太太最後問，「證明了她喜歡克勞德爵士！」

梅西想著這些證據，不停思考著，直到她的頭髮已經整理好了，但這時她站起身來，似乎不是非常接受這些證據。這時候她抓著威克斯太太的手臂：「他一定是離婚了！」

「從前天起嗎？別說不可能的話。」

這句話聽起來很不耐煩，讓小女孩不知道怎麼回答；不過她還是提出辯護，只是這個想法和前面的關聯完全不一樣：「我早就知道他會來！」

「我也是，但不是二十四小時之內，我給了他幾天時間！」威克斯太太呻吟著說。

威克斯太太的手已經放開了梅西，梅西饒富興味地看著她：「那她給他多久時間？」

威克斯太太看著她好一會兒，似乎是困惑地吸了吸鼻子，「妳最好去問她！」但是她話一說出口，就馬上阻止了自己：「老天啊，幫幫忙，我們在說什麼啊！」

梅西心想，不管她們在說什麼，她都要去見他，不過一時也沒有再多說；此時她仔細把衣服穿好，威克斯太太也保持沉默。就好像兩人心裡都有太多事情要思考，就算小女孩感覺到她的朋友正盯著她，也想知道她的朋友是不是正盯著她，兩人都沒有開口。最後，威克斯太太轉身面對窗戶站著，眼神看向一旁，但梅西猜想她並不是在欣賞景色。接著，小女孩站到鏡子面前，說出讓威克斯太太最為震驚的一句話：「好，我準備好了，現在去見他吧！」

威克斯太太轉過身來，卻似乎沒有聽見她說的話，「這件事實在太嚴重了。」老師的眼眶中慢慢湧上淚水。

「沒錯，沒錯。」梅西說話的樣子似乎是要符合自己正式的裝扮，彷彿在最後一刻，她已經做好了決定。「我必須馬上見他。」

「他都還沒說要見妳，妳怎麼可以見他呢？」

「為什麼我不能直接去找他？」

「因為妳不知道他在哪裡。」

「我不能在沙龍裡找一下嗎？」梅西還是認為這問題很簡單。

但是威克斯太太立刻斷了她的念頭，「不管怎麼樣我都不會讓妳去沙龍裡找他！」然後她稍微解釋了一下，「那間沙龍現在不是我們的了。」

「我們的？」

「妳和我的。是他們的。」

「他們的？」梅西瞪著威克斯太太，繼續重複她的話，「妳是說他們不想讓我們進去嗎？」

威克斯太太瑟縮了一下，頹喪坐到椅子上，然後雙手遮住了臉，梅西以前就經常看她這麼做，

「至少，他們應該要這樣。現在的情況太可怕了！」

梅西在原地站了一會兒，在房裡四周看了看，「我要去，我要去找他。」

「我才不去！我不要接近他們！」威克斯太太吶喊著。

「那我自己去見他。」小女孩發現她要找的東西了，她拿起自己的帽子，「或許我可以帶他出

去！」然後她毅然決然離開了房間。

她走進沙龍的時候，裡頭空無一人，但從敞開的門外傳來聲響，表示有人在陽台上走動，接著克勞德爵士就直接走了進來，站在她面前。他穿著輕便、乾淨的衣服，戴著繫上亮色緞帶的草帽，這些都讓梅西感覺他即將出發，踏上最美好的美好旅程，同時也讓他整個人容光煥發，充滿熱帶的閒適。但是讓他的外表更為突出的是他的態度，他突然停下腳步，兩人之間從來沒有經歷過這麼長的一分鐘，他也沒有對她張開雙臂。因為他停下腳步，所以梅西也停了，讓她有時間細想，他一定已經起床一段時間了，不過這裡並沒有剛用過早餐的樣子，而雖然時間已經很晚了，奇怪的是，他也沒有找人去叫她來見他。威克斯太太說對了嗎？他們把沙龍沒收了？這裡現在都是他的了嗎？完全屬於他和畢爾太太了嗎？無論如何，她小小的腦袋嗡嗡運轉著，這樣的想法只是提醒了她，到目前為止她所擁有的東西，大部分其實都是畢爾太太的和他的。像這樣站在這裡和他面對面，中間似乎橫著一條深溝，感覺很奇怪，而他到了這個時候才開口，微笑著說：「親愛的孩子，我親愛的孩子！」可是卻沒有走近她。她轉瞬間就發現他已經不一樣了，可能比他自己知道的或希望的還要不一樣。下一秒，就好像他從她臉上的表情發現了什麼，於是伸出手來，然後兩人才靠在一起，他親吻著她，笑著，她感覺他似乎還臉紅了：他還是發揮出自己情感中固有的某種特質。「我回來了，妳看，就像我答應過妳的。」

這不是他答應過她們的，他沒有答應她們要讓畢爾太太過來，但梅西沒有提起這件事。她只是說：「我知道你來了，威克斯太太告訴我的。」

「沒錯，她在哪裡？」

「在她房裡，她叫我起床，幫我穿衣服。」

克勞德爵士上下打量著她，每次他這樣做的時候，臉上總是表現出一種戲謔的甜蜜，梅西最喜歡他這樣的表情了，而現在他把功夫做足了。他抬起眉毛，舉高雙手裝出崇拜的樣子，顯然他還是想表現得很開心：「叫妳起床？我想也是！她幫妳穿的衣服漂亮極了，她不來嗎？」

梅西不知道自己該不該說，「她說不了。」

「她不想見見我這個可憐的壞蛋嗎？」

他這樣形容自己讓梅西有些驚訝，但又深究起背後的原因，然後她的眼睛看著他剛剛走出來的房門。「畢爾太太在裡面嗎？」

克勞德爵士也看著那扇門，但眼神空洞，「我什麼都不知道！」

「你沒見到她？」

「連她的鼻尖都沒有。」

梅西心中有了個底，看著他帶著微笑的美麗雙眼，她帶著最微弱、最純淨、最冷漠的信念，知道他沒說實話：「她沒有來迎接你嗎？」

「連一點表示都沒有。」

「那她在哪裡？」

克勞德爵士笑了，看起來既是感到有趣，又很驚訝她會問這樣的問題，「我投降！」

「她不知道你來了嗎？」

他又笑了，「或許她不在乎吧！」

梅西突然一個轉念就撲向他的懷裡，「她走了嗎？」

他看著她的雙眼，而這時她也看得出來，他的眼神其實比他的行為舉止嚴肅多了。「走了？」梅西已經飛也似地跑到房門口，但還來不及舉手敲門，他已經走到她身邊抓住她的手。「別理她，我不想管她。我想見的是妳。」

「那她還沒走囉？」

梅西和他一起往後退，他看起來似乎還是覺得這是玩笑話，但是她愈是看著他，就愈能發現他其實心裡很多困擾。「這樣就不像她了！」

她站在原地看著他，充滿好奇，「你想讓她來嗎？」

「妳怎麼會認為……？」他坦白告訴她，「我們為了這件事鬧得很厲害。」

「你是說你們吵架了嗎？」

克勞德爵士不了解這句話的意思，「她跟妳說了什麼？」

「說她和你一樣有權利照顧我，她代表了爸爸。」

他的眼神穿透了窗戶，往上看著窗外的藍天；梅西可以聽到他在褲子口袋裡找東西，可能是錢幣或是鑰匙。「沒錯，她一直都是這麼說的。」有好一會兒，他看起來幾乎一臉無助。

「你說你不想管她了，」梅西繼續說，「你是說你們吵架了嗎？」

「我們一見面就只能吵架。」

他說話的時候站在她面前，如此溫柔又漂亮，情感豐富，雖然心中帶著憂慮，但是梅西感覺她熟悉的那個他又回來了，聰明地模糊了話中的意思，否則這句話或許就有非常明顯的暗示。

「喔，吵什麼架！」她不甚贊同地說。

「我保證，她吵架起來真的挺可怕的。」

「我不是在說她，我說你。」

「啊，我得先喝杯咖啡才能談這個。妳愈來愈聰明了。」然後他說，「我想妳吃過早餐了吧？」

「還沒，我什麼都沒吃。」

「沒有在妳房裡吃嗎？」他一臉內疚的樣子，「親愛的老朋友啊！那我們一起吃早餐。」他又是滿心歡樂，「我說，我們出去吃好了。」

「我就是這麼希望的，我帶了帽子。」

「妳真的好聰明！我們去咖啡館。」梅西已經走到門口了，他的眼睛在房裡梭巡，「等一下……我的枴杖。」但房裡沒有枴杖，「沒關係，我放在……喔！」他想起來了，語氣隨之一沉，然後走了出來。

「你放在倫敦了嗎？」他們下樓的時候，梅西問。

「對，在倫敦，真好！」

「你來的時候可真匆忙。」梅西幫他解釋。

他伸出手臂環抱著她，「這個一定就是原因了。」

走到一半他突然停住了，拍著他的大腿，「可憐的威克斯太太呢？」

梅西的臉上忽然冒出陰影，「你希望她來嗎？」

「天啊，不，我只想見妳。」

「我也是這麼希望的！」她回答，「就像之前一樣。」

「就像之前一樣！」他開心地重複她的話，「可是，她喝過咖啡了嗎？」

「不，沒有。」

「那我就請人送上去給她吧。小姐！」他已經走到了樓梯底，開口呼喚那位矮矮胖胖的女經理，這位女士從繁忙愉快的大廳轉身面對他，臉上的表情充滿早晨的清爽，挺著寬闊的胸口，就像壁爐臺上鋪著天鵝絨的架子，加上她圓圓的白皙臉蛋和周圍的金色鬈髮，看起來就像一座吸引目光的時鐘。他交代她為威克斯太太準備餐點，還特別指定內容，聽著他輕鬆說著流利的法文，真是迷人，就算他的同伴對法文一竅不通，也能知道他的法文說得有多完美。女經理揉揉雙手，她說話的音調很高，說得又快，就像和克勞德爵士組成了一對華麗的二重唱，她跟著他走到街上，然後兩人談了好一會兒，這時梅西想起威克斯太太說的，每個人都會喜歡他，從女經理臉上的早晨清爽就看得出來，以及她劇烈起伏的胸脯也看得出來，這位女經理有多喜歡他。顯然他幫威克斯太太點了很棒的東西。「Et bien soigné, n'est-ce-pas?（要好好準備，好嗎？）」

「Soyez tranquille.（保持安靜。）」女經理抬頭對他微笑，「Et pour Madame?（那要為夫人準備什麼呢？）」

「Madame?（夫人？）」他重複了一次，腳步稍微停了一下。

「Rien encore?（沒別的了嗎？）」

「Rien encore.（沒有了。）來吧，梅西。」她趕緊跟上他的腳步，但走到咖啡館的路上，他一句話也沒說。

30

他們坐下來之後，梅西發現這個地方的不同；這裡不是旅館樓下，而是得沿著碼頭走到更遠的地方，有大面、乾淨的窗戶，地板上灑著穀殼，在梅西看起來有點像是馬戲團的趣味。室內的顏色很多彩，客人並不多，他們坐在紅色的軟墊長凳上，旁邊還零星坐著幾位男士正在剔牙，坐在素雅的桌子後面，整張臉扭成一團；尤其還有一位老先生，年紀非常大，襯衫的鈕孔裡繫著紅色緞帶，他把奶油麵包捲浸入咖啡裡，然後再送進他鼻子和下巴之間剩下的空間裡，如果不是梅西現在還掛念著其他事，他這個樣子或許會讓她帶著近乎羨慕的眼光欣賞許久。克勞德爵士問梅西，如果先吃這一點東西可以撐到吃午餐的時候嗎？然後決定他們也要點咖啡加牛奶和麵包捲。

他提起了這一餐，讓梅西多少可以思考一下，她處在這片有遮蔽、地上灑了穀殼的陰涼處，隱約感覺到這樣的場景，就像是某種安排好的、反映出的不羈，棲息在這裡的人，就是像她這樣作息不正常的人，可能是睡得太晚或起得太晚；她看著繫上白圍裙的服務生，拿著盤子或碟子靈活表演，就像魔術師一樣，讓梅西想起在倫敦的時候，她身邊的朋友也曾帶她到音樂廳去看這樣的表演。克勞德爵士現在又開始說話了，告訴她倫敦看起來怎麼樣，而他待在海峽另一邊，感覺自己已經離開了多久；也說了很多蘇珊・艾許的事，說和她在一起的時候發生了什麼妙事，當然也有困難；接著又說起他的回程，晚上渡過海峽是什麼樣子，還有一起過來的人有多少，而其中總是有太多他認識的人。他也談起了其他事情，尤其是叫她一定要告訴他，他不在的時候，威克斯太太和她的學生都做了些什麼？她們是不是如他所說的盡興玩樂？他說會幫她們安排享受，有沒有說得太誇張？梅西告訴他，他成功了，而且她們也很感激，只是沒有說出全部事實：每過一分鐘，她內心的思緒就更複雜，因為她察覺到，她從來沒有看過他表現出現在這個樣子。

威克斯太太曾經說過，大概說過一次或五十次：對梅西來說，一次就夠了，但更多次也不嫌多，她說克勞德爵士多變得讓人讚嘆。沒錯，小女孩心想，以他目前的狀況，確實如此：他比其他時候都還要多變。而且，兩人現在一起坐在這家店裡，共享一張舒適、親密的小桌子，就像他們在倫敦時也經常這麼做，只是他們現在的共處不太一樣了。這樣的差異顯現在他的臉上、他的聲音裡、他的每個眼神，以及他的每個動作；這些並不是他真心想展現的眼神和動作，而梅西也感覺到，這些不是她想要看到的眼神和動作。她看過他緊張的樣子，她看過和她接觸的每一個人緊張的樣子，但是從來沒看過他現在這樣緊張。她心裡慢慢有了既定的恐懼，這股恐懼交雜著冷漠，剛剛在旅館裡，她問他畢爾太太的事情時，她並不相信他的答案，那時就是這種感覺。她現在似乎看出來了，她伸手越過桌面，搭著克勞德爵士的手臂，好像這麼做，就可以了解他好幾次坦承恐懼時，內心真正的想法。為什麼這樣的男人經常感到恐懼？現在她必定也能慢慢了解，這樣的男人只會真正害怕一樣事物，他害怕的是自己。不管在什麼情況下，他的恐懼都如影隨形：他的恐懼對梅西很好，表現出美好、溫柔的一面，和她一起喝咖啡、吃麵包捲，談笑風生，但卻不是真的在與她談笑；他的恐懼存在於他故意拉長、扭曲的聲音，以為這樣很有趣；他就是故意要帶她出門，模仿過去在倫敦的玩樂時光，仿效兩人過去的關係，卻不知道其實這段關係已經完全變調，前天在沙龍裡，畢爾太太突然出現在梅西面前的時候，她的雙眼已經見證了改變。也因為如此，現在畢爾太太彷彿也站在梅西眼前，兩人等著還沒送上來的飲料，梅西終於直接開口問了那個問題，都是因為兩人一進到這裡，他說出的第一個字就給了她這個機會：「我們要和畢爾太太一起吃午餐嗎？」

他的回答一點也不直接：「妳和我嗎？」

梅西坐回她的椅子上，「威克斯太太和我。」

克勞德爵士也在座位上挪動了一下，「親愛的孩子，這個問題必須讓畢爾太太自己回答。」沒錯，他不安了，此時在他們之間好像有件事懸而未決，然後劇烈擺動著，兩人都能感受到空氣中的擾動，過了一會兒，梅西突然覺得整件事就要壓下來了。「妳介不介意，」他脫口問，「我想問妳威克斯太太跟妳說了什麼？」

「跟我說？」

「這一、兩天，我不在的時候。」

「你是說你和畢爾太太的事嗎？」

克勞德爵士把手肘靠在桌上，雙眼盯著雙肘間那一塊白色大理石，盯了一會兒，「不，我想那件事在我離開之前，我們已經說了很多了，不是嗎？我覺得我們已經說得很清楚了。我是說妳自己，就是……妳不懂嗎？我這麼說好了，就是妳和我們的關係，和我們住在一起。妳和我們的朋友單獨在一起的時候，她怎麼說？」

梅西感受到這個問題的重量，讓她沉默了一下，這時候她看著克勞德爵士，他依然垂著目光。

「沒有。」她終於回答。

他看起來並不相信，「沒有？」

「沒有。」梅西又說了一次。這時有事打斷了兩人的談話，服務生拿著托盤，將他們的早餐拿過來準備。這些準備工作就和所有事情一樣新奇；服務生拿著一個好像灑水壺的容器倒出他們的咖啡，然後又舉起另一隻手倒出熱牛奶，形成一弧牛奶流進杯中，和咖啡一起冒出泡沫；不過在這一整齣法式娛樂的表演中，兩人依然隔著桌子看著彼此，眼神中多了一些重量，他們已經不再假裝了。克勞德爵士又讓服務生離開去準備其他東西，然後繼續問：「她都沒有試圖影響妳嗎？」

和他這樣面對面，讓梅西覺得威克斯太太的努力似乎太少了，根本不值得一提，所以她馬上不再回話。接著，她想到另一個婉轉的表達方法，「畢爾太太現在喜歡她了，我還發現了一件事，很了不起的事，就是威克斯太太也很喜歡她這麼和善，她昨天一整天都非常親切。」

「我知道了，那她做了什麼？」克勞德爵士問。

梅西現在忙著吃早餐，她的同伴也吃了起來；所以兩人又回到像過去那樣的熱絡，至少在形式上是如此。「想到什麼就做什麼，她對威克斯太太就像你對她一樣好。」小女孩說，「她一整天都在和她說話。」

「那她跟她說什麼？」

「喔，我不知道。」梅西有點疑惑，為什麼他這麼急著想從她口中問出答案？威克斯太太指責說他和畢爾太太有多麼親密，但他的行為看起來又不符合，而且就那位女士看來，那種親密就是讓他回來接受控制的原因。他既然和畢爾太太關係密切，怎麼會不比自己的繼女清楚，那個人會做什麼事呢？但是過了一會兒，她又說：「她對她表達愛慕。」

克勞德爵士的表情更嚴肅了，顯然她的語氣中帶著什麼，讓他馬上就說：「妳不會介意我這樣問妳吧，會嗎？」

「不會，只是我以為你應該比我清楚。」

「清楚畢爾太太昨天做了什麼？」

她覺得他有點臉紅了，一看到這個樣子，她幾乎是同時回答：「對啊，如果你已經見過她了。」

他爆出最大聲的笑聲，「唉呀，親愛的朋友，我剛剛就告訴妳我絕對沒見到她，我說，難道妳不相信我？」

她心中冒中恐懼，她原本就已經很害怕這件事情，甚至掩蓋過其他恐懼，「你不是回來見她的嗎？」她過了一會兒才問，「不是因為你一直都很想見她，所以才回來的嗎？」

他聽了她的疑問，也聽懂了話中的疑慮，而他居然絲毫沒有怨言，「我當然能夠想像妳為什麼會這麼想，但是也解釋不了我的行為。就像我剛剛在旅館告訴妳的，我真的、實在都只想見妳。」

她馬上感覺到過去的感受，想起在媽媽家的後花園裡，他為了讓她開心就架了一座鞦韆，他推著她，把她推到最高的地方，但後來鞦韆終於承受不了重量而毀壞，真該感謝廚子這樣大方為梅西準備美食。「喔，那真是美好。可是你的意思是，見過我之後就要再離開了嗎？」

「要不要再離開，這就是我的重點了，我還不知道，都得看狀況。」

「要看畢爾太太？」梅西問，「她不會走的。」他喝完了杯裡的咖啡，然後把杯子放下，往後靠坐在椅子上，她看見他對著她微笑。這只是更讓她感覺到他心中的煩惱，或許他現在正痛苦翻攪著，努力想嘗試不同的解決方法。他保持著微笑，而梅西繼續問：「你不知道嗎？」

「是，我不如就坦白告訴妳吧，我確實知道，她不會走的，她會留下。」

「她會留下。她會留下。」梅西重複著。

「就是這樣。要不要再喝點咖啡？」

「好，謝謝。」

「再來一個奶油麵包捲？」

「好，謝謝。」

他對徘徊在附近的服務生示意，服務生就帶著閃亮亮的咖啡壺和牛奶壺過來了，也非常親切向在座的小姐表達善意，「Les tartines sont là.（麵包和果醬在那裡。）」兩人的杯子裡又倒滿了咖啡，他看著咖啡和牛奶充滿香味的混合，幾乎陷入沉思，「就是這樣，就是這樣。」克勞德爵士說了一次又一次，「真是尷尬得不得了！」服務生一走，他馬上就說。

「為什麼她不走嗎？」

「唉，一切都是！唉呀，唉呀，唉呀！」然後他又整理好自己的情緒，他繼續開始吃東西，「我回來是想問妳一件事情，這就是我回來的目的。」

「我知道你想問我什麼。」梅西說。

「妳非常肯定嗎？」

「我幾乎很肯定。」

「好吧，那就來試試看。妳絕對不能讓我把一切都賭上了。」她被這句話的力道嚇到了，「你想知道，如果我和她們一起住，會不會快樂。」

「只和那兩位女士嗎？不，不，老朋友，vous n'y êtes pas.（妳不懂我的意思。）好了，妳看！」克勞德爵士大笑著。

「好吧，那是什麼？」

下一秒，他並沒有告訴她是什麼，而是伸手越過桌面握著她的手，好像突然生出了什麼想法，「威克斯太太願意跟著她嗎？」

「沒有你嗎？願意，現在願意了。」

「因為，就像妳剛剛也提到了，畢爾太太改變態度了？」

梅西有自己的責任感，衡量了一下畢爾太太態度的轉變，以及威克斯太太本性的弱點，「我想她說服她了。」

克勞德爵士想了一下，「啊，親愛的可憐人！」

「你是說畢爾太太嗎？」

「喔，不，是威克斯太太。」

「她喜歡讓人家說服她，像對待其他人那樣對她。喔，她很喜歡別人對她彬彬有禮。」梅西詳細解釋，「讓她非常感動。」

讓她驚訝的是，克勞德爵士聽到這卻有些猶豫，「非常感動……但是有限度的。」

「喔，沒有限度！」梅西的回應又強調了一次。

「那麼，我對她不夠有禮嗎？」

「很有禮，她完全崇拜著你。」

「那麼，親愛的孩子，為什麼她不願意讓我自己照顧妳？」這一次，克勞德爵士絕對是臉紅了，但是在梅西能夠回答他的問題之前，若要回答起來一定要花很長時間，他又換上另一種口氣說話，「畢爾太太大概以為自己攻破她的心防了，但她沒有。」

雖然他說話的態度好像很篤定，梅西卻也很確定自己剛剛已經說清楚了，於是她又說了一次：

「她已經說服她了。」

「沒錯，只是說服她向著她自己，不是向著我。」

喔，她不能忍受聽見他說這種話！「向著你？難道你真的不相信她有多愛你嗎？」

克勞德爵士仔細思考他相信什麼，「當然，我知道她很好。」

「她就和我喜歡你一樣那麼喜歡你，」梅西說，「她昨天這樣告訴我的。」

「啊，那麼，」他馬上回應，「她確實想要影響妳！我不愛她，妳看不出來嗎？當然，我應該怎麼對待她就會這樣做，」他繼續說，「但我是說我不像愛妳那般地愛她，我肯定妳也不可能真的認為我會這樣。她不是我女兒，拜託，老朋友！她甚至不是我母親，如果她真是的話，我現在或許會比較好。我會像對待任何人的母親那樣對待她，但僅止如此。」他此時真的變得很激動，因為他必須為自己解釋、平反，只是他也不斷發出笑聲和其他常用的方法，來改正自己的態度，掩飾自己的尷尬。突然他住口了，猛力一擦把鬍鬚擦乾淨，話題又回到畢爾太太：「她有沒有試過說服妳？」

「沒有，她對我說得很少。真的非常少。」梅西說。

克勞德爵士似乎很驚訝，「她只對威克斯太太好？」

「好得如膠似漆呢！」梅西叫著。

他聽到她的形容，覺得很有趣，但並沒有抗議；反而像是同意她的話，回答得有些不清不楚：「我知道她可以有多好。但再好有什麼用！威克斯太太就是『說不通』。所以事情才會這麼尷尬到令人害怕。」

梅西知道這件事尷尬到令人害怕，她現在知道了，她也已經感覺到有一段時間了，她還會知道其他更讓她擔憂的事。「你說你想來問我一件事，是什麼？」

「這個，」克勞德爵士說，「我正要說呢。我告訴妳，妳會嚇一跳的。」梅西現在已經吃完了早餐，便往後靠在椅子上坐好，靜靜等著聽。他把面前的東西稍稍推開，手肘放在桌上。這一次，她很肯定，她知道接下來會發生什麼，她再一次準備迎接衝擊，就像最近一次和威克斯太太待在房間裡的時候那樣，她屏住呼吸，閉上雙眼。她要說出叫她放棄他了。他再度用認真的眼神看著她，然後努力說出口：「妳覺不覺得，應該讓她走？」

她感到疑惑，「讓誰……？」

「只有威克斯太太。我把醜話說在前頭，妳覺不覺得，應該犧牲她？當然，我知道自己要求的是什麼。」

梅西再次瞪大了眼睛，這和她期望的落差太大了，「然後只和你在一起嗎？」

他又推了一下咖啡杯，「跟我和畢爾太太。當然，這樣會很奇怪，但我們這整段故事的每一件事，都很奇怪，妳也知道。還有什麼比像妳這樣的小女孩，居然會讓妳父母拋棄了還奇怪？」

「喔，沒有比那件事更奇怪的了！」梅西同意這句話，感到有些心安，至少自己聽到這句話，還能清楚表達同意。

「當然，這麼做非常不符合傳統。」克勞德爵士繼續說，「我是說，我們三人一起組成的小家庭，但事情已經一發不可收拾了，妳不懂嗎？老早就不能回頭了。不管怎麼樣，我們應該留在國外，這樣會簡單得多，而且這是我們的家務事，別人不能管，在這塊漂亮的土地上，這一切都不關別人的事，只有我們自己知道。我說這些並不包括威克斯太太，可憐的人，我已經為她做了所有該做的一切了，我很尊敬她。我知道她的意思，她幫了我很多忙，但事實擺在眼前，事情就是如此。而我在這裡，妳也在這裡，但她就是搞不懂。從她的角度來看，她沒有錯，我這樣跟妳說話實在非比尋常，我總是這樣用非比尋常的方式跟妳說話，對吧？別人聽了還會以為妳已經六十歲了，而我，我不知道別人會怎麼想我，大概會以為我是個野蠻的惡棍吧！」他說，「我一直非常擔心，事情已經發展到這個階段了。妳幫了我們一個最大、最了不起的忙，而且妳還會一直這樣幫我們，妳懂嗎？我們不能讓妳走，妳是我們的一切。這就是事實。發生那些事之後，畢爾太太現在是妳的母親了，而我，也是一樣的意思，我是妳的父親，沒有人可以反駁，我們也脫不了責任了。我是想到一個漂亮的小地方，南部的某個地方，這樣妳和她就可以在一起，和其他人一樣過著好日子，我也會一樣有好日子，妳懂嗎？因為我不能和妳一起住，但我會待在附近，就在轉角，這樣也一樣好。我是想，這樣的關係會是完全公開坦白的，Honi soit qui mal y pense.（心懷邪念者蒙羞）①妳懂嗎？妳是我和畢爾太太所知道世界上

---

①心懷邪念者蒙羞。（Honi soit qui maly pense.）這句話是刻在英國嘉德勳章（Order of the Garter）上的格言，這個騎士勳章是英國榮譽制度中，歷史最悠久，等級也最高的勳章。只有英國國君能夠決定勳章授與的對象，除了英國國君和威爾斯親王（儲君）之外，全英國只有另外二十四人能夠佩戴。

最好的事物，不管是妳，或是我們可以為妳做的事情都是。」他回頭繼續說，「我跟她說：『拜託，放棄她吧。』她直接就回絕了我：『你自己放棄吧！』最後老是陷入同樣殘忍的輪迴，我說殘忍可不是在說笑，真的就是那個意思。威克斯太太是個障礙，我是說，妳也知道，如果她影響了妳，那就糟了。她就影響了我，但我還是在這裡對妳說這些話。我從來沒有這麼緊張，請相信我，只有這個原因才會讓我對妳說這些話，親愛的孩子，這些話，難道這不是唯一的方法嗎？昨天在倫敦，畢爾太太離開之後，我才領悟到這點：我經歷了有如地獄般駭人的一天。『直接去找她，對她說清楚，讓她自己選擇，她有選擇的自由。』所以我就這樣做了，好女孩，我說了，妳可以按照自己的想法選擇嗎？」

這一大段談話，說得很慢，而且斷斷續續的，過程中他雙手不斷做些小動作，也經常瑟縮著身體，聲音忽大忽小，表情不斷改變，眼神雖然尷尬但帶著懇求，這樣近距離地進入到小女孩的耳裡，經過第一個尖銳的問題之後，梅西完全可以看出這席話會往哪個方向發展，然後隨著逐點移動：但繞了一圈，話題還是回到起點，有個詞彙不斷在整段談話中低迴著：「你說這是『犧牲』嗎？」

「犧牲威克斯太太嗎？妳想怎麼說就怎麼說吧，我不會退縮，我一直都沒有，對吧？我願意面對這件事有多卑劣的事實。妳覺得我這麼做很卑劣嗎？讓妳遠離她，偷偷把妳帶來這裡，躲在角落談話，還說些謬論、用奶油麵包捲賄賂妳，讓妳背叛她？」

「背叛她？」

「嗯，離開她。」

梅西沒有馬上回答，那個具體的影像是最生動的，「如果我離開她，那她會去哪裡？」

「回去倫敦。」

「我是說，她可以做什麼？」

「喔，那個嘛，我不能騙妳說我知道，我並不知道。我們都有自己的困難。」

對梅西來說，在這一刻，這件事沒有讓她這麼震驚過，「那誰要幫我上課呢？」

克勞德爵士大笑出聲，「威克斯太太教了妳什麼？」

她微微笑著，自己也知道他的意思，「並不是非常、非常多啦。」

「是非常、非常少。」他回話，「這也是我們認真思考過的問題。我們大概不會再幫妳找家教，首先，我們應該沒能力聘用老師，如果要找到真的能教的，我們可負擔不起。沒辦法，真的能教的，沒辦法。」他解釋得很奇怪，「我是說，她們不會留下來的，唉呀！我們會自己教妳，特別是我，妳現在也知道我可以了。我還沒想到怎麼教，得回想一下以前我學過的東西。我不會像以前那樣害羞，她可以陪著我一起教。這樣一來，我們的關係就會比較正常了。」

他這樣說，聽起來似乎真的很正常，但儘管如此，她盡量用審慎的眼光看待這件事，但是心裡還是浮現一幅景象，加上這番話，讓影像特別突出：一位老太太和小女孩走進上城的壁壘，坐在老舊的長凳上，陷入深沉的沉默；這正是昨天的這個時候發生的事，她們手牽著手，一同融化。「我想你還不了解她有多麼依賴著你。」梅西終於說了。

「我懂，我懂，可是不管怎麼說……」然後他側過身去，不讓自己整個正面暴露在梅西面前，不耐煩地嘆了一口氣，顯然壓抑很久了。就連她的同伴都能從這聲嘆氣中聽出來，雖然這個男人當然是習慣爭辯了，他希望自己能完全理性溝通，但是，如果他真的得顧慮這麼多事情，那他必定得面對不可能推倒的阻礙。他非常清楚這會有什麼結果，如果威克斯太太依賴他，那他就更必須甩掉她。

就在這幅景象讓小女孩想到入神的時候，克勞德爵士招來服務生，問他總共多少錢，然後放下一枚金幣，服務生則拿著去找錢。他看著服務生離開，又繼續說：「一個女人還能怎麼樣羞辱一個男人？我說，也要看看她自己啊。」

梅西覺得這問題很有趣，「沒錯，她怎麼能這麼做呢？所以你為什麼這麼肯定她會走？」

「妳一定也聽到了吧，三天前她來的時候，妳也聽到她的話了吧？她說了那些話，除了走，還能怎麼辦？我照著她的警告把事情辦好了，她說的一點也沒錯，所以我們才到了這裡。妳也知道，她說她喜歡畢爾太太，這個動機就足夠了，還有其他事情，所以為了妳，她會留下來陪妳，而不要我。不過這個動機對她來說還不夠，就算是為了妳，可以和我一起住，她也吞忍不下自己無法吞忍的事情，妳懂嗎？妳說她喜歡我就跟妳喜歡我一樣，如果真是如此，我想我可以提出一點質疑，如果只有那兩個人，妳會願意跟她們一起住，而不要我嗎？」

服務生帶著零錢回來了，讓她面對這樣的懇求，可以稍稍喘息片刻。克勞德爵士給了他小費，他收下小費的時候相當得體地表達感謝，而克勞德爵士伸出食指示意，於是他便收起小費回去了。此時克勞德爵士又更進一步問：「妳會讓她逼妳和畢爾太太一起住嗎？」

「沒有你嗎？不會，」梅西回答，「絕對不會。」她又說了一次。

這個回答讓他頗有勝利的喜悅，而這句話也震撼了梅西自己。「所以，妳並不像她，」他宣告著，「妳不會輕易放棄我的！」然後他回到原來的問題，「妳可以做出選擇嗎？我是說，妳可以表達自己的意見來解決這件事嗎？妳願意和我們同住，而不要她嗎？」說實話，梅西現在可以感覺到恐懼帶來的冰冷，她似乎突然就知道了，就像她知道克勞德爵士的一樣，自己害怕什麼。她害怕自己，她看著他的樣子一定很奇特，她發現他的臉上顯現好奇，但不是很明顯，看來他是假裝要和她玩一場公平的遊戲，不想利用自己的優勢，不要催她或逼她，只要清楚說出她的選擇，然後不加壓迫放在她面前。「我可以想一想嗎？」梅西終於問了。

「當然，當然。多久？」

「喔，只要一下下。」她溫順地說。

有那麼一會兒，他看起來非常希望能夠一探究竟，想知道這個願景是不是這個世界上最引人入勝的。「那妳考慮的時候，我們要做什麼呢？」他說得一副這兩件事可以同時進行，不會互相干擾。

梅西只想做一件事，過了一下她馬上說：「我們得回旅館了嗎？」

「妳想回去嗎？」

「不想。」

「一點也不需要。」他低頭看錶，臉色現在非常嚴肅，「我們什麼都可以做。」他又對上她的眼神，那個樣子幾乎像是他就要脫口而出，說或許他們可以去巴黎。不過就在她想著這件事到底有沒有可能的時候，他突然建議：「我們可以去散步。」

她已經準備好了，但他還是坐著，似乎還想說什麼，可是，他也沒把話說出口。於是她自己說了：「我想先去見威克斯太太。」

「在妳決定之前嗎？好吧，好吧。」他戴上帽子，但是仍然點了根香菸。他仰起頭看著天花板，抽了一分鐘的菸，然後說：「有件事要記得，我有權利對妳這樣要求，我們絕對是站在妳父母的立場說話。就是因為他們的缺陷，他們超乎常人的卑劣，我們才更有責任照顧妳。從來沒有人會這樣對一個小孩坦承相對，掏心掏肺的。」他好像是對著天花板說話，話語穿透了香菸煙霧，似乎也是想解釋自己的行為。他暫停了一下，然後又繼續說：「但我也承認，這對她和我來說，意義各不相同。」

那個時候，他的態度讓梅西感覺似乎是想和她站在同一邊，這一邊不管在哪個方面，對她來說都會是最正確、最明智、最迷人的，所以她突然也想證明自己也是一樣體貼、有雅量，一樣熱切為了他的利益著想。這不就是他剛剛才提到的「正常」嗎？「確實是各不相同，」於是她帶著最了不起的懇切態度說：「但你不記得了嗎？是我把你們兜在一起的。」

他開心笑著跳了起來，「記得嗎？當然！妳把我們兜在一起了，妳把我們兜在一起了。來吧！」

31

梅西又和克勞德爵士在外頭待了一會兒，她不知道時間過了多久，只知道這段時間還不夠她完成自己希望做的事，這只是一段空白，無法界定也無法跨越的障礙。兩人四處走著，隨意遊蕩，看著商店的櫥窗：他們做以前會做的事，似乎是想努力找回過去那種安全感，從中得到他們過去一直都能得到的東西，不管那是什麼，以前他們不費吹灰之力就能得到，但現在卻一無所獲，只是愈來愈強烈意識到兩人在追尋著什麼，想藉此逃避什麼。最奇怪的是，究竟過去那種安全感怎麼了呢？真正發生的，是克勞德爵士「自由」了，而畢爾太太也「自由」了，但是在這個新的前提之下，似乎還比過去更加讓他們感到壓力。梅西可以感覺到，克勞德爵士也同意她對這股壓力的想法，這股壓力到了旅館會更強烈，除非他們能夠解決某件事，否則他們就會感覺到一股想望，除了稱之為立足點，還有什麼更好的稱呼？但是要如何解決？

這個問題現在悄悄逼近梅西，她知道，這個問題完全都取決於自己，就像她的朋友說的，是她的選擇，她眼前就好像放了一面黑板，上面寫著一道不可能解答的算術題，雖然她哀求著讓她有時間想一想，可是她跟著克勞德爵士四處散步的時候，就將難題完全拋諸腦後。她一定要先見到威克斯太太，才能算出答案；所以，她愈晚見到她，苦難就會離她愈遠。目前還沒有人要求她履行責任，所以為了逃避，她乾脆放任自己，更加沉浸在與克勞德爵士相處的氣氛中。但是她現在眼前所見的一切，和她至今所看到的完全不同，已經不再像是一開始不斷在她眼前出現的那幅異國景色，她唯一能夠感覺到的，是克勞德爵士的手，她感覺他握著自己的手，無聲對抗時間的流逝。她四處閒晃，但卻沒把景色看進眼裡，彷彿克勞德爵士蒙住了她的眼睛。

如果他們害怕的是自己，那麼他們一回到旅館就是得面對自己，她現在很肯定，在旅館等著他們的就是與畢爾太太的午餐，她全身的直覺都告訴她要躲開這場約會，盡量拖延這次散步，找個藉口把他帶到海灘上，帶他走到堤防的盡頭。他沒有再提起他們在早餐時討論的事情，她隱約察覺到，他不讓她看到自己這樣的方式，一定是想等她做出回應，這樣其他人知道了，例如威克斯太太，就會更加認為他是一位紳士。確實有那麼一、兩次，在防波堤上、在沙灘上，他看著她好一會兒，那雙眼睛似乎在向她提議，要她直接跟著他去巴黎。但是，這也免除不了她的責任。顯然，他和梅西一樣都希望盡量拖延時間，一點也不急著回到旅館去見其他人。這時候的梅西偷偷感覺自己對威克斯太太很是無情，不管怎麼樣，她都沒有考慮到，如果自己繼續不見人影，一定會讓那位女士開始擔心她發生了什麼事，甚至會開始胡思亂想，或許這兩個逃避責任的人還沒找到彌補的方法。而她對畢爾太太，至少也表現出相同程度的無情，因為畢爾太太的擔憂和疑惑，會和他們討論的話題一樣嚴重。

終於，克勞德爵士站在海灘的遙遠另一端，兩人曾經也穿越過這片沙灘，看著身旁形形色色的人們；突然他看了看錶，說時候到了，但他們不是要回旅館用午餐，而是要去火車站，去買巴黎來的報紙；他這麼說的時候，梅西發現自己非常認真思考起來，不知道畢爾太太和威克斯太太知道之後會怎麼說？走在往車站的路上，她內心甚至幻想起一幅畫面，繼父帶著小女孩在南方某個小地方定居，而繼母和家教老師則留在北方一個小地方，仍然待在一起，因為兩人都對這個狀況一片空白，也會不斷針對這件事發表評論。巴黎的報紙送來了，梅西的同伴居然大肆揮霍起來，一口氣買了不下十一份報紙：兩人花了點時間在書報攤徘徊，月台上熙來攘往，攤子上擺了一排好幾冊小小的書籍，封皮都是黃色、粉紅色，梅西非常喜歡書報攤的老太太，也很喜歡她戴的那頂舊帽子，老太太使出甜言蜜語，讓克勞德爵士買下三本書。他們手上拿了這麼多東西得帶回去，而眼前又暗示了一趟直達巴黎的舒適旅程，兩人似乎應該就這樣「開溜」比較簡單。梅西這樣對自己說，看著火車車廂，眼光一路沿著車身梭巡，站著等火車開動。她問克勞德爵士，火車要去哪裡？

「巴黎，真好！」

她也覺得這樣真好，兩人站在原地微笑著，他手臂底下夾著所有的報紙，而她則捧著三本書，一本是黃色，另外兩本是粉紅色，他告訴她粉紅色是要給她的，而黃色是要給威克斯太太的，還打趣著說，法國文學都是這樣來區分兒童文學和老人文學的。她知道他們兩人看起來完全就像準備好要上車了，於是便開口問她的同伴：「真希望我們可以去，你會帶我去嗎？」

他繼續微笑著，「妳真的會來嗎？」

「喔，會的，我會盡量。」

「妳想要我去買票嗎？」

「好啊，買票吧。」

「不帶行李嗎？」

她捧著手上的書，示意兩人手上都帶了一堆東西，對他微笑，而他也對她微笑，可是梅西也很清楚自己從來沒這麼害怕過，似乎看著鏡子都能看到自己的眼白。然後她知道，自己看到的原來克勞德爵士的眼白，他就和自己一樣害怕。「我們的行李不是很多了嗎？」她問，「買票吧，你有時間嗎？火車什麼時候要走？」

克勞德爵士轉身找到一位站務員。「火車什麼時候開？」

那個男人抬頭看著車站的時鐘，「再兩分鐘就開了。Monsieur est placé?（先生，您有位置嗎？）」

「Pas encore.（還沒。）」

「Et vos billets?—vous n'avez que le temps.（您的車票呢？您快沒時間了。）」然後他看了梅西一眼，「Monsieur veut-it que je les prenne?（先生，需要我幫您買票嗎？）」

這真是世界上最神奇的事了，因為梅西的興奮實在太強烈，她不但突然聽得懂他們講的全部法文，甚至還能主動加入，說出完美的法文。她直接對著站務員說：「Prenny, prenny. Oh prenny!（去麥，去麥，喔，快去麥！）①」

「Ah si mademoiselle le veut—!（啊，既然小姐有需要，沒問題！）」

但克勞德爵士只是盯著她，一臉蒼白地盯著梅西，「那麼妳做出選擇了嗎？妳要放棄她了？」

梅西的眼睛渴望地看著火車，聽著有人大喊：「En voiture, en voiture!（上車了，上車了！）」車上有許多人探頭看向窗外，車門關上時發出巨大聲響，站務員催促著：「Ah vous n'avez plus le temps!（沒時間了！）」

「火車要走了，火車要走了！」梅西大叫著。

兩人看著火車離開，看著火車啟動，那個男人聳聳肩就走了。「火車走了！」克勞德爵士說。

梅西在月台上追著火車跑了一段距離，然後站在原地背對著她的同伴，眼睛依然跟著火車，努力忍住眼淚，撫摸著她粉紅色和黃色的書。她感到一股真正的恐懼，但現在已經回到地面上了，奇怪的是，她掉落的同時，恐懼也瞬間落下摔碎了，不見了。她終於從自己停下腳步的地方看著四周，看著克勞德爵士，然後發現他的恐懼還在。他的恐懼和他一起走到後方，坐在車站靠牆的長凳上，背靠著牆，還在等她，她覺得這樣實在有些古怪。她走到他面前，他還想表現出風趣的樣子，但現在已經沒用了。「沒錯，我選好了。」她對他說，「我可以放棄她，但是你得……你得……」

她畏縮了，可是他馬上接起她的話：「我得怎麼樣？」

「你得放棄畢爾太太。」

「喔！」他大呼一聲。從這裡她就看得出來，他的恐懼是多麼無可救藥。她在咖啡館的時候，還以為是因為他想叛逆一下，收集動機，但是如果鼓動他的力量畢竟是這麼微弱，就像他們剛剛在車站受到火車吸引一樣，那又能怎麼樣呢？威克斯太太是對的，他害怕自己的弱點，弱點中的弱點。

後來，她不知道自己怎麼回到旅館的，即使到了這個時候，兩人依然沒有直接回到旅館，而是再度四處閒逛、留連；在路上，他們發現自己還有半個小時的時間，便走上了碼頭旁邊，看見那裡停泊著準備開往福克斯通的船。兩人在這裡徘徊了一會兒，就像在車站那樣，兩人之間又是無聲的交流，這次只有沉默。甲板上已經有準時抵達的人了，正挑選最好的位置，有些人已經選好了，把座位安排

---

①其實梅西的發音並不正確，她應該是要說prenez，請站務員去幫忙買票。

妥當，披上披巾，面對英國的方向，而服務員幫忙把女士的腳塞進披巾裡，或是「啵」一聲打開罐子，他們今天的工作比較輕鬆一點。兩人不發一語，低頭看著這一切，甚至還在船上挑好了兩人坐的好位置，就在救生船的下風處。他們這樣的駐足看起來很愚蠢，因為兩人既沒有決定上船，也沒有打算離開，但是克勞德爵士和梅西一樣都不想動。他保持著絕對靜默，梅西非常了解其中的意思，這僅僅表示他知道她的所有想法。不過現在他不再假裝風趣了，兩人的面容都很嚴肅、很疲累。最後，兩人起身在港口邊漫步，似乎他的恐懼，他對自身弱點的恐懼，都重重靠在了她身上。

兩人終於回到旅館，一進到大廳，她認出一個破舊的古老箱子，看起來歷史久遠，上頭吊著梅西熟悉的掛牌，還漆上一個大大的W，是最近才畫上去的，是非常私人的記號，那口箱子似乎也認出她來，甚至還懷著點疑心。威克斯太太要走了嗎？這樣一來，壓在她學生身上，要放棄她的重責大任就此解除了嗎？梅西和她的同伴一時怔呆著沒有動作，看著眼前的預兆，兩人此刻的交流比在往巴黎的火車或是海峽蒸汽船前都要密切。然後，兩人依然不發一語就直接上樓，不過走上去之後，知道樓下的人看不見他們了，他們一起頹坐下去，互相扶持著對方。他們就這樣坐在樓梯最上階，克勞德爵士抓著梅西的手，稍微用力捏著，如果是其他時候，或許會聽到她尖叫。兩人的書和報紙散落一地。

「她以為妳不要她了！」

「那我一定要見她，我一定要見她。」梅西說。

「去道別嗎？」

「我一定要見她，我一定要見她。」小女孩只是重複說著。

兩人又多坐了一分鐘，克勞德爵士還是緊抓著梅西的手，眼睛沒有看她，而是看著樓梯底下，就在轉角處，電鈴嗡嗡作響，愉悅的海風正吹拂著。終於，他放開了她的手，兩人都慢慢站起身來，他們一起走過大廳，正要走到沙龍前，他又停下腳步。「如果我放棄畢爾太太的話呢？」

「那我現在馬上跟你再出門，等到她離開之後再回來。」

他好像不太清楚，「是畢爾太太……？」他讓這句話聽起來一點也不好笑。

「我是說等威克斯太太離開，等她的船開走。」

克勞德爵士幾乎像個傻瓜般問：「她要搭船嗎？」

「我想是吧，我甚至不會去道別，」梅西繼續說，「我會待在外面，等到船走了再回來。我會去老壁壘的地方等。」

「老壁壘？」

「我會坐在舊長凳上，可以看到金色聖母像的地方。」

「金色聖母像？」他重複說著，不甚明白，不過這讓他的眼睛回到梅西身上，似乎過了一會兒，他就能看到那個地方，和她口中那個東西，看見她自己坐在那裡。「然後我就和畢爾太太分開？」

「等你和畢爾太太分開。」

他深深嘆了好長一口氣，像是壓抑了很久，「我得先見她。」

「你不會像我這樣嗎？就出去等？」

「等？」他又是一副不甚明白的樣子。

「等她們兩人都走了。」梅西說。

「不要我們了？」

「不要我們了。」

有那麼一會兒，他的表情像是在說，如果這樣就好了！但他下一秒就不再空想，而是走到門前，手搭在門把上，站在門外好像在聽裡頭的聲音。梅西也跟著聽，但什麼都沒聽見，只聽見克勞德爵士說話，要他們兩人不要再猜下去了，可是沙龍裡還是沒有聲音。「畢爾太太永遠也不會走的。」說完，他推開門，梅西跟著進去，沙龍裡空空如也，但是因為兩人走了進來，讓他們剛剛提起的那位女士出現在她房間門口。「她要走了嗎？」他問。

畢爾太太走向前，順手把門在身後關上。「我剛剛和她的事情才真是精彩呢。昨天她還告訴我她要留下。」

「而我到了之後就改變心意了嗎？」

「喔，我們有想過這件事！」畢爾太太的臉紅了，這個樣子一直都不太適合她，而她的臉剛好證明了她剛剛提到的那件事。但是，顯然這還不是她最糟的樣子，她抬高了頭微笑著，揉揉雙手，好像突然學起旅館的女經理。「她跟我保證，就算你來了她也會留下。」

「那她為什麼改變心意？」

「因為她是條狗啊，她自己都說原因是你們出去太久了。」

克勞德爵士瞪著她，「那跟這個有什麼關係？」

「你們出門了好長一段時間，」畢爾太太說，「我都不能想像你們到底發生了什麼事，整個早上，」她宣稱，「而且午餐時間也過了很久了！」

克勞德爵士顯然並不在意，「威克斯太太有和妳一起下樓嗎？」他只問了這句。

「沒有，她動也沒動！」就梅西看來，畢爾太太的臉更紅了，「她就無精打采待在那裡，連出來找我都沒有；我去邀請她共進午餐，她就是不肯出來。她說她什麼都不想要，所以我就自己下樓了。可是我上樓來的時候，幸好我早有準備，」畢爾太太揚起最適合在戰場上出現的微笑，「她已經準備跟我爭論了。」

「妳們大吵一架？」

「我們大吵一架。」她坦率接受這個結論，「既然你們讓我面對這種事，我倒想知道你們去哪裡了！」她停下來等著聽回答，但克勞德爵士只是看著梅西，這個動作只是讓她更急著問：「你們兩個去做了什麼壞事？」

「妳好像和威克斯太太一樣覺得這樣很嚴重。」克勞德爵士回答。

「我想怎麼認為就怎麼認為。你沒有回答問題。」

他又看著梅西，似乎希望能尋求幫助，於是她對著繼母微笑著說：「我們哪個地方都去了。」但是畢爾太太沒有回答她。梅西從一進門就已經覺得自己似乎不太顯眼，而現在更是覺得吃驚了。畢爾太太沒有跟她打招呼，也沒看她一眼，不過或許這件事大概也不是太特別，兩天前，克勞德爵士將她從倫敦帶走的時候，她完全沒有想過會再和畢爾太太重逢，這點才值得一提。最讓人吃驚的是畢爾太太宣告威克斯太太做了什麼承諾，但她的學生卻從來不知道。畢爾太太並沒有照顧這位小女孩的感受，而是繼續尖刻說：「你應該也已經想到會有事發生了吧？」

克勞德爵士看著錶，「我不知道已經這麼晚了，我們也不是真的出門那麼久，因為我們還不餓。時間一閃就過去了，發生了什麼事？」

「喔，她很生氣。」畢爾太太說。

「生誰的氣？」

「梅西。」雖然現在她一直沒有看著小女孩，不過站在那裡的梅西依然和他們有關，卻又顯得疏離。「因為她沒有道德感。」

「她為什麼要有？」克勞德爵士又再度讓這位散步同伴有機會講話，「到底她和我出去可以證明什麼？」

「別問我，問那個女人。她沒在生氣的時候都在胡說八道。」畢爾太太說。

「她離開孩子了？」

「她離開孩子了。」畢爾太太用十分強調的語氣，梅西愈來愈聽不懂她說的話。

情況突然有了改變，另外兩人也能看見，此時威克斯太太又再度出現在門口，跟著克勞德爵士的腳步進來，梅西只能瞪大了眼睛。「我沒有離開孩子，沒有，沒有！」她在門口就大聲說著，走近彼此面對面的三人，但只面對著梅西。她都已經準備好要離開了，一定是臨時反悔，打扮就像她那天來的時候一樣，還帶著一個小小老舊的皮包，裡頭鼓得滿滿的，看起來就像戰斧一樣，她揮舞著皮包來強調自己的話。顯然她是從她的房間走出來的，梅西馬上就猜到，她主導了自己離開後的副作用。

「我還沒再給妳一次機會之前，是不會離開妳的，妳願意跟我走嗎？」

梅西轉身面對克勞德爵士，他突然好像離自己有一哩遠。她並沒有轉向畢爾太太，畢爾太太也沒轉向她：她覺得她們的不同已經見分曉了。這兩個女人對決的時候發生了什麼事？不管是什麼事情，現在都已經夠了，梅西直接問她的繼父：「你會來嗎？會嗎？」她問這話的樣子，就像她從來沒有想過自己應該放棄他，這是她最後一個閃亮的夢想。到了這時候，她什麼都不怕了。

「我還以為妳會驕傲地問不出口呢！」威克斯太太插嘴說，她自己大概就是太驕傲了。

可是聽到這孩子的話，畢爾太太的反彈不小，「妳要離開我嗎，梅西？」她呻吟出絕望和責備，她的繼女驚訝發現，她並沒有敵意，之所以一副高高在上的樣子，並不是因為她起了疑心，而是很奇怪，牽連到保持穩重的問題。

克勞德爵士看著畢爾太太的表情，顯然感到很不舒服，「不要那樣跟她說話！」畢爾太太的語調中確實含著某種意思，有好一下子，小女孩想起過去那些日子裡，她有好多朋友都這樣「妥協」了。

畢爾太太臉紅了，她站在威克斯太太面前，雖然這位老師克制著自己，但還是知道她的意思。

「不，不可以這樣子。」她看起來真的知道自己在做什麼，「親愛的，不要讓自己愈變愈傻，直接回到房裡等，我去找妳的時候才出來。」

梅西沒有打算照做，但是威克斯太太舉起了手，搶先擋下了所有藉口：「沒聽到我的聲音不要動，我要走了，但我得先知道，妳是不是又失去了？」

梅西在這偌大的空間裡找了找，想著可以形容的具體失落，然後她柔順回答：「我覺得我好像失去了一切。」

威克斯太太的臉看起來很陰鬱，「妳是說，我們兩天前費了那麼大工夫才一起找回來的東西，妳又失去了嗎？」看她的學生沒有回答，她繼續說，「妳是不是想說，妳已經忘記我們一起找到的是什麼？」

梅西隱約想起來了，「我的道德感嗎？」

「妳的道德感，畢竟，不就是我找出來的嗎？」她說話的樣子和過去在教室裡手上拿著書的時候完全不同。

小女孩現在想起來了，有時候她在星期五的時候不可以重複說她星期三頂嘴時的句子，然後只能乖乖、悲傷讀著眼前困難的段落。克勞德爵士和畢爾太太就像是「考試」時來參觀的訪客，甚至還隱約聞到花香，因為威克斯太太做了個假裝摘花的動作，然後直接把花塞到梅西鼻子底下，讓她無法拒絕。然後，她感覺自己快要站不住腳了，雙臂短暫抽動了一下，這一動表示她心裡有某種情緒悸動，甚至比道德感還要深層的情感。她看著出考題的人，看著訪客，她覺得自己在車站壓抑的淚水又要湧上來了，這一切都沒有關係，完全和她的道德感沒有關係，只有她在教室裡經常說的那句哀求，既平淡又羞恥：「我不知道，我不知道。」

「那妳就是失去了。」威克斯太太似乎把書闔上了，她對著克勞德爵士整理一下髮帶，「你捏死了一棵幼苗，她才正要開始成長你就殺了她。」

她是一個比以前更新的威克斯太太，一位高貴而偉大的威克斯太太，但是克勞德爵士可不會讓人把他當個沒做功課的小男孩教訓，「我沒殺死任何東西，」他說，「我想我反而是製造了生命。我不知道該如何說，我甚至不知道怎麼處理、接近才是對的；但是，不管那是什麼，都是我見過最美麗的東西，非常精巧，非常神聖。」他的雙手插在口袋裡，雖然剛剛那種不舒服的感覺或許還留在現場，不過他低頭看著自己即將失去的兩位朋友，態度非常溫柔，「妳知道我為什麼回來嗎？」他問其中年紀比較大的。

「我想我知道！」威克斯太太叫著，讓人吃驚的是，她的情緒並沒有和緩多少，方才和畢爾太太的爭論之熱，還停在她的眉梢。剛剛這樣情勢的轉換彷彿濺起不少水花，打在這位女士身上，她大聲發出聽不太清楚的抗議，然後轉過身去，面對窗戶站了一下子。

「我回來是有個提議。」克勞德爵士說。

「對我？」威克斯太太問。

「對梅西，我希望她放棄妳。」

「她答應了嗎？」

克勞德爵士顫抖了一下，「告訴她！」他對小女孩宣告，同時也轉過身去，似乎要讓小女孩自己選擇。威克斯太太和她的學生沉默面對面站著，梅西的臉色從未如此蒼白，更尷尬、更僵硬，但也更麻木了。兩人嚴肅看著彼此，都沒有說話，於是克勞德爵士又說：「妳不告訴她嗎？妳不能嗎？」梅西還是不說話，這時候，克勞德爵士大喜過望對威克斯太太說：「她拒絕了，她拒絕了！」

梅西聽到之後才找回自己的聲音，「我沒有拒絕，我沒有。」然後畢爾太太馬上回到她身邊，「妳接受了，小天使，妳接受了！」她整個人撲向梅西，梅西還沒來得及拒絕，就和她一起坐到沙發上，畢爾太太緊緊環抱著她，「妳已經放棄她了，妳永遠放棄她了，妳是我們的了，只屬於我們，她愈快離開愈好！」

梅西閉上眼睛，但聽到克勞德爵士的話，她又張開了眼睛：「放開她！」他對畢爾太太說。

「不要，不要，不要！」畢爾太太大叫著，梅西覺得自己被抱得更緊了。

「放開她！」克勞德爵士重複的語氣更強烈了。他看著畢爾太太，聲音中有某種力量。梅西感覺環抱的力量放鬆了，她知道原因是什麼了。她慢慢從沙發上站起來，她又陷入沉思和衡量。「妳是自由的，妳自由了。」克勞德爵士繼續說，梅西的背上感覺有人推了一把，洩漏出討厭的情緒，讓她又變成房中的焦點，每隻眼睛都盯著她，她不知道該向著誰。

她努力轉過身面對威克斯太太，「我沒有拒絕放棄妳，我說要我這麼做，除非他放棄……」

「放棄畢爾太太？」威克斯太太脫口而出。

「放棄畢爾太太。妳說這個想法不巧妙嗎？」克勞德爵士問房裡所有的人，包括剛剛提到的那個女人，他的語氣充滿讚賞，就好像房間中央突然出現某個美麗的藝術作品或大自然的奇蹟。他很快就從讚賞的情緒中恢復過來，「她提出了條件，完全清楚應該是如何！她做了唯一正確的決定。」

「唯一正確的決定？」畢爾太太的注意力回到她女兒的身上，剛剛他才那麼過份對待她，她絕對不會容忍第二次。「妳怎麼可以說這種廢話？而你居然這麼不懂分寸，還幫她說話？你到底對她做了什麼才讓她有這種想法？」她的怒氣其來有自，眼神環繞著房內眾人，梅西完全感受到她的目光，知道終於到了最後的決戰時刻。但是畢爾太太壓抑住自己的情緒，無比溫柔問自己的繼女：「我最親愛的，妳有沒有提出這種條件？」

不知道為什麼，既然都已經說出來了，最重要的時刻也不是那麼糟了，而且重要的是，小女孩知道自己想要什麼，她不斷學習、不斷學習，終於學到了，所以如果她回答晚了，也只是因為希望語氣和善一點。她再也沒有疑慮，而且疑慮消失得很快。最後她回答：「妳會放棄他嗎？會嗎？」

「唉，不要煩她，算了，算了！」克勞德爵士突然低聲懇求畢爾太太。

威克斯太太這個時候又驚呼了一聲，「太太，妳讓她討論你們的關係，難道還不夠嗎？」

畢爾太太不理會克勞德爵士，但威克斯太太的話惹火了她，「我的關係？我的事情妳又知道什麼，醜陋的怪物！到底跟妳又有什麼關係？馬上離開這間房間，妳這可怕的老女人！」

「我想妳最好走了，妳真的得趕上船才可以。」克勞德爵士的聲音很疲累，他現在脫身了，或者是想要脫身，他知道最糟的情況是什麼，也接受了，現在他擔心的就是不要再讓梅西聽到粗俗的話。

「走吧，妳不快點走嗎？」

「只要帶著孩子，要多快有多快，但沒有她我是不會走的。」威克斯太太非常堅定。

「妳這卑鄙小人，那妳為什麼要騙我？」畢爾太太幾乎是吼著說話，「一個小時前為什麼說妳放棄她了？」

「因為我對她很絕望，我以為她離開我了。」威克斯太太轉身面對梅西，「妳和他們在一起，陷在他們的關係中，不過現在妳清醒了，我會帶妳走！」

「妳休想！」畢爾太太奮力往前一跳，用力抓住她的繼女，抓到梅西的手臂，幾乎是直覺性的動作，將女兒轉了一圈之後，她自己跳到了門前，克勞德爵士已經把門關上了，因為他們的聲音愈來愈大。她背靠著門抵住，不停咒罵著威克斯太太，要她離開，但卻又在激動中矛盾地把門擋住。「妳不能帶走她，妳自己滾吧，她要和她的自己人生活，她不要妳了！我從沒聽過這麼野蠻的事情！」克勞德爵士解救了梅西，拉住她，他讓梅西站在自己身前，雙手輕輕搭在她肩上，看著大聲嚷嚷的敵人。畢爾太太的臉已經不紅了，而是因為極度憤怒而變得蒼白，她不斷抗議著，要趕走威克斯太太，背緊緊黏在門上，不讓梅西逃走，而要威克斯太太從窗戶或是煙囪離開。「妳還真行，『討論關係』，妳這樣說我們的關係，還污辱我們！我們的關係還能有什麼？只有對這個小女孩的愛，這是我們的責任、我們的人生，是她將我們綁在一起，就像當初她讓我們在一起一樣！」

「我知道，我知道！」梅西突然充滿熱切地說，「是我讓你們在一起。」

克勞德爵士發出一聲非常奇怪的笑聲，「妳是讓我們在一起，真的！」他的手輕拍梅西的肩膀。

威克斯太太現在控制住整個場面，每個人都感受到她的銳利。「又來了，妳自己看！」她意味深長對她的學生說。

「妳會放棄他嗎？」梅西繼續逼問畢爾太太。

「為了妳？妳這可惡的小惡魔？」她不太客氣地問，「還有這個胡說八道的老惡魔？她把妳那糟糕的小心靈都塞滿了她的邪惡！這些年來，妳一直是這麼討厭的小偽君子嗎？我還一心一意希望妳愛我，還傻傻相信妳愛我？」

「我愛克勞德爵士，我愛他。」梅西回答時的感覺很奇怪，好像這樣說也可以。克勞德爵士只是不斷拍著她，其實這只是回應著他的動作。

「她討厭妳，她討厭妳。」他靜靜觀察著畢爾太太，做出最奇怪的結論。

他的平靜讓她更加怒火中燒，「你要幫她說話，讓我一個人生氣嗎？」

「不，我只是堅持她是自由的，她是自由的。」

畢爾太太瞪著他，眼神非常可怕，「可以自由選擇和這個窮瘋子一起餓死嗎？」

「我會為她做的事情比妳多更多！」威克斯太太反駁，「我會努力工作。」

克勞德爵士的手依然放在梅西肩上，她似乎感覺到那雙手完全投降了，她抬頭，克勞德爵士看著威克斯太太的樣子很不一樣，「沒有必要，」她聽見他說，「梅西有錢。」

「錢？梅西？」畢爾太太尖叫著，「她那個邪惡的父親早就偷光了！」

「我會討回來的，會討回來的。我會想想怎麼做。」他微笑對威克斯太太點點頭。

這句話對他另一個朋友的影響相當駭人，「我倒想知道，難道我沒努力過嗎？我還不是找到一個無底洞？你怎麼可以對我這麼殘忍，你太不可理喻了！」她放肆大哭，熱辣辣的眼淚在眼裡打轉。

他對她說話的語氣很溫柔，像在哄她，「我們會再找找看，我們一起找。雖然是無底洞，但是他會填起來的，或者愛達也會，想想他們現在得到多少錢了！」他大笑著，「沒關係，沒關係。」他繼續說，「行不通的，行不通，我們沒辦法說服她。一點也沒錯，她很特別，我們還不夠好，不夠！」

然後他又開懷大笑起來。

「不夠好，那頭野獸就夠好嗎？」畢爾太太叫著。

說完，房間裡沉默了好一陣子，在這當中，克勞德爵士的回答就是把梅西推向威克斯太太，接下來，梅西知道自己站在老師身邊，老師緊緊拉著她的手。畢爾太太依然守著門，「讓開。」克勞德爵士終於說。

但是她沒有移動，梅西看著這兩人互相看著對方，然後看到畢爾太太轉向自己，「我現在是妳的母親了，梅西，他是妳的父親。」

「就是這樣！」威克斯太太嘆了口氣，其中的嘲諷還明顯帶著哲理。

畢爾太太繼續對小女孩說話，努力保持理性和溫柔，非常用心，「妳知道，我們代表了法蘭芝先生和他的前妻，而這個人代表的只是她沒知識的瞎猜。我們在法律上站得住腳。」

「法律，法律！」威克斯太太大大發出譏諷，「妳最好真的讓法律審審妳！」

「讓開，讓開！」克勞德爵士繼續要求他的朋友，近乎懇求。

但是她依然對著梅西說：「親愛的，妳討厭我嗎？」

梅西用全新的角度看著她，不過答案還是和之前一樣，「妳會放棄他嗎？」

畢爾太太的反駁遲疑了，但是稍後還是提出高貴的答案，「妳不應該跟我說這種事！」她受到驚嚇，這樣的污衊讓她流下淚水。

但是對威克斯太太來說，她的歧視一點也不得體，「妳應該感到羞愧！」她大聲反擊回去。

克勞德爵士終於發出最後的懇求，「可不可以請妳好心點，別再繼續做這些可怕的事了？」

畢爾太太的眼睛盯著他，梅西又看著他們兩個。「我該為他說句公道話，」威克斯太太繼續對畢爾太太說，「我們一直都很仰慕他，梅西和我都是，他也表現出自己有多喜歡我們，他會願意取悅她，我想甚至也願意取悅我，可是他沒有放棄妳。」

繼父和繼母仍然對峙著，梅西都看在眼裡，這樣的觀察從來沒有像這一刻如此深切，「沒錯，親愛的，我沒有放棄妳。」克勞德爵士終於對畢爾太太說，「如果妳願意讓我們這兩位朋友做最嚴肅的見證人，我不介意告訴妳，我永遠不會，懂了吧！」他勇敢宣告。

「他不會！」威克斯太太悲傷地說。

畢爾太太面對自己的挫敗依然昂首以對，偏了偏漂亮的臉蛋，「他不會！」幾乎像是說笑一般。

「他不會！他不會！他不會！」克勞德爵士開心得不斷強調，完全傳達出意思了。

畢爾太太都聽進去了，但還是堅守陣地，梅西對威克斯太太說：「我們會不會趕不上船？」

「對，我們會趕不上船的。」威克斯太太提醒了克勞德爵士。

畢爾太太這時候完全面對著梅西，「我不知道該怎麼說妳！」她開口。

「再見。」梅西對克勞德爵士說。

「再見了，梅西。」克勞德爵士回答。

畢爾太太從門前讓開，「再見！」她抱住梅西，然後直接走到房間另一端，消失在隔壁房間裡。

克勞德爵士走到另一扇門，打開了門。威克斯太太已經走出去了，梅西在門口停下腳步，她對繼父伸出手，他握住之後停了好一會兒，然後他們的眼神交會，眼神中道盡了一切能說之事，「再見。」他又說了一次。

「再見。」梅西便跟著威克斯太太走了。

她們搭上了蒸汽船，就在要開船前一刻，兩人匆匆跑過海灣，上氣不接下氣衝上甲板，害怕自己中途放棄，她們在甲板上沉澱情緒。這過程很緩慢，並不完美，但最後，船開到海峽的一半時，兩人身旁是寧靜的海洋，威克斯太太終於有勇氣問：「我沒有回頭，妳呢？」

「有，他不在。」梅西說。

「沒有在陽台上嗎？」

梅西等了一下才說：「他不在。」只是重複了一次。

威克斯太太也沉默了一下子，「他去找她了。」她終於了解。

「喔，我知道！」小女孩回答。

威克斯太太偏著頭看她一眼，她還有心力琢磨，梅西究竟知道什麼。

國家圖書館出版品預行編目資料

梅西的世界 / 亨利・詹姆斯 (Henry James)著 ; 徐立妍譯. -- 初版. -- 臺北市 : 遠流, 2013.11
面； 公分

譯自 : What Maisie Knew

ISBN 978-957-32-7295-3(平裝)

874.57 102020204

梅西的世界

What Maisie Knew

作　　者 亨利・詹姆斯 Henry James
譯　　者 徐立妍
總 編 輯 汪若蘭
行銷企劃 高芸珮
封面設計 賴姵伶

發行人 王榮文
出版發行 遠流出版事業股份有限公司
地址 臺北市南昌路2段81號6樓
客服電話 02-2392-6899
傳真 02-2392-6658
郵撥 0189456-1
著作權顧問 蕭雄淋律師
法律顧問 董安丹律師

2013年11月1日 初版一刷
行政院新聞局局版台業字號第1295號
定價 平裝新台幣280元（如有缺頁或破損，請寄回更換）

ISBN 978-957-32-7295-3
YLib 遠流博識網 http://www.ylib.com E-mail: ylib@ylib.com

What Maisie Knew
By Henry James
Complex Chinese edition published in Taiwan by Yuan-Liou Publishing Co., Ltd.